Prix du Meilleur Polar des lecteurs de POINTS

Les éditions POINTS organisent chaque année le Prix du Meilleur Polar des lecteurs de Points.

Pour connaître les lauréats passés et les candidats à venir, rendez-vous sur

www.prixdumeilleurpolar.com

SÉLECTION 2013
PRIX DU MEILLEUR POLAR
des lecteurs de POINTS

David Carkeet est né en Californie du Nord. Il a vécu trente ans à St. Louis avant de s'établir dans le Vermont. Auteur de cinq romans et de nombreuses nouvelles, *La Peau de l'autre* est son premier roman traduit en français.

DU MÊME AUTEUR

Le linguiste était presque parfait
Monsieur Toussaint Louverture, 2013

David Carkeet

LA PEAU DE L'AUTRE

ROMAN

Traduit de l'anglais (États-Unis)
par Jean Esch

Éditions du Seuil

TEXTE INTÉGRAL

TITRE ORIGINAL
From Away
ÉDITEUR ORIGINAL
Thomas The Overlook Press, Peter Mayer Publishers, Inc.

ISBN 978-2-7578-3374-2
(ISBN 978-2-02-103627-5, 1re publication)

1

Voilà que l'arrière de la voiture foutait le camp. La route n'avait pas changé, manifestement, mais sa voiture s'était soudain déportée sur le côté et elle se balançait comme un gros cul dans l'allée d'un avion, qui cogne contre les têtes des passagers.

– Gros cul ! cria-t-il.

Il essaya de corriger la trajectoire en donnant un coup de volant, mais ce réajustement le projeta de l'autre côté de la chaussée, et il dut rectifier. Il n'arrêtait pas de zigzaguer. Et maintenant, son cul tanguait pour de bon dans l'allée, faisant tomber les chapeaux des passagers.

– Dérapage ! s'exclama-t-il.

Dès qu'il eut formulé ce constat, il effectua un demi-tour complet, et désormais il faisait face aux automobilistes qui le suivaient.

Il agita les bras, en espérant qu'ils le voient à travers les bourrasques de neige, mais ils ne répondirent pas à ses signes. Peu importe, le moment était venu de prendre congé. La voiture exécuta un lent et gracieux tour sur elle-même, avec une telle légèreté qu'il croyait voler. Il voulut mettre fin à ce rêve, mais les roues ne répondirent pas aux ordres du volant. Il était comme un gamin qui fait semblant de conduire, pendant que son père dirige la voiture.

– C'est un jouet ! brailla-t-il.

Il comprit que ça allait se terminer ainsi : il quitta la chaussée et grimpa sur le terre-plein central sous un angle étrange.

Il essaya de ne pas remarquer que le terre-plein était en pente.

– Je perds le contrôle ! hurla-t-il, alors même que ses mains maniaient furieusement le volant.

Le terre-plein l'avala. Il ressentit un choc et une certaine désorientation. Plusieurs autres secousses le transformèrent en un diable à ressort coincé dans sa boîte, qu'un enfant enragé cogne par terre.

Puis ce fut terminé. La voiture s'immobilisa à la verticale, mais penchée sur le côté gauche, la portière collée contre quelque chose. Il défit sa ceinture de sécurité et se tortilla vers le haut, mais l'autre portière avant était verrouillée. En s'agitant tel un astronaute claustrophobe, il se glissa entre les deux sièges et se jeta sur la portière arrière. Elle s'ouvrit si aisément que sa sortie lui parut banale, comme s'il partait faire des courses.

Il observa ses membres et se tapota le corps pour procéder à une autopalpation. Il se sentait en super forme. Il écarta les bras et tourna sur lui-même, puis s'arrêta pour faire face au vent et aux flocons qui tourbillonnaient dans l'air et lui picotaient les joues. Des automobilistes s'étaient arrêtés sur le bas-côté pour se précipiter vers lui. Ils se précipitaient ! Vers lui ! Il ouvrit grands les bras en s'exclamant :

– Bienvenue sur le lieu de mon accident !

Mais en un sens, ce fut décevant. Denny avait envie de bavarder, et tout le monde discutait pour savoir ce qu'on allait faire de lui, comme s'il n'était pas là.

– Installons-le au chaud, dit un homme.

Un autre aurait voulu l'allonger par terre avec les pieds surélevés. Et pendant ce temps-là, quelqu'un lui appuyait sur le crâne, juste au-dessus du front. Une femme ! Il lui fit un clin d'œil. Elle dit :

– J'essaye d'arrêter l'hémorragie. Vous pouvez me relayer ? Je suis mal placée.

Il était triste de perdre ce contact, mais il leva la main pour appuyer sur le bandage, un gros gant d'hiver en réalité.

– Ma tête saigne, mais reste haute, déclara-t-il à la foule.

Nul ne sut quoi répondre.

Denny sentit un bras se glisser autour de sa taille.

– Allez, viens, mon gaillard.

La voix et le bras appartenaient à un vieux papy voûté, dont les lèvres disparaissaient sous une barbe grise emmêlée. Il se glissa sur le côté, sous le bras levé de Denny qui appuyait sur sa blessure, et son cou décharné jaillit, telle une tête de coq, sous l'aisselle. Il portait un survêtement orange délavé.

– Fais comme moi, Walt, dit-il, et Denny sentit qu'on l'enlaçait de l'autre côté.

Le deuxième homme était le jumeau de Papy, mais de la génération suivante. Sa barbe était encore noire et son survêtement d'un orange éclatant.

Ils l'aidèrent à avancer. Ils étaient petits, mais forts. *Secs*. Il était en sécurité dans les bras de ces hommes *secs*. Il avait envie qu'ils le conduisent dans leur foyer. Ils avaient certainement une chambre d'amis où il pourrait s'installer. Il se détendit et tous les trois faillirent s'écrouler dans la pente enneigée.

– Faut y mettre un peu du vôtre, dit Papy.

– Désolé.

Quand ils atteignirent l'accotement, Papy et le dénommé Walt l'installèrent en douceur à l'arrière d'une grosse voiture garée de l'autre côté du terre-plein central, en face de l'endroit où Denny avait perdu le contrôle de son véhicule. Papy lui dit d'ôter ses chaussures et ses chaussettes – une idée épatante étant donné qu'elles étaient couvertes de neige – et lui suggéra de s'étendre sur la banquette. Ils avaient laissé tourner le moteur et Denny eut l'impression de s'enfoncer dans une grande baignoire. Papy s'installa au volant, prit une pomme entamée posée sur le tableau de bord et mordit dedans. Des bourrasques ébranlaient la voiture. Denny aurait pu se trouver dans un train-couchettes qui tanguait sur ses rails. Il aurait voulu qu'ils restent comme ça tous les trois, pour toujours.

Mais il entendit le bruit d'une vitre qu'on abaisse. Un élément extérieur allait tout changer. Un policier du Vermont apparut du côté du conducteur, jeta un coup d'œil à Denny et s'adressa à Papy, à voix basse. Denny et les flics ne faisaient pas bon ménage. Ils ne l'aimaient pas, il n'avait jamais compris pourquoi. Il avait déjà eu affaire à la police le matin, dans un bled appelé Waterbury, et ça s'était mal passé. Il se redressa légèrement, sans réussir à apercevoir le pistolet à la ceinture de l'agent. Que devrait-il faire pour l'inciter à dégainer ? Fallait-il se montrer très méchant, très menaçant ? Question intéressante.

L'agent ouvrit la portière arrière, face aux pieds de Denny, et se pencha en avant. À cause de son grand chapeau, il était obligé de relever la tête pour regarder par en dessous. Il devrait découper une petite fenêtre dans le bord, pensa Denny.

– Comment vous sentez-vous ? demanda l'agent.

– En pleine forme. Et vous ?

– Vous avez mal quelque part ? Quelque chose de cassé ?

– Je me porte à merveille.

Denny sourit et agita ses pieds nus sous le nez de l'agent. Il connaissait la suite, alors il souleva son bassin pour extirper de sa poche arrière son portefeuille écrasé par ses fesses. Il tendit le tout à l'agent car il voulait que ce type apprenne à le connaître en passant en revue toutes ses cartes et ses photos. L'agent ne lui demanda pas de sortir lui-même son permis, mais malheureusement il le trouva presque immédiatement. C'était un malin. Denny essaya de se remémorer la dernière fois où quelqu'un avait tenu son portefeuille, un objet si personnel. Jamais, conclut-il. Ce n'était encore jamais arrivé.

L'agent examina le permis, en regardant tour à tour la photo et Denny. Celui-ci aurait pu lui dire qu'il avait grossi depuis que la photo avait été prise, mais c'était plus intéressant de laisser l'agent s'interroger. Ou peut-être qu'il avait regardé la date de naissance et voulait lui dire qu'il ne faisait pas quarante-deux ans. Tout était possible. Socialement, il n'y avait aucune limite.

L'agent lui rendit son portefeuille.

– Quand vous quittez la route, dit-il, ce n'est pas la faute de la route.

– Pardon ?

– À quelle vitesse rouliez-vous, selon vous ?

– Aucune idée.

– Certaines personnes disent que vous rouliez à grande vitesse.

– Elles ont tort. J'ai vu un cerf et j'ai pilé.

– Un cerf ?

– Parfaitement.

Denny se tourna vers Papy et Walt. Ils regardaient

droit devant, comme s'ils avaient d'autres préoccupations, mais il savait qu'ils écoutaient.

– J'ai interrogé quelques témoins.

Denny attendit.

– Et ?

Il adorait dire ça.

– Aucun n'a parlé d'un cerf.

– Peut-être que personne d'autre ne l'a vu. J'ai dix sur dix à chaque œil.

L'agent recula et regarda en direction de la voiture de Denny, comme si le cerf en question pouvait s'être mêlé à la foule rassemblée autour du véhicule. Il se pencha de nouveau à l'intérieur.

– Ça souffle sacrément, dit-il.

– Et ?

– Les cerfs n'aiment pas le vent.

– Sans doute que c'était un cerf pas comme les autres. Un original.

L'agent hocha la tête ; il semblait admettre cette éventualité. Denny était satisfait jusqu'à présent. Parfois, il inventait des trucs uniquement pour rendre la conversation plus intéressante. Un regret, cependant. Après avoir dit « un original », il aurait dû ajouter : « Comme moi ! »

– Donc, vous avez freiné, reprit l'agent. Et ensuite ?

Denny décrivit l'accident. En parlant, il s'aperçut que c'était la première fois qu'il le racontait. Il aurait maintes occasions de recommencer. Une perspective qui ressemblait à un congélateur rempli de glaces.

– Étiez-vous au téléphone ?

Cette interruption troubla Denny. Il n'était même pas arrivé au moment où il glissait à reculons.

– Non.

– Quelqu'un affirme que si. Il dit qu'il a vu votre

bouche remuer quand vous l'avez doublé. Vous téléphoniez avec un kit mains-libres, apparemment.

– C'est peu probable.

– Vous étiez bien en train de doubler quand vous avez perdu le contrôle, exact ?

Denny n'en avait aucune idée.

– Pas exact. Pas exact.

– Oh ? Un tas de gens ont dit que vous étiez en train de doubler. Et que vous rouliez sacrément vite. Un automobiliste a affirmé que vous vous étiez rabattu brutalement de la file de gauche dans la file de droite, et c'est à ce moment-là que vous avez perdu le contrôle.

Denny fit jaillir son bras.

– Quand pourrai-je affronter mes accusateurs ?

Cette phrase avait surgi dans sa tête et il l'adorait. Était-ce dans la Bible ? Il remarqua que Papy s'était penché légèrement sur le côté pour l'observer dans le rétroviseur. Walt avait bougé lui aussi, mais sans doute parce que Denny lui avait flanqué une taloche derrière la tête, sans le vouloir, quand il avait tendu le bras.

L'agent le toisa de haut en bas.

– Aviez-vous attaché votre ceinture ?

– Vous me demandez ça à cause de ma corpulence, hein ? Conduire quand on est enrobé, c'est un crime ?

L'agent se redressa. Il regarda la route, d'un côté puis de l'autre. Il reporta son attention sur Denny, mais cette fois il s'accroupit devant la portière au lieu de se pencher à l'intérieur.

– Les secours arrivent. Ils vont vous examiner.

– J'ai un avion à prendre.

L'agent sautillait légèrement, comme s'il faisait de l'exercice. Denny ne pourrait jamais en faire autant.

– Je crois que vous allez le manquer.

– OK. Mais je veux repartir.

L'agent cessa de sautiller.

– Vous refusez tout traitement médical ?

Denny aimait bien cette expression.

– Oui. Je refuse tout traitement médical. Est-ce que ça fait de moi un connard ?

– Non, monsieur.

L'agent marqua une pause. Une longue pause. Puis il ajouta :

– Ce n'est pas *ça* qui fait de vous un connard.

Denny devait le reconnaître : cette pause avait été excellente, digne d'un professionnel, vraiment. Il abandonna l'agent pour regarder les deux hommes assis à l'avant. Sans bouger ni émettre le moindre son, ils ricanaient. Leur hilarité était contenue et masquée efficacement, mais il n'y avait aucun doute possible. Ces Yankees se moquaient de lui.

2

En dépit de sa position héroïque, Denny reçut un traitement médical, finalement. Du moins, on lui tamponna la tête et le cou avec un produit qui sentait mauvais. Car il avait saigné du cuir chevelu, mais aussi d'une coupure sous la pomme d'Adam, et la bretelle de la ceinture lui avait brûlé l'épaule. C'étaient ses seules blessures. Il en profita pour interroger les secouristes sur ses démangeaisons anales persistantes, mais ils ne semblaient pas désireux d'aborder ce sujet. Et ils prétendaient appartenir au corps médical !

Il signa quelques documents sans les lire et s'éloigna de l'ambulance, en se grattant le cul de manière flagrante. Il contempla sa voiture de location, renversée et pliée contre un gros rocher bleu-vert qui jaillissait de la neige telle une énorme tête de hache. Une des roues arrière était voilée. Plusieurs personnes étaient encore rassemblées autour de l'épave ; elles la montraient du doigt et échangeaient des commentaires sans se soucier du vent et des bourrasques de neige. Avril dans le Vermont, pensa Denny. Qu'ils le gardent. Une remorqueuse s'était garée le long du terre-plein central ; le chauffeur traînait un câble vers la voiture. Par moments, le câble restait coincé et tirait sèchement le type en arrière, lui arrachant des jurons.

Denny se demandait ce qu'il allait faire maintenant, quand Walt l'attrapa par le bras et le ramena à sa voiture, que Denny put identifier cette fois : une vieille Mercedes grise. Walt avait déposé sa valise et son ordinateur portable dans le coffre. Il expliqua que quelqu'un les avait récupérés à l'arrière du véhicule accidenté, mais ils n'avaient pas réussi à ouvrir le coffre. Y avait-il quelque chose à l'intérieur ? Denny s'interrogea. Devait-il répondre oui, alors qu'il n'y avait rien ? Finalement, il répondit non et retrouva sa position originelle sur la banquette arrière. Tout était comme avant, douillet et calme. La pomme de Papy, rognée jusqu'au trognon, était posée sur le tableau de bord.

Mais le policier du Vermont vint tout gâcher une fois de plus. Il ouvrit la portière et se mit à blablater sur les dangers de la vitesse au volant, en disant que Denny avait eu de la chance de ne pas percuter ce rocher plus violemment. Très souvent, les gens le sermonnaient sur tel ou tel sujet, et dans ces moments-là il avait une manière bien à lui de regarder dans le vide. Le policier décrivit un accident sur le lieu duquel il s'était rendu ; « un autre fou du volant » avait eu la poitrine transpercée par une barrière de sécurité. Denny répondit qu'il avait dû être embêté pour conduire ensuite, ce qui provoqua une certaine agitation chez le policier, et Papy dut l'éloigner de la voiture. Quand Papy revint, il tenait la contravention rédigée par le policier. Il la jeta sur le siège arrière, mais Denny savait qu'on se payait sa tête.

Walt lui expliqua que son père et lui avaient prévu de quitter l'autoroute à Montpelier, mais ils pouvaient le déposer à un hôtel avant de regagner leur ferme. Il avait besoin d'une chambre, étant donné qu'il ne pourrait sans doute pas prendre un avion avant le lendemain.

Un retour en arrière, songea Denny, car il se souvenait d'être passé devant la sortie de Montpelier avant son accident. Il dit oui à tout, mais il était sincèrement étonné de ne pas être invité chez eux. Alors que Papy déboîtait sur la chaussée, Denny se retourna vers sa voiture de location que l'on hissait sur le plateau du camion. Il se demanda ce qu'elle allait devenir.

Dans la Mercedes chaude et silencieuse, Denny lutta contre le sommeil car les deux types voudraient certainement bavarder. *Qu'est-ce qui vous amène dans le Vermont ?* Après quelques kilomètres, il se demanda pourquoi ça ne venait pas. Ils restaient là, sans rien dire. Et soudain, tenez-vous bien, ils commencèrent à bavarder *entre eux*. Comme s'il n'était pas là ! En fait, ils ne bavardaient pas, ils se disputaient. Denny avait cru voir en eux deux personnes de compagnie agréable, mais voilà qu'ils s'engueulaient. Il se joignit à la dispute, à sa manière : chaque fois que l'un des deux parlait, il fredonnait en même temps, dans son coin ; sa douce mélodie suivait les courbes de leurs propos.

Une voie ferrée longeait la grande route à travers un champ de neige. En fait, Denny ne voyait pas vraiment les rails, mais il devinait leur présence. Las des jacasseries des deux hommes, il ferma les yeux et se représenta l'installation de son Streamliner Hiawatha. De retour chez lui, il la compléterait. Pour commencer, il introduirait un grand éclat de pierre bleu-vert au bord de la route, à côté de la voie ferrée qui allait vers l'ouest. Il regrettait de ne pas avoir cassé un bout du vrai rocher pour le glisser dans sa poche. Ensuite, il ajouterait ces deux rustres dans leur Mercedes, sans doute au niveau de l'entrepôt. Il avait déjà en tête deux figurines auxquelles il pourrait peindre une barbe. Papy irait dans la tour de triage. Denny se voyait en train de le placer là, comme s'il y était. Quant à Walt, il lui attribuerait un boulot en extérieur, loin de Papy. Il ne voulait pas que sa salle de jeu résonne des échos de leur dispute.

Denny se réveilla lentement. Il était allongé sur la banquette arrière, les genoux relevés. Habituellement, il ne faisait pas de sieste. Cela voulait-il dire qu'il avait été victime d'une commotion cérébrale ? Il l'espérait. Walt était penché par la portière ouverte ; sa barbe noire flottait juste au-dessus de lui. Denny lui adressa un sourire rêveur, mais Walt lui fit signe de descendre d'un brusque signe de tête. Denny se redressa et s'étira. Papy lui faisait le coup de l'observation dans le rétroviseur. Denny le remercia pour le trajet.

– Faut vous nettoyer, dit Papy.

Denny acquiesça distraitement et descendit de voiture. L'hôtel, qui voulait imiter le style urbain, arborait un portique décoré de fausses colonnes qui menait du trottoir à l'entrée. Walt entraîna Denny à l'intérieur, jusqu'à la réception déserte. Il posa la valise et l'ordinateur par terre et s'écria :

– J'ai un client pour toi, Betsy !

Denny entendit un « Oooh » venant de derrière une cloison en bois foncé qui cachait tout.

– C'est toi, Walter ? Qu'est-ce que tu viens faire en pleine cambrousse ?

– Faut que je file.

– Attends un peu.

Une chaise racla un plancher nu derrière la cloison.

– Je te le laisse.

Walt s'empressa de filer, abandonnant Denny à sa perplexité face à ce départ soudain. Après avoir été si sympathique, Walt l'avait-il pris en grippe ? C'était toujours difficile à dire.

Et où était l'employée de la réception ? Denny perçut un échange à voix basses entre un homme et une femme, suivi d'un nouveau raclement de chaise. Il régnait une sorte d'ambiance familiale, comme s'ils cassaient la croûte, là-derrière. La femme qui apparut enfin avait des cheveux blancs et un visage rempli d'espoir, si pâle qu'il semblait légèrement saupoudré de farine. Elle balaya le hall du regard en s'approchant du comptoir, sur lequel Denny frappa avec autorité.

– Je m'appelle Dennis Braintree et j'aimerais une chambre pour la nuit.

La femme pinça les lèvres. Bizarrement, elle resta immobile. Elle ne consulta aucun registre, elle ne regarda pas l'écran d'ordinateur qui se trouvait devant elle. Au lieu de cela, elle parut se livrer à une opération de calcul mental. Quand elle s'exprima, ce fut d'une voix mourante :

– Je n'ai plus de chambres.

– Quoi ?

– Je n'ai plus rien.

– Plus rien ? Je suis au milieu de nulle part. (Denny agita les bras comme pour prouver ce qu'il avançait.) C'est un chalet pour skieurs ou quoi ?

– Le corps législatif est en session.

Denny fronça les sourcils. Étaient-ils passés à un autre sujet ?

– Et ?

– L'hôtel est plein à craquer de législateurs. Jusqu'à mercredi. Revenez jeudi.

Denny éclata de rire.

– Mon but n'est pas de passer une nuit *quelconque*

dans *cet* hôtel. C'est de passer *cette* nuit dans *n'importe quel* hôtel.

– Tous les autres seront complets aussi.

Le silence s'abattit. Un silence total. Denny regarda d'un œil soupçonneux l'escalier en bois sombre.

– Ça ne m'a pas l'air très animé.

– Les législateurs sont tous en face. Dans nos salles de réunion. (Ses yeux papillotèrent derrière ses lunettes ; elle semblait le jauger.) Néanmoins…

Elle fronça les sourcils, songeuse.

– Et ? répondit Denny, bien que ça ne colle pas vraiment.

– Quelqu'un vient de descendre une valise. Ce pourrait être Mort Shuler. Bronia a dit qu'il serait peut-être obligé de retourner à Brandon plus tôt que prévu… à cause de Freckles, vous comprenez.

Le casting avait explosé. Denny était-il censé demander qui étaient tous ces gens ?

– En attendant, je vais vous donner le cagibi. Vous avez l'air fatigué, presque grincheux.

La porte de l'hôtel s'ouvrit. La réceptionniste tourna la tête et lança :

– La promenade a été bonne ?

La femme qui venait d'entrer sourit et répondit :

– Oui, Betsy. Merci.

Betsy l'informa que quelqu'un l'attendait au restaurant.

Denny interrogea Betsy – il était doué pour retenir les noms et les utiliser ensuite – sur les transports aériens et elle lui remit les horaires de la navette, en précisant que le nouveau chauffeur, Charles, était beaucoup moins sympathique que l'ancien, Seth, qui souffrait d'un problème de dos. Denny la remercia pour ces renseignements et demanda la clé de sa chambre. Betsy lui répondit que la porte n'était pas fermée à clé.

– On est dans le Vermont.

L'ascenseur était situé au bout d'un couloir. En chemin, Denny vit une femme trapue qui regardait d'un air féroce un téléphone public. Elle portait un uniforme turquoise délavé : une femme de chambre. Quand Denny approcha, elle détourna la tête, puis lui jeta un regard perçant au moment où il passait. Le téléphone lui sonna au visage. Elle décrocha et dit quelque chose dans une langue bizarre. Cette conjonction d'événements donna à Denny l'impression d'être l'objet d'une surveillance dans un pays étranger. La femme se retourna pour continuer à le dévisager après qu'il eut pénétré dans l'ascenseur. Il se pencha en avant et rentra son ventre pour vérifier que sa braguette était bien fermée, et il découvrit que sa chemise était tachée de sang. Voilà qui expliquait le regard insistant, mais cela fit naître une autre question : pourquoi Betsy n'avait-elle eu aucune réaction ? Quel était donc cet établissement qui accueillait les clients ensanglantés sans aucune question ?

Dans l'ascenseur, il se cita lui-même : « Mon but n'est pas de passer une nuit *quelconque* dans *cet* hôtel. C'est de passer *cette* nuit dans *n'importe quel* hôtel. » Quel dommage que les gens n'apprécient pas davantage sa compagnie. Il avait tant à offrir. Les jeux de mots, par exemple. Nul ne pouvait rivaliser avec lui sur ce terrain. Mais il n'avait pas fait de jeux de mots à voix haute depuis plus de trois mois, depuis que Ruth lui avait tout déballé à la cafétéria. Elle affirmait que les jeux de mots « tuaient la conversation ». Elle les qualifiait de « foncièrement antisociaux ». Et pendant qu'elle y était, elle lui avait reproché d'être toujours dans le passage. Pour se défendre, il avait fait remarquer que la cafétéria était exiguë ; Ruth avait rétorqué qu'il était dans le passage *partout*, dans la salle des photocopieuses, dans le hall, à l'épicerie du coin. « C'est pas uniquement un problème de corpulence. On dirait que tu *sais* que tu es dans le passage, et que tu *restes* dans le passage. » Comme si elle était parfaite, elle, avec son élocution ralentie. Ses phrases se déroulaient de manière si glaçante que la seule façon pour Denny de les rendre tolérables consistait à y introduire des mots secrets de son cru : « J'aimerais (de tout mon cœur) que tu prennes la peine (toi et personne d'autre) de nettoyer (yé yé) la cuvette après. » Ce joyau inoubliable concernait les toilettes du personnel qu'il devait récurer chaque fois qu'il se soulageait, affirmait-elle. Son patron la soutenait, il était donc obligé de prendre le détachant bleu sous le lavabo et de se mettre à genoux pour frotter comme un malade. Ces deux-là s'y entendaient pour tuer la sensation de bien-être qui accompagne la défécation. Ruth se plaignait toujours d'autre chose également, mais il avait oublié ce que c'était. Pas facile de tout retenir.

– « Une nuit *quelconque* dans *cet* hôtel, murmura-t-il. *Cette* nuit dans *n'importe quel* hôtel. »

S'il était capable d'évoluer à ce niveau en permanence, il aurait toujours le dernier mot. Quand était prévue la prochaine dispute ? Au comptoir de la compagnie aérienne, certainement. Ils lui reprocheraient d'avoir manqué son avion. Il serait obligé de ressortir le cerf. Il pourrait même ajouter : « Il y avait du vent, alors je ne m'attendais pas à voir un cerf. » Ou bien : « Étant donné qu'il y avait du vent, je ne m'attendais pas à voir un cerf. » « Étant donné que », ça sonnait bien. Il répéta la phrase plusieurs fois, sur différents tons. Alors que la porte de l'ascenseur s'ouvrait au troisième étage, il se souvint de l'autre reproche que lui adressait Ruth : il parlait tout seul.

Un type râblé aux joues rouges, portant une chemise de soirée trop moulante, l'empêchait de sortir de la cabine. Il avait le nez plongé dans une liasse de feuilles agrafées dans le coin supérieur, qu'il faisait défiler rapidement. Soudain, il s'aperçut qu'il bloquait le passage et il s'écarta pour permettre à Denny de quitter l'ascenseur.

– Mortimer ! s'exclama un autre type qui sortait d'une chambre, un peu plus loin dans le couloir. Tu vas au dîner ? Marge sera là. Elle est marrante.

Le type râblé ricana.

– Marrante ? fit-il, sceptique. Je ne peux pas, de toute façon. Faut que je rentre.

Il bloquait la porte de l'ascenseur avec son bras, en tournant le dos à Denny. Son autre bras, tendu comme pour assurer son équilibre, tenait la liasse de feuilles et empêchait Denny d'avancer dans le couloir.

– À Brandon, dit Denny derrière lui.

– Exact ! répondit Mortimer.

Il jeta un regard à Denny en s'engouffrant dans l'ascenseur.

– À cause de Freckles, ajouta celui-ci.

La porte se referma, mais Denny entendit les paroles étouffées :

– Encore exact.

Il marcha dans le couloir en gloussant. Il avait atterri dans un tout petit monde. La ville miniature des Betsy, des Mortimer et des Marge, et les gens savaient tout car il n'y avait pas grand-chose à savoir. C'était comme une ville de maquette de train pleine de petits personnages. On pouvait les prendre et les mettre où on voulait.

Il suivit les indications de Betsy pour atteindre le cagibi : au bout du couloir, tourner à droite dans l'aile arrière du bâtiment – plus froide que l'aile principale, elle avait oublié de le préciser – puis encore à droite, dans un cul-de-sac qui s'achevait par une porte en bois peinte en marron, sans numéro ni rien. C'était la caractéristique du cagibi : l'absence de caractéristique.

La porte vint cogner immédiatement contre un lit métallique. Denny se faufila à l'intérieur avec ses bagages. Le lit occupait toute la pièce, à l'exception d'un espace de quarante-cinq centimètres au pied et à la tête, et de chaque côté. Il n'y avait pas de fenêtre et l'unique porte était celle par laquelle il était entré. Pas de salle de bains, mais cela n'avait rien de surprenant. Betsy lui avait suggéré d'utiliser les toilettes du hall – « si vous voulez », avait-elle ajouté, comme si d'autres options s'offraient à lui. Il n'y avait pas de téléphone sur la table de chevet. À titre d'information, il n'y avait pas non plus de table de chevet. Le seul objet, outre le lit, était une petite boîte en plastique violet avec une poignée jaune, dans un coin. Denny la prit et la posa sur le lit. Il souleva le fermoir en forme de cœur et l'ouvrit. Il s'agissait d'un coffret à bijoux pour enfants, rempli de bagues, de colliers et d'énormes boucles d'oreilles. Des petits casiers portaient la mention « Polly Pocket ». Ils s'ouvraient sur de microscopiques pièces de maisons de poupée habitées par des personnages d'un centimètre. Denny commença à s'immerger dans une de ces pièces. Il s'obligea à refermer la boîte et à la ranger dans le coin.

Il tapota ses poches de manteau à la recherche de son portable, qui avait dû glisser sous le siège du passager quand il avait perdu le contrôle de son véhicule. Maintenant, il se trouvait quelque part dans l'épave de sa voiture de location, où qu'elle soit. Il allait devoir appeler la compagnie aérienne en utilisant le téléphone public du rez-de-chaussée, à condition que Mme Regard Noir ait terminé. Ce qui lui rappela qu'il devait changer de chemise, même s'il n'en avait pas très envie. Il y avait quelque chose qui lui plaisait dans le fait de porter une chemise ensanglantée. Il pensa à l'employé des wagons-lits de son installation ferroviaire et décida d'ajouter une tache de sang sur sa chemise blanche. Sacrée intrigue ! Puis une autre idée lui vint. Papy et Walt dirigeaient une exploitation d'érables. Voilà pourquoi ils s'étaient disputés dans la voiture : une histoire de gestion. Avant d'installer les deux hommes dans son décor, il leur plongerait la tête dans du sirop d'érable et il renouvellerait l'opération toutes les semaines environ. Pour les spectateurs, le résultat serait suffisamment évocateur, mais pas trop.

Il étudia les horaires de la navette dans l'ascenseur. Le téléphone était libre et l'employée de la compagnie aérienne se montra étonnamment serviable. Elle lui exprima les regrets officiels de sa société suite à son accident et lui trouva une place sur un autre vol à destination de Chicago ; celui-ci décollait de Burlington le lendemain en fin de matinée, à un horaire correspondant à celui de la navette. Il n'eut même pas besoin d'évoquer le cerf. Il appela son bureau ensuite, mais son patron était sorti. Il laissa un message disant qu'il réessaierait plus tard.

Dans le hall, Betsy était postée derrière son comptoir, les yeux grands ouverts, aux aguets, comme si elle n'avait fait qu'attendre son retour. Il lui demanda où il pouvait acheter un téléphone portable.

– Vous trouverez une boutique juste à côté de l'ancienne boulangerie Gretchen.

Denny avait du mal à visualiser.

– Il reste une enseigne qui indique « Boulangerie Gretchen » ?

– Mon Dieu, non ! Le bâtiment a entièrement brûlé, ça fait une éternité.

– Il y a quoi à la place ?

– Rien, c'est resté un terrain vague.

– Alors, vous pourriez dire… (Denny commença à agiter les bras, mais il se refréna)… la boutique de téléphones se trouve à côté d'un terrain vague.

– Je pourrais, oui, mais vous venez de le faire.

Elle se pencha pour prendre quelque chose sous le comptoir, ce qui permit à Denny de la reluquer. Elle se redressa en tenant une paire de grandes bottes noires avec des franges en haut.

– Mettez ça.

– Hein ?

– Ce que vous avez aux pieds, ce n'est pas adapté à dehors. Je le devine. C'est quoi ? Des baskets ?

Elle le regarda droit dans les yeux, comme si le spectacle de ses chaussures la révulsait.

– Oui, des baskets.

Elle agita les bottes à bout de bras.

– Mettez-les.

– Inutile. Du moment que je marche sur les trottoirs…

– Enfilez ça.

Denny soupira, quitta ses chaussures et glissa ses pieds dans les bottes. Elles lui allaient parfaitement. Il ramassa ses baskets et les tendit à Betsy. Elle voulut les prendre, mais il resta un vide de trente centimètres entre ses mains et les chaussures. Comme elle ne faisait rien pour le combler, Denny la dévisagea et découvrit avec stupeur qu'elle ne voyait pas. Il déposa les baskets dans ses mains, délicatement, et elle s'en saisit de manière naturelle.

– N'oubliez pas, dit-elle, en déposant les baskets sous le comptoir, que vous allez devoir vous débrouiller avec Little Timmy à la boutique de téléphones. Son père sera parti à la chasse aux matous. À la saison de la chasse au cerf, Big Timmy rentre toujours bredouille ; il emmène son fusil se promener, pourrait-on dire, et ensuite il va se venger sur un matou.

Pendant qu'il boutonnait son manteau, Denny observa Betsy et résista à l'envie de lui demander ce que ça faisait d'être aveugle. Il savait que ça ne serait pas bien. Généralement, il comprenait qu'une chose n'était pas bien quand c'était trop tard ; il avait déjà ouvert la bouche. Mais là, il comprit à temps qu'il devait la boucler, même s'il sentait les mots cogner contre ses lèvres, comme une foule paniquée qui tente d'enfoncer une porte.

Une fois dehors, il prit la direction de ce qui ressemblait au quartier des affaires, à la recherche d'un terrain vague. On était en fin de journée et il ne neigeait plus, mais une masse de nuages gris semblait faire pression sur la ville et l'étouffer comme un couvercle hermétique. Un mouvement sur un toit attira son attention. Un type était en train de le déblayer à la pelle ; il faisait dégringoler la neige dans une ruelle, deux étages plus bas. Tous les bâtiments de la rue avaient des toits plats. Pourquoi les construisaient-ils ainsi ? Ils ne savaient pas qu'il neigeait, par ici ? Ce genre de détail sonnerait faux dans une maquette, alors qu'il correspondait à la réalité. Denny aimait bien cette idée d'avoir tort en apparence, tout en ayant raison.

– Joli manteau.

Denny comprit que ces paroles lui étaient destinées

seulement quand l'homme qui les avait prononcées fut passé. Il marchait en sens inverse et, le temps que Denny se retourne, le type lui tournait le dos, mais il agitait la main comme s'il se savait observé. Ce commentaire, bien qu'étrange, était justifié : c'était un joli manteau, un long pardessus en laine noire dans lequel Denny aimait s'envelopper. Il l'appelait son manteau d'agent secret.

Il atteignit un T où la rue prenait fin : le centre névralgique de la ville. Aucun terrain vague en vue. Et il ne savait pas où aller. Il aperçut un jeune homme pâle, mince et barbu, qui approchait à grands pas.

– La boutique de téléphones ? demanda Denny.

Le type s'arrêta aussitôt et repartit à reculons dans la direction opposée, de manière si brutale que Denny songea à une boule de flipper qui rebondit contre un bumper. Après quelques enjambées en marche arrière, le pâle individu s'arrêta au niveau d'une étroite voie piétonne entre deux bâtiments de brique et tendit le doigt d'un air théâtral, tel un explorateur sur un timbre commémoratif. Denny le rejoignit et jeta un coup d'œil dans le passage. Tout au bout, il entrevit ce qui ressemblait à un terrain vague : les restes de Gretchen, probablement. Il remercia le mime et observa sa barbe de plus près ; c'était un ensemble bicolore : une pointe rousse au menton sur un fond de poils blonds.

Dans la boutique, un être humain plus traditionnel aida Denny à repartir avec un portable neuf. Il s'arrêta dans une sandwicherie pour faire le plein du soir. En ressortant, il faillit percuter une femme de son âge, plus ou moins. Elle recula en lui tenant la porte, puis marqua un temps d'arrêt.

– Sacré manteau, commenta-t-elle en riant. Qui est mort ?

Denny pressa le pas. Son manteau évoquait le deuil, en effet. Il était vrai également que personne d'autre dans cette ville ne portait un gros pardessus. Tous les gens semblaient emmitouflés dans des trucs en laine polaire, des anoraks ou des accoutrements à carreaux. Quoi qu'il en soit, il n'avait jamais connu une telle expérience sociale, où des inconnus se permettaient de faire des remarques sur son apparence. Ne disait-on pas des habitants de Nouvelle-Angleterre qu'ils étaient taciturnes ?

À proximité de l'hôtel, un homme avec deux golden retrievers s'adressa à Denny de loin et se précipita vers lui. Ses chiens lui emboîtèrent le pas, sans laisse, et demeurèrent près de lui. Sans les quitter des yeux, Denny marcha vers l'hôtel, à contrecœur. Il sentait monter la peur. Il la voyait prendre une forme physique : une vapeur qui s'échappait par ses pores et flottait jusqu'aux truffes des chiens.

– La vache, c'est ça le look Floride ? demanda le type en reluquant, bien évidemment, le manteau. Ça m'a l'air un peu trop chaud pour là-bas. Mais je reconnaîtrais ces bottes de gonzesse n'importe où.

Floride ? Bottes de gonzesse ? se dit Denny. Les deux chiens reniflèrent les franges et leurs queues s'agitèrent doucement, en cognant l'une contre l'autre.

– Ils sont contents de vous voir, dit l'homme.

– Et moi aussi, répondit Denny.

Il espérait qu'ils n'étaient pas capables de flairer le mensonge. Il s'éloigna lentement, très lentement, puis se mit à courir pour parcourir les derniers mètres qui le séparaient de l'hôtel.

3

– Alors, la promenade a été bonne ? lança Betsy derrière son comptoir.

Denny comprit immédiatement sa combine : elle faisait semblant de savoir qui venait d'entrer. En vérité, il aurait pu tout aussi bien être un de ces chiens dehors. Cette pensée lui donna envie d'aboyer… ce qu'il fit. Un aboiement de chiot joyeux.

– Ah ! Monsieur Braintree. J'en déduis que oui. Tenez… j'ai une clé pour vous.

Elle la déposa sur le comptoir, plus bruyamment qu'elle ne l'aurait voulu sans doute, à en juger par sa petite grimace. Denny prit la clé.

– Mortimer a rendu sa chambre, précisa Betsy. Vous êtes dans la 408 maintenant. Vous pouvez vous installer quand vous voulez, mais le plus tôt sera le mieux. Car je viens d'apprendre que mon neveu est de retour. (Elle soupira.) Il est resté absent si longtemps, le pauvre. Trois ans. Je suis heureuse de savoir qu'il est revenu à la maison. Heureuse et triste à la fois.

Denny aimait les occasions où il savait ce qu'il était censé dire.

– Pourquoi triste ?

– S'il est en ville, pourquoi il n'est pas venu me faire un bisou ?

Denny connaissait la suite du dialogue, également.

– Peut-être qu'il n'a pas réussi à vous trouver.

– C'est gentil de dire ça.

Elle tendit le bras, comme si elle voulait le toucher. Il hésita, puis avec sa main il frôla celle de Betsy, qui s'était posée sur le comptoir, pour qu'elle puisse la localiser. Lorsqu'elle recouvrit sa main avec la sienne, Denny éprouva une étrange sensation.

– Il loge ici de temps en temps, reprit-elle. Quand il a besoin de compagnie. Quand il a envie d'un bon repas, préparé par quelqu'un qui l'aime. Cette grande et vieille ferme, c'est trop dur à assumer parfois. Il est perdu. Il aime bien le cagibi, sa « piaule de dépannage », comme il l'appelle.

– Je la lui cède volontiers, dit Denny. Sans vouloir vous vexer.

– Il n'y a pas de mal.

Elle lui rendit sa main, se baissa derrière le comptoir et réapparut avec les chaussures de Denny. Celui-ci ôta ses bottes et les lui tendit en prenant soin de les lui mettre dans les mains.

Pendant qu'il attachait ses lacets, Betsy réfléchit à voix haute :

– Heureusement que Mortimer est parti. Sinon, je ne sais pas où j'aurais installé mon Homer. Il a loué sa ferme à Chip Dougherty. Il y a bien la maison de Sarah, mais…

Elle laissa sa phrase en suspens. Denny se sentit de nouveau écrasé par le poids des noms. La porte de l'hôtel s'ouvrit et Betsy tourna aussitôt la tête.

– La promenade a été bonne ? lança-t-elle.

– Oui, Betsy, répondit gaiement la femme qui venait d'entrer.

Le téléphone sonna. Betsy tendit la main, comme

on donne un coup de couteau, et décrocha. Denny s'éloigna du comptoir, mais il songea qu'il devrait peut-être lui signaler qu'il s'en allait, alors il se racla la gorge après avoir fait quelques pas. Sans cesser de parler au téléphone, tout en donnant l'illusion qu'elle suivait du regard la femme qui traversait le hall, Betsy salua Denny d'un geste de la main. Aucun doute, elle était fortiche.

De retour dans son cagibi, il essaya de joindre son patron, mais il tomba sur le répondeur, encore une fois. Il laissa un message, en donnant son nouveau numéro de portable. Après quoi, il fit ses adieux à la minuscule chambre, avec sa boîte de babioles, et s'installa au bout du couloir. Sacré changement : deux canapés, un petit réfrigérateur et, au-dessus du grand lit, un lustre avec des ampoules en forme de bougie. Une porte-fenêtre donnait sur un petit balcon en fer forgé. Il ouvrit les rideaux, au-dessus d'un bureau installé près de la porte-fenêtre. De l'autre côté de la rue, au-delà d'une large étendue d'herbe, se dressait le siège de la législature avec son dôme doré. Une statue perchée au sommet semblait observer Denny. En regardant vers le bas, il vit qu'une véritable personne l'observait pour de bon. Il s'agissait de Deux Tons, le mime, assis sous un abribus, sur le trottoir d'en face. Son regard s'était posé par hasard sur Denny, posté à la fenêtre, mais maintenant on aurait dit qu'il le mettait au défi de baisser les yeux en premier.

Au bout de plusieurs minutes, des coups frappés à la porte obligèrent Denny à céder. En ouvrant, il découvrit un homme frêle avec des lunettes demi-lunes et une cravate à impression cachemire. L'homme jeta un regard féroce à Denny, puis reporta ses soupçons sur le numéro de la chambre indiqué sur la porte.

– Mortimer a été obligé de retourner à Brandon à cause de Freckles.

Denny éprouva un étrange plaisir à prononcer cette phrase.

L'homme pinça les lèvres, soupira bruyamment par le nez et repartit. Au moment où Denny refermait la porte, son portable posé sur le bureau se mit à sonner et à vibrer.

C'était son patron. Roscoe ne lui laissa pas le temps de dire « Allô ? ».

– Qu'est-ce qui vous a pris ? Nous avons déjà parlé des conséquences de vos articles. Je vous ai dit précisément ce que vous ne deviez pas faire, et vous l'avez fait. « Le décor ferroviaire d'Alec ne m'a pas invité à entrer. J'ai essayé d'y entrer, mais il n'a pas voulu. Et Alec non plus. » Denny, savez-vous tout ce qui ne va pas là-dedans ?

– Certainement pas le rythme. Je le trouve très joli.

– Le but du *Modéliste intrépide* est d'encourager la pratique du modélisme, pas de la décourager. On ne dégomme pas ainsi la maquette que quelqu'un a mis six ans à construire. C'est l'erreur numéro un. Erreur numéro deux : personne n'*entre* dans un décor de maquette. On est censé le regarder. C'est ce que font les gens normaux.

– Vous avez bien compris ce que je voulais dire…

– Non. Vous me répondez toujours la même chose et je commence à en avoir assez. Comme j'en ai assez des plaintes que je reçois à votre sujet. Alec a appelé après votre visite. Il dit que vous vous êtes affalé sur son installation.

– J'ai posé ma tête dessus. C'est tout.

Roscoe émit un drôle de rire.

– Vous avez failli écraser sa cabine d'aiguillage. Une plaque tournante à trois cents dollars !

– J'essayais d'imaginer la scène.

– Ah oui ? Eh bien, essayez d'imaginer *cette* scène : je suis assis dans mon bureau, vendredi, et je reçois coup sur coup deux appels de deux annonceurs différents concernant notre numéro du mois dernier. Votre article n'était pas aussi délirant que celui-ci, mais ces deux types m'ont fait remarquer que rien dans votre compte rendu ne donnait envie à un modéliste d'aller acheter du matériel pour améliorer son installation. Vous parlez de « changements positionnels infimes ». Et maintenant, vous voulez *ôter* des éléments ! Ce sujet d'article que vous avez proposé, « Comment épurer votre décor », c'est sérieux ?

– Il y a trop de bric-à-brac, Roscoe. C'est une entrave…

– Ah bon ? C'est *vous* qui êtes une entrave… une entrave aux bénéfices ! Peut-être que vous devriez rester chez vous et simplement *imaginer* des décors ferroviaires, au lieu de les commenter. N'est-ce pas votre idéal ?

– Ça me gêne d'écrire des articles destinés à promouvoir des produits.

Au bout du fil, Roscoe demeura muet un instant.

– Voilà une phrase étonnamment normale, Denny. Il y a quelqu'un qui vous coache ? Écoutez, personne ne vous a jamais demandé de « promouvoir des produits ». Si vous pouviez juste décrire le décor de manière sensée, les lecteurs auraient envie d'améliorer le leur et d'acheter des choses.

– Je parle du décor.

– Ha ! Votre décor à vous est… *biographique*, nom d'un chien ! Vous écrivez qu'Alec devrait connaître l'histoire complète de toutes ses figurines. Ce sont des personnages en plastique, Denny. Vous lui avez vraiment demandé depuis combien de temps l'aiguilleur était marié ? Il portait une alliance au petit doigt ?

– Oui. C'était peut-être un défaut, mais ça m'a fait réfléchir.

– Ah oui ? Eh bien, réfléchissez à ceci : ne pourriez-vous pas gagner votre vie d'une autre façon ? Car je suis à bout. Vous usez les gens, Denny. Regardez dans quel pétrin vous m'avez fourré. J'ai une date de parution à respecter et je me retrouve avec cinq pages vides car vous ne m'avez pas donné de quoi les remplir. J'ai supporté beaucoup de choses. J'ai dû tolérer vos préjugés contre le *kitbashing*. J'ai supprimé vos effroyables plaisanteries. Vous m'avez harcelé pour que je publie un portrait de Rod Stewart. Et d'où vient cette obsession pour les gestes de la main ? Il ne doit pas y avoir forcément dans chaque installation un rustre qui agite la main.

Denny avait eu droit à deux gestes de la main aujourd'hui : un de la part de l'homme qui lui avait dit « Joli manteau », et l'autre de Betsy, au moment où il s'éloignait de la réception.

– On m'a fait deux gestes de la main aujourd'hui, Roscoe.

Après un silence, celui-ci dit :

– Je ne sais pas quoi répondre, Denny. Sincèrement, je ne sais pas. Écoutez, j'ai accepté de rectifier vos phrases, mais je renonce à essayer d'en faire autant avec vous. Je m'inquiète pour vous. Je vous aime bien. Enfin, pas exactement. Mais je me fais du souci. Non, je ne me fais aucun souci. En vérité, vous êtes viré. Je n'ai jamais renvoyé personne, Denny. Ruth ne connaît toujours pas l'orthographe, pourtant c'est ma correctrice et je la garde. Vous, en revanche… je ne peux plus vous supporter.

Roscoe continua à parler, mais Denny ne voulait plus l'écouter. En raccrochant, il eut une idée de biographie pour l'aiguilleur marié, un ravissant petit personnage avec des boucles blondes qui dépassaient de sous sa casquette. Il pourrait être marié à une dénommée Ruth, très mauvaise en orthographe. Son métier consisterait à taper des comptes rendus médicaux enregistrés. L'aiguilleur, lui, serait bon en orthographe et, le soir, il corrigerait les fautes de Ruth. En signe de gratitude, et parce qu'elle aimait son mari, un matin elle le laisserait dormir, elle enfilerait son uniforme et actionnerait les aiguillages à sa place, le visage masqué par la casquette. Toute la journée, le chef de triage regarderait par sa fenêtre sale en murmurant : « Olsen a changé. On dirait qu'il a maigri. »

On frappa à la porte en pleine nuit : des petits coups secs et rapides qui ressemblaient aux cliquetis d'une machine l'extirpant de son sommeil. L'obscurité de la chambre d'hôtel était totale et il dut avancer pas à pas, en chaussettes, du lit à la commode, de la commode à la porte. Il l'entrouvrit pour annoncer que Mortimer n'était pas là, mais la personne qui frappait – une femme forte et vive – poussa la porte, suffisamment pour se faufiler dans la chambre. Avant d'entrer, elle avait jeté des coups d'œil d'un bout à l'autre du couloir, et maintenant elle gloussait dans le noir.

– Ouf ! fit-elle. Ike est dans les parages. Je n'aime pas Ike. Je n'aime pas non plus la salope qui était avec lui. (Elle glousse de nouveau.) Vous êtes où ?

– Ici.

– Attendez…

Elle chercha l'interrupteur à tâtons et inonda d'une lumière crue Denny, qui la regarda avec les paupières plissées, en caleçon.

– Vous n'êtes pas Mortimer le chic type. C'est pas la bonne chambre ?

Denny s'empressait d'enfiler son pantalon.

– Si, c'est la bonne chambre, dit-il, mais Mortimer est parti.

La femme se toucha le front du bout des doigts, comme frappée par une révélation.

– Mais oui, je le savais. Ike me l'a dit au dîner.

Elle demeura bouche bée. Elle semblait bloquée sur une idée, jusqu'à ce qu'un flot de nouvelles réflexions se libère et la pousse vers l'avant.

– On a mangé et bavardé. Et bu.

Elle regardait le vide à l'autre bout de la pièce.

– Et je savais que vous étiez rentré chez vous… Je veux dire, que *Mortimer* était rentré.

Nouveau blocage, suivi d'une nouvelle rafale :

– Mais le temps qu'on revienne à l'hôtel, j'ai oublié et je suis venue vous chercher. Enfin, Mortimer, je veux dire. (Elle chancela.) Faut que je m'asseye.

Elle se précipita vers le canapé et s'y laissa tomber, mais elle se ressaisit. Elle étendit les bras sur le dossier et croisa les jambes, découvrant largement celle du dessus. Sa boule de cheveux châtains bouclés semblait posée sur sa tête, comme une moitié de ballon de basket qui couvrait presque tout son front. Elle jaugea Denny.

– Vous n'êtes pas aussi mignon que Mortimer.

– Je m'appelle Denny. Je ne fais que passer.

Elle entonna une chanson, telle une Ethel Merman qu'on aurait engraissée.

– « Passerrrrr. Passerrrr. J'ai vu passerrrr Abraham

et Isaac… » Chantez avec moi, Denny. Ne jouez pas les rabat-joie.

Elle eut un moment d'absence, puis retrouva ses esprits.

– Comment ça se fait que Mortimer est parti ? C'est à cause de cette saleté de Freckles ?

Denny était occupé à boutonner sa chemise.

– J'en ai bien peur.

Pour produire un petit effet, il ajouta :

– Une fois de plus.

– C'est vrai, ça.

La femme renifla avec mépris.

Denny aurait bien aimé savoir qui était Freckles. Le fils de Mortimer ? Sa femme ? Son cheval ?

– C'est stupéfiant, reprit la femme, devenue philosophe. Je pourrais changer sa vie. Pour toujours. J'ai… une *proposition* à lui faire.

Elle gloussa, puis se tut brusquement. Son regard balaya la chambre.

– Comment il peut s'offrir ça ? Président de la Commission des énergies et des ressources naturelles. Tu parles !

Elle arrêta son regard sur le lustre.

– J'ai toujours eu envie de me balancer à un de ces machins. Faut que je fasse pipi.

Elle se leva et passa devant Denny en sautillant, au moment où il finissait de rentrer sa chemise dans son pantalon.

– Vous n'êtes pas obligé de vous faire beau pour moi.

Elle lui donna un petit coup dans la poitrine et l'inonda de son haleine fruitée.

– Vous êtes Marge ! s'exclama-t-il, fier de sa découverte. La marrante.

Elle revint sur ses pas en titubant.

– C'est Mortimer qui vous a dit ça ? Il ne sait pas tenir sa langue.

Elle pouffa, puis fronça les sourcils. Denny devina alors ce qu'elle allait faire ensuite : secouer la tête, comme pour remettre de l'ordre dans ses pensées. En effet. Il devina également qu'elle allait dire un truc idiot en entrant dans la salle de bains, du style : « À la revoyure ! »

– Ciao ! lança-t-elle.

Les gens ivres sont d'un ennui, pensa Denny. On les voyait arriver avant même qu'ils sachent où ils voulaient aller. Ne serait-ce pas merveilleux d'avoir la même longueur d'avance sur tout le monde dans la vraie vie ? De quoi se prendre pour Dieu.

– Hé, vous avez un jacuzzi ! brailla-t-elle à travers la porte.

Il sut, avant elle, qu'elle allait faire couler l'eau. Ensuite, elle allait se déshabiller et grimper dans la baignoire. Il se repassa le petit coup dans la poitrine. Il reluquait justement celle de Marge à ce moment-là. Bizarre. À croire qu'elle avait voulu le punir. Elle avait le genre de corps qui lui plaisait, et il s'imaginait plongeant ses grosses joues dans son décolleté, leurs rondeurs qui se rencontraient. Il arpenta la chambre, puis s'assit au bord du lit, les mains jointes entre les cuisses.

Question : voudrait-elle de lui ?

Réponse : elle était nue dans son jacuzzi.

Un petit cri d'excitation franchit ses lèvres quand il se leva. Sur la pointe des pieds, il marcha jusqu'à la salle de bains et frappa à la porte, mais beaucoup trop timidement, il le savait, pour couvrir le grondement de l'eau. Il frappa plus fort.

– C'est toi, Mortimer ? (Elle rit.) Je peux t'appeler Mortimer ?

– Et comment !

– Alors, qu'est-ce que tu veux ? Hah ! Comme si je le savais pas. Avec tous ces jets, qu'est-ce qui te fait croire que j'ai besoin de toi ?

La peur l'empêchait de parler.

– Oh, et puis zut ! dit-elle. Entre !

Denny agrippa la poignée.

– C'est fermé.

– Ah, c'est donc que notre union ne devait pas avoir lieu.

Elle rit et brailla autre chose.

– Je n'ai pas entendu.

Elle hurla :

– Tu as une capote ? Je viens d'utiliser la dernière.

Denny pensait à un tas de choses, mais il répondit simplement :

– Non.

En criant, elle lui indiqua la direction d'un drugstore ouvert toute la nuit et lui demanda de rapporter des cigarettes également. Elle lui précisa la marque, le genre, la longueur et le style de paquet. Denny se précipita vers le bureau pour noter. Il sentait que tout reposait sur la réussite de cette mission.

– Je n'en ai pas pour longtemps ! lança-t-il.

Tandis qu'il enfilait ses chaussures, on frappa de nouveau à la porte. Et si c'était ce type dont elle avait parlé, ce Ike, qui la cherchait ?

Non, c'était Betsy.

– Tout se passe comme vous voulez, monsieur Braintree ?

– Tout va bien.

– Tant mieux. Ah, pendant que je suis là, n'auriez-vous pas entendu quelqu'un crier ou chanter ? Une personne a appelé la réception. Je ne veux pas dire qu'elle s'est plainte, mais elle a appelé.

– En fait…

Denny fut surpris de constater qu'il nc pouvait pas lui mentir.

– Toutes les autres chambres sont occupées par des législateurs. Ils travaillent beaucoup et ils dorment beaucoup aussi. Alors, je me suis dit que le bruit venait peut-être de votre chambre.

Elle le regarda. Ou plutôt, elle donna l'impression de le regarder.

– Vous faites couler l'eau du jacuzzi, dit-elle.

– Exact.

– Mais vous n'êtes pas dans le jacuzzi.

– J'ai l'intention d'y aller.

– Mm-hmm. (Elle battit des paupières derrière ses lunettes étonnamment plates.) Comment dire cela… ?

Son visage blanc comme de la farine était impénétrable. Elle inspira à fond.

– Ici, dans le Vermont, nous appliquons la démocratie directe, et celle-ci prend la forme d'assemblées générales de citoyens chaque année…

Elle s'interrompit et recula.

– Je ne suis pas en train de m'adresser à un homme nu, n'est-ce pas ?

– Non, bien sûr que non.

– Vous disiez que vous aviez l'intention d'aller dans le jacuzzi.

Elle tourna la tête sur le côté.

– Oui, mais…

– Le Vermont applique également la démocratie représentative au niveau de l'État, reprit-elle avec persévérance, même si ses paroles se perdaient dans le couloir au lieu de se diriger vers lui. Ces législateurs travaillent beaucoup et…

– … ils dorment beaucoup. Je ne ferai plus de bruit, c'est promis.

– Dans ce cas, tout est réglé… à l'exception de votre nudité.

Le temps que Denny apporte un nouveau démenti, elle était déjà repartie. Il finit d'enfiler ses chaussures, mit son manteau d'agent secret, puis il prit la clé de sa chambre et son portefeuille. Il commença à chercher ses clés de voiture, avant de se souvenir qu'il n'avait plus de voiture. Il s'arracha les cheveux. Tout était fichu ! Il revint vers la porte de la salle de bains et frappa bruyamment.

– Bon sang, tu es toujours là ? brailla Marge.

Denny lui exposa son problème. Elle cria :

– Tu es vraiment doué dans ton genre, hein ?

Elle lui dit de prendre sa voiture et lui indiqua où elle se trouvait sur le parking derrière l'hôtel.

– Les clés sont dans mon sac ! beugla-t-elle.

Denny les trouva. Il aperçut également un paquet de cigarettes qui n'en contenait plus qu'une. Il compara les informations figurant dessus avec ce qu'il avait écrit sur le bout de papier au fond de sa poche. Ça concordait. Il voyait un signe encourageant dans le fait que Marge estime avoir besoin de plus d'une cigarette pour la nuit qui s'annonçait.

Une bombe ! se dit-il en quittant la chambre. Une furie ! Une bombe ! Oh, je l'ai déjà dit.

Heureusement, une porte donnait directement sur le parking ; Denny ne fut donc pas obligé de passer devant la réception, ce qui n'aurait sans doute pas manqué de provoquer une question relative à la brièveté de son expérience dans le jacuzzi. La voiture de Marge, une

Subaru encombrée de fouillis, sentait le tabac. Pendant qu'il inhalait l'air qu'elle avait expiré, il étudia le levier de vitesse et s'exerça ; il n'avait jamais su maîtriser cet instrument. Par à-coups, s'en remettant entièrement à une seconde qui gémissait pour éviter le surrégime et le sous-régime, il parcourut d'abord une petite rue, puis une route à deux voies et repéra sans peine le drugstore ouvert toute la nuit. *Idem* pour le distributeur de préservatifs, mais la quantité d'options lui donna le vertige. Finalement, il en acheta trois paquets différents, en se disant que Marge pourrait l'aider à choisir. Il passa en revue les cigarettes exposées derrière l'employé et dicta ses exigences en consultant ses notes.

Le trajet du retour, avec sa destination déjà connue, livra son esprit à un déferlement de pensées qu'il avait réussi à maintenir en respect depuis que Marge avait rempli le jacuzzi. Réussirait-il à faire assez bien, c'est-à-dire à tenir assez longtemps ? La dernière fois, il y avait un peu plus de deux ans, il avait été trop rapide et il avait tenté de masquer ce qui s'était passé, mais ça n'avait pas très bien marché. Sa partenaire – elle s'appelait Ramona – l'avait obligé à fourrager là-dedans, ce qui ne s'était pas très bien passé non plus. Quel chantier ! Il avait trouvé ça amusant qu'on dise « bouffer », il s'en souvenait, et sur le coup il s'était dit qu'il préférerait bouffer pour de bon. Il craignait que Ramona ne lui crie après parce qu'il avait tout salopé, mais elle s'était endormie, et il avait pu quitter la chambre en douce. C'était super, les hôtels. L'alcool aussi.

La fois d'avant – elle s'appelait Melanie –, quand tout fut terminé, alors que Denny essayait de reprendre son souffle, la fille avait dit : « J'aurais jamais cru que ça puisse être comme ça. » Mais lorsqu'il l'avait rappelée pour qu'ils se revoient, elle lui avait expliqué le sens de ses paroles : elle n'aurait jamais cru que ça puisse être aussi nul.

La dernière femme qu'il avait accueillie chez lui – impossible de se souvenir de son nom – était repartie en faisant la tête, avant qu'il ait eu le temps d'effectuer de véritables progrès. Mais, le lendemain matin, il avait été heureux de découvrir qu'elle lui avait laissé un souvenir. Il était en train de couler un bronze et en prenant le rouleau de papier-toilette sur le réservoir derrière lui il avait constaté qu'elle s'était tamponné la bouche avec. Sans doute avait-elle remis du rouge à lèvres dans l'espoir de trouver quelqu'un d'autre ce soir-là. Sa bouche avait laissé un parfait ovale rouge sur le papier, et quand il s'était torché, c'était un peu comme si elle l'avait embrassé à cet endroit.

Un calme inquiétant régnait sur le parking. Pas étonnant : il était deux heures du matin passées. Denny leva les yeux vers l'hôtel. C'était flippant de regarder des fenêtres éteintes en sachant que des gens dormaient juste derrière. Au-dessus de sa tête, des nuages filaient dans le ciel, masquaient les étoiles, puis les dévoilaient, tel un Monsieur Loyal, *ta-da-da*, et les masquaient de nouveau. Il courut de la porte de derrière à l'ascenseur. Son manteau qui flottait derrière lui, ajouté à la promesse de l'action à venir, lui donnait vraiment l'impression d'être un agent secret. Arrivé au troisième étage, il s'arrêta devant la chambre pour reprendre son souffle.

Sa première pensée, quand il entra, fut de se dire que s'ils devaient faire l'amour il devrait d'abord ôter le lustre qui se trouvait sur le lit. Sa seconde pensée fut : C'est quoi, ce bordel ? Des fils électriques pendaient du plafond, à l'endroit où se trouvait la suspension auparavant. Marge n'était pas sur le lit, ni dans la chambre, ni dans la salle de bains. Elle était sortie de la baignoire en éclaboussant partout. Peut-être attirée par le fracas du lustre. (*C'est toi qui fais tout ce boucan, Mortimer ?* Oh, mon Dieu, encore des cris !) Puis ça lui revint : elle avait toujours eu envie de se balancer à un lustre, lui avait-elle avoué. Il l'imagina prise d'une envie subite après son bain. Elle avait pu grimper sur le lit, agripper le lustre et *boum !* Et ensuite ? Le vacarme avait-il provoqué une nouvelle intervention de Betsy, qui avait débouché sur l'expulsion de Marge ? Mais le lustre avait-il fait du bruit en tombant sur le lit ? Si Marge était tombée par terre, *elle* avait pu faire du bruit. Elle avait même pu se blesser. Était-elle partie mettre un pansement ? Dans ce cas, reviendrait-elle pour lui mettre un préservatif, ou serait-il obligé de la cajoler pour qu'elle revienne ? Où se trouvait sa chambre ?

Une fenêtre allumée répondrait à sa question. L'arrière de l'hôtel était totalement plongé dans l'obscurité et il pouvait examiner la façade depuis son balcon. Il ouvrit la porte-fenêtre, sortit et scruta le devant de l'hôtel. Tout était noir, pas uniquement à l'hôtel, mais aussi loin que portait le regard, dans la rue et au-dessus des toits. Un village endormi et vertueux, cela ne faisait aucun doute. Avec un soupir, Denny revint dans la chambre, en serrant toujours dans sa main le pathétique sac du drugstore. Il le posa sur la commode et entreprit de remettre de l'ordre. Même s'il n'était pas très lourd, le lustre nécessitait une grande envergure pour le soulever et le poser par terre. Des morceaux de plâtre provenant du plafond jonchaient le couvre-lit. Il le replia par les quatre coins et envisagea de le secouer sur le balcon, mais des voitures étaient garées dans la rue juste en dessous, alors il fit glisser les gravats dans la corbeille. Après quoi, à l'aide d'une serviette, il essuya le sol de la salle de bains, inondé par Marge. Il se brossa les dents, soupira face au miroir, régla son réveil à six heures et alla se coucher.

Mais il ne parvint pas à trouver le sommeil. Deux nouvelles idées pour l'installation de son Streamliner Hiawatha le faisaient gigoter dans son lit : une aveugle et une énigme. L'énigme serait un lustre sur le plancher d'une salle de bal. Il n'avait jamais été satisfait du gymnase, de toute façon, avec son équipement grotesque. Il balancerait tout ça pour vider entièrement la salle, à l'exception du lustre par terre. Ce serait intéressant. Il le verrait à travers la petite fenêtre, il sentirait la tension qui en jaillirait. Pourquoi ce lustre était-il tombé ? Depuis combien de temps ? Pourquoi est-ce que personne ne l'avait ramassé ?

Et l'aveugle ? Où la mettrait-il ?

4

Cette fois, c'était le brouillard. Il ralentissait tout : la circulation, les avions, les pensées. Quand le car Vermont Transit entra dans la gare routière de Montpelier avec plus d'une heure de retard, Denny crut le voir flotter hors de la brume. Il le déposa à l'aéroport avec deux heures de retard, mais les avions ne décollaient pas.

Il enregistra sa valise et surveilla la salle d'embarquement jusqu'à ce qu'il dégote un fauteuil sans accoudoirs. Il s'y installa, ferma les yeux et étendit ses jambes le plus possible, en sachant qu'il serait bientôt prisonnier du carcan de son siège d'avion. Il se souvenait du bon vieux temps, quand il pouvait utiliser son physique pour être surclassé lors de l'enregistrement. C'était avant que les compagnies aériennes deviennent inflexibles. Il avait cessé de tenter sa chance le jour où une employée à qui il venait de débiter son argument, « Je suis gros », lui avait rétorqué : « Mais, monsieur, vous saviez que vous étiez gros quand vous avez acheté votre billet. » Le choc !

« M. Dennis Braintree, passager à destination de Chicago, est prié de se présenter au comptoir. M. Dennis Braintree. »

Denny ouvrit brusquement les yeux. C'était exactement ce qu'ils disaient quand sa demande de surclassement avait porté ses fruits. Mais il n'avait rien demandé. Il regarda le comptoir, au-delà des rangées de voyageurs assis. Y avait-il un problème avec son billet ? Il l'espérait. Il aimait bien parler aux gens derrière les comptoirs. Au moment où il basculait vers l'avant pour se lever, il avisa deux hommes postés à l'extrémité du comptoir, deux hommes aux aguets.

Il comprit exactement ce qui se passait. Il était impossible qu'une femme aux gros seins lui donne un petit coup dans la poitrine et se retrouve nue dans son jacuzzi sans que cela se paye d'une manière ou d'une autre. Marge l'avait dénoncé et ces deux types – des flics, de toute évidence – le cherchaient. De quoi l'avait-elle accusé, au juste ? Il avait pris sa voiture, certes, mais avec sa permission. Cette pensée l'incita à palper ses poches de pantalon. Il avait gardé les clés. Une bourde de sa part, d'accord, mais elle n'avait quand même pas envoyé la police à ses trousses pour des clés de voiture.

Un des policiers scrutait la foule à la manière d'une caméra de surveillance qui pivote lentement. Lorsque son regard approcha de la rangée de sièges de Denny, celui-ci fit mine de lacer sa chaussure. Une minute plus tard, quand il releva la tête, les yeux du flic avaient passé leur chemin. Son collègue adressa un signe à l'employée derrière son comptoir. Elle se pencha vers le micro et répéta l'annonce destinée à Dennis Braintree.

Denny regarda un homme s'approcher du comptoir pour une raison qui lui appartenait. Les flics l'interceptèrent, exigèrent de voir ses papiers, les examinèrent, puis le laissèrent repartir et s'écartèrent du comptoir ; duo grotesque, maintenant qu'ils s'étaient démasqués. Denny n'avait qu'à regarder le physique de l'homme pour savoir de quel signalement disposait la police. Il imaginait les lèvres de Marge en train d'articuler le mot.

Il attendrait qu'ils s'en aillent, quitte à louper son avion. Une fois qu'ils auraient renoncé, il en prendrait un autre. Mais, comme s'ils lisaient dans ses pensées, les deux flics reportèrent soudain leur attention sur les voyageurs assis. Ils commencèrent à déambuler au milieu de la foule, un dans chaque rangée, réclamant leurs papiers à tous les hommes enrobés. Profitant de ce qu'ils étaient tous les deux occupés, Denny se leva et se faufila entre les sièges, jusque dans l'allée principale.

« M. Dennis Braintree, passager à destination de Chicago, est prié de se présenter au comptoir. M. Dennis Braintree. »

Ces paroles semblaient le pourchasser. Sans s'arrêter, il jeta un coup d'œil par-dessus son épaule. Il constata alors, avec étonnement, que les deux flics étaient retournés au comptoir ; l'un d'eux pointait le doigt en direction de Denny, mais sans le regarder. Il accéléra. Comment se dépêcher sans donner l'impression de se dépêcher ? En entendant des pas précipités derrière lui sur la moquette, il se prépara à être plaqué au sol. Mais le flic le dépassa à toute allure et ne s'arrêta qu'une vingtaine de mètres plus loin, à un endroit où les portes de la salle d'embarquement, encore à portée de voix des annonces de l'employée, s'ouvraient sur une zone de restaurants. Il se planta là et se mit à dévisager toutes les personnes qui passaient, en pensant à juste titre que leur homme allait peut-être tenter de leur filer sous le nez.

Lorsque Denny ralentit, le flic perçut immédiatement le changement de rythme dans le flot humain. Leurs regards se croisèrent et ce fut terminé. Bouche bée, le flic pointa ses deux index sur Denny et fit mine de lui tirer dessus, à répétition, comme si ses doigts étaient des mitrailleuses. Denny était dépité, mais également déconcerté. Cette pantomime ne correspondait pas du tout au protocole d'une arrestation.

Le flic lui fit signe d'approcher en agitant le bras. Que pouvait faire Denny, à part obtempérer ? Alors qu'il avançait, le flic vint à sa rencontre, et voilà que le bras puissant de la loi se referma autour de son cou dans une étreinte fougueuse. À cause de sa petite taille, le flic était obligé de lever le bras. Il recula d'un pas, avec un sourire jusqu'aux oreilles, et demanda :

– Ça fait combien de temps ?

Notre héros ne trouva pas les mots.

– Tu étais en Floride pendant toutes ces années ? C'est ce qu'on raconte.

La Floride. Denny en avait entendu parler. Il hocha la tête.

– Tu as changé. C'est les cheveux ? Tu as maigri ?

Denny fit un geste vague.

Le flic secoua la tête, abasourdi.

– Je cherche un méchant et je tombe sur un chic type.

Se rappelant soudain qu'il avait une mission à accomplir, il jeta des coups d'œil autour de lui, puis revint sur Denny. Il fronça les sourcils.

– Trois ans. (Le froncement de sourcils disparut.) Oui, ça fait trois ans. Presque jour pour jour. Hé, tu sais comment tu dois m'appeler maintenant ?

Après un silence insoutenable, il dit :

– Inspecteur ! On a ouvert notre petit bureau d'enquêtes criminelles nous aussi, comme les grands. Tu es rentré quand ? Je croyais qu'aucun avion ne pouvait atterrir.

Denny passa en revue plusieurs réponses possibles.

– Hier soir. Tard. J'attends un ami qui doit arriver. Ou pas.

Denny s'esclaffa. Il ne reconnut pas son rire.

– Ouais. Deux tempêtes de neige coup sur coup. Et maintenant, le brouillard. On a un tas de trucs à se raconter. Tu as besoin qu'on te ramène ?

Le mécanisme du langage refusait de s'enclencher.

– Quelqu'un vient te chercher ? Sarah ?

Aucune personne prénommée Sarah n'était censée venir chercher Denny.

– Non, dit-il.

– Dans ce cas, on te dépose. Et ton copain ? Il arrive d'où ?

– Hong Kong.

– Ouah. Par quelle escale ?

– Je ne possède pas cette information.

Le flic attendit.

– Je crois que je vais le laisser m'appeler quand il arrivera, dit Denny.

– Bonne idée.

Le flic frappa dans ses mains avec détermination et regarda par-dessus l'épaule de Denny.

– J'ai un nouvel équipier. Un vrai tigre.

Denny se retourna. L'autre flic avait cessé de scruter la foule ; il se tenait juste derrière lui. Depuis combien de temps ?

– Lance, je te présente un vieux pote à moi. Et un bon receveur, quand il est à jeun du moins. Homer, je te présente Lance.

Le deuxième inspecteur s'appelait Lance. Ça voulait dire que Denny était Homer. *Homer*. Le premier inspecteur informa Lance qu'ils allaient déposer Homer à Montpelier. Lance n'était pas particulièrement emballé. Il semblait déçu que Denny ne soit pas Denny. Il regarda son collègue et haussa les sourcils, comme pour dire : « Et maintenant ? »

– Je crois qu'il a filé.

– Donc, il est coupable, déclara Lance. Ça équivaut à des aveux. Ah, j'adore quand ça se passe de cette façon. (Ses lèvres se retroussèrent bizarrement.) Je vais donner mon numéro à la fille de la compagnie, au cas où ce salopard essaierait quand même d'embarquer. On devrait jeter un coup d'œil dans les chiottes, Nick.

Il désigna des toilettes pour hommes tout près.

– Faut que j'y aille, de toute façon, dit le premier flic en s'éloignant.

Nick, pensa Denny. Son ami s'appelait Nick.

Le départ simultané des deux hommes, dans des directions différentes, brisa le sortilège tel le claquement de doigts d'un hypnotiseur. Et quel sortilège ! En quelques mots seulement, Nick avait fait de lui une personne entièrement différente. C'était un état irréel, comme de se retrouver à l'intérieur d'une bulle aux parois fragiles et chancelantes. Mais c'était exaltant. La bulle de Homer.

Il regarda le nommé Lance discuter avec l'employée de la compagnie aérienne et revenir lentement vers lui, en continuant à observer les passagers. Denny passa en revue les quelques miettes d'informations qu'il possédait. Homer. Floride. Sarah. Un receveur. C'était quoi, un receveur ? Trois ans d'absence. *Homer*. Où avait-il déjà entendu ce nom ? Dans la bouche de Betsy ? Elle l'avait bombardé de tellement de noms qu'il était facile de s'y perdre.

Lance s'arrêta, posa sur Denny un regard indifférent et examina les gens qui passaient : des voyageurs qui, en attendant que les conditions climatiques s'améliorent, entraient et sortaient de la zone de restauration. Lance portait un sous-pull jaune à col roulé, moulant, qui lui allongeait le cou, et il possédait un visage mince, anguleux. Les gens qu'il toisait se sentaient mal à l'aise.

– Vous cherchez qui ? demanda Denny.

Lance fronça les sourcils.

– Un salopard.

Il continua à scruter la foule, pendant que Denny s'efforçait de ne pas ressembler à un salopard. Lance demanda ses papiers à un type, sans lui montrer les siens. L'homme s'exécuta.

– Circulez, lui dit l'inspecteur en guise de remerciements.

Il s'adressa ensuite à Denny :

– On a que dalle comme signalement. « Gros. » Le monde entier est gros.

– Gros comment ? demanda Denny.

Lance ignora la question. Il étudiait le flot humain.

– Qu'est-ce qu'il a fait ? insista Denny.

Lance retroussa les lèvres encore une fois.

– Ce salopard a pris une chambre à l'Ethan Allen. Il a branché une fille du coin. Ils ont bu. Ils se sont battus.

– Battus ?

– Quand les gens boivent, ils se battent. Regardez-les.

Lance tendit son menton proéminent en direction d'un bar où quelques passagers étaient penchés au-dessus de leurs verres. Denny les trouva plus déprimés que belliqueux.

– Donc, dit-il pour essayer de comprendre. Ils ont bu. Ils se sont battus…

Lance enchaîna :

– Ils ont rempli le jacuzzi. Ils se sont sûrement envoyés en l'air. On cherche des traces de sperme. On cherche toujours des traces de sperme. C'est notre pain quotidien. Ils ont saccagé la chambre. La bagarre s'est poursuivie sur le balcon. La fille est passée par-dessus. Le salopard s'est enfui.

La quantité d'informations et leur diversité – anciennes,

nouvelles, fausses, vraies – arrachèrent un rire nerveux à Denny.

– Elle est tombée du balcon ? Comment vous le savez ? C'est elle qui vous l'a dit ?

– Elle le ferait si on pouvait l'interroger.

– Elle est dans le coma ? Elle n'est quand même pas morte, si ?

– Trois étages ? Sur un trottoir en ciment ? Quelles étaient ses chances ?

– Mais… (Denny dut combattre une sensation de vertige.) Comment vous savez ce qui s'est passé, si elle ne vous a rien dit ?

– Reconstitution. C'est ma spécialité. (Lance le gratifia d'un sourire tordu, plein de suffisance.) Écoutez un peu ça : avant de filer, le salopard a laissé un mot sur le lit. Il expliquait qu'il avait reçu une visiteuse dans sa chambre, qu'elle avait provoqué des dégâts et qu'il se sentait affreusement gêné. Il voulait que l'hôtel débite sa carte de crédit pour payer les réparations. Comme s'il n'avait pas commis de crime plus grave. Comme s'il n'avait pas balancé sa visiteuse du haut du balcon.

– Peut-être qu'elle est sortie seule et qu'elle est tombée. Peut-être qu'il n'a rien remarqué.

Lance secoua la tête.

– Il y avait deux séries d'empreintes de pas dans la neige sur le balcon. Celles de la fille et celles du salopard.

Denny hocha la tête, sans doute un peu trop longtemps. Quand il était sorti sur le balcon pour voir s'il y avait de la lumière dans la chambre de Marge, était-il possible qu'elle fût allongée sur le trottoir, trois étages plus bas ? Mais pourquoi serait-elle allée sur le balcon ?

– Qui l'a découverte ?

– Personne pour l'instant.

Denny fronça les sourcils.

– Je ne comprends pas.

– Qu'est-ce qu'il y a à comprendre ?

– Où est… cette femme maintenant ?

Troublé, il avait failli dire « Marge ».

– On la cherche.

– Nick et vous ?

Lance émit un petit sifflement, provoqué par la bêtise de Denny, apparemment.

– Nick et moi, on cherche le gros salopard. Des collègues, des agents de police cherchent la victime disparue. Attention, voilà un goret.

Lance se dressa sur le chemin d'un autre innocent.

Denny ne cessait de voir Marge sortir sur le balcon, puis basculer par-dessus la balustrade. Elle voulait sûrement respirer un peu d'air frais. Non, c'était l'inverse : elle voulait fumer. Sa dernière cigarette. Mais qu'est-ce qui avait provoqué sa chute ? L'ébriété ?

Quand Lance eut renvoyé l'innocent, Denny demanda :

– Puisque vous n'avez pas retrouvé le corps, comment vous savez qu'elle est tombée ?

– À cause de toutes ses merdes sur le trottoir.

– Ses excréments ?!

Lance le foudroya du regard.

– Non. Ses affaires : une brosse à cheveux et un briquet.

– Oh. Mais elle n'aurait pas pu les faire tomber et les oublier ensuite, sans forcément tomber elle aussi ?

Cette fois, Lance laissa échapper un petit reniflement plein de mépris.

– Homer, je vais vous donner un conseil de professionnel. N'entrez jamais dans la police.

Il s'esclaffa et continua à rire tout seul.

– De toute évidence, reprit-il, elle avait son sac avec

elle sur le balcon quand ils se sont battus. Je l'imagine prenant son sac sur la commode, en colère, disant qu'elle s'en va. Vous voyez, c'est ça qui fait une reconstitution parfaite : des détails ancrés dans un comportement stéréotypé. Elle prend son sac à main, donc, et elle veut s'en aller, mais le salopard l'entraîne dehors. Un tas de merdes ont dû s'échapper du sac pendant la chute. Le salopard descend à toute vitesse pour les récupérer, mais il ne ramasse pas tout. Ensuite, il emporte le corps et il le balance quelque part. Ou peut-être qu'il est en train de lui faire des choses innommables.

Lance semblait espérer que ce soit effectivement le cas, de même que l'espoir d'être confronté à un crime exceptionnel l'avait poussé à conclure que Marge avait été jetée du balcon. Parce qu'on avait retrouvé en bas des objets provenant de son sac à main ? La théorie de Lance ne tenait que si quelqu'un avait déplacé le corps, un quelqu'un qui était forcément celui qui avait jeté Marge du balcon, ce même quelqu'un qui avait laissé la deuxième série d'empreintes dans la neige. Mais ce quelqu'un, c'était Denny, et il n'avait rien fait de tout cela : il n'avait rien lancé, rien déplacé n'avait commis aucun acte innommable.

Son explication, bien que peu flatteuse pour son ego, était nécessairement la bonne : à un moment donné, Marge avait décidé qu'elle ne voulait pas coucher avec cet inconnu corpulent, finalement, et elle avait fichu le camp, laissant Denny seul avec son sac de préservatifs. Au cours de sa prise de décision, elle était sortie sur le balcon pour fumer et se brosser les cheveux après le jacuzzi. Elle avait laissé tomber son briquet et sa brosse par-dessus la balustrade. En vérité, c'était peut-être ce petit événement, la chute de ces objets, qui l'avait convaincue de ne pas passer la nuit avec lui. Le palmarès sexuel de Denny reposait souvent sur d'infimes variables de ce type.

Lance arrêta un autre suspect, encore plus gros que Denny (il avait acheté deux billets, à coup sûr). Alors que Denny observait l'embarras de cet homme, une pensée réjouissante lui traversa l'esprit. Puisque les flics n'avaient pas interrogé Marge, ce n'était pas elle qui l'avait décrit comme « gros ». Mais alors, qui leur avait fourni ce signalement ? Betsy l'aveugle ? Est-ce qu'il *s'exprimait* comme un gros ? Qui, en dehors Marge, l'avait vu à l'hôtel ?

Nick ressortit des toilettes en vérifiant du bout des doigts que sa braguette était bien fermée. Pas satisfait du résultat, apparemment, il se pencha pour procéder à un examen visuel.

– Je déteste surveiller les chiottes, déclara-t-il. À part me laver les mains et me coiffer, qu'est-ce que je peux faire ? Bavarder ? J'avais misé sur une cabine. Le type était enfermé depuis des plombes. En fait, c'était un gamin. Il explorait son bazar, je parie.

Lance émit un grognement. Les deux hommes scrutèrent encore une fois la foule rassemblée dans la zone d'embarquement. On devinait qu'ils n'avaient pas envie de renoncer.

Sans le regarder, Nick demanda à Denny où étaient ses bagages. Celui-ci avait anticipé la question.

– Ils ont loupé la correspondance. Le service de livraison des bagages va me les expédier.

– Chez Sarah ? Tu loges chez elle ?

– Non.

Dans son meuble de classement consacré à Homer, le tiroir portant la mention « Sarah » était vide. Il fallait qu'il y mette des informations.

– Elle ne sait pas que je suis revenu.

Nick fronça les sourcils. Il ne voulait pas être indiscret. Ni en dire davantage, malheureusement. Et le problème des bagages continua à flotter dans l'air. Craignant que sa réponse trop brève n'éveille les soupçons, Denny décida de se montrer plus loquace :

– Ils vont expédier mes bagages au bureau de Delta, à Barre, et ils me les garderont.

Pendant ce temps, Lance avait continué d'observer la salle d'attente. Il se tourna brusquement vers Denny.

– C'est où, ça, *Bar* ? Vous voulez parler de Barre ?

Prononcé par Lance, ça ressemblait à « Barry ». Denny avait vu le nom de cette ville sur un panneau au cours de sa chasse aux préservatifs. Cela lui avait rappelé la barre du studio de danse où sa mère l'emmenait en hiver, et évidemment, il l'avait prononcé de la même manière. Déjà une gaffe.

– « Bar », répéta Nick en ricanant. L'erreur de prononciation classique des ploucs… et toujours le vieil humour de Homer.

Il tapa dans le dos de Denny et posa sur lui un regard rempli d'affection.

– J'habite à South Barre, précisa Lance, d'un ton légèrement agressif. (Il observait Denny à travers ses yeux mi-clos.) Il est où, ce bureau de Delta dont vous parlez ?

– Je ne sais pas très bien. C'est nouveau.

Lance grogna encore une fois et reporta son attention sur les passagers, tout comme Nick. Pas de nouveau piège à éviter. En vérité, la question de Lance n'était même pas un piège ; ce n'était qu'un étonnement bougon face à une marque d'ignorance. Denny était Homer, aucun doute là-dessus. Certes, le moindre oubli, le moindre comportement inhabituel, paraîtrait étrange, mais en soi il n'y avait pas de quoi faire de lui un non-Homer. Il devrait s'en souvenir.

Ce qui était bizarre, *vraiment* bizarre, c'était que Denny se sentait proche de Homer. Il devinait qui il était. Comment ? Il ne connaissait que son nom, mais c'était un nom qu'il associait à une façon d'être, empreinte de tristesse. Parce qu'il était resté absent si longtemps ? Cette tristesse résidait-elle dans le nom lui-même ? *Homer.* Cela lui faisait penser au mot « inquiet ».

Il vit les lèvres de Betsy former ce mot, et il eut la réponse à sa question. Homer était son neveu bien-aimé, celui qui dormait dans le cagibi. Denny inspira à fond et fit appel à son esprit pour réinterpréter sa journée à l'hôtel. Quelqu'un avait dû le voir et le prendre pour Homer ; il l'avait dit à Betsy, ou bien il l'avait dit à quelqu'un qui l'avait dit à Betsy. Celle-ci ne pouvait se douter que le prétendu Homer était en réalité Denny, le client de l'hôtel. Tout ce qu'elle connaissait de Denny, c'était sa voix, qui ne ressemblait évidemment pas à celle de Homer, du moins pas assez pour qu'on la confonde avec celle de Homer.

S'il devait devenir Homer, il fallait qu'il trouve une explication pour la voix. Il porta sa main à son cou. Il le caressa d'un air songeur.

Tous les aspects étranges de sa journée à Montpelier prenaient un sens soudain ; la familiarité excessive des gens. *Joli manteau. Qui est mort ? Des bottes de gonzesse.* Et les chiens devant l'hôtel ! L'avaient-ils pris pour Homer ? Denny laissa échapper un drôle de rire.

Lance lui jeta un regard. Nick aussi, mais le sien était amical.

– Alors, content d'être de retour à la maison ? demanda-t-il.

Denny gratifia son ami d'un aboiement de chiot joyeux.

5

– Trois ans en Floride ? Qu'est-ce que tu as foutu ?

La question de Nick, posée sur un ton enjoué, alors que les trois hommes approchaient de la sortie du terminal principal, fit courir Denny aux toilettes. Nick lui lança qu'ils étaient garés à l'emplacement des taxis et Denny répondit par un signe de la main. Homer saurait où c'était.

Un quart d'heure de concentration intense dans une cabine se traduisit par une défécation record et, plus important, un scénario susceptible d'être modifié instantanément. D'après ses calculs, le retour vers Montpelier risquait de prendre au moins deux heures à cause du brouillard. On pouvait en commettre des erreurs en deux heures.

Il aperçut la file des taxis dès qu'il sortit du terminal. Un bref coup de sirène l'aida à repérer la voiture banalisée. Au volant, Nick affichait un large sourire, un portable était collé à son oreille. Lance, d'un stoïcisme inébranlable, regardait droit devant lui.

– Non, non, non, disait Nick dans le téléphone quand Denny s'installa à l'arrière. On déplace Earl en première base. De toute façon, je trouve qu'il n'a jamais été un bon bloqueur. Homer, lui, il se plante et il bouge plus. C'est un roc. Un putain de Sphinx.

Tu te souviens du match de la Thrush Tavern ? Harris est *toujours* dans les pommes… Attends, il vient de monter dans la bagnole. Je te le passe.

Denny faillit prendre le portable que Nick lui tendait par-dessus le siège, mais, au lieu de cela, il se pencha en avant pour parler dans l'appareil, en espérant que cette position inconfortable expliquerait la brièveté de l'échange. Nick s'adapta à la situation en tenant le téléphone autrement.

– C'est qui ? demanda Denny, dans le vide.

– Salut, grand !

– Salut aussi.

– C'est vraiment trop !

– Comme tu dis.

– Alors, quoi de neuf ?

– Pas grand-chose. Et toi ?

– Le train-train. Ça fait plaisir d'entendre ta voix.

– *Idem.*

Le silence s'abattit. Il semblait plus intéressant que tout ce qui venait d'être dit.

Denny demanda :

– Alors, c'est quand le premier match ?

Nick éclata de rire et récupéra son téléphone.

– Qu'est-ce que je t'avais dit ? Un sacré compétiteur, hein ?

Lance se redressa au garde-à-vous et montra quelque chose devant lui, à travers le pare-brise.

– Mate un peu ça, dit-il à Nick.

– Faut que je te laisse, mon pote.

Nick fit claquer le clapet de son portable. L'homme que Lance venait de désigner se trouvait au-delà de la file des taxis, dans la zone réservée aux navettes. Une mallette était posée à ses pieds. Les bras croisés sur son torse large, il attendait en se balançant d'avant en arrière.

– Ce type-là ? demanda Nick.

– Il a la corpulence et le manteau.

Lance jaillit hors de la voiture, avec une telle énergie que deux chauffeurs de taxi qui bavardaient en fumant une cigarette, non loin de là, firent un bond sur le côté. Il fonça droit vers le type à la forte carrure qui portait un long pardessus noir semblable à celui que possédait Denny, et qu'il avait fort heureusement rangé dans la valise qu'il avait enregistrée. Ce manteau devait faire partie du signalement. Lance examina la pièce d'identité du suspect et ses épaules semblèrent s'affaisser. Les deux hommes engagèrent alors une sorte de conversation, qui s'acheva par une poignée de main laissant deviner une conclusion heureuse ; impression immédiatement démentie par le froncement de sourcils de Lance quand il regagna la voiture.

Nick le regarda reprendre sa place.

– Pas bon ?

– Fait chier.

– De quoi vous avez parlé ?

– Démarre, dit Lance en tendant le bras.

Nick enclencha la marche avant.

– C'était qui ?

Lance hésita. Puis :

– Le lieutenant-gouverneur.

Nick observa l'homme en question. Il ricana.

– Ah oui. Il n'est pas très entouré. Le gouverneur a droit à un *trooper* comme chauffeur. Le L-G, que dalle.

– Allons-y, dit Lance.

Nick démarra. Il adressa un petit coup de sirène au lieutenant-gouverneur en passant, ce qui lui valut un sourire et un signe de la main de la part du gros bonhomme. Denny le salua lui aussi. Lance regardait droit devant.

Denny fêta sa réussite jusque-là – même s'ils venaient tout juste de démarrer – en ouvrant le sachet de M&M's qu'il avait acheté entre son arrêt aux toilettes et la sortie du terminal. Le froissement de l'emballage fit se retourner Lance. Nick jeta un coup d'œil par-dessus son épaule, juste à temps pour voir Denny offrir une poignée de bonbons à Lance et le mouvement de tête clairement désapprobateur de celui-ci.

– Lance n'est pas vraiment un gourmet, expliqua Nick. Donne-nous ton menu quotidien, Lance.

Denny s'attendait à un grognement, au mieux, en guise de réponse, mais Lance s'exécuta :

– Le matin, jus de tomate pour la prophylaxie de la prostate à long terme, pamplemousse et thé. Pas de déjeuner. Je n'ai jamais compris le déjeuner… qui a besoin de ça ? Pour le dîner, de la viande maigre avec des oignons, et quelques petits pois.

Nick s'esclaffa.

– Un vrai festin !

– Si je mange une salade, vinaigre et huile uniquement. Pas trop d'huile.

– Jamais de sauce à la crème ? demanda Nick.

– C'est une salade *sundae*, dans ce cas. Vous voulez une salade ou vous voulez un sundae ?

– Quand est-ce que tu m'invites à dîner, Lance ? Mais rappelle-moi de manger avant. (Nick se tourna vers Denny en faisant danser ses sourcils.) Un sacré numéro, non ? (Il reporta son attention sur son collègue.) Parle donc de ta Règle d'or à Homer.

Lance regardait droit devant lui.

– Allez. Raconte-lui.

– Je ne suis pas un singe savant.

– Bien sûr que si. Allez ! (Nick ne cessait de jeter des coups d'œil à Lance.) Bon, je vais lui dire, moi. C'est…

– « Soyez comme moi », lâcha Lance. Voilà, c'est tout.

Nick observa Denny dans le rétroviseur.

– Balèze, hein ?

Denny grignotait ses M&M's, ravi de se retrouver à l'écart de la conversation.

– Tu peux rigoler, dit Lance. Mais écoute ça. Hier soir, je regardais l'album de lycée de ma mère…

– Voilà ce que j'appelle s'amuser, ironisa Nick. Franchement, c'est trop.

– Eh bien, je n'ai vu presque aucun gros. Uniquement deux gamins en surpoids dans sa classe. Presque tous les autres étaient comme moi.

– Utopia !

– Regarde un album de lycée maintenant. Les gamins tiennent à peine sur la page. (Il se retourna à moitié.) Et vous, Homer ? Vous étiez un gamin obèse ?

– Hé ! fit Nick.

– Oui, sans doute, répondit Denny joyeusement. Mais je ne me suis jamais considéré comme obèse.

Lance passa son coude par-dessus le dossier et examina la masse de Denny.

– Même maintenant ?

Denny haussa les épaules et agita deux M&M's dans sa main comme une paire de dés.

– Je me sens bien dans ma peau. Pourquoi est-ce que je devrais m'en faire ? Ce n'est pas comme si je devais courir plus vite que des animaux sauvages pour survivre. Du moment que je peux utiliser le *drive-through* du Burger King…

Il goba les M&M's. En vérité, il avait exprimé une

autosatisfaction qu'il ne ressentait pas vraiment. C'était Lance qui avait provoqué cette réaction : le besoin de dire la chose qui l'énerverait le plus. Peut-être même qu'il allait soulever sa chemise pour inviter Lance à lui malaxer le ventre.

Mais celui-ci se retourna, face à la route. Nick s'était arrêté à un feu rouge ; il regarda Denny dans le rétroviseur.

– Et tous tes régimes, Homer ?

– C'était à cause de Sarah.

– Ah bon ? Je croyais qu'elle s'en fichait, de ton poids.

Denny poussa un profond soupir, lourd de sens.

– Qu'elle disait.

Nick lui jeta un dernier regard dans le rétroviseur et redémarra lorsque le feu passa au vert. Denny avait réussi à les ramener sur le terrain du « Occupez-vous de vos affaires ».

Quelques minutes plus tard, Nick s'engagea sur la I-89.

– Alors, tu vas rouvrir la boutique maintenant que tu es revenu ?

Denny se vit en commerçant joyeux derrière un comptoir. Il tendait à une vieille dame un sac contenant ses achats. Mais qu'y avait-il à l'intérieur ?

– Je ne sais pas encore.

– Ah bon ? (Nick semblait surpris.) Comment ça se fait ?

Denny regarda dehors. Le brouillard écrasait le manteau neigeux.

– En hiver, ce trajet c'est galère.

Nick rit.

– Et ça dépend de Sarah, ajouta Denny en se jetant dans les bras de ce tueur de conversation.

Nick hocha la tête.

– Qui est Sarah ?

La question de Lance, sans doute née d'un pur agacement à force d'entendre ce prénom, était adressée à Nick. Denny se pencha en avant.

– Un élément essentiel de la scène musicale locale. Elle dirige un grand festival d'été chez Homer. Une boule d'énergie. Et accessoirement, c'est aussi la nana préférée de Homer ; du moins, quand quelqu'un d'autre n'essaie pas de lui faire du rentre-dedans.

Lance émit un grognement.

Denny sentit un frisson dans son bas-ventre.

– Homer, reprit Nick, je ne sais pas si c'est un truc dont tu as envie de parler, mais tu as quasiment disparu de la surface de la terre. Ça nous a fichu un coup. Je parie que personne ne sait pourquoi tu as foutu le camp vers le sud.

– Tante Betsy le sait.

– Oh ? Ça fait une personne, alors.

Denny attendit quelques secondes. Il était important qu'il paraisse réticent à l'idée de révéler quoi que ce soit ; cela conférerait un parfum d'authenticité à d'autres marques de réticence, pouvant aller jusqu'au mutisme complet. Il avait besoin de cultiver une aura de mystère qui ne puisse pas s'apparenter à de la confusion.

– J'ai eu une tumeur.

– Une tumeur ?

– Au larynx. J'ai entendu dire du bien d'un chirurgien de Palm Springs. Son équipe et lui ont fait du bon boulot. Au début, les perspectives n'étaient pas très encourageantes. J'avais besoin de rester seul.

– Bon Dieu. Et maintenant, ça va mieux ? Quel est le pronostic ?

– J'espère une guérison complète.

– C'est génial.

Nick paraissait un peu ébranlé et Denny se dit que cette nouvelle allait le faire taire pendant un moment. *Une boule d'énergie. La nana préférée.* Ça n'avait jamais été aussi facile. Ce serait comme commander une fiancée par correspondance. Il allait se glisser entre les draps à la place de Homer. En montant dans cette voiture, son but était de survivre. Visiblement, il avait placé la barre trop bas. Il était sur le point de conclure !

– Palm Springs, c'est en Californie, dit Lance, froidement.

Denny ne céda pas longtemps à la panique.

– J'ai dit Palm Springs ? Je voulais dire Palm Beach.

Nick le regarda dans le rétroviseur.

– Tu connais le numéro d'Edgar, Homer ?

– Non.

Edgar ?

– Je veux lui annoncer qu'on arrive. Il surveille ta baraque depuis le cambriolage, pas vrai ?

– Vrai.

Un cambriolage ?

– Cherche son numéro, Lance, tu veux bien ? Edgar Grund. Route de la Corne de Lune. Tu te souviens de lui.

Lance se mit à tripoter un ordinateur fixé sur le tableau de bord.

Nick regarda dans le rétroviseur encore une fois.

– Je pensais t'emmener chez Betsy, mais vu qu'il y a personne chez toi, autant te déposer directement. Non ?

– Bonne idée. Edgar peut même foncer là-bas pour monter le thermostat.

– Je ne suis pas sûr qu'il puisse foncer sur la neige avec son fauteuil roulant, mais Rose peut s'en charger. Edgar t'a dit qu'on avait enquêté sur cette affaire. Chip a méchamment flippé. Il est tombé sur le cambrioleur au rez-de-chaussée.

– Ouais, dit Denny. J'ai flippé moi aussi, et pourtant j'étais à plus de mille bornes de là.

– T'en fais pas. On va le coincer. Lance retrouvera sa piste.

Nick se tourna vers son collègue, totalement absorbé par l'écran de l'ordinateur. Il revint sur Denny dans le rétroviseur.

– Tu sais, Homer, au sujet de ton opération… Je voulais pas en parler, mais ta voix a un peu changé, je trouve. C'est un effet secondaire ou un truc comme ça ?

– Oui, ça peut arriver. Mais le médecin m'a assuré que ça ne serait pas mon cas.

– Oh. Je peux me tromper.

Denny se pencha en avant, incarnation parfaite de l'angoisse.

– Comment ça, elle a changé ?

– Non, peut-être pas. Je ne sais pas.

– Mais tu as remarqué quelque chose.

– J'ai pu me tromper. Ça fait un bail que je ne t'ai pas parlé.

Denny se renversa lentement en arrière et fit semblant de broyer du noir. Il était si bien parti qu'il se sentait capable de jouer avec les éléments biographiques qu'il avait lui-même introduits. Ma voix était différente ? Impossible ! Des parties du puzzle de mille pièces de la vie de Homer s'assemblaient à merveille. « Chip », qui avait « flippé », était de toute évidence le locataire de Homer – Betsy avait mentionné le fait qu'il avait loué sa maison –, mais ce locataire était parti, sans doute à cause du « cambriolage », sur lequel il devait essayer d'en savoir plus, par des voisins peut-être. « Edgar » et « Rose ». Maudit fauteuil roulant.

Il y avait un autre hic. Si Edgar et Rose surveillaient la maison, ils étaient certainement en contact avec le véritable Homer, qui pouvait très bien les appeler de Floride, alors même que le faux Homer s'installait à côté. Denny devait résoudre ce problème d'une manière ou d'une autre. Par ailleurs, il aurait dû se douter que Nick envisagerait de le conduire chez Betsy. Il devait l'éviter soigneusement. Dès qu'elle entendrait sa voix, elle reconnaîtrait en lui Denny, l'homme du jacuzzi défenestreur de Marge, et non pas Homer, le neveu inquiet.

C'étaient des autos tamponneuses, voilà ce que c'était. Certes, parfois il se retrouvait coincé, mais il parvenait à se libérer et à accélérer jusqu'à ce qu'il se retrouve en position pour faire un carton. Et la décharge électrique ! Pour la première fois de sa vie, il se trouvait face à un défi digne de son intelligence. C'était exactement ce qu'il lui fallait. Il avait besoin de ça depuis le début, sans le savoir. La vie ordinaire ne lui suffisait pas. Il avait besoin d'un truc en plus.

Lance sortit un téléphone portable de la boîte à gants, composa un numéro et tendit l'appareil à Nick, qui lui adressa un sourire affectueux et dit, d'une voix de dessin animé :

– Tu es un bon petit équipier. (Au bout du fil, il tomba sur un répondeur, de toute évidence.) Salut, Edgar et Rose. C'est Nick. Je suis en bagnole avec Homer. Il est de retour, eh oui, et je vais le déposer chez lui. Je voulais juste vous prévenir pour que Rose nous canarde pas avec son fusil.

Il referma le téléphone et regarda dans le rétroviseur.

– Tu veux un peu de musique, Homer ?

– Avec plaisir.

– Stan bosse toujours à WDEV. Je crois qu'il est à l'antenne à cette heure-ci.

Nick alluma la radio. Willie Nelson chantait « Blue Skies ».

– Oui, c'est bien Stan. Et sa programmation ironique. Tu piges, Lance ? « Blue Skies », avec cette purée de pois. Tu saisis l'ironie ?

Lance, qui continuait à pianoter sur le clavier de l'ordinateur, l'ignora.

– Qu'est-ce que tu fous ? Tu télécharges du porno ? Hé, Homer, je devrais appeler Stan à la radio. Il pourra annoncer ton retour. Qu'est-ce que tu en dis ?

– J'aime mieux rester discret, Nick.

– Oh. (Nick s'obligea à rétrograder.) Pigé.

Il regarda l'écran de l'ordinateur, sur lequel les fenêtres surgissaient les unes après les autres, en réponse au pianotage de Lance.

– Alors ?

– Je cherche les rapports de police d'hier. Je veux m'arrêter sur les lieux.

– Vraiment ? Le temps se gâte.

Lance se tourna vers son collègue.

– On résout un crime en examinant tout. *Tout.*

Il parlait en montrant ses dents. Serrées.

Nick semblait un peu interloqué. Il s'adressa à Denny :

– C'est un phénomène !

Mais cette fois le ton était moins énergique, l'enjouement un peu désespéré, comme si Lance venait de le faire passer pour un fainéant. Il roula en silence pendant un moment, puis il dit :

– Le brouillard doit provenir de toute cette neige fondue.

– C'est une idée fausse très répandue, déclara Lance.

Nick marmonna quelque chose.

– Ah ! s'exclama Lance en montrant l'écran. J'ai trouvé. C'est de ce côté-ci, au niveau de la sortie de Middlesex, là où la corniche avance vers le terre-plein central.

– OK.

Denny, occupé à savourer ses M&M's, Willie Nelson et les images de Sarah, écoutait la conversation d'une oreille distraite. C'est un peu plus tard, quand la voiture ralentit, puis s'arrêta sur le bas-côté, près d'un gros rocher en forme de tête de hache, qu'il comprit que Lance parlait du lieu de *son* accident. Celui-ci demanda à Nick d'ouvrir le coffre et il descendit de voiture. Nick informa Denny qu'ils en avaient juste pour une minute.

– Je crois que je vais me dégourdir les jambes, dit Denny.

Il rejoignit Nick à l'arrière de la voiture, devant le coffre ouvert, duquel il sortit une paire de bottes fourrées. Lance dévalait déjà le talus. Un rayon de lumière perça soudain une trouée dans le brouillard. Nick leva la tête.

– Hé ! Le voilà, le ciel bleu.

– Qu'est-ce qui s'est passé ici ? demanda Denny.

– Un type a fait une sortie de route, en venant en sens inverse. Le même type qu'on cherchait à l'aéroport. (Nick referma violemment le coffre.) Tu connais Marge Plongeur ? Elle bosse pour le ministère de l'Éducation.

– Je ne crois pas.

– Ils se sont rencontrés hier soir à l'Ethan Allen, et elle a disparu. On ne sait pas trop ce qui s'est passé entre eux. Et c'est sûrement pas ici qu'on va le découvrir.

Nick descendit le talus à son tour, puis se retourna en constatant que Denny le suivait.

– Tu vas tremper tes godasses !

– Je marcherai dans tes traces. Ce type que vous cherchez, vous croyez qu'il a fait quelque chose à Marge ?

– Je sais pas.

– Tu as parlé de lui à tante Betsy ?

Nick ricana.

– Oui.

Il n'en dit pas plus et continua à dévaler la pente. Denny lui emboîta le pas, en s'interrogeant sur ce petit rire.

Lance se tenait à l'endroit où la voiture de Denny s'était arrêtée, à la base du rocher. Une tache d'huile noircissait la neige à ses pieds. Il leva les yeux en direction de la route, revint sur le sol devant lui, puis releva la tête, comme s'il se représentait la glissade de Denny. Front plissé, il marcha vers un rocher bas situé au milieu de la trajectoire et étudia le terrain à partir de là. Après quoi, il rejoignit Nick et Denny. Il pointa les deux index vers le bas-côté.

– Ce salopard dérape et quitte la route, à toute berzingue. Il glisse… (Ses deux doigts suivirent la trajectoire.) Il se renverse et il percute cette saillie, sur le flanc. Ce qui lui fait faire deux tonneaux, peut-être trois.

En parlant, il ne quittait pas le sol des yeux.

– Faut imaginer la scène, reprit-il. L'imagination vous mène à la vérité.

Nick, sachant que son collègue ne pouvait pas le voir, regarda Denny en agitant mollement la main comme s'il se masturbait avec l'air de s'ennuyer.

– Tu sais ce que j'aime, Nick ? demanda Lance en se retournant brusquement. J'aime quand le méchant meurt. C'est clair et net. On n'en parle plus. Pas de dépositions. Pas de procès. Pas de condamnation. Pas d'appel. Pas de liberté conditionnelle. Pas de récidive. Tu n'es pas content, toi, quand on les retrouve morts ?

Nick grimaça. Il n'avait pas envie de répondre.

Lance montra la route et balaya la colline d'un large geste.

– Il a bien failli clamser. Imagine ce qu'il a ressenti… dans quel état ça l'a mis. (Il donnait des petits coups de poing dans le vide en parlant.) Le voilà remonté comme une pendule. Il a eu droit à une deuxième vie. Il est ressorti de la tombe et il se croit exceptionnel maintenant. Il est prêt à s'attaquer au monde entier.

Le rire de Lance ressembla à un bref aboiement.

– Sinon, reprit-il, comment est-ce qu'un minable pareil pourrait penser qu'il a la moindre chance avec Marge ? Elle n'est pas vilaine, d'après sa photo. Et lui, d'après tous les rapports, c'est un porc. Mais, grâce à son tout nouveau pouvoir, il attire Marge dans sa chambre. Mais là, la magie s'évanouit. Peut-être qu'elle lui dit qu'il n'a rien d'exceptionnel, finalement. Et ensuite…

– Ensuite, on n'en sait rien, dit Nick.

– Moi, si. (Lance expulsa un jet d'air par le nez.) Je connais ce type comme ma poche. C'est le genre de salopard qui te met mal à l'aise. Walt, à Plainfield, un gars qui aime tout le monde pourtant, Monsieur Chic Type en personne, il m'a dit que ce salopard lui avait donné la nausée, d'ici jusqu'à l'Ethan Allen. Et à son père aussi. C'était physique, comme s'il dégageait un produit chimique ou je ne sais quoi. J'ai déjà connu ça avec des ordures de cette espèce. C'est ce qu'on appelle « une personnalité repoussante ».

Le regard vague de Lance se posa sur Denny.

– Je l'imagine, dit-il, et je le hais.

6

Une main gigantesque avait dû descendre du ciel pour disposer la maison et la grange au sommet du plateau enneigé. Comment, sinon, expliquer cet ensemble semblable à un jouet, illuminé par un rayon de soleil, comme sorti d'usine, éclatant de promesses ? En contemplant la colline du bas du long chemin, Denny se voyait déjà installé là-haut. Il s'imaginait à la fenêtre, se demandant pourquoi ce type au visage épais, dans la voiture, reluquait sa propriété.

– Ça vient d'être labouré, commenta Lance, alors que la voiture gravissait la pente.

Nick dit :

– C'est sûrement Rose.

Denny regardait autour de lui, à la recherche de ses voisins, mais il n'y avait aucune autre maison en vue. Toute sa vie il avait vécu en appartement ou dans des maisons mitoyennes, entouré de voisins qui se trouvaient à vingt centimètres.

– Comme c'est calme, ajouta Nick. En été, c'est un coin super animé.

Lance émit un grognement.

Le chemin qui tournait vers la gauche les éloigna de la maison, avant de les y ramener : un détour, constata Denny, qui préservait l'étendue de neige immaculée.

Ils arrivèrent au sommet et Nick s'arrêta devant la maison. Une véranda accueillit Denny, ornée de cinq arches identiques qui jaillissaient d'un poteau à l'autre sous le rebord du toit. Les murs étaient recouverts de planches à clin peintes en blanc, alors que les fenêtres et les angles étaient rouges. L'imposante grange située sur la droite offrait la même image en négatif : toute rouge avec des fenêtres blanches. Soudain, cette bâtisse provoqua en lui un sentiment d'inquiétude. Son axe longitudinal, au lieu de former un angle droit avec la maison, penchait d'une dizaine de degrés. Et n'était-elle pas trop près de la maison ? Il aurait souhaité qu'elle se trouve deux fois plus loin.

À part ça, l'emplacement était bien choisi. La maison reposait au sommet d'une pente qui descendait lentement jusqu'à devenir presque plate. Puis soudain, le sol plongeait brutalement, de tous les côtés, pour céder place à la forêt. Les sapins situés au premier plan étaient plantés bien plus bas que le sommet de la colline et même les plus hauts d'entre eux ne parvenaient pas à masquer la vue sur les montagnes au loin. Le brouillard se dissipait et le paysage semblait se déployer devant leurs yeux. Il attira les regards des trois hommes. Denny avait du mal à s'orienter, à déterminer quelles crêtes étaient proches, éloignées et très éloignées.

– Tu dois payer le nouvel impôt sur la vue, Homer, c'est sûr, dit Nick. Et la taxe sur le Camel's Hump[1], sûrement.

– Ça va venir, grommela Lance.

Denny avait des affaires à régler. Des affaires dramatiques. Il devait paraître débordé. Après tout, voilà un

1. Troisième plus haute montagne du Vermont. (*N.d.T.*)

homme qui avait été gravement malade et qui retrouvait sa ferme familiale bien-aimée, ou un truc comme ça. Il était ému, évidemment, mais c'était aussi un fils de fermier, ou un truc comme ça, alors c'était un homme viril. Il descendit de voiture et se planta devant. Il contempla le panorama et tendit la main en signe de révérence. Il en profita pour évacuer une grande quantité de gaz accumulés durant le trajet. En temps normal, il les aurait lâchés dans la voiture, mais il devinait que Homer ne ferait pas une chose pareille.

Tout s'imbriquait. Qu'était-ce que la comédie, sinon un mensonge prolongé, et y avait-il meilleur menteur que Dennis Braintree ? Une fois seulement il avait été pris en flagrant délit, il y avait un peu plus d'un an. Alors qu'il visitait le zoo, un petit oiseau était passé tout près de son visage, virant de bord à la dernière seconde. À ce moment-là, Denny avait la bouche ouverte car il imitait la grimace que venait de lui faire un chimpanzé, et il songea que l'oiseau aurait pu facilement entrer dans sa bouche. Cette pensée devint une histoire qu'il raconta un peu plus tard, au cours d'une réunion du comité de la paroisse : « Au zoo, un oiseau est entré dans ma bouche. » Les dames présentes réagirent par un mélange d'étonnement et de dégoût. Elles grimacèrent et l'une d'elles fit mine de recracher l'oiseau. Mais ensuite, en privé, une autre lui demanda : « Ça ne s'est pas vraiment produit, n'est-ce pas ? » À titre expérimental, il répondit : « Non. » Alors, elle dit : « Vous prenez part à la vie de l'église car c'est une institution accueillante, n'est-ce pas ? » Là encore, il avoua. « Il y a des limites », dit la femme.

Personne ne l'y reprendrait plus, se jura-t-il. Personne. Il se tapa sur le ventre et se retourna pour marcher vers la maison. Nick et Lance, après avoir accordé un moment au revenant, descendirent à leur tour de voiture. Sur la véranda, Denny tapota ses poches de manière ostentatoire, puis écarta les bras pour exprimer la frustration du pauvre mortel qui a rangé les clés de chez lui dans une valise dont il se trouve séparé. Il fit courir sa main sur le haut de l'encadrement de la porte, à la recherche d'un double qui aurait pu s'y trouver.

– C'est sûrement ouvert, Homer, dit Nick en le rejoignant.

Denny masqua son étonnement et poussa la porte. Il entra dans un vestibule : un escalier droit devant, un salon sur la gauche, une salle à manger sur la droite.

– Fait frisquet, commenta Nick. C'est curieux comme une maison qu'on croit chauffée paraît plus froide que l'extérieur, même si ce n'est pas le cas.

Denny remarqua que Nick s'était débarrassé de ses chaussures et les avait laissées dehors.

Lance, resté au pied de la véranda, appela son collègue :

– Faut y aller, Nick !

Mais celui-ci avança à pas feutrés sur le plancher, en chaussettes, et disparut dans le salon. Denny s'éloigna dans la direction opposée et traversa la salle à manger pour pénétrer dans la cuisine. Un box dans le style restaurant avait été installé sous une fenêtre. Il ouvrit le réfrigérateur : vide et sombre. Il tourna le thermostat et l'appareil réagit en ronronnant. La fenêtre placée au-dessus de l'évier donnait sur la grange, et il découvrit entre celle-ci et la maison une autre construction qu'il n'avait pas remarquée avant car elle se trouvait en retrait. Le toit avait une forme bizarre : une courte pente sur le devant et une plus longue derrière. Il parcourut la cuisine en flânant, jusqu'à une pièce qui était une ancienne véranda, derrière la maison, maintenant entièrement vitrée. À travers les carreaux, il vit un abri à bois et le squelette métallique d'une balançoire, un peu plus loin. La neige atteignait les barres transversales.

La véranda vitrée rejoignait le salon, là où se trouvait un piano droit. Denny finit le circuit et trouva Nick à genoux en train de fourrer des boules de papier journal dans un poêle noir installé à côté d'une cheminée. Lance, planté à l'entrée de la pièce, les bras croisés, observait son collègue d'un air vide, ou peut-être avec une certaine haine. Difficile à dire. Il était en chaussettes, lui aussi. Si c'était une coutume locale de se déchausser avant d'entrer dans une maison, Denny trouvait cette coutume étrange.

Un téléphone posé sur un petit bureau derrière Lance sonna. Denny, après avoir mimé l'hésitation d'un homme qui ne s'est pas encore remis de son contact avec la mort, etc., traversa toute la pièce pour aller répondre. Lance, qui se trouvait sur son chemin, s'écarta, mais pas suffisamment, et Denny le frôla légèrement en passant.

Bien avant que l'écouteur atteigne l'oreille de Denny, une voix tonitruante en jaillit :

– Ah ! La populace a raison pour une fois ! Homer a émergé de son hibernacle. Fais pas semblant de pas savoir pourquoi je t'appelle. Fais pas ça.

– Euh…

– La fanfare, c'est pas pareil sans toi, Homer. Ça swingue pas. Je veux le gars qui chauffe l'ambiance avec « Caravan ». Waaaaaa. Wa-wa-wa-wa-wa-wa-wa waaaaa.

– Hmmm.

– Je suis prêt à entonner l'hymne de Dorsey, parfaitement, « I'm Gettin' Sentimental ». Tu t'inquiétais pour le *ré* bémol ? Je peux te proposer de finir en *si*, mais si je connais mon Homer, et je crois que oui…

Quitte pas, j'ai un putain d'appel sur l'autre ligne. Si c'est Hutchins, j'ai un méga problème avec ses anches. Mais ça va changer maintenant que mon Homer est de retour.

Il raccrocha.

Lance foudroyait Denny du regard, comme durant toute la conversation. Nick exprima sa propre curiosité en s'asseyant sur ses talons devant le poêle et en haussant les sourcils.

– Je vous épargne les détails, dit Denny en raccrochant à son tour.

Lance se retourna vers Nick.

– Faut qu'on interroge la sœur de Marge.

Nick prit des petites bûches dans un seau en métal et les disposa à l'intérieur du poêle.

– Du frêne, dit-il. Parfait.

Puis, d'un ton différent :

– Tu as son numéro ?

– Non, mais je connais son nom. Hagenbeck.

Lance se tourna vers Denny. Après quelques secondes de silence, il demanda, d'un air impatient :

– Un annuaire ?

Denny se réveilla, balaya le bureau d'un coup d'œil, puis entreprit d'inspecter les tiroirs. Le téléphone, posé à quelques centimètres de lui, le fit sursauter en sonnant de nouveau. Il se jeta dessus.

– Homer ? fit une voix masculine grinçante.

– Ouais.

– Hap.

– Qui ?

– Hap.

– Hap ?

– C'est Hap ? demanda Nick.

Il avait enflammé le journal et il refermait la porte

du poêle. Il se précipita vers Denny, avec un grand sourire, la main tendue vers le téléphone.

– Quitte pas, Hap, dit Denny, interrompant un dialogue qui déjà n'avait aucun sens pour lui.

Il tendit l'appareil à Nick. Entre-temps, Lance avait trouvé un annuaire sur une étagère, près du bureau, et il le feuilletait.

Un sourire jusqu'aux oreilles, Nick s'exclama :

– Vieille crapule !

Après une pause, il éclata de rire.

Denny retourna dans le vestibule et monta l'escalier, comme pour reprendre contact avec son environnement, mais pour échapper à cette scène en vérité. Le palier donnait sur un long couloir qui faisait toute la longueur de la maison. Un grand nombre de photos, une trentaine, étaient alignées sur un mur. Denny les examina pour essayer de repérer Homer. Il attendait avec impatience l'instant où il se reconnaîtrait. Mais le mur d'images ne montrait aucun individu lui ressemblant, entouré d'une famille inconnue : pas de père posant la main sur son épaule, pas de frère taillant une bavette avec lui, pas de sœur ajustant son nœud de cravate. Cette absence de Homer s'expliquait par l'âge des photos. À en juger par les vêtements et les coupes de cheveux, aucune n'avait été prise avant les années 1950. Il ne décela aucune ressemblance entre lui et les personnes photographiées. De plus, tous les sujets étaient minces, certains avaient même l'air affamés.

– Homer ? s'écria Nick d'en bas. Hap veut t'interviewer pour le *Monthly*. Le retour du fils prodige et ainsi de suite.

Denny était plongé dans la contemplation d'une photo montrant une pauvre enfant famélique qui tenait une tarte dans chaque main. Elle avançait sur un chemin boueux, avec ses moules à tarte dans les mains, mais ils penchaient et semblaient sur le point de tomber. Si elle les laissait échapper, elle mourrait de faim, il en était persuadé.

– Le mois prochain, répondit-il.

– OK.

Nick retourna auprès du téléphone. Denny attendit qu'il ait raccroché pour descendre.

Lance était sorti sur la véranda, mais il revint dans la maison en faisant claquer son portable. Il annonça :

– Elle nous attend au Wayside dans vingt minutes.

Nick, qui se tenait toujours devant le bureau, près du téléphone fixe, hocha la tête, puis glissa la main dans sa poche pour sortir *son* portable, qui s'était mis à sonner. Denny adressa à Lance un regard amical pour exprimer son étonnement face à l'activité téléphonique qui régnait dans cette maison. Lance lui répondit par un regard glacial. Et Denny se félicita de son geste dans la voiture, après qu'ils avaient quitté le lieu de l'accident : il avait donné des coups de genou dans le siège de Lance chaque fois qu'il changeait de position, toutes les deux minutes. Il était *tellement obèse*, voyez-vous, *tellement gros et obèse*, qu'il avait du mal à s'asseoir correctement sur la banquette arrière. À chaque coup de genou, Lance était secoué comme une marionnette à ressort.

Pendant que Nick se rendait dans la salle à manger avec son téléphone, Denny alla se réchauffer devant le poêle à bois. Un panneau vitré dans la porte permettait de voir danser les flammes, un spectacle qu'il trouvait troublant. Comme si Nick avait allumé un feu de camp sur le tapis du salon. Mais le sinistre semblait maîtrisé. La chaleur créait une auréole tremblotante autour du bloc d'acier noir et Denny se mit à tourner lentement sur lui-même. Il regarda Lance.

– J'ai l'impression d'être un gros poulet à la broche, dégoulinant de graisse chaude.

Lance le foudroya du regard. Il se retourna vers Nick qui revenait de la salle à manger, son appel terminé. Il secoua la tête et gloussa.

– C'est le bordel à l'aéroport. Les avions ont recommencé à décoller, mais pas longtemps. Notre type a enregistré une valise, mais il ne s'est pas présenté à l'embarquement ; ils ont dû évacuer l'appareil. Ils ont tout bouclé le temps d'examiner le bagage.

– Excellente nouvelle, dit Lance. Maintenant, on a un motif.

– Pour fouiller son bagage ? Ils sont en train de le faire.

Lance secoua la tête.

– Pour le rechercher. D'après Betsy, il a acheté un portable hier. Il se cache quelque part dans le Vermont, ou plutôt il *croit* se cacher. Ce goret est trop débile pour savoir qu'il se trimballe avec une puce GPS dans son portable. On ira chercher les références du modèle à la boutique et on les transmettra aux fédéraux – ils accepteront d'intervenir, maintenant, à cause de la violation des règles de sécurité aérienne – et ils sont capables de le localiser à deux mètres près. Un tas de saindoux pareil ne devrait pas être trop dur à repérer dans ce périmètre. Je vais demander à Susan de s'occuper du mandat.

Il ouvrit son portable et regarda Nick pour obtenir son feu vert.

– Il ne faut pas que le portable soit branché pour que ça marche ? demanda celui-ci.

– Ça dépend des modèles. Et puis, il va forcément l'allumer à un moment ou un autre.

Nick fit tressauter ses sourcils plusieurs fois.

– Essayons.

Le cerveau de Denny était plus actif qu'en temps ordinaire. Une puce GPS ? Dans son portable ? Goret ? Tas de saindoux ?

Le téléphone de la maison sonna de nouveau. Denny marcha vers le bureau pour répondre.

– On te laisse à tes nombreux admirateurs, dit Nick. Joyeux retour à la maison, mon vieux.

Il tapa sur l'épaule de Denny. Lance se dirigeait déjà vers la sortie, son portable collé à l'oreille.

Quand la porte se referma, Denny se retourna vers le bureau et découvrit que le téléphone de Homer possédait un cadran sur lequel s'affichait le nom du correspondant. Il lut : « Hôtel Ethan Allen », sa main se figea sur l'appareil. C'était très certainement Betsy, qui cherchait Homer, et elle s'attendait à entendre sa voix, pas celle de Denny. Il ôta sa main. Quand le répondeur se mit en marche, il guetta avec impatience le message enregistré par Homer : avait-il un timbre aigu ou grave, parlait-il vite ou lentement ? Mais l'homme qui s'exprima, timidement, dit s'appeler Chip ; c'était le locataire qui avait fichu le camp après l'effraction.

Betsy laissa un message : « Homer ? Il paraît que tu es rentré. Oh, j'espère que c'est vrai. Tu es adorable. Un jour, tu découvriras combien tu es adorable. Je craignais que tu… Je me faisais du souci pour toi. Appelle-moi, s'il te plaît. » Un silence. Puis : « Bon, voilà. » Et elle raccrocha.

– Homer ! cria Denny en s'adressant au répondeur. Tu es un garçon adorable !

Encouragé par les photos de famille accrochées dans

le couloir, il retourna inspecter le premier étage. La chambre principale occupait la majeure partie de l'aile la plus proche de la grange, elle communiquait avec une petite pièce informatique à l'entrée et une salle de bains au fond. L'autre aile du premier étage se composait d'une chambre d'amis, d'une sorte de bureau inutilisé et d'une salle de musique tout en longueur, remplie de partitions, de livres et de pupitres. Denny ne trouva pas d'autres photos de famille, uniquement des reproductions de tableaux de mauvaise qualité et des dessins d'instruments de musique de l'ancien temps. Il chercherait des albums de photos plus tard. Il y avait forcément un portrait de Homer quelque part.

Chaque chose en son temps. Il ne voulait pas que Lance le Tigre localise son portable, niché présentement dans la poche avant de son pantalon, à côté de ce qui restait des M&M's, dans leur sachet jaune roulé. Il en goba quelques-uns et les mâchonna. Comment se débarrasser du téléphone ? Pouvait-il le briser à coups de marteau, ou bien la puce était-elle indestructible tellement elle était petite ? Mieux valait l'emporter quelque part et le jeter. Ou mieux encore : l'abandonner comme si on l'avait oublié. Quelque part où *il n'était pas*, pour créer une fausse piste. Il avait été repéré pour la dernière fois à Burlington ? Que la traque de Dennis Braintree commence à Burlington.

Il avait besoin d'une voiture pour retourner là-bas. Il n'en avait vu aucune dehors, mais peut-être qu'une des deux dépendances abritait un véhicule. Il dénicha une doudoune dans la penderie de l'entrée et une paire de surbottes imperméables dans la véranda vitrée. Il sortit par la porte de derrière, qui donnait sur une autre véranda, plus petite et découverte. Son premier pas sur les marches enneigées fut aussi le dernier. Ses pieds se dérobèrent sous lui et il dégringola l'escalier sur les fesses. La chute fut si violente qu'il demeura longtemps couché sur le dos dans la neige, à profiter du ciel bleu, pendant que sa langue extrayait de ses molaires ses éclats de noisettes chocolatées. Il releva la tête et lança un regard noir à l'escalier qui lui avait joué ce sale tour. Une pelle à neige était accrochée à une cheville en bois sur le mur de la véranda. Il n'avait jamais déblayé de la neige. Un trop gros effort n'était-il pas mortel, surtout pour les personnes potelées ?

Il roula sur le ventre et se remit debout en grognant. Il longea l'arrière de la maison, péniblement, s'enfonçant jusqu'à la taille à chaque pas. Comment les gens faisaient-ils pour marcher dans ce truc ? Heureusement, une clôture grillagée suivait son chemin, du coin de la maison à la dépendance la plus proche, et il s'y accrocha jusqu'au bout.

La porte non verrouillée, à l'arrière, lui permit de découvrir non pas une voiture, mais ce que voulait dire Nick en parlant de « la boutique » de Homer. Celui-ci réparait des instruments de musique. Une conclusion qui ne devait rien aux centaines d'outils bizarres soigneusement disposés au-dessus de l'établi en bois. La solution lui fut apportée par un travail inachevé – une trompette gisait sur un coussinet en feutre, les entrailles à l'air – et par un tableau de tarifs fixé au mur. Denny trouva ce barème fascinant. Les sommes réclamées par Homer variaient en fonction des instruments. Denny comprenait la logique. Homer était certainement spécialisé dans certains types d'instruments. Son travail sur les cuivres, par exemple, était plus performant et donc plus cher. Pour les clarinettes, il réclamait moins. Sous la mention « Cordes », le tableau indiquait : « 0,1 dollar/heure ». Pour faire comprendre à la clientèle qu'il ne s'occupait pas des instruments à corde. Humour de Homer.

Une porte située sur le côté de l'atelier, à l'opposé de la maison, s'ouvrait sur un petit espace dégagé et, au-delà, sur la grange. Denny affronta la courte étendue de neige, sans l'aide d'une clôture cette fois. Il s'écroula plus ou moins contre la porte latérale et se prépara à découvrir quelque chose de désagréable : paille moisie, tas de purin, animaux morts. Au lieu de cela, il se retrouva dans une salle de concert bien équipée. Une scène surélevée faisait face à de nombreuses rangées de fauteuils rembourrés fixés au sol. Il remonta une allée, jusqu'à la dernière rangée de sièges, et se retourna pour contempler la salle. Elle était splendide. Les travaux d'aménagement avaient dû coûter une fortune. Était-ce l'œuvre de Sarah ? De Homer ? De sa famille ?

Denny pénétra ensuite dans le foyer, sur le devant de la grange. Dans un coin, derrière une cloison amovible, il découvrit une chose qu'on ne trouvait pas à l'intérieur d'une salle de concert habituellement : une voiture. Homer se garait-il toujours à cet endroit ? Plus vraisemblablement, il avait laissé sa voiture là pendant son absence.

Denny grimaça devant le véhicule en forme de caisse à savon. La batterie était probablement morte, mais la voiture aussi, comme toutes celles fabriquées à la même époque. Il s'agissait d'une vieille Rambler datant, estima-t-il, des années 1960. La carrosserie beige s'était décolorée par endroits et ressemblait à une peau cireuse.

La clé était dessus. Un signe encourageant. Pourquoi laisser la clé sur une voiture morte ? Denny se glissa au volant et tenta sa chance. Le moteur démarra immédiatement. Il laissa échapper un éclat de rire. Il imagina Rose la voisine venant consciencieusement faire tourner la voiture pour charger la batterie. Cette chère vieille Rose. Il accéléra deux ou trois fois, puis coupa le moteur. Le volant lui comprimait le ventre. Homer était-il plus petit que lui ? Non. Rose avait sans doute avancé le siège. Il se pencha sur le côté pour essayer de le régler, trouva un levier et tira dessus. Mauvais choix : il bascula à la renverse et se retrouva totalement allongé. Il se tortilla, mais le siège refusait de remonter tant qu'il était dessus, et il dut d'abord s'extraire par la portière.

Le sol du foyer était en béton, peint et décoré de symboles musicaux. En déplaçant la cloison, il pourrait faire sortir la voiture par la porte à double battant de la grange. Il actionna les verrous, mais la neige bloquait la porte à l'extérieur. Encore la neige, toujours la neige. Denny soupira et regagna la maison. Pour le trajet du retour, il profita de ses traces. Il gravit le petit escalier glissant, récupéra la pelle et entra dans la maison car il allait devoir s'attaquer à la porte de la grange par le devant.

Au moment où il franchissait le seuil, il vit clignoter la lumière sur le répondeur de Homer. Le message de Betsy. Il fit un détour pour l'effacer, c'est alors qu'il remarqua le chiffre deux sur le cadran. Il y avait eu un deuxième appel. Il appuya sur la touche « Play ». Le nouveau message commença par un long silence, suivi de cette simple phrase : « J'arrive. »

Une femme. Elle ne s'était pas présentée. Une intime. Sarah ? Toute son assurance l'abandonna comme le sang s'échappe d'un cadavre sur la table d'un entrepreneur de pompes funèbres. Il n'était pas prêt à l'affronter. Pas prêt *du tout*. Le silence au début du message semblait particulièrement inquiétant. Ce n'était pas une pause le temps d'ordonner ses pensées. Il faisait partie du message, il voulait exprimer un sentiment puissant. Mais lequel ? Quel était leur passé commun ? Qu'allait-il pouvoir lui dire ? Il était idiot de penser qu'ils allaient sauter dans le plumard.

Il regarda par la fenêtre. Tout en bas, là où le chemin rejoignait la route, une voiture gris métallisé attaquait la lente ascension vers la maison.

Denny poussa un glapissement et courut vers la porte de derrière. Il dévala les marches en dérapant, rejoignit l'atelier de Homer en s'accrochant à la clôture, le traversa pour ressortir par la porte latérale et fonça en titubant jusqu'à la porte latérale de la grange. Il longea la scène ventre à terre, en laissant une traînée de neige dans son sillage, mais il n'avait pas le temps de s'en préoccuper. Une porte située à l'autre extrémité de la grange s'ouvrait sur une pente raide mais praticable. Au pied s'étendait une forêt touffue.

7

Il s'appelait Dumpling[1]. Il le savait grâce au cimetière familial situé à l'orée de la forêt, qu'il apercevait d'où il était, caché derrière un pin. Deux tombes émergeaient de la neige et indiquaient l'endroit où Oramel et Ellen Dumpling frissonneraient pour l'éternité. Il ne parvenait pas à lire leurs dates de naissance et de mort, mais à en juger par la hauteur des deux monuments ils avaient été des pionniers sur ces terres. Les autres pierres tombales, simples bosses sous la neige, ressemblaient à des oreillers. De sa cachette au milieu des bois, Denny constata que sa cavalcade à flanc de colline lui avait fait traverser le cimetière en plein milieu. Il avait de la chance de ne pas s'être écorché le tibia contre une des tombes, une douzaine, qui suivaient la déclivité du terrain et donnaient l'impression que les cadavres devaient planter leurs talons dans le sol pour ne pas glisser.

Homer Dumpling. Il testa plusieurs fois ce nom.

Cela faisait environ un quart d'heure qu'il était caché. Tandis que la neige qui fondait sur les branches du pin gouttait sur sa tête, il avait suivi à l'oreille les

1. Boulette de pâte. Mais aussi « trapu », « rondouillard ». (*N.d.T.*)

déplacements de Sarah partie à sa recherche. Il l'avait d'abord entendue crier « Homer ! » au loin, de derrière la maison, où elle avait dû découvrir les empreintes de pas menant de l'escalier à l'atelier ; puis il avait entendu un deuxième appel, moins joyeux, provenant sans doute du couloir entre l'atelier et la grange ; et enfin un cri nettement chargé de colère, provenant de l'intérieur de la grange. Ces appels lui donnaient l'impression d'être un fermier entêté qui fait semblant de ne pas entendre sa femme. *J'ai du travail, Maw.*

À travers les branches, il gardait l'œil fixé sur la porte latérale par laquelle il était sorti de la grange, au sommet de la colline. Comme il s'y attendait, elle s'ouvrit à la volée, laissant apparaître un visage, des cheveux et une voix : « Homer ! » Elle s'arrêta sur le seuil pour scruter, les paupières plissées par le soleil, le chemin qu'il avait creusé dans la neige avec son corps titubant. Elle lança un regard haineux en direction du bois, puis recula à l'intérieur de la grange et claqua la porte.

Denny enlaça le pin. Il respirait par petites bouffées.

– Tu es dans le pétrin maintenant, Dumpling ! dit-il, comme si c'était Homer qui allait devoir affronter l'ire de Sarah.

Mais parce qu'elle était en colère, justement, Denny la trouvait moins menaçante. Il avait sa propre histoire avec elle désormais ; il l'avait énervée en n'étant pas disponible au moment de son arrivée, et ils en parleraient, pour commencer du moins. Mais comment justifier son absence à cet instant ? En lui expliquant qu'il voulait se rendre sur la tombe de ses ancêtres ? Chiche. Et qu'ensuite il s'était enfoncé dans les bois pour savourer sa forêt boréale natale après trois ans sous les tropiques ? Qui pourrait y trouver à redire ?

Il entreprit de remonter jusqu'à la grange. Hélas, le terrain refusa de coopérer. En fait, il n'y avait pas de terre, uniquement de la neige, et encore de la neige. Elle paraissait solide de prime abord, mais à chaque pas elle l'aspirait jusqu'à l'aine. Il devait se trouver sur le versant nord. C'était une des premières choses qu'il vérifiait dans une installation ferroviaire hivernale : les différences d'épaisseur de neige en fonction de l'exposition au soleil. Les congères aussi. Les bons modélistes incorporaient instinctivement ce genre de détails. Les mauvais ne pouvaient même pas vous dire où se trouvait le nord. Denny, lui, voulait toujours connaître l'orientation de l'installation au degré près, la date précise et l'heure à la seconde.

Il suivit le chemin qu'il avait tracé précédemment et, en traversant le cimetière familial, il ôta la neige qui couvrait quelques tombes. Que des Dumpling. À mi-pente environ, une opération de dégagement particulièrement violente le propulsa sur le dos. Dans cette position, il prit conscience de son rythme cardiaque. Chaque pulsation faisait enfler son crâne et l'aveuglait momentanément. Il jugea préférable de demeurer allongé un instant.

– Rapports sexuels, dit-il au ciel bleu, en se mettant à agiter le bassin.

Tout à l'heure, quand Sarah avait sorti la tête de la grange et crié son nom, il l'avait entendue pousser un petit grognement de colère et c'était ce son qu'il mettait dans sa bouche maintenant qu'il l'imaginait couchée sur lui. Il ne l'avait pas bien vue, mais, à cause de la façon dont ses cheveux noirs s'étaient balancés à l'extérieur, il lui attribuait un visage de sorcière. Pas laid, mais fait de traits anguleux. Elle le chevaucherait comme un balai. Dans dix minutes peut-être. Dix minutes ! Moins s'ils n'étaient pas obligés de retourner dans la maison. Y avait-il un lit dans la grange ? Et la Rambler ? Il pouvait incliner le siège avant. Ils embueraient les vitres.

Il se releva non sans mal et gravit péniblement le reste de la pente jusqu'à la porte de la grange. Sarah ne s'y trouvait plus, ce qui l'étonna. Il remonta l'allée de la salle de concert, vers le foyer, au cas où elle aurait anticipé ses désirs en se glissant à l'intérieur de la Rambler, mais ce n'était pas son jour de chance. En entendant un bruit de moteur au loin, il jeta un coup d'œil par la fenêtre de devant. La voiture de Sarah pointa le bout de son nez derrière la maison et attaqua la descente. Avant aujourd'hui, il ignorait qu'une voiture pouvait avoir l'air en colère.

– Homer, tu as dégoté une vraie furie !

Alors que Denny faisait demi-tour, il remarqua quelque chose. Sur la cloison de bois entre la fenêtre et la grande porte à double battant étaient fixées des critiques de journaux, plastifiées, relatives aux représentations qui avaient eu lieu sous ce toit. Denny les survola. Certaines s'accompagnaient des photos des artistes. L'une d'elles montrait un groupe d'une trentaine de musiciens rassemblés devant la grange et brandissant leurs cuivres sous le regard dubitatif d'une petite chèvre. Denny sentit la présence de Homer sur la photo avant de le voir réellement, et quand son regard se posa sur lui il rit de soulagement. Pas étonnant que Nick l'ait pris pour Homer. Denny était certain de n'avoir jamais tenu un trombone dans ses mains. Sans ce détail, il aurait peut-être pu se persuader qu'il avait posé pour cette photo et ne s'en souvenait plus.

Il se pencha vers Homer, à la recherche d'une différence, un trait distinctif, mais en vain. Il s'approcha jusqu'à ce que sa vue se trouble, puis recula un peu. Homer se tenait légèrement en avant du groupe. Était-il leur leader ? Ils avaient été photographiés en train de crier, et Homer ouvrait la bouche plus grande que tout le monde ; on aurait dit qu'il rugissait. Son T-shirt était remonté parce qu'il soulevait son trombone au-dessus de sa tête et un croissant de bedaine souriait à celui qui regardait la photo. Il n'avait pas l'apparence d'un individu très soigné.

Denny longea le mur pour parcourir d'autres articles. Celui qui se trouvait le plus près de la porte parlait de la création des séries de concerts de Sarah, six ans auparavant. Sarah se disait enthousiasmée par ce lieu, la grange historique de Little Dumpling Farm, qu'elle rénovait avec l'aide de son « très cher ami » Homer Dumpling. Denny aurait préféré qu'elle dise « mon mec préféré ». Peut-être avait-elle employé ce mot, mais le journaliste avait dit : « C'est un journal familial, puis-je écrire "ami" ? » Et Sarah avait répondu : « Dans ce cas, écrivez "très cher ami". »

Denny se souvint subitement qu'il avait un problème à régler. Le téléphone portable était toujours dans sa poche, une bombe à retardement prête à faire exploser ses projets pour atteindre le Nirvana. Il regagna la maison et trouva la pelle là où il l'avait laissée, appuyée contre le mur, à côté du répondeur, quand l'arrivée de Sarah l'avait fait décamper. Le chiffre clignotant lui indiqua que deux autres fans avaient appelé. Il appuya sur la touche « Play ».

« Homer ? » fit une voix d'homme. « C'est Warren Boren. » La rime le fit rire. « Trois ans, Homer. Trois ans. C'est honteux. Appelle-moi immédiatement. » Ce n'était pas un admirateur.

– Va te faire voir ! cria-t-il au répondeur.

Venait ensuite une femme dont la voix chantante et hypocrite invitait Homer à participer à un comité quelconque. C'était un long message, et il devint évident que si elle l'invitait, c'était afin qu'il vote pour elle lors de l'élection à la présidence de ce comité. « Nous nous réjouissons tellement de votre retour ! » conclut-elle, en chargeant ses paroles d'une double dose de ferveur car elle s'apercevait qu'elle aurait dû commencer par là.

– Tout le monde veut un bout de Homer Dumpling ! lança-t-il en direction du ciel, alors qu'il se dirigeait d'un pas énergique vers le devant de la grange avec la pelle sur l'épaule. Et Homer veut un bout de Sarah.

Il éclata de rire. Puis il jeta des regards autour de lui, au cas où il y aurait quelqu'un dans les parages. C'était peu probable sur cette colline. Mais, de là où il se trouvait, il apercevait une autre maison sur une colline voisine, de l'autre côté de la route : celle de Rose et Edgar ? Ils n'avaient pas pu l'entendre, mais ils avaient pu le voir. Marchait-il comme Homer ? Comment le savoir ?

Il jeta la pelle au sol, s'empressa de retourner dans la maison et gravit l'escalier en courant. Il avait remarqué le téléviseur dans la deuxième chambre, mais l'idée ne lui était pas venue sur le coup. Il passa en revue la collection de cassettes vidéo et de DVD rangés dans le meuble télé et éparpillés dans la pièce. Au milieu des comédies musicales et des comédies romantiques épouvantables, il dénicha quatre vidéos prometteuses. Après avoir tripatouillé le lecteur, il s'enfonça dans un canapé défoncé.

Le premier film – un orchestre jouant en plein air – avait été enregistré par une caméra fixe installée derrière le public. Homer, qui soufflait dans son trombone au dernier rang, apparaissait seulement quand le musicien placé devant lui se baissait pour prendre une bouteille d'eau. Durant l'entracte, les musiciens avaient été filmés de plus près, à leur insu, caméra au poing, pendant qu'ils se détendaient. Homer bavardait avec deux types. Ils portaient tous des chemises blanches et des shorts kaki. Les jambes de Homer ressemblaient aux siennes, mais en plus solide. Ses cheveux étaient un peu plus longs et, de temps à autre, il balayait le haut de son front avec son pouce pour les relever, un geste que Denny essaya et trouva peu naturel, mais il s'entraînerait. La caméra n'avait pas enregistré leur conversation, dominée par une autre discussion qui se déroulait hors-champ et les criaillements d'un merle. En observant ce trio, Denny fut momentanément désorienté et il essaya de se souvenir de quoi ils avaient parlé.

La cassette portait une étiquette imprimée : « Catamount Brass Band. Sand Bar State Park », tout comme la suivante, qui permettait aux personnes qui l'avaient manquée d'assister à l'intégralité de la séance hivernale conjointe du Comité de conservation et de protection du Vermont et du Groupe d'intervention pour la renouvelabilité, la durabilité et la viabilité de Green Mountain, une orgie que Denny ne put supporter qu'avec l'aide des provisions de Fritos de Homer, qu'il enfournait tel un conducteur de locomotive qui alimente la chaudière. Le discours était inintelligible, composé d'un mystérieux langage commun qu'il n'avait jamais entendu. Homer devait être perplexe lui aussi car il demeura muet à sa table durant toute la cérémonie.

Denny éjecta la cassette. Prochaine étape : « Softball à Dog River Field », un film amateur à en juger par l'étiquette griffonnée. Denny reconnut immédiatement Homer accroupi derrière le marbre et il produisit enfin une sorte de langage, bien que sa rhétorique ne soit pas très churchillienne. « Vzi ! » criait-il. Avant chaque lancer. Denny commença de l'imiter, face à l'écran. À un moment, Homer fit un effort d'élocution inhabituel. On l'entendit crier : « Vas-y ! », des paroles d'encouragement apparemment cruciales, adressées au lanceur.

Quand l'équipe de Homer prit la batte, on vit les joueurs de champ suivre la ligne de la première base vers un gros tas de sable pour s'en servir d'urinoir, en tournant le dos à la foule. La caméra zooma sur un groupe où figurait Homer, et Denny eut ainsi le privilège de le voir se secouer quand il eut terminé, même si « la chose » demeura invisible. La femme qui tenait la caméra gloussa. Sarah ? Autour du banc, Homer n'était pas souvent filmé. C'était Nick qui accaparait l'image, avec ses discours d'encouragement et ses imitations comiques d'autres joueurs. Homer apparaissait parfois, souriant, applaudissant une action de jeu, sans que jamais ses lèvres s'entrouvrent pour émettre un son.

Denny éjecta la cassette et remit celle de la fanfare. Il la rembobina jusqu'à l'entracte, où il se souvenait que l'on voyait Homer bavarder. Mais sa mémoire se trompait. Homer restait muré dans un silence impénétrable. Quand les deux hommes avec qui il se trouvait riaient de quelque chose, il souriait, mais c'était un automatisme, comme un chien qui remue la queue en entendant un humain s'exprimer d'un ton enjoué. Trois cassettes et quelques heures plus tard, il n'avait entendu que « Vzi ! ». Denny regardait d'un air mauvais cet abruti sur l'écran, furieux de ce qu'il considérait comme une atteinte à leur réputation.

Parle ! rugit-il.

Dernière cassette : « Fête de Printemps de John et

Rodrigo 2005 ». Soit trois ans plus tôt. Trois ans. Homer apparaîtrait-il sur cette vidéo ? Oui, il faisait partie d'un groupe de personnes filmées dans la cuisine ; il écoutait, sans parler. Plus tard, un des hôtes avait fait s'agenouiller Homer sous la véranda en bois, afin d'honorer le système de fixation inhabituel que lui, le propriétaire de la maison, avait utilisé pour construire cette véranda parfaite. L'hôte : « Y a des gens qui disent : "C'est rien qu'une véranda, à quoi bon s'embêter ?" Mais Rodrigo et moi, on ne voit pas les choses de cette façon. On considère la véranda comme une extension de la maison. » Homer feignait de s'intéresser à la chose, mais de manière peu convaincante. Il paraissait mal à l'aise et dansait d'un genou sur l'autre. Ses hochements de tête ressemblaient à des signaux destinés à mettre fin à la conversation, ce qui se produisit enfin, sans son intervention, quand quelqu'un agrippa joyeusement le propriétaire et l'entraîna hors du cadre. Homer demeura à quatre pattes, échoué sur le cèdre. La caméra, plutôt que d'enregistrer son retour à la position verticale, passa à autre chose, non sans avoir saisi auparavant deux centimètres de raie fessière.

Un peu plus loin, on découvrait Homer assis sur une balancelle de jardin recouverte d'une housse en plastique ou en vinyle à motif floral criard. Un homme parlait vite et fort, Homer était son unique et infortuné auditeur. L'homme portait un nœud papillon et s'exprimait avec une telle agitation qu'il donnait l'impression d'avoir été remonté comme une hélice. « Alors, le barman dit au *mi* bémol : Tu n'as pas l'air d'*accord*, vous avez un différend *majeur* ? » La caméra s'attarda sur l'homme pendant plusieurs blagues, jusqu'au bout : « Le barman, qui en a assez de ce *trio*, ne veut pas entendre la *suite* et il leur dit : Allez, du *ballet* ! » À en juger par le sourire plein d'espoir de l'homme, la plaisanterie était terminée. L'objectif glissa sur Homer pour capter sa réaction. Les joues gonflées, le sourire triste, les yeux en berne, il aurait pu tout aussi bien tourner en orbite autour de Neptune.

Un travelling latéral montra une femme assise à côté de Homer et le caméraman fit sursauter Denny en lançant d'un ton joyeux et nasillard : « Salut, Sarah. » Elle répondit avec la même nasalité enjouée : « Salut, Rodrigo. » Denny se pencha en avant sur le canapé. Elle avait des cheveux de sorcière, en effet, et des traits anguleux également, mais intrigants. En fait, elle était jolie. Il n'en espérait pas tant. D'un ton direct, le maître de maison lui dit : « Tu as l'air songeuse. À quoi tu penses ? » Sarah pinça les lèvres et fronça les sourcils. Pour Denny, elle avait la tête de quelqu'un qui invente une pensée. « Ces gens sont mes amis, répondit-elle en regardant autour d'elle et en hochant la tête plusieurs fois. Et je me dis que c'est bon d'être au milieu de ses amis… – Je suis désolé, Sarah, la coupa Rodrigo. Est-ce qu'on pourrait refaire une prise ? Et est-ce que tu pourrais, si possible, être *encore* plus banale ? » Le sourire de Sarah, déjà figé, se durcit soudain et on entendit Rodrigo éclater de rire, avant que l'image soit remplacée par celle d'un chien noir qui sautait pour attraper un frisbee au bord d'une route.

Maintenant qu'il savait à quoi ressemblait Sarah et ce qu'elle portait à l'occasion de cette fête, Denny rembobina la cassette et la visionna de nouveau, depuis le début. Mais il ne la vit pas réapparaître, comme Homer, avant le crépuscule quand tout le monde se rassembla dans une prairie pour danser. La scène était filmée de loin pour montrer l'ensemble du groupe d'une cinquantaine de danseurs, et Homer et Sarah restèrent dans le cadre en permanence. Ils débutaient chaque danse ensemble, même quand la précédente les avait séparés. L'animatrice, munie d'un micro, expliquait les pas à l'avance. Elle décrivait la courbe d'apprentissage comme une succession « de confusion, de maîtrise et d'ennui ». Elle promettait d'interrompre une danse dès qu'elle sentirait que l'ennui avait été atteint.

Malheureusement, Homer dépassait rarement le stade de la confusion. Il tournait dans le mauvais sens, agrippait la cavalière de quelqu'un d'autre, avançait trop ou pas assez. À un moment, il posa carrément la main sur un sein, provoquant une réaction stupéfaite de la victime, qui n'était pas Sarah, heureusement, compte tenu du mécontentement manifeste qu'il provoquait en elle, en général. Elle secouait la tête en le voyant trébucher, elle le repoussait quand il s'approchait trop, elle riait ouvertement et détournait la tête comme pour se dissocier de lui. Elle ne fit aucune tentative pour le rejoindre quand fut annoncée la dernière danse de la soirée. Elle masqua cette rebuffade, ou essaya, en engageant la conversation de manière démonstrative avec l'homme svelte aux cheveux longs devant lequel elle s'était retrouvée. Juste avant le début de la danse, elle fit tomber d'un petit air enjôleur la casquette de son nouveau cavalier.

La dernière danse se composait de numéros comiques qui firent rire tout le monde, et Denny assista au spectacle avec un intérêt grandissant, pour finalement s'agenouiller devant le téléviseur. Un couplet revenait sans cesse dans la chanson :

En regardant là-bas, qu'est-ce que je vis ?
Un gros bonhomme du Tennessee.

À ce moment-là, les danseurs faisaient mine d'enlacer une bedaine imaginaire. Comme celle de Homer.

Et à chaque fois celui-ci étreignait sa taille corpulente avec un sourire penaud.

Denny connaissait ce sourire. Il le connaissait même trop bien. C'était l'expression de la concession. Cela lui rappelait cette époque de sa vie, il y avait quelques années, où il prenait à cœur toutes les critiques des âmes charitables et de ses contempteurs. Il faisait tout ce qu'ils lui demandaient. Il arrêta d'appeler Chicago « Chitown », Detroit « Motown » et Boston « Beantown ». Il arrêta de transformer ses éternuements en jappements. Et quand quelqu'un lui disait : « Tu ne peux plus dire ça », il arrêtait de le dire.

Il perdit du poids. Il se débarrassa de cinquante-cinq kilos et s'approcha de manière saisissante de la limite supérieure du poids autorisé pour sa taille. Mais rien ne changea. Les âmes charitables trouvèrent de nouveaux problèmes. Et elles en trouveraient toujours. Alors, Denny s'empiffra et mit les bouchées doubles pour retrouver son ancien poids. S'ils ne voulaient pas être agréables avec lui, eh bien il ne serait pas agréable à regarder. Et puis, ça faisait du *bien* d'être gros. Quand il aperçut de nouveau ses joues dans son champ de vision panoramique, il les accueillit avec joie. À l'intérieur de chaque personne grosse, il y a une personne maigre ; c'était du moins ce que disaient les gens, et beaucoup le lui disaient. Mais ce n'était pas vrai de tout le monde. À l'intérieur de Dennis Braintree, il y avait un autre gros.

Oui, Denny connaissait bien ce sourire penaud. Quand il réapparut sur le visage de Homer, alors qu'il étreignait son ventre, Denny, agenouillé devant l'écran, étreignit le sien.

8

Pouvez-vous imaginer quelque chose de plus ridicule qu'une voie ferrée ? (Rires surpris.) *D'où ça sort ? La plupart des idées de moyens de transport proviennent de la nature. Le bâton flotte, l'insecte se déplace sur le bâton, je pourrais donc me déplacer sur un bâton – tout le monde à bord ! – et si je pouvais me déplacer sur un rondin, je pourrais aller quelque part. Évidemment, il faudrait que je sois maintenu en l'air pour échapper aux rotations, ou sinon, la traversée risque d'être mouvementée.* (Nouveaux rires.)

Denny fournissait les paroles et les rires. Y avait-il une meilleure façon de passer le temps sur la route ?

Aucune créature inférieure ne se déplace sur des voies parallèles, dès lors d'où vient le chemin de fer ?

Il adorait ce « dès lors ».

Un dieu a-t-il apporté cette idée à l'humanité, un Prométhée avec une casquette à rayures et un visage noirci par le charbon ? Ou un inventeur à l'intelligence hors du commun a-t-il été victime d'une explosion de cerveau ? Le pauvre, imaginez un peu sa présentation devant son patron :

PDG : Je ne saisis pas, Barclay. D'où sortent ces rails ?

BARCLAY : On les installe, monsieur. Par petits segments qui reposent sur des traverses en bois.

PDG : *Hmmm. Ces… traverses ne risquent-elles pas de se déformer, de pourrir, d'être sabotées ?*

BARCLAY : (Après un silence.) *Parfois.*

PDG : *Il y a des montagnes dans l'Ouest. Ces rails pourront-ils les franchir ?*

BARCLAY : *Pas directement, monsieur.*

PDG : *Oh ?*

BARCLAY : *Nous ne pouvons pas dépasser une pente de deux virgule deux pour cent. Autrement, le train recule.*

PDG : *Deux virgule deux pour cent, dites-vous ?*

BARCLAY : *Oui, monsieur.*

PDG : *Barclay, ma mère de quatre-vingt-un ans règle son tapis de course à dix pour cent. Du moins, elle le ferait s'ils existaient.*

BARCLAY : *Pardon ?*

PDG : *Ce que je veux dire, c'est que c'est une pente de rien du tout. Comment franchir les montagnes sans construire un pont qui partirait du Kansas pour se terminer en Californie ?*

BARCLAY : *Avec des tunnels, monsieur.*

PDG : *Oh ? Il existe des tunnels naturels assez grands pour accueillir ce truc ?*

BARCLAY : *Non, non, monsieur. Vous ne m'avez pas compris. C'est nous qui construirons ces tunnels.*

PDG : *Ah bon ?*

BARCLAY : *Avec des pelles, de la dynamite, ce genre de choses.*

PDG : *Mais… ils ne vont pas s'écrouler ?*

BARCLAY : (Après un long silence.) *Parfois.* (Grands éclats de rire.)

– Parfois, répéta Denny.

Il lui suffisait d'avoir un lieu. Au cours de ces dernières années, il avait testé son sketch ici et là et, une fois, il avait même été en course pour une place à l'exposition ferroviaire d'Oak Park. C'était tombé à l'eau, mais il s'en fichait : il n'allait pas gâcher ce super texte pour une bande de péquenauds. Il méritait le grand jeu, une convention nationale. Le rôle d'orateur principal n'était pas exclu.

Il avait un faible pour l'inventeur, un petit entêté face au scepticisme du PDG. Leurs rapports étaient inspirés de ceux que lui-même entretenait avec son patron. Roscoe aimait la satire de Denny, néanmoins, disait-il, il ne pouvait pas se servir de sa position au sein de la commission d'organisation de la convention pour lui dégoter un engagement car Denny travaillait pour son magazine et cela créait un conflit d'intérêts. Mais il ne travaillait plus pour lui, si ? Alors ! Ah ah !

Chaque fois que Denny faisait son numéro, il avait de la peine pour tous ceux qui ne l'avaient pas entendu. *Idem* pour sa perception de sa personnalité. Il était triste pour l'humanité car elle ignorait tout de Denny Braintree.

– J'ai tellement de choses à offrir, dit-il à voix haute.

Et pour se rendre hommage, il klaxonna plusieurs fois.

Les bêlements qui en résultèrent étaient aussi pittoresques que tout le reste dans la Rambler de Homer, à l'image de la transmission « Flashomatic » et de son audacieux bouton pour changer les vitesses, sans doute révolutionnaire en son temps, et accueilli chaleureusement par Denny, qui n'aimait pas les embrayages. Homer avait amélioré le système audio en ajoutant une radio AM/FM, un lecteur de CD et de cassettes et un récepteur de radio par satellite. Avant de quitter la maison, Denny avait récupéré son CD de chansons de train dans son fourre-tout, et il l'écoutait entre deux interprétations de son sketch. Seul problème de la Rambler : elle ne partageait pas son amour de la vitesse. Sa carrosserie tremblait dès qu'il dépassait le cent, comme un vieil homme qui secouerait la tête pour lui dire « *non* ».

Il faisait nuit quand il quitta l'autoroute. Il suivit les panneaux jusqu'à l'aéroport, pénétra dans la zone réservée aux voitures venant chercher des passagers et en ressortit aussitôt. Son objectif était de refaire l'itinéraire emprunté par Nick quand celui-ci l'avait conduit chez lui, dans une autre vie, semblait-il, et d'une certaine façon, c'était le cas. Il savait exactement où il voulait « perdre » son portable. Il tourna à droite, puis à gauche. Une longue ligne droite et il la vit, illuminant la nuit de ses néons rouges et jaunes, l'enseigne du Marvin's French Fries. Il avait aperçu le restaurant de la voiture de Nick et s'était promis, à voix basse, d'y revenir.

L'établissement avait la forme d'une soucoupe volante, avec une cuisine grouillante d'activité en son centre. Le juke-box passait « Alley-Oop », et Denny chantonna en cherchant un box. Un seul était inoccupé. Il s'y glissa prestement, malgré les restes des clients précédents. Une jeune serveuse qui passait par là avec une cafetière s'arrêta et fronça les sourcils.

– L'hôtesse vous a installé ?

– Je sais exactement ce que je veux, dit Denny. Trois milk-shakes – chocolat, fraise et vanille –, un peu comme une glace napolitaine liquide (ce qui lui donna envie de chanter « Napoli », désir auquel il succomba pendant quelques secondes, bien qu'obligé d'inventer les mots en italien), et pour accompagner tout ça, une immense assiette de frites Marvin. Avec de la mayo sur le côté, à la hollandaise.

La serveuse – qui n'avait pas beaucoup voyagé, ni

beaucoup vécu – l'observa d'un air vide, puis regarda la table.

– Je vais demander à quelqu'un de débarrasser ça.

– Ça ne presse pas.

Denny piocha une frite froide dans l'assiette qui se trouvait devant lui et la goba.

En partant, la serveuse lui fit le coup des yeux exorbités, un classique que sa génération avait appris à la télé pour commenter tout ce qui sortait de la norme. Denny regarda autour de lui. De l'autre côté de l'allée était assis un homme mince qui faisait des mots croisés. Comme pour exhiber sa minceur, il avait croisé les jambes et passé la cheville de la jambe du haut autour de l'autre, telle une plante grimpante, juste au-dessus du pied ancré au sol.

– Si vous avez besoin d'aide pour vos mots croisés, dites-le-moi, lança Denny. Dennis Braintree est un homme de lettres.

L'individu leva la tête, dévisagea Denny et replongea dans ses mots croisés.

Denny sortit son portable et l'alluma. Il l'associait tellement à Lance qu'il avait l'impression de transporter l'inspecteur dans sa poche. Alors que l'appareil effectuait ses formalités de mise en marche, Denny sourit en songeant à la réaction qu'il pouvait déclencher en orbite basse et dans les bureaux terrestres d'une force de police. Il pensa aux deux appels qu'il allait passer, l'un et l'autre sous son ancienne identité. Il prévoyait ce qu'il allait dire, mais en toute décontraction, sans la forte pression du rôle de Homer. Il retrouvait aisément Denny, comme s'il enfilait une vieille paire de pantoufles. Mais c'était quand même un sacré emmerdeur, hein ?

Il sortit de sa poche de chemise une feuille de papier

et pianota le numéro sur le clavier de son portable. Pendant qu'il patientait, il observa quatre adolescentes qui bavardaient dans le box de devant. Le regard d'une des filles croisa le sien.

– Dennis Braintree appelle à Montpelier, lui lança-t-il.

– R.A.F., murmura-t-elle, faisant pouffer ses amies.

Denny se sentit stimulé.

– Ah, on parle par code, hein ? Essaye celui-ci. S.Y.H.I.T.

Il avait prononcé ce mot rapidement, et il pouvait se le permettre car il était intelligent. L'adolescente fronça les sourcils car elle ne l'était pas, et une de ses copines demanda :

– Il a épelé le mot « *shit* » ?

Denny lança la traduction en direction de leur table :

– *Stick Your Head in the Toilet*[1].

– Ah, fit une voix dans son téléphone. Monsieur Braintree, je suppose ? J'espérais avoir de vos nouvelles, mais pas en ces termes.

– Bonjour, Betsy.

– Vous avez des explications à nous fournir, monsieur.

– Vous avez reçu mon message ? Vous mettrez les frais de réparation de la chambre sur ma note, hein ?

– Évidemment. Et comptez sur moi pour gonfler l'addition. Mais je veux savoir ce qui s'est passé, en détail. Distrayez-moi.

Denny inspira à fond et relata les événements de la nuit tels qu'ils lui apparaissaient : une femme qui lui rend visite dans sa chambre (il avoua que c'était elle qui se trouvait dans le jacuzzi quand Betsy avait frappé à sa porte), sa virée nocturne pour trouver des

1. « Plonge la tête dans la cuvette ». (*N.d.T.*)

cigarettes (il ne parla pas des préservatifs), la femme qui se balance au lustre probablement, la chute, en son absence, puis son départ. Dans le box de devant, les quatre filles l'écoutaient, bouche grande ouverte, au point de laisser voir leurs appareils. Celles qui lui faisaient face détournaient la tête chaque fois qu'il les regardait. Denny prenait plaisir à jouer pour ses deux publics : Betsy et cette bande. Un seul auditoire, ça ne lui suffisait jamais.

Betsy demanda :

– Savez-vous qu'un certain inspecteur a une vision différente de ce qui s'est passé ? Marge… appelons-la par son nom, puisque je sais de qui il est question… Marge a disparu, et ce monsieur croit que vous l'avez poussée du balcon avant de faire disparaître son corps.

Denny devait se comporter comme s'il entendait cette histoire pour la première fois. Après tout, c'était le Denny devenu Homer qui avait entendu cette théorie dans la bouche de Nick et de Lance, pas le Denny resté Denny. Il devait paraître outré.

– Je suis outré !

– Je vous ai défendu de mon mieux, monsieur Braintree. Je lui ai dit que vous étiez inoffensif.

Denny frappa sur la table du plat de la main.

– C'est exactement ce que je suis.

– Vous ne seriez pas plus capable que moi de pousser Marge du balcon. Bien que l'envie m'ait déjà effleurée.

– Vous connaissez Marge ?

– Tout le monde la connaît. C'est notre Calamity Jane locale. Elle est accro à au moins trois choses, à ma connaissance : l'alcool, le jeu et les hommes. Je combats l'un des trois : j'essaye de l'empêcher de boire depuis des années. Elle n'a personne pour l'aider, à part une sœur indifférente et un défilé de chiens à deux pattes en chaleur… N'aboyez pas, monsieur Braintree, je vous en prie. Selon moi, elle est enfin partie se faire aider, et c'est pour cela qu'ils ne la trouvent pas.

– Vous l'avez dit à la police ?

– J'ai essayé. Mais ce type voit le mal partout. Il veut absolument qu'il s'agisse d'un meurtre. En fait, il rêve de crimes dans notre petite ville pour justifier sa nouvelle brigade d'inspecteurs. Mais pourquoi ne vous ont-ils pas interrogé ? Où êtes-vous ?

– Si je vous le disais, je ferais de vous ma complice.

Betsy émit de petits bruits qui auraient pu être un rire.

– Décidément, votre place est dans le cagibi, monsieur Braintree. Je regrette de ne pas vous y avoir laissé.

– En parlant de ça, Betsy, je vous appelle à propos de votre neveu.

– Homer ? Que se passe-t-il ?

Elle avait perdu son ton enjoué.

– Un truc incroyable. Je l'ai rencontré à l'aéroport de Burlington. Nous avons eu une conversation très agréable.

– Il est donc revenu. Où est-il ?

– J'attendais mon vol pour Chicago et lui attendait un ami qui arrivait de Hong Kong.

– Où est-il maintenant ?

– À la ferme. Il m'a longuement parlé de cet endroit. Il m'a dit également qu'il avait des problèmes à régler. Il veut passer un moment tranquille là-bas.

Betsy ne dit rien pendant quelques instants.

– Il a des problèmes, en effet, mais je ne vois pas comment il pourrait être plus tranquille qu'il ne l'est déjà.

– Il a besoin de rester seul. C'est le message qu'il m'a demandé de vous transmettre. Il ne veut pas de visite, et il ne répondra pas au téléphone.

– Ça ne ressemble pas à Homer.

– C’est intéressant que vous disiez ça car il a justement fait une remarque à ce sujet. Il a dit : « Tante Betsy va être surprise. »

– Il n’a jamais refusé mon aide. Il a toujours recherché mes conseils.

– « Elle sera surprise, mais elle comprendra. » Voilà ce qu’il a dit.

– Il ne peut pas résoudre ses problèmes tout seul.

– À mon avis, il compte sur Sarah pour l’aider.

Betsy se tut de nouveau. Denny attendit ; ses lèvres remuaient par à-coups, dans l’attente des paroles de son interlocutrice. Finalement, elle dit :

– Il ne recevra aucune aide de ce côté-là.

Il y avait une certaine dureté dans sa voix.

– Oh. Pourquoi dites-vous ça ?

– Quand pourrai-je lui parler ?

Le sujet de Sarah était clos.

– Il a besoin de temps, Betsy. Mais curieusement on dirait qu’il veut rester en contact avec moi. Vous savez, quand on voyage, il arrive qu’on se lie d’amitié avec quelqu’un et qu’on échange des confidences. C’est ce qui nous est arrivé. Il m’appellera, j’en suis sûr. Si j’ai du nouveau, je vous tiendrai au courant. Mais je crains que vous ne soyez obligée d’attendre qu’il soit prêt à vous voir. Ce jour viendra, évidemment.

Elle émit un *hmpff.*

– Quand il se sentira prêt, il regagnera son cagibi, comme au bon vieux temps.

Sur ce, Denny lui souhaita le bonsoir, attendit de recevoir celui de Betsy – il arriva tardivement, sur un ton préoccupé – et referma son portable.

Il se dit que cet appel la maintiendrait à l’écart pendant un moment. Il reporta son attention sur le box des adolescentes. Les deux qui lui faisaient face l'observaient et rendaient compte à leurs copines. Il dit :

– « Il ne recevra aucune aide de ce côté-là. » Qu'est-ce que vous pensez de ça, les filles ? Des réflexions ? Ah.

Ce dernier mot s'adressait à la serveuse, qui venait d'arriver avec les trois milk-shakes et les frites. Il engloutit rapidement la moitié des frites et vida d'un trait le milk-shake au chocolat. Il reprit son téléphone et pianota sur le clavier. Il s'adressa aux filles :

– Dennis Braintree appelle maintenant son ancien patron.

Il attaqua son milk-shake à la vanille et eut le temps d'en boire la moitié avant que Roscoe prenne son appel.

– Roscoe, j'ai un service à vous demander.

– Oh, mon Dieu. (Roscoe avait plaqué sa paume sur son front. Denny l'avait vu faire ce geste assez souvent dans son bureau pour le deviner.) La police ne cesse de m'appeler. Pourquoi ? Parce que grâce à notre conversation téléphonique d'hier je suis votre *dernier contact connu*. (Il s'adressait à lui-même plus qu'à Denny, également habitué à ce comportement.) J'espérais bien être remplacé dans ce rôle, un autre *dernier contact connu* allait forcément apparaître. Mais voilà que je me retrouve de nouveau affublé de cette étiquette détestable. Mon intérêt me commande de vous dire au revoir. Au revoir.

Denny rappela aussitôt. Roscoe ne prit même pas la peine de dire « Allô ».

– Denny, je pense que vous n'avez pas jeté une femme par la fenêtre de votre chambre d'hôtel. Je vous connais, à mon grand regret, et je sais que vous n'avez pas pu faire une chose pareille.

– Exact.

– Dans ce cas, pourquoi ne pas être allé à la police

pour tout éclaircir ? Ce serait l'idéal pour moi. La police serait votre *dernier contact connu.*

– C'est un peu compliqué. Je vous appelle au sujet d'autre chose.

– Quoi ? On en a déjà fini avec les soupçons de défenestration ? C'est le seul élément de cette conversation susceptible de m'intéresser.

– Vous vous souvenez de mon sketch avec l'inventeur et le PDG ?

– Oh, bon sang.

– Je veux le jouer lors de la convention nationale de Las Vegas. D'ici là, toute cette affaire se sera tassée, et si ce n'est pas le cas, je prendrai un pseudonyme. Comme je ne travaille plus pour vous…

– Dieu soit loué !

– … il n'y a plus de conflit d'intérêts. Pouvez-vous me pistonner ? Vous avez toujours aimé ce sketch.

– J'ai toujours menti.

– Hein ?

– C'est nul, à tous les niveaux.

– Mais… Peut-être que vous êtes passé à côté, Roscoe. Ça part d'un truc familier et ça lui donne un aspect étrange.

– Il n'y a pas meilleur que vous pour ça.

– Recommandez-le au comité d'organisation. C'est un tout petit service que je vous demande.

– Ah bon ? Rendez-moi service, vous aussi. Allez à la police.

– Roscoe ? Roscoe ?

Denny grimaça et referma son portable. Il dit aux filles :

– Il m'a raccroché au nez, je n'arrive pas à y croire.

– Moi, si, répliqua l'une d'elles.

Ce qui déclencha des tressautements d'épaules et des balancements de cheveux.

Denny laissa son téléphone allumé et le glissa dans une poche de devant de son pantalon, sans trop l'enfoncer. Il finit son milk-shake à la vanille et se tortilla un peu, mais rien ne se passa. Alors, il se mit à se trémousser d'avant en arrière dans le box, en se contorsionnant, les mains levées au-dessus de la tête pour bien montrer qu'il ne s'en servait pas. Un des filles s'exclama :

– Oh, mon Dieu, il fait la danse du cul !

De toute évidence, elles ne comprenaient pas ce qui se passait. Au bout d'un moment, il parvint enfin à extraire le téléphone de sa poche et à le faire tomber sur la banquette à côté de lui. Il voulait simuler la perte accidentelle de son portable, autant que possible. Et il voulait le faire de cette façon.

Il agrippa son milk-shake à la fraise, le vida, déclara « C'est fait » en rotant bruyamment et sortit quelques billets de son portefeuille.

Au moment où il se levait, une des filles lui lança :

– Au revoir, Monsieur Épileptique.

Denny se précipita à leur table alors qu'elles pouffaient et il se pencha vers elles pour leur éclater de rire au visage.

Sur la route de l'aéroport, il s'était arrêté dans une banque. Il avait l'intention d'y retourner et d'utiliser sa carte de retrait du *Modéliste intrépide* pour retirer le maximum de liquide. Ensuite, il verrait bien s'il pouvait trouver une boutique de téléphones portables encore ouverte à cette heure. Après cela, il ferait une razzia au supermarché, avant de se taper le trajet de retour jusqu'à la route de la Corne de Lune. La journée avait été longue et il avait hâte de se glisser entre les draps de Homer.

9

Obligé de plisser les paupières à cause de la lumière matinale, Denny prit le téléphone posé près du lit avant d'être totalement réveillé.

– Homer, faut que tu m'aides.

Denny était ravi. Là-bas, chez lui, personne ne sollicitait jamais son aide. Mais qui était-ce ?

– Qu'est-ce qui se passe ?

– J'ai chié dans la colle.

Était-ce quelqu'un qui l'avait déjà accueilli depuis son retour ? Certainement, vu sa façon d'aller droit au but. Mais Denny ne reconnaissait pas cette voix.

– Ça ne peut pas être si grave que ça.

– Si, mon grand. Tu sais qu'ils m'ont confisqué mon permis, hein ? Sarah a dû te le dire.

– Oui.

Cet homme connaît Sarah.

– C'est June qui me trimballe un peu partout. Remarque, ça me gêne pas. Ça nous laisse du temps pour parler, si tu vois ce que je veux dire.

– Je vois très bien.

Cet homme cohabite certainement avec une dénommée June.

– C'est une sacrée bonne femme.

– Exact.

June est une sacrée bonne femme.

– Sauf que, l'autre soir, elle pouvait pas me servir de chauffeur à cause de sa réunion Al-Anon. C'est super important pour elle, je la soutiens à fond et je laisse personne dire le contraire.

– C'est juste.

– Hein ?

– Je suis d'accord. Oui. C'est bien.

– Bref. Pour commencer, je suis allé en ville en bagnole avec une suspension de permis. Mais j'étais obligé. Les fils Macalester ont des vues sur six hectares de terrain au pied de la colline, là où y avait la pompe hydraulique avant, on en parle de temps en temps, mais j'avais plus de leurs nouvelles depuis un bail, et je me disais que ça les intéressait plus. Mais voilà que je reçois un coup de fil de Gary. Ils étaient tous les deux à l'Ethan Allen, prêts à conclure l'affaire. Une occasion comme ça, faut pas la laisser passer, Homer. Fallait que je saute dessus. Alors, je leur dis que j'arrive tout de suite. Une demi-heure plus tard, je retrouve enfin les clés du pick-up – June les avait planquées – et je file. Ah, la vache, ce que c'était bon de reprendre le volant ! C'était genre « Planquez tout, j'arrive ! ». Je volais carrément sur la 14. Je me suis même arrêté en chemin pour faire des tête-à-queue sur le parking. Tu te souviens ?

– Comment je pourrais oublier ?

– Le temps que j'arrive au bar, les Macalester s'apprêtaient déjà à remonter dans leur bagnole pour se barrer. Alors, j'ai klaxonné comme un malade et je me suis arrêté juste derrière eux, en dérapage. Je crois que j'ai foutu la trouille à Gary et que je l'ai énervé encore un peu plus, vu que j'étais en retard. Mais je lui ai expliqué que j'ai jamais été du genre à guetter l'heure, c'est dans ma nature. En les baratinant, j'ai réussi à les convaincre de retourner dans le bar.

– Tu as conclu l'affaire ?

– Pas vraiment. (Un soupir.) Je devais apporter le relevé avec moi, Gary voulait le voir, mais à cause de June j'ai passé tellement de temps à retourner toute la baraque pour retrouver mes clés que ça m'est sorti de la tête.

– Vous auriez pu retourner chercher le relevé tous ensemble et conclure l'affaire là-bas.

– En fait, je l'ai perdue, cette saloperie. (Il émit un bruit qui trahissait sa colère et son mépris.) Putains de relevés ! Un abruti avec un trépied plante un tuyau dans le sol et me sort : « Ça fera quatre cents dollars, Sparky. » Je lui ai dit où il pouvait se le mettre, son tuyau. Il a failli le faire, d'ailleurs.

– Désolé que l'affaire se soit pas conclue, Sparky.

– Ouais. Et donc… attends voir. (Il avait perdu le fil de son récit.) Bon, je les ai ramenés dans le bar, et j'espérais qu'ils parleraient pas du relevé, mais évidemment Gary n'avait pas oublié. Il est futé, faut être honnête. Tiens, au fait, Buns Balestreri était là, elle me reluquait, et moi, je me disais : Sparky, pense à June. Pense à June qui s'avance vers toi avec un sécateur à la main. Tu vois ce que je veux dire, Homer ?

– Qu'est-ce qui s'est passé ensuite ?

Denny maîtrisait l'art de la conversation avec Sparky, désormais. Il suffisait de lui coller une gifle toutes les vingt secondes.

– Quand Gary s'aperçoit que j'ai pas apporté le relevé, il fout le camp, furieux. Jimmy était parti aux chiottes. Quand il retourne à notre table, j'essaye de conclure l'affaire avec lui. Mais Gary revient et se met à faire du foin. Et avant qu'on comprenne ce qui nous arrive, Betsy nous flanque tous dehors. Je me suis déjà fait virer d'un bar, mais jamais par une bonne femme aveugle. C'est ce que j'ai dit à Gary, mais je crois qu'il m'a pas entendu. Buns, si. Enfin, je crois…

Comme s'il en avait soudain assez de ses propres divagations, Sparky débita à toute vitesse la phrase suivante :

– Pour résumer, on a quitté le bar. (Une pause.) Et je suis rentré chez moi.

– Sans incident ?

– Hein ? Oh, oui, aucune incidence. Quand je suis arrivé, June m'a passé un savon, à cause que j'avais pris le volant. Et pendant qu'elle gueulait, je pensais que j'avais refusé d'approcher de Buns Balestreri. Ça comptait pas, ça ? J'ai fini par lui dire, mais ça n'a servi à rien.

Il s'interrompit de nouveau.

– Je ne vois pas comment je peux t'aider à conclure cette affaire, Sparky.

– C'est pas pour ça que je t'appelle. Tu sais, cette cabane que j'ai construite, avec des bouts de contreplaqué…

– Comment je pourrais l'oublier ?

Sparky semblait procéder par triangulation pour en arriver à son sujet.

– Je gare mon pick-up derrière, pour qu'on le voie pas de la maison. Ça me brise le cœur, sinon. Alors, figure-toi que j'étais grimpé sur le gros rocher au-dessus de la cabane, pour essayer de chasser un porc-épic d'un tas de broussailles en l'enfumant. Cet enfoiré a piqué mon chien l'autre jour, enfin il a failli. Mais impossible d'allumer les broussailles vu qu'elles étaient mouillées, et j'avais pas de diesel, que de l'essence ; résultat, je me prenais toute la fumée dans la gueule. Mais c'était amusant, du moins jusqu'à ce que June se mette à gueuler, à cause du boucan de la machine. Je me retourne vers la maison, et là je vois le pick-up juste en dessous, dans ma ligne de mire, entre moi et la maison.

Sparky inspira à fond. Denny sentit que le dénouement approchait.

– Et ensuite, qu'est-ce qui s'est passé ?

– Devine qui j'ai vu dans le pick-up ?

– Qui ?

– Marge Plongeur.

Denny tressaillit.

– Marge ? Elle dormait ? Elle était ivre ?

– Loin de là.

– Elle habite près de chez toi ? Il y a un centre de désintoxication dans le coin…

– Reste concentré, Homer. Elle était morte. Elle était couchée sur le plateau de mon pick-up.

– Morte ?

– À voir comment elle était disposée, c'était évident qu'elle avait passé l'arme à gauche. Et je me suis dit : Tu as beau regarder la chose sous tous les angles, c'est pas un truc dont tu peux être fier. Pendant ce temps, June continuait à beugler dans la maison. Ça ressemblait à une sorte de mélodie, à force, un chant sauvage. C'était presque agréable, comme des oiseaux, et en hiver, ça manque, les oiseaux.

– Marge, dit Denny à voix basse, comme s'il se parlait à lui-même.

– Ouais. Ils disent qu'elle est tombée d'un balcon de l'Ethan Allen. Maintenant, on sait *où* elle est tombée. Tu sais ce qui est amusant ? Je l'ai vue à l'hôtel, ce soir-là.

Denny mit un certain temps à assimiler cette nouvelle.

– Tu as vu Marge ?

– Oui, elle était dans le hall, et elle marchait vers l'ascenseur quand je suis entré. Elle s'est retournée vers moi et m'a crié : « Hé, Sparky ! Je suis une gagnante ! » Ironique, non ? Je suis sûrement la dernière personne à l'avoir vue vivante.

Pas tout à fait, pensa Denny. Il repensa au petit coup qu'elle lui avait donné dans la poitrine sur le chemin de la salle de bains.

– Le problème, reprit Sparky, c'est que les flics vont dire : « Hé, Sparky, merci de nous avoir appelés et tout ça, mais ton pick-up, il est allé en ville tout seul ? » Ouarf ouarf ouarf ! Et encore une amende, en plus des mille dollars que je dois déjà. Ils te lâchent pas, Homer. Je peux pas chasser, légalement du moins. Je peux pas pêcher. C'est tout juste si je peux ouvrir une boîte de soupe. C'est là que tu interviens.

– Tu veux que je leur dise que je t'ai emmené en ville.

– Tu piges super vite.

– Et après tes négociations avec les Macalester, je t'ai ramené chez toi.

– Trop fort !

– J'ai laissé le pick-up chez toi et je suis reparti. Sans qu'on sache, l'un et l'autre, ce qu'il y avait à l'arrière.

– J'ai du mal à suivre ! On dirait moi en train de foncer sur la 14 !

– Il y a un hic dans ton histoire.

– Hein ?

– Comme je n'étais pas dans le bar, ça veut dire que je suis resté dans le pick-up.

– Ouais. Et alors ?

– Marge a dû faire un sacré boucan en tombant. Je parie que ça a secoué le pick-up. Pourquoi je ne m'en suis pas aperçu ?

Denny entendit une profonde inspiration au bout du fil.

– Merde ! Bien vu. Ça risque de coincer. Voyons… Tu es descendu du pick-up pendant un moment. Ça y est, je sais ! On va utiliser un coup qui marche toujours : tu avais envie de pisser.

– Et où je serais allé ?

– Entre deux bennes à ordures derrière l'hôtel.

Sparky parlait en habitué.

Denny dit :

– Je n'ai croisé personne en revenant au pick-up, et toi non plus. C'est plausible.

– Plausible ? C'est ce qui est arrivé, mec ! À moi, du moins. Je l'ai pas vue.

Denny dut surmonter une impression passagère de désorientation en entendant cette remarque intelligente et pertinente.

– Pourquoi on a pris ton pick-up et pas ma voiture ? demanda-t-il. Si je suis venu te chercher chez toi, pourquoi on a changé de véhicule ?

– Parce que le pick-up a besoin de tourner de temps en temps pour garder la forme. C'est la vérité.

L'histoire se tenait. La police examinerait Marge, relèverait la présence d'alcool dans son organisme, sans trouver aucun signe louche. Denny cesserait d'être suspect et Lance cesserait de le rechercher.

Sparky avala une petite bouffée d'air et la recracha aussitôt.

– Toi et moi, Homer.

– Oui. Et Marge.

Sparky plongea dans un long silence. Finalement, il demanda :

– C'est cet enfoiré de Nick qui est sur le coup ?

Denny s'attendait à d'autres paroles : une réflexion

sur la perte que représentait pour la communauté la disparition de Marge. Mais Sparky évoluait sur une orbite limitée.

– Oui.

– C'est pas mon pote.

Denny ne dit rien.

– C'est un pote à toi, Homer.

– Exact.

– Impossible de prévoir ce que je pourrais dire s'il me tape sur les nerfs. Moi, je dis toujours ce que je pense, le Seigneur m'a fait comme ça et on peut pas aller contre sa nature. Ça serait bien que tu sois là quand ils me cuisineront. Je ferais plus franc du collier.

Denny réfléchit. Sparky et lui risquaient moins d'offrir des versions contradictoires si on les interrogeait ensemble.

– Ça peut se faire.

– Amène-toi. J'appelle les flics.

Et Sparky raccrocha.

Denny laissa échapper un cri de panique. Il ignorait où habitait Sparky ! Même s'il avait pensé à lui demander, il n'aurait pas pu le faire car Homer n'aurait pas eu besoin de poser la question. Pouvait-il le rappeler et trouver un moyen de lui soutirer son adresse ? Il pourrait lui demander si la rue transversale la plus proche était toujours en travaux et faire semblant d'avoir oublié son nom, en l'interrogeant mine de rien, dans le genre « C'est quoi le nom de cette rue, déjà ? ». Assurément, cette ruse avait une chance de tromper les gardes-barrière du cerveau de Sparky, qui semblait assez chaotique. Et une fois qu'il serait dans le quartier, Denny pourrait questionner un voisin serviable. Oui, il allait rappeler Sparky. Mais, quand il appuya sur la touche du téléphone pour faire apparaître le numéro de son dernier correspondant, les mots « correspondant masqué » apparurent sur l'écran, aussi inutiles qu'inexacts dans leur affectation sous-entendue.

Sparky. Ça ne pouvait pas être son vrai prénom. Qui appellerait son enfant Sparky ? Denny dénicha un annuaire téléphonique dans le bureau de Homer. Il le feuilleta. Aucun Sparky, mais, là où il aurait dû se trouver, quatre « Sparks » laissaient deviner l'origine de ce surnom. Mais quel Sparks ? Ces quatre adresses ne lui évoquaient absolument rien. Sparky avait parlé de « voler au-dessus de la 14 » pour se rendre en ville. La route 14 ?

Denny enfila un manteau par-dessus son pyjama et courut jusqu'à la Rambler garée devant la maison. Dans la boîte à gants, il trouva une carte de la région. Il s'empressa de retourner au chaud, étala la carte sur la table de la salle à manger et repéra les quatre rues indiquées dans l'annuaire. La route 14 était un itinéraire probable pour une seule des adresses.

Les routes de campagne qui traversaient les fermes et les champs étaient signalées de manière excentrique. Les rares panneaux que rencontra Denny lui faisaient face, au lieu d'être parallèles à la chaussée, comme si un petit farceur yankee les avait déplacés de quatre-vingt-dix degrés. Mais le pire, c'était la boue. Sans aucune raison apparente, une portion de route relativement dure cédait la place tout à coup à un pudding au chocolat flottant sur de la terre congelée, et la voiture tanguait violemment. Ailleurs, la route avait dégelé, puis regelé en prenant des formes solides, et Denny sentait ses roues être attirées dans des ornières qui semblaient inoffensives au départ, mais elles se creusaient ensuite et il se retrouvait enfoncé jusqu'aux essieux, l'ornière immobilisant les pneus comme si une deuxième paire de mains s'était emparée du volant. Pour quelqu'un qui aimait la vitesse, la boue était aussi dangereuse que la neige.

Il n'arrêtait pas de penser à Marge et à ce petit coup dans la poitrine. Il y voyait maintenant un doigt accusateur. Quelle que soit la façon dont elle était morte, Marge serait certainement encore en vie si son chemin n'avait pas croisé le sien. Mais l'on pouvait tout aussi bien rejeter la faute sur Betsy, qui avait installé Denny dans la chambre de Mortimer. Ou sur Mortimer, qui était rentré chez lui à Brandon. Ou sur les électeurs de Brandon, qui avaient voté pour Mortimer. Denny impliqua ainsi de plus en plus de monde, s'arrêtant juste avant Ethan Allen et ses fameux Green Mountain Boys, uniquement parce qu'il était arrivé à destination.

L'adresse était écrite à la main sur une boîte aux lettres qui avait perdu tout soutien et reposait maintenant contre un tronc d'arbre. À côté, à l'entrée de l'allée, une grosse voiture rouillée faisait face à la route. Le capot était maintenu ouvert par une planche de contreplaqué sur laquelle était peinte l'inscription « BOO ». Denny pensa qu'il s'agissait d'un vestige de Halloween, mais au deuxième coup d'œil il s'aperçut que le « B » était en réalité un « 8 » mal dessiné. Le panneau de bois indiquait le prix de la voiture : huit cents dollars.

L'allée de chez Sparky était pentue et creusée de rigoles où glougloutaient des petites rivières de neige fondue. Si au bout de cette longue marche d'approche Denny tombait sur un propriétaire qui ne correspondait pas à ce qu'il cherchait (si ce surnom provenait, disons, de la personnalité électrisante de Sparky[1], et non pas d'une déformation de Sparks), il ferait demi-tour, rentrerait chez lui et inventerait une excuse quand

1. *Spark* : étincelle. *Sparky* : plein d'entrain. (*N.d.T.*)

Sparky le rappellerait pour lui demander où il était. Mais, soudain, il aperçut la voiture de Nick à côté de la maison. L'allée se poursuivait au-delà du bâtiment, et un peu plus loin se tenait un trio : Nick, Lance et un homme à la posture voûtée, sournoise. Plus loin encore, Denny remarqua une cabane en bois qui laissait apercevoir le pare-chocs arrière du pick-up fatal.

Denny se gara derrière la voiture de Nick, descendit et marcha vers le trio. Il passa devant la maison, affublée d'ajouts sans queue ni tête, rafistolée avec des planches, à moitié peinte, de différentes couleurs. Une des fenêtres était ornée de vieux enjoliveurs cloués tout autour. Au premier étage, une porte s'ouvrait sur le vide : une issue pour expulser les mutins, peut-être. À l'intérieur, un chien cessa d'aboyer uniquement pour reprendre son souffle.

Lance accueillit l'arrivée de Denny d'un regard dédaigneux.

– Homer, dit-il d'un ton étrange où perçait une pointe d'étonnement.

Sparky était plus âgé que ne l'avait supposé Denny, la cinquantaine peut-être, mais Denny avait du mal à se concentrer sur son visage à cause de sa tenue. Il était entièrement vêtu de cuir noir : une casquette qui comprimait son crâne, un blouson dont la fermeture Éclair à moitié remontée laissait voir son torse nu et une paire de jambières par-dessus son jean, avec sur le devant une étrange lucarne qui présentait le renflement de son entrejambe comme une coquille d'escrimeur.

Sparky s'adressa à Denny :

– Je brade mon stock, vieux. Tu vois ma Merco au bout de l'allée ? Je te fais un prix. (Il se tourna prestement vers Nick.) Pas la peine de me faire les gros yeux. Fini l'époque où je balançais tout dans l'étang. Vous savez combien coûte l'amende, maintenant, s'ils trouvent une épave dans la glace ? Non, non, monsieur, j'ai trouvé une nouvelle combine. (Il se tourna vers Denny.) J'étais justement en train de l'expliquer à Nick et à…

Sparky se retourna vers Lance pour solliciter son aide, mais celui-ci se contenta de le regarder fixement, et ce fut Nick qui dut lui fournir le nom. Denny se réjouissait de se retrouver dans un groupe où le mépris de Lance visait quelqu'un d'autre que lui.

– Comme je le disais à ces gars, reprit Sparky, vite remis en selle, je me suis bricolé un tabouret économique à trois pieds. Le premier, c'est le commerce, comme avec la Merco. Le deuxième, c'est le stockage dans l'attente d'une hausse de la demande…

Il agita le bras. Nick et Denny, mais pas Lance, profitèrent de cette invitation pour balayer du regard les débris qui émergeaient de la neige. Divers modes de transport étaient représentés : automobile (quatre épaves étaient visibles), nautique (un *pontoon boat* rouillé avec un toit en toile affaissé) et aéronautique (une bulle d'hélicoptère, mais uniquement la bulle). Denny se demanda ce qui se cachait encore sous la couche de neige irrégulière.

– Le troisième pied, ajouta Sparky, c'est ce que j'appelle la *réutilisation*. Pour commencer, je vais fabriquer une mangeoire pour les oiseaux géante avec tout l'osier qui est devant la maison.

– Et le corps de Marge ? demanda Nick.

– Je lui ai pas encore trouvé d'usage.

Le maigre succès qu'aurait pu récolter ce trait d'esprit fut immédiatement annihilé par l'autosatisfaction de Sparky et ce commentaire :

– Vous l'avez cherché, inspecteur. Vous auriez dû le voir venir. Faut se lever tôt pour…

– *Montrez-nous Marge*, grogna Lance.

Avec une souplesse stupéfiante, Sparky passa du bonimenteur à l'entrepreneur de pompes funèbres. Il trouva une expression solennelle dans son répertoire et, penché en avant dans ce qu'il imaginait être un geste de respect universel, il tendit le bras en direction de l'allée. Sans abandonner cette posture, il continua à faire face au petit groupe quand ils dépassèrent la cabane, comme si, d'une certaine façon, il rendait hommage à Marge en ne la regardant pas.

Denny s'arma de courage et se retourna vers le pick-up. Mais il n'y avait rien à voir. Uniquement le véhicule de Sparky couleur bile.

– Qu'est-ce que ça veut dire, Sparky ? demanda Nick.

– Ça fait un choc, c'est sûr, répondit Sparky en se retournant vers son pick-up. Imaginez ma surprise quand… (Il demeura un instant bouche bée, les yeux écarquillés.) Elle a dû tomber.

Il se précipita pour se pencher par-dessus le hayon, puis il inspecta chaque recoin du plateau comme si une Marge miniature avait pu se glisser sous un morceau de bois. Les autres s'approchèrent à leur tour.

– Redites-nous ce que vous avez vu, demanda Nick.

– J'ai vu *Marge*. Elle était juste là, je vous le répète. Elle était allongée, les nichons en l'air.

Il regarda alternativement Nick et Lance, qui examinait la carrosserie de la camionnette, centimètre par centimètre.

– Vous avez vu Marge, reprit Nick. Et vous êtes sûr qu'elle était morte.

L'alternative sous-entendue fut comme un coup de poutre sur le crâne de Sparky. Il recula d'un pas en titubant.

– C'est pas possible que…

– Vous avez examiné le corps ? Vous l'avez touché ?

Sparky hésita. Denny devinait qu'il voulait fournir la réponse la moins susceptible de lui valoir des reproches, mais il n'arrivait pas à choisir. Pendant ce temps, Lance faisait le tour du véhicule.

– C'est arrivé quand, Sparky ? demanda Nick.

– Comme je vous le disais…

– J'ai trouvé un truc, déclara Lance. (Debout près de la portière du conducteur, il regardait par terre.) C'est du sang.

– Dieu soit loué ! s'exclama Sparky.

Il fonça vers Lance. Denny et Nick le suivirent. Lance les repoussa en agitant les bras. Il s'était accroupi au-dessus d'une petite tache rouge dans la neige. Il se releva et observa les alentours.

– Semblerait que j'aie pas rêvé, finalement, commenta Sparky, d'un ton meurtri.

Nick murmura quelque chose et leva les yeux vers le rocher qui se dressait au-dessus du pick-up.

– Si elle est tombée, elle était peut-être évanouie quand vous l'avez vue. Et ensuite, il se peut qu'elle soit descendue…

Sa voix mourut, alors qu'il regardait tour à tour le rocher et le pick-up. Denny était perplexe. Nick croyait-il que Marge était tombée de la falaise, directement dans la camionnette ?

– Ah, voilà un bout de tissu. (Lance ramassa quelque chose de sombre et le secoua pour ôter la neige.) Du Gore-Tex.

– La neige a été piétinée à cet endroit, fit observer Nick.

S'éloignant de Lance, il suivit un chemin qui longeait un bosquet dans la neige. Sparky lui emboîta le pas, plié en deux. Soudain, il fit un bond en avant.

– C'est un ours, déclara-t-il avec autorité. Il l'a

droguée. Il s'est emparé de Marge et il l'a emmenée dans les bois. Vous voyez les empreintes de pattes ?

– Un *ours* ?

Lance se redressa. L'idée ne venait pas de lui, alors comment pouvait-elle être bonne ?

– Parfaitement ! (Sparky, dans son élément, fit gonfler sa maigre poitrine.) Tout le monde sait qu'il faut jamais faire le mort avec un ours noir. Y a de fortes chances qu'il commence à vous bouffer. Et Marge faisait pas juste semblant. À cette époque de l'année, quand il sort de sa tanière, Old Black doit avoir les crocs. Faudrait une grue pour extraire Marge du pick-up. C'est pas un poids plume.

Lance regarda les traces dans la neige.

– Enfoiré, murmura-t-il.

– Si vous voulez la retrouver, faut suivre cette piste, reprit Sparky.

Les quatre hommes regardèrent le sillon dans la neige, jusqu'à l'endroit où il disparaissait, dans les bois.

– Ça devrait pas être trop dur, vu la traînée qu'il a laissée. Il l'a pas portée comme King Kong. Il l'a tirée derrière lui.

– Enfoiré, répéta Lance, à voix haute cette fois, non pas pour marquer son étonnement, mais en référence à l'ours.

Il dégaina son pistolet et vérifia qu'il était chargé.

– Ouah, fit Nick. Réfléchissons.

– C'est une abomination, dit Lance.

– Soyez pas trop dur avec lui, intervint Sparky. Le vieux Monsieur Ours obéit à sa nature.

– Moi aussi, répliqua Lance.

Précédé de sa mâchoire, il s'enfonça dans les bois. Nick semblait hésiter entre faire valoir sa supériorité hiérarchique et se lancer à sa poursuite. Finalement, il sortit son arme lui aussi et le suivit.

– J'espère que vous savez où viser, lui lança Sparky. Combien d'ours vous avez tués, Nick ?

Celui-ci répondit par-dessus son épaule :

– Je vous emmerde.

Tout sourire, Sparky se tourna vers Denny.

– Nous, on sait où faut tirer, pas vrai, Homer ? Imagine qu'il porte un bavoir, voilà ce que disait toujours Big Timmy. Comme un truc de bébé. Et tu tires en plein dans le bavoir. (Sa tête s'agita avec enthousiasme, puis s'immobilisa.) Merde, alors. Si j'avais su que Marge allait disparaître, j'aurais pas appelé les flics.

Denny répondit :

– Mais ils auraient voulu savoir ce que tu as vu. Tu ne pouvais pas leur cacher cette information.

Sparky pointa un doigt philosophique en direction du ciel.

– Faut jamais s'attaquer à un problème avant que le problème devienne un problème.

Denny remarqua que Sparky avait déjà dû rencontrer un problème : il n'avait plus d'auriculaire à la main droite.

– Il faut que je sache ce que tu leur as raconté jusqu'à maintenant.

Le visage de Sparky, qui appartenait en temps normal à la catégorie « niais », prit soudain un aspect tragique.

– J'espère que cet ours n'a pas éraflé mon pick-up.

Il s'approcha pour l'examiner. Denny le suivit.

– Il l'a un peu griffé sur le dessus, j'ai l'impression. J'ai un petit flacon de retouche. (Il balaya du regard le fouillis qui encombrait le jardin.) Où je l'ai foutu ?

Denny sentit soudain une forte odeur de tabac autour de Sparky, alors qu'il ne fumait pas.

– Qu'est-ce que tu leur as dit au sujet de Marge ?

– Que je pensais qu'elle était tombée du rocher.

Une dizaine d'objections s'affrontèrent dans la tête de Denny. Il leva les yeux vers le sommet.

– Qu'est-ce qu'elle serait allée faire là-haut ?

– C'est pas mon boulot de trouver une explication. C'est le leur.

– Mais pourquoi tu as changé d'histoire ? On s'était mis d'accord.

Sparky secoua la tête.

– J'ai décidé de la garder en réserve. Si mon pick-up est resté là tout le temps, ils me suspecteront pas d'avoir conduit sans permis. Et s'ils finissent par décider que Marge n'a pas pu tomber de là-haut, je ferai semblant d'avoir une idée tout à coup, et je leur dirai qu'elle a dû tomber la nuit où tu m'as emmené au Ethan Allen. À quoi bon commencer par dire que le pick-up a bougé, si c'est pas nécessaire ?

– Pourquoi je suis ici, alors ?

Sparky fronça les sourcils.

– Je t'ai demandé de venir, mon grand.

Il parlait d'un ton patient, comme s'il s'adressait à un demeuré.

Denny reprit :

– Non, je voulais dire : pourquoi je suis ici *de leur point de vue* ? Ma présence n'a un sens que si tu m'as fait venir pour confirmer que je t'ai conduit en ville. Pourquoi tu m'aurais appelé si tu pensais qu'elle est tombée de là-haut ?

Sparky se massa la mâchoire. Denny n'arrivait pas à savoir s'il cherchait un moyen de réparer cette erreur flagrante ou s'il ne comprenait absolument pas son raisonnement. Si tel était le cas, ainsi que Denny commençait à le croire, le massage de la mâchoire pouvait s'apparenter à une tactique de diversion pendant qu'il cogitait. Qu'est-ce que ça faisait d'être Sparky ? se demanda Denny. Qu'est-ce que ça faisait d'avoir ce cerveau, de vivre une succession d'instants sans rapport les uns avec les autres ?

– Quand as-tu vu Marge, au fait ? Tu m'as appelé il y a environ une heure. L'ours l'a emportée entre ton coup de fil et maintenant ?

– En fait, c'est hier que je l'ai vue. Depuis, je me demandais ce que j'allais en faire.

Soudain, un bruit provenant de la lisière des bois les fit sursauter. C'était Nick qui surgissait en courant, son téléphone à la main.

– Il chopera pas de signal, gloussa Sparky.

– Il n'y a pas de réseau. Nick ! lui lança Denny.

Sparky lui jeta un regard déçu.

Nick les obligea à reculer vers la maison, les bras écartés : il établissait déjà un cordon de sécurité. Arrivé devant Sparky, il le poussa plus ou moins en avant.

– Faut que j'utilise votre poste fixe, Sparky. Allons-y.

Alors qu'ils s'élançaient, Denny demanda :

– Qu'est-ce qui s'est passé ?

– On l'a retrouvée. En partie, du moins. J'ai chargé Lance de surveiller ce qui reste. Il prie pour elle. Faut voir ça ! Il a posé un genou à terre. (Nick sembla partir dans un coin de sa tête, avant de revenir.) On va avoir besoin de six types d'experts. Des légistes. Des gardes-chasse. Et Dieu sait quoi encore.

Son visage se métamorphosa de nouveau.

– Marge. Bon sang, je ne veux plus jamais voir un truc pareil.

10

Quand Denny franchit le seuil de chez Sparky, l'odeur de saleté lui balaya le visage tel un rideau moisi. La pellicule grise sur les fenêtres enveloppait la maison d'un hiver de nicotine. Sparky, qui ouvrait le chemin, pointa le doigt vers le mur de la cuisine pour indiquer l'emplacement du téléphone à Nick. Dès que ce dernier l'eut atteint, Denny se tourna vers Sparky, en espérant qu'ils pourraient coordonner leur version des faits pendant que l'inspecteur était occupé, mais Sparky ouvrit une porte et descendit un escalier, en repoussant son chien à coups de pied, apparemment. L'animal avait exprimé avec une virulence renouvelée son hostilité aux visiteurs dès qu'ils étaient entrés dans la maison, et après un bref silence il remit cela en grattant contre la porte tout en aboyant. La réaction de Nick fut d'enfoncer un doigt dans son oreille et de brailler dans le téléphone. Celle de Denny fut de reculer jusque sur la véranda. Là, il rentra la tête dans les épaules pour se protéger du froid. Il semblait faire dix degrés de moins dans la maison et sous la véranda, ombragées par des pins qui fouettaient le toit, que dans l'allée baignée de soleil.

Nick ressortit quelques minutes plus tard, hagard, mais il parvint à adresser un sourire fugace à Denny.

– Qu'est-ce que tu fous ici, Homer ?

– Sparky m'a demandé de lui filer un coup de main pour ses impôts.

Nick hocha la tête.

– N'oublie pas de déclarer ce que lui rapporte l'herbe.

Accoudé à la balustrade de la véranda, il contempla l'allée qui conduisait à la route.

– J'ai fait venir des gens. On va examiner Marge et essayer de comprendre ce qui s'est passé. (Il secoua la tête.) Il y a un truc dingue dans toute cette histoire.

Sparky ressortit de la maison, les lèvres pincées autour d'une cigarette comme s'il réprimait un sourire motivé par quelque exploit secret.

– Je l'ai trouvée, déclara-t-il.

– Oui, on sait, Sparky, dit Nick, les yeux toujours fixés sur l'allée. Vous l'avez trouvée, puis vous l'avez perdue et vous l'avez retrouvée.

– Pas Marge, ma peinture pour les retouches. (D'un mouvement rapide, il sortit le minuscule flacon de sa poche de veste.) Je l'ai trouvée !

Nick le foudroya du regard.

– Nom de Dieu, Sparky. Un peu de compassion.

– Hein ?

– Allez donc voir Marge. Allez donc la voir.

Sparky leva les mains au ciel.

– Hé, j'ai jamais demandé à personne de piquer une tête dans mon camion.

Il repartit tranquillement en secouant son flacon de peinture.

Nick le suivit du regard, avant de montrer sa voiture.

– Allons nous mettre au chaud. J'ai du café. (Ils descendirent de la véranda.) Tabouret à trois pieds, mon cul, grommela Nick. Tu sais combien d'hectares il lui reste sur les cent cinquante de départ ? Une douzaine.

Tu parles d'un projet. Vendre les terres de tes ancêtres jusqu'à ce qu'il ne reste que le jardin.

Quand ils atteignirent les voitures, Nick demanda à Denny d'aller garer sa Rambler le long de la maison. Il ferait de même avec son véhicule afin de dégager l'allée pour permettre aux fourgonnettes des légistes d'atteindre l'orée du bois. En marche arrière, Denny alla se glisser entre la maison et un pin. Nick vint se garer devant lui, tout près, et Denny le rejoignit à l'intérieur.

Nick servit le café et commença à parler de l'équipe de hockey de son fils, Connor. Il se tut pour avaler une grande bouffée d'air et la recracher.

– J'ai l'impression que je devrais faire quelque chose de plus. Mais Lance est avec Marge et je dois attendre les renforts. Je ne peux rien faire de plus, pas vrai ?

– Exact.

– Je déteste avoir l'impression que je devrais en faire plus.

Nick contempla le vide pendant un moment, et soudain, il leva les deux mains pour se frictionner le dessus du crâne, ce qui le décoiffa.

– Peut-être que c'est Lance qui me donne ce sentiment. On a une relation chien dominant chien dominé, mais ça va et ça vient. Ces derniers temps, c'est lui qui domine, je ne sais pas pourquoi. (Il but une gorgée de café.) Marge. Nom de Dieu. Des cadavres, j'en ai vu, mais elle, c'était plus qu'un tas de viande. L'ours lui a ouvert le bide et arraché les tripes, tout ce qui est mou, comme si son corps était un bol dans lequel il picorait. (Il jeta un coup d'œil par la vitre.) Maintenant, ces bois me foutent la trouille.

Il posa sa tasse sur le tableau de bord et agrippa le volant. On aurait dit un gamin qui fait semblant de conduire.

– Tu es sans doute au courant pour Millie et moi.

– Oui, répondit Denny.

Affirmer, puis comprendre, telle était sa stratégie.

– On s'est remis ensemble. Les choses se sont arrangées.

– Super.

– Le problème… (Nick avala de nouveau une grande bouffée d'air.) OK, faut crever l'abcès. Tu risques d'entendre des trucs sur Sarah et moi. Je suis sorti avec elle pendant ton absence. (Il se tourna vers Denny.) Ça s'est passé au moins un an après ton départ. J'étais seul, et Sarah aussi, d'après ce que je pouvais voir du moins.

– Elle te l'a dit ?

Nick grimaça.

– Pas clairement. Chaque fois que je lui demandais comment tu allais, elle me répondait qu'elle n'en avait aucune idée. Je lui disais : « Vous n'êtes pas en contact ? » Et elle me répondait : « Non. »

Nick regarda Denny avec l'air d'attendre quelque chose.

– Je comprends.

Denny hocha la tête d'un air solennel.

– Personne ne savait ce qui t'était arrivé. *Personne.*

– C'était fait exprès.

– Les rumeurs allaient bon train. Une théorie affirmait que tu devais du fric à quelqu'un, que tu avais accumulé des dettes.

Denny éclata de rire.

– Bref, j'ai dit à Sarah : « Faudrait qu'on fasse quelque chose. » Et elle a répondu : « Bah oui, pourquoi pas ? » Alors, on est sortis ensemble pendant un moment.

– Combien de temps ?

– Deux ou trois mois. (Nick se trémoussa sur son

siège.) Ça me faisait bizarre. Comme si on était tous les trois en permanence, elle, moi et toi. J'arrêtais pas de repenser qu'elle et toi, vous étiez ensemble depuis tout gamins. Impossible de m'enlever ça de la tête. Je trouvais que c'était pas bien. (Nick s'agita de plus belle.) J'étais un intrus. Et… tu me pardonnes d'avoir violé ta propriété ?

– OK.

Nick regardait droit devant lui.

– La loyauté, ça existe, tu sais.

Denny attendit qu'il développe. Au début, il crut que ces paroles faisaient allusion à la loyauté de Nick envers lui, en tant qu'ami, puis il songea que Nick voulait peut-être parler de la loyauté de Sarah.

– Je ne sais pas quoi penser, Homer. Avec Millie, je passe des louanges aux insultes en un clin d'œil.

Une succession de bruits sourds leur fit tourner la tête vers la maison de Sparky. Une épaisse couche de neige avait glissé du toit et s'était écrasée sur la véranda, à l'endroit même où ils se trouvaient un peu plus tôt.

– Hé, on a eu du bol, commenta Nick. Millie parlerait de karma ou une connerie dans ce genre. (Il grogna.) Là, c'est moi qui suis déloyal.

Il se pencha en avant sur le volant pour voir le plus loin possible et guetter l'arrivée des renforts au bout de l'allée.

Denny se surprit à se demander si Nick et Sarah avaient fait l'amour. Ils étaient sortis ensemble pendant deux mois, avait-il dit. Était-ce suffisant ?

– Je crois que la dernière fois que j'ai vu une personne morte, c'était la mère de Millie.

Denny hocha la tête par automatisme, puis se demanda s'il avait bien fait. Homer savait-il que la mère de Millie était morte ?

– Elle a été très touchée par ton mot. C'était super d'avoir envoyé un télégramme ; à l'ancienne, on pourrait dire. Hier, elle était sous la véranda de derrière – on l'a réparée depuis ton départ –, là où s'installait toujours sa mère. Là où elle est morte. Millie passait la serpillière et elle a senti la main de sa mère sur son épaule. À ce qu'il paraît.

– Ouah.

– Juste un tiraillement, sûrement. On en a tout le temps, mais si ça t'arrive dans la pièce où ta mère est morte, tu te retrouves en contact avec l'au-delà tout à coup. Moi, je ne marche pas. Et c'est un problème entre nous. Millie affirme que mon attitude fait fuir l'esprit de sa mère.

– On pourrait penser que sa mère est assez grande pour ne pas s'arrêter à ça.

Nick sourit.

– Nos discussions me manquent, Homer.

Il versa le restant du café, en passant d'une tasse à l'autre pour respecter une parfaite équité. Denny le regarda faire. Nick but une gorgée et secoua la tête.

– Vu l'inclinaison du rocher, Marge aurait quasiment dû prendre son élan pour atterrir dans le pick-up. Je pige pas.

Denny scruta le visage de Nick, son visage simple et perplexe, et il lui dit la vérité, du moins celle que Sparky et lui avaient créée, plus proche de la vérité de Dieu que l'histoire à laquelle Nick avait tellement de mal à croire. Denny lui expliqua que Marge était certainement tombée du balcon de l'hôtel, dans le camion garé juste en dessous, après que lui, Homer, avait conduit Sparky en ville pour rencontrer les Macalester, et plus précisément pendant que lui, Homer, avait abandonné le pick-up quelques minutes pour aller se soulager derrière l'hôtel.

Nick mit un long moment à assimiler cette nouvelle.

– Merde, alors, ça explique pas mal de choses.

Tout son corps sembla se détendre derrière le volant. Il gloussa.

– Lance sera ravi. Ça signifie que son suspect préféré reste en piste : le type qui logeait à l'Ethan Allen. On a failli l'épingler hier à Burlington, à quelques minutes près. Lance a réclamé des photos, ça devrait nous aider.

Denny entendit à peine ces derniers mots. Il était obnubilé par l'erreur fatale contenue dans ce qu'il venait de dire à Nick. Comment avait-il pu ne pas s'en apercevoir avant ? Le timing ne collait pas. Marge était tombée du balcon la nuit même où Denny – ou plutôt Homer – était censé atterrir à l'aéroport de Burlington, et il avait expliqué à Nick qu'il était arrivé en retard, il n'avait donc pas pu conduire Sparky en ville. Nick allait s'en apercevoir dans quelques secondes.

– En fait, reprit-il d'un ton désinvolte, je suis arrivé en ville quelques jours avant de vous croiser à l'aéroport. Je suis descendu à l'Econolodge pour faire le point. C'est là que Sparky m'a retrouvé.

Heureusement, Nick semblait préoccupé par l'idée de Marge tombant dans le pick-up depuis le balcon de l'hôtel. Il posa plusieurs questions à Denny, sur des points de détail : l'heure à laquelle Sparky et lui étaient arrivés à l'Ethan Allen, le temps qui s'était écoulé avant qu'il quitte le véhicule pour aller uriner derrière l'hôtel – ce comportement ne semblait pas l'étonner – et à quel moment il avait regagné le véhicule. Après être demeuré silencieux quelques instants, il en revint à la nouvelle complication :

– Donc, quand on t'a vu à l'aéroport, alors que tu

attendais cet ami venant de Hong Kong, tu étais déjà rentré chez toi ?

– Depuis plusieurs jours. Mais pas chez moi. À l'Econolodge.

Nick semblait sur le point de poser une nouvelle question quand la cavalerie arriva : deux voitures et une camionnette de la police gravissaient péniblement l'allée de Sparky. Nick jaillit par la portière et leur fit signe de continuer jusqu'à l'orée du bois, près du pick-up de Sparky. Denny descendit à son tour et le suivit sans se presser. De retour de son opération de retouche urgente, Sparky se rangea sur le côté. Il salua d'un geste chaque voiture de police qui passait, en lançant des plaisanteries ; une cigarette dansait entre ses lèvres.

– On affiche complet, glissa-t-il à Denny après le passage du dernier véhicule.

Denny dit :

– J'ai fourni à Nick l'autre explication, concernant la présence de Marge dans ton pick-up. Je lui ai dit que je t'avais conduit en ville, et que ça s'était passé à ce moment-là.

Le sourire de Sparky s'évanouit.

– Merde, je suis pas allé loin avec mon histoire de rocher. (Il haussa les épaules.) Bah, faut savoir encaisser. Et des coups, Dieu sait que j'en ai reçu.

Le temps que Denny approche des voitures de police, les enquêteurs pénétraient dans le bois, tous sauf un, occupé à sortir une valise noire du coffre. Il aperçut Denny et le salua d'un geste.

– J'ai entendu dire que tu étais revenu, Homer. Ça fait chaud au cœur. (Il se dirigeait vers le bois, mais à reculons, en regardant Denny.) Je pense te voir bientôt dans ton camp.

– Dans ma tête, j'y suis déjà.

L'homme rit fort et longtemps. Denny ignorait quel était ce « camp ». Et il trouvait étrange que l'on puisse rire dans ces circonstances. Chez lui, ses plaisanteries les mieux ciselées ne provoquaient jamais ce genre d'hilarité.

Soudain, l'homme redevint sombre.

– Faut que j'y aille. C'est pas beau à voir, je parie.

Denny hocha la tête et le regarda pénétrer dans les bois d'un pas lourd. Il n'avait aucune envie de se joindre au groupe et de participer à leur activité. Il décida de partir dans la direction opposée et de rentrer chez lui. Mais un coup d'œil au bout de l'allée lui permit de constater que sa voiture était bloquée par celle de Nick.

Au même moment, Sparky ressortit de la maison avec un chiffon et un flacon pulvérisateur contenant un liquide bleu. Tout en regagnant sa voiture, Denny regarda Sparky marcher vers la bulle d'hélicoptère et y pénétrer. Il aspergea l'intérieur et la nettoya avec amour, méthodiquement. Il ressortit, gratta un peu de neige à l'extérieur avec son gant et sa manche de manteau, avant de l'astiquer avec le chiffon. En revenant vers la maison, il fit un détour pour retrouver Denny, appuyé contre la Rambler, et ensemble ils contemplèrent son travail.

– June et moi, quand on fume un joint, on aime bien s'allonger dehors et regarder la neige tomber sur nos visages. Mais c'est tout mouillé et froid. Ce matin, quand ses ronflements m'ont réveillé, j'ai eu une idée. Elle et moi, on pourrait se foutre à l'intérieur de la bulle, peut-être même se blottir dans un sac de couchage, et regarder les flocons tomber sur le plexi !

Il eut un large sourire. Denny se prépara à subir une nouvelle salve d'autocongratulation, et en effet :

« Ils ont jeté le moule qui a servi à fabriquer le vieux Sparky », etc.

– Je ferais bien de vérifier encore une fois. June aime que tout soit parfait.

Il s'empressa de regagner la bulle.

Denny monta dans sa voiture et fit chauffer le moteur. Il observa Sparky qui se livrait à son activité idiote. Cela lui rappela une scène survenue lors d'une fête de bureau un an plus tôt, quand Roscoe l'avait pris par la taille, comme quand quelqu'un a l'intention de vous dire quelque chose de gentil, et lui avait sorti : « Quand je pense à vous, Denny, un seul mot me vient à l'esprit : appétit. Vous n'êtes qu'appétit. » Sur ce, Roscoe était reparti, laissant à Denny le soin de cogiter. Aujourd'hui, il avait envie de dire la même chose à Sparky, mais l'appétit auquel il pensait n'avait rien à voir avec la nourriture. Cela concernait le monde entier, qui semblait exister, aux yeux de Sparky, uniquement pour sa consommation personnelle. Était-ce ce que Roscoe avait voulu dire ?

Denny aperçut Lance – sa veille mortuaire terminée – qui descendait l'allée tel un chef de défilé. Ses genoux étaient enveloppés d'une croûte de neige. Nick avait pourtant dit qu'il priait avec un genou à terre. Avait-il changé de genou quand il sentait trop le froid ? Lance s'arrêta et s'adressa à Sparky en braillant. Denny baissa sa vitre et entendit Sparky beugler, de l'intérieur de la bulle :

– Dans la cuisine !

Lance cria alors quelques mots où il était question d'un journal. Sparky brailla :

– Faut pas croire tout ce qu'il y a dedans !

Lance continua à marcher vers la maison d'un pas décidé, mais soudain il aperçut Denny dans la Rambler, fronça les sourcils et bifurqua dans sa direction. Denny s'empara du gâteau à la crème de banane qu'il avait apporté de chez lui et l'attaqua en plantant sa fourchette dedans.

Arrivé devant la vitre de Denny, Lance se pencha à l'intérieur, le menton accusateur.

– Pourquoi il vous a fallu si longtemps pour comprendre que Marge était tombée dans le pick-up en ville ?

– Je vous demande pardon ?

Denny enfourna une bouchée de gâteau et laissa échapper un petit soupir d'extase.

– Vous étiez garé juste devant l'hôtel. Vous saviez qu'elle était tombée du balcon de l'hôtel ce même soir.

La bouche pleine de crème, Denny répondit :

– Vous, vous avez parlé avec mon ami Nick, pas vrai ?

– Comment avez-vous pu ne pas faire le rapprochement ?

– Je l'ai fait. Et je l'ai dit à Nick aussitôt.

– Comment avez-vous pu ne pas faire le rapprochement *immédiatement* ?

Denny fit mine de réfléchir à la question, en mastiquant bruyamment.

– Je crois que je suis un peu lent. C'est un crime ?

Il était prêt à poursuivre sur ce terrain, mais Lance fit demi-tour et partit en coup de vent. Denny le trouvait infiniment stupéfiant. De quoi le soupçonnait-il, au juste ? Pas d'avoir pris la place de Homer, certainement pas. Mais d'autre chose. Dans le monde vu par Lance le maigre, tous les gros étaient-ils des criminels ?

Quelques minutes plus tard, après être retourné à l'intérieur de la maison, Sparky réapparut avec une nouvelle mission. Dans une main, il tenait une laisse et un chien au bout, la truffe enfouie dans la neige. Et dans l'autre main une arme à feu : un énorme revolver noir, et pourtant Sparky le maniait avec dextérité. Denny devina qu'il avait l'intention de traquer l'ours avec son chien et de l'abattre d'une balle dans le bavoir pour montrer à Nick et à Lance comment il fallait s'y prendre. Mais son objectif semblait moins pressant. Le chien et lui se dirigèrent vers Denny. L'animal – chétif, d'un blanc sale – avait un drôle de corps en forme de U. La ligne qui allait de sa queue à sa tête formait une bosse, comme si quelqu'un l'avait tordu sur un genou, de manière définitive. Il ne paraissait pas suffisamment agile pour sauter par la vitre de Denny et l'attaquer, alors il ne prit pas la peine de la remonter.

– Tu as vu mon flingue ? C'est pour le petit Paul Schoomer. (Sparky regarda son chien.) Il peut pas faire pipi en public. Il est pudique. Il lui faut une heure pour réussir à pisser. Mais si je le laisse en liberté, il va faire des ravages dans le poulailler de Considine, alors je suis obligé de l'accompagner, et c'est chiant. Mais quand Paulie sent la pisse d'un autre chien, c'est parti. Le problème, c'est que j'ai plus d'autre clébard depuis que Prince Albert s'est retrouvé dans la machine à bois. Je devine ta question suivante.

– Ah bon ?

Denny lui-même n'en était pas sûr. Il en avait tellement.

– Est-ce que ça marche avec la pisse humaine ? La réponse est : ça dépend. Pas avec la mienne, hélas. Je pourrais te faire la démonstration, mais je veux pas te démoraliser en sortant mon braquemart.

Il ricana, ce qui eut pour effet d'agiter sa tête d'avant en arrière, rapidement.

– Curieusement, reprit-il, avec la pisse de June, ça marche. Tu en répands un peu et Paulie pisse jusqu'à la dernière goutte, il se vide totalement, à s'en faire mal, on dirait. Bref, tout ça pour te dire que June pisse parfois dans un broc et moi, je remplis le flingue. Admire…

Denny s'aperçut alors que Sparky brandissait un pistolet à eau ! Il visa le sol et pressa la détente, mais rien ne sortit. Après plusieurs tentatives, il dit :

– Avec ce modèle, faut amorcer un peu.

Il appuya un doigt sur l'orifice et pressa plusieurs fois la détente. Quand il ôta son doigt, un jet jaune brillant se libéra. Le chien se précipita et le recouvrit immédiatement, sans quitter Denny des yeux.

– Des fois, je vise un tronc d'arbre, expliqua Sparky. En hauteur, pour voir jusqu'où il peut lever la patte. À force, il se casse la gueule. Ah, merde, j'aurais dû essayer. Bouge pas d'ici, Homer. Il aura encore envie de pisser dans une heure ou deux.

Aussi tentante que soit cette proposition, Denny avait peur de se lasser.

– Tu peux aller voir si Nick a laissé ses clés sur le contact ? demanda-t-il.

Sparky tira le chien jusqu'à la voiture de police et jeta un coup d'œil par la vitre du conducteur.

– Gagné, dit-il. Mais tu vas quand même pas essayer de la déplacer, si ?

Denny ouvrit sa portière.

– Pourquoi ?

Sparky sourit.

– Comme ça.

Il alluma une cigarette et attendit que Denny descende pour se diriger vers le véhicule de Nick. Denny attendit à son tour que Sparky s'éloigne avec le chien. Sparky finit par remonter l'allée, mais il se retourna avec curiosité pour voir Denny ouvrir la portière de Nick et tourner la clé de contact. Les ululements de la sirène envahirent la forêt. Denny chercha en vain l'interrupteur. Finalement, il coupa le contact et ôta la clé, mais la sirène continua à gémir. Il leva la tête. Sparky était plié en deux, les mains sur les genoux, et il riait si fort qu'on aurait dit un acteur de cinéma muet en train de s'esclaffer.

Lance sortit de la maison comme une furie. Il ouvrit la portière du côté passager, se pencha à l'intérieur et abaissa un interrupteur situé sous le tableau de bord.

– Ne vous fâchez pas, dit Denny dans le silence soudain. Ne vous fâchez pas quand vous êtes vraiment content.

– Content ? dit Lance. Content ?

– Vous êtes content d'avoir une raison de me crier après.

Lance fronça les sourcils face à cette hypothèse.

– À quoi vous jouez ?

Denny expliqua qu'il avait juste voulu déplacer la voiture pour pouvoir partir. Lance commença à faire le tour du véhicule, mais, soudain, il aperçut Sparky avec son arme et il se figea. Sparky sourit et fit tournoyer le pistolet autour de son doigt.

– J'ai dégainé avant, inspecteur.

Il leva le canon, appuya son doigt à l'extrémité pour amorcer la pompe et tira en direction de Lance, mais le jet doré retomba bien avant. Lance marmonna quelque chose en contournant la voiture par-devant pour atteindre la portière du conducteur. Denny n'entendit pas très bien, mais ça ressemblait à « Putain de cirque ». Il avait commencé à descendre du véhicule, mais Lance tira la portière d'un geste brusque, alors que Denny avait encore la poignée dans la main. Croyant à un geste de résistance, Lance le foudroya du regard, les yeux écarquillés, stupéfait. Denny s'empressa de rejoindre la

Rambler. Lance déplaça la voiture de son collègue dans l'allée, de quelques mètres seulement, et redescendit.

Denny pouvait passer maintenant, mais Lance l'arrêta d'un geste. Il se pencha vers la vitre.

– Quand vous attendiez votre prétendu ami à l'aéroport, comment vous avez fait pour franchir les contrôles ?

– Pardon ?

Denny comprit immédiatement qu'il était fichu.

– À l'aéroport, on a eu l'impression que vous veniez de débarquer, alors on n'a pas été étonnés de vous voir là. Mais maintenant, vous dites que vous êtes rentré quelques jours plus tôt et que vous êtes retourné à l'aéroport. Pourtant, vous étiez dans la zone d'embarquement.

– Exact, confirma Denny.

Il n'avait aucune explication à fournir. Son regard se posa sur le siège à sa droite. Le plat à gâteau était vide.

– Comment vous avez pu franchir les contrôles sans billet ?

Et voilà ! Sans billet. Lance était assez bête pour introduire une clause de sauvegarde dans la formulation de son inquisition.

– J'ai passé deux nuits à l'Econolodge, répondit Denny en affinant sa réponse à coups d'atermoiement, encore et encore. Je n'étais pas certain d'être prêt à rentrer à la maison. Pour un tas de raisons personnelles que je n'ai pas besoin de préciser maintenant, mais je vous en parlerai un jour, avec plaisir. Finalement, j'ai décidé que je n'étais pas prêt. J'ai acheté un billet pour repartir en Floride, c'est pour ça que je me trouvais dans la zone d'embarquement. J'attendais mon vol. Mais Nick m'a vu, on a bavardé et j'ai été ému par son accueil chaleureux. J'ai compris que j'étais entouré d'amis. Bref, j'ai finalement choisi de rester.

Lance avait froncé les sourcils bien avant que Denny ait terminé son récit.

– Et vos bagages ?

– Eh bien, quoi ?

– Vous disiez qu'ils étaient perdus.

– Exact. Pas ce jour-là, mais quand j'ai atterri, deux jours plus tôt, et ils étaient toujours perdus, et quand Nick m'a posé la question, j'ai répondu tout naturellement…

Denny se tut car Lance ne l'écoutait plus. Il avait fait demi-tour et il remontait l'allée à grandes enjambées, les poings serrés. Il disparut dans le bois.

En partant, Denny agita la main par la portière pour saluer Sparky. Celui-ci fit un doigt d'honneur dans le dos de Lance, en s'écriant :

– J'ai dégainé le premier !

Ça frôlait l'obsession. Si cette phrase avait un sens particulier pour Sparky, cela passait totalement au-dessus de la tête de Denny.

11

L'animatrice de la station de radio classique fascinait Denny. Il n'écoutait jamais ce genre de musique, mais c'était ce qu'il faisait maintenant en rentrant de chez Sparky. Il estimait que c'était bon de s'entraîner à être Homer même quand personne ne l'observait. Ils venaient de diffuser « The Lone Ranger » et Denny, enthousiaste, avait accompagné le morceau en klaxonnant.

Mais la fille qui faisait les enchaînements, la vache ! Elle parlait avec la bouche pleine de sourires, comme si son programme était un déluge d'hilarité. Qu'y avait-il d'hilarant dans tout ça ?

– Je ne connais pas mieux que cette ouverture pour nous donner de l'énergie !

Elle disait cela comme si elle avait envie d'éclater de rire, là dans le studio.

– Baratineuse !

– On peut dire que les cuivres se font entendre dans ce morceau, reprit-elle. Ce qui me donne, à moi aussi, l'occasion de claironner.

– Ah ah ah ! beugla Denny.

– Permettez-moi de vous parler d'une série de concerts tout à fait exceptionnels qui vont avoir lieu dans quelques mois.

Elle cita des noms de groupes dont il n'avait jamais

entendu parler, et il remua les lèvres en même temps qu'elle pour l'imiter, en balançant la tête de droite à gauche car il s'ennuyait à mourir. La fille conclut :

– Je tiens à remercier tous mes chers amis qui m'ont apporté leur aide pour tout organiser. Cet événement aura lieu, comme toujours, à la Little Dumpling Farm, sur la route de la Corne de Lune. J'espère vous y retrouver tous, sans exception.

– Mince !

Denny regarda la radio, il craignait de voir jaillir le visage de Sarah s'écriant : « Homer ! » L'animatrice commença à annoncer l'œuvre suivante, mais s'arrêta en plein milieu pour rappeler le nom de sa station.

– Nous sommes en plein centre de Montpelier. Passez donc nous faire un petit bonjour.

– Compte sur moi !

Denny éclata d'un rire de dément et admira son sourire dans le rétroviseur. Il exécuta un demi-tour pour se rendre en ville. Il allait faire à Sarah ce qu'elle lui avait fait quand elle avait débarqué chez lui. Il allait lui filer un choc. Et si jamais la situation devenait délicate, Nick lui avait donné des munitions avec lesquelles il pourrait la déstabiliser. Il claqua des doigts sur le morceau suivant – des violons avec un coucou –, et le temps d'arriver en ville il savait à quel moment le coucou revenait et il pouvait intervenir.

Il se gara près de l'intersection principale, en se disant que la station de radio devait se trouver dans le coin. Homer savait certainement où, et s'il posait la question à la mauvaise personne, il risquait d'avoir des ennuis. Mais là, au coin, devant un magasin de perles, il avisa Deux Tons, le mime maigrelet à la barbe rose et blond qui lui avait indiqué la direction de la boutique de téléphones portables deux jours plus tôt. Il n'avait pas salué Denny comme une vieille connaissance ni montré le moindre étonnement, on pouvait donc supposer qu'il ne connaissait pas Homer. Il pourrait lui servir de fournisseur de renseignements régulier.

Deux Tons, vêtu d'un caban de la marine et d'un short d'athlétisme en satin vert, était en train de jongler avec une balle et une raquette, consciencieusement, en remuant les lèvres pendant qu'il comptait les coups. Soudain, la balle lui échappa et il leva les bras au ciel pour exprimer une frustration muette. En voyant approcher Denny, il fit une chose surprenante. Il poussa un petit cri et s'enfuit, filant comme un éclair sur le trottoir, ses jambes pâles volant derrière lui. Des passants se jetèrent sur les côtés et le regardèrent décamper, perplexes. L'un d'eux, un homme musclé au visage carré, portant un énorme sac sur l'épaule, secouait encore la tête quand il arriva devant Denny. Il sourit et pointa le pouce en arrière.

– C'est mon héros, confia-t-il. J'aimerais lui ressembler, sur tous les plans.

Il tendit la main et Denny la serra.

– J'ai entendu dire que tu étais revenu. Quoi de neuf ?

Denny opta pour la vérité.

– Je vais voir Sarah à la radio.

– Ah oui. Je viens de l'écouter. (Il montra le trottoir d'en face.) Je vais par là aussi. Faut que je passe à la bibliothèque, ils m'ont gardé le nouveau Lakoff. Viens, on traverse.

Le signal lumineux pour les piétons était passé au rouge, mais le type traversa le carrefour en se pavanant, sans se presser ; il savait que si une voiture le percutait elle rebondirait. Denny se colla à lui. Quand ils atteignirent le trottoir opposé, l'homme dit « Amuse-toi bien » et s'éloigna.

Selon toute vraisemblance, Denny était arrivé à destination, ou presque. Il entendit vaguement quelqu'un qui chantait et pleurait en même temps, et ses pas l'entraînèrent dans cette direction, jusque dans une cour carrée bordée par trois commerces : un fleuriste sur la gauche, un magasin d'antiquités sur la droite et une station de radio droit devant, au fond. Il s'arrêta. Il apercevait Sarah, grâce à une grande baie vitrée qui permettait aux passants de voir ce qui se passait à l'intérieur du studio. Elle était assise de profil, face à un gros micro. La chanteuse pleurnicharde la ferma et Sarah annonça le morceau suivant.

Une idée loufoque expédia Denny dans le magasin d'antiquités. Il en ressortit dix minutes plus tard avec un cadeau : trois petits verres anciens, dépolis, aux belles couleurs pastel. C'était la première fois qu'il achetait quelque chose à une femme. Il avait l'impression d'être son père, qui souriait timidement tandis que sa mère ouvrait son cadeau d'anniversaire. Denny marcha vers la baie vitrée, mais s'arrêta de nouveau, à trois mètres environ.

Sarah était comme sur la vidéo : un visage anguleux et un corps osseux, mais séduisante. Elle paraissait plus jeune que lui ; il lui donnait la trentaine. Elle lisait la liste des émissions de la journée.

– Oooh, là on va se régaler.

Elle avait un sourire jusqu'aux oreilles pendant qu'elle lisait, ce que Denny trouva un peu étrange. Il ne pensait pas que ce sourire lui était destiné. Peut-être avait-elle vu, du coin de l'œil, que quelqu'un l'observait, mais c'est tout. Ses annonces terminées, elle remercia encore tous ses auditeurs et leur souhaita une merveilleuse journée. Elle fit reculer son fauteuil à roulettes. Denny s'arma de courage, mais elle tourna le dos à la cour pour faire face à une vitre intérieure derrière laquelle une autre femme était assise. La programmatrice, se dit Denny. Sarah s'essuya le front de façon théâtrale, mais l'autre femme, bien qu'elle ait certainement vu ce geste, détourna la tête, impassible, et se mit à farfouiller à l'intérieur d'une boîte en carton. Alors, Sarah pivota vers la baie vitrée, comme pour saluer ses nombreux fans qui l'observaient dans la cour, mais il n'y avait que Denny. Il la regarda fixement. Qu'allait-elle faire, comment allait-elle réagir ?

Elle tressaillit, mais avant qu'elle puisse faire quoi que ce soit d'autre, la porte du petit studio s'ouvrit et Sarah se retourna prestement. L'homme qui se tenait sur le seuil portait une barbe épaisse et appuyait le menton contre sa poitrine, fortement, comme s'il cachait une pomme sous ses poils. Sarah répéta le coup du front qu'on éponge, mais l'homme lui fit simplement signe, avec son index, de la suivre. Ce barbu, qui qu'il soit, était plus important que Homer. Sarah abandonna Denny sans même un regard.

Celui-ci marcha vers la porte sur laquelle figuraient le nom et la fréquence de la radio et pénétra dans un hall désert. Il jeta un coup d'œil dans un couloir, juste à temps pour voir Sarah pénétrer dans un bureau. Elle laissa la porte entrouverte, ce qui lui permit d'entendre aisément la conversation. En fait, il s'agissait surtout d'un monologue. L'homme, le directeur de la station sans aucun doute, reprochait à Sarah d'avoir fait la promotion de sa série de concerts à l'antenne.

– Jamais je n'ai entendu un animateur prononcer aussi souvent le mot « je », dit-il d'une voix de baryton. Je ne veux plus entendre ce mot dans votre bouche, sauf en cas d'urgence. « Je suis en train de faire une crise cardiaque », par exemple.

Denny entendit le petit rire de Sarah. Le directeur, plus calme maintenant, admit qu'il aurait peut-être dû la mettre en garde contre ce genre de pratique. Puis il s'emporta de nouveau.

– Mais je n'aurais pas dû être *obligé* de vous avertir. Cela va sans dire.

Il retrouva son calme encore une fois pour lui expliquer qu'elle devait s'abstenir de tout commentaire sur les autres émissions de la station. Dire qu'un programme est bon, c'est laisser entendre que celui qui précède ou succède ne l'est pas. Il savait bien que c'était sa première journée et tout ça... Sarah l'interrompit :

– Ma deuxième journée, rectifia-t-elle.

Denny trouva cela étrange : pourquoi renoncer à cette excuse qu'on lui offrait ? Et à cause de cette interruption, ou pour une autre raison, l'homme haussa de nouveau le ton.

– Pour l'amour du ciel, le titre de l'opéra, c'est A–I–DA, en trois syllabes, pas Aïl–da. Si vous avez des doutes sur la prononciation, demandez à Gene. D'ailleurs, demandez toujours à Gene.

Denny entendit un claquement de mains sur un bureau, signe que la conversation était terminée, mais, quand il vit Sarah sortir dans le couloir avec les joues rougies, il comprit qu'il s'était trompé sur la nature de ce bruit.

Lorsqu'elle approcha, Denny, planté au milieu du hall, écarta légèrement les bras, au cas où.

– Nom de Dieu ! (Elle lui cracha presque ces mots au visage.) Qu'est-ce que tu fous ici ? Tu m'as complètement déconcentrée.

– Désolé. Je ne pensais pas que tu m'avais vu.

– Comment j'aurais pu ne pas te voir ? Nom de Dieu.

La rage faisait trembler son menton.

– Je suis désolé.

L'avait-il déjà dit ? Il aurait parié que oui, mais il n'en était plus sûr maintenant.

– Je t'ai entendue à la radio et j'ai eu envie de te voir en direct.

– Tu m'as intimidée. Si j'ai fait des bêtises, c'est à cause de toi.

– Oh. Je t'ai juste regardée deux minutes. Ça fait beaucoup de bêtises en si peu de temps.

L'étonnement provoqué par ces paroles se diluait dans la colère quand Sarah s'obligea à afficher un air neutre, sans doute parce que la porte de la station venait de s'ouvrir dans le dos de Denny. Celui-ci se retourna.

– Ah ! Deux des personnes que je préfère au monde !

L'homme qui avait dit cela portait un nœud papillon et était vaguement familier aux yeux de Denny, de par son aspect et sa voix, surtout dans cette cadence presto. Il se rapprocha.

– J'ai longuement réfléchi, Homer. Très longuement. « Lassus Trombone », on est sûr de faire plaisir. « The Trombone King », ça marche à tous les coups. Mais quel meilleur solo pour fêter ton retour dans l'orchestre que « The Blue Bells of Scotland » ? Ou plutôt… (L'homme hésita, il adressa un regard inquiet à Sarah, avant de revenir sur Denny, pour finalement se lâcher sans aucune retenue :)… comme dirait tout tromboniste digne de ce nom : « The Blue Balls of Scotland. » Qu'en dis-tu, Homer ? « Blue Balls » ?

– Eh bien, dit Denny, vu tout ce temps que j'ai passé loin de Sarah, ça me semble approprié.

L'homme partit d'un grand éclat de rire où le son *r* était très présent, une sorte de *arar arar arar*, et quand Sarah l'imita, à contrecœur de toute évidence, Denny eut l'impression, sauf erreur, d'entendre le même son sortir de sa bouche. Il était fasciné.

– Bien, bien, bien, dit l'homme en tapant sur l'épaule de Denny.

Alors qu'il s'apprêtait à s'enfoncer dans les locaux de la station de radio, il hésita.

– Alors, Sarah, cette première journée, comment ça s'est passé ?

– La deuxième, en fait. La semaine dernière, j'ai partagé le micro avec Gene. Tu ne m'as pas écoutée, à l'instant ?

– Euh, non. J'avais mis un CD dans la voiture, hélas.

Denny trouva que ça ressemblait à un mensonge. Comme cette réponse :

– Ça s'est très très bien passé.

Denny constata avec intérêt que le directeur de la station était sorti de son bureau et se tenait derrière Sarah, avec un scintillement froid dans le regard. Son menton, au lieu d'être plaqué contre sa poitrine, se dressait fièrement maintenant et sa barbe était pointée sur le trio. Denny l'imagina en train d'engloutir rapidement sa pomme après son entretien avec Sarah.

– Je suis certain que c'était une grande réussite. Ah, ce cher M. Prescott.

L'homme au nœud papillon marcha vers le directeur de la station.

– Je vous apporte le programme des manifestations artistiques, comme promis. Je dois dire que je n'ai pas trop apprécié l'*Héroïque* que vous avez diffusée hier soir. Avec Bernard Heitnic à la baguette, c'était plutôt l'*Érotique*.

Cette sortie s'accompagna de quelques reniflements de mépris.

– Allons, allons, répondit le directeur de la station d'un ton las.

L'autre lança par-dessus son épaule :

– Début des répétitions dans quinze jours, Homer !

Denny répondit d'un geste vague. Comment allait-il gérer cet enquiquineur ?

Mais avant cela, plus inquiétant encore : Sarah. Il la regarda. Le moment était-il venu de quitter la radio ? Un brusque signal de sa part répondit à la question : Sarah agita la main en direction de la porte, comme pour le flanquer dehors. La rapidité avec laquelle il s'exécuta le surprit. Elle attendit qu'ils se retrouvent dans la cour et que la porte se soit refermée derrière eux, puis :

– *Nom de Dieu !* Qu'est-ce qui t'a pris ?

Denny s'arrêta et se retourna vers elle. Il fut surpris de voir le visage sévère de Sarah devenir souriant tout à coup. Ce n'était qu'une plaisanterie ? Était-elle aussi douce qu'elle en avait l'air à cet instant ? Il esquissa un sourire lui aussi, mais il s'aperçut qu'elle avait reporté son attention sur une chose qui se trouvait derrière lui.

– Nancy ! s'exclama-t-elle. Alors, tu as vendu ta Subaru ?

Une femme sortait de chez le fleuriste en tenant dans les bras, comme un bébé, un bouquet enveloppé de papier cellophane.

– Pas encore. Je te la garde.

– Ah, tu es une vraie amie, dit Sarah avec un rire joyeux. (Elle montra les fleurs.) Un bouquet de printemps ? Elles sont magnifiques.

– Contente de te revoir, Homer, dit la femme. Et toi, alors ? Tu veux acheter une Outback ? (Elle leva la main pour le faire taire avant qu'il puisse trouver une réponse.) Je sais, je sais. Tu as ta Rambler. Franchement, je ne vois pas ce que tu lui trouves. Tu dois aimer déraper dans le fossé en hiver.

– Je l'aime pour ses sièges avant, expliqua Denny. On peut les rabattre entièrement. Et Sarah aussi, si tu vois ce que je veux dire.

Il gloussa.

La femme ne fit pas *arar arar arar*. Elle ne sourit pas davantage. Elle ne fronça pas non plus les sourcils et n'afficha aucune autre forme de réprobation. Mais Denny savait que son absence d'expression était en soi une expression, dont la signification reposait solidement sur un socle de traditions solennelles. Les pèlerins avaient débarqué à Plymouth Rock uniquement pour que cette femme puisse lui montrer ce visage aujourd'hui. Elle adressa à Sarah l'ombre d'un sourire compatissant et dit :

– Porte-toi bien.

Dès qu'elle fut repartie, Sarah surprit Denny en écrasant avec le talon de sa botte son pied gauche protégé uniquement par la toile de sa tennis.

– *Nom de Dieu !* s'exclama-t-elle. À quoi tu carbures ?

La douleur lui picota les yeux. Il avait l'impression d'être revenu au temps du lycée brusquement, quand les grosses brutes l'agressaient sans prévenir.

– Tu as pris un truc ? Des médicaments à cause de l'opération ?

– Oui, c'est ça, parvint-il à articuler. C'est Nick qui t'a parlé de l'opération ?

Le fait qu'elle s'intéresse à son état l'encourageait, même si elle procédait de manière détournée et d'un air revêche.

– Nick ?

Elle s'emporta de nouveau. Denny surveilla ses bottes.

– Pourquoi il m'en aurait parlé ?

Denny nageait complètement. C'était le moment de jouer la carte Nick.

– Parce que vous êtes très proches tous les deux, si j'ai bien compris. Tu n'as pas couché avec lui ?

Sarah leva les bras au ciel et partit en coup de vent. Denny la suivit, mais lentement, afin de réfléchir et de regrouper ses forces. À sa grande honte, il s'aperçut que toutes ses paroles avaient été du pur Denny. Il aurait pu tout aussi bien lui agiter son permis de conduire sous le nez. Pourquoi s'était-il comporté ainsi ? À cause de son *appétit*, voilà l'explication. Le simple fait de savoir qu'elle était à lui l'avait rendu vorace. Mais « à lui », ça voulait dire « à Homer ». S'il voulait nourrir la bête nommée Denny, il fallait qu'il continue à jouer le rôle de Homer.

Et il devait se souvenir que son personnage avait disparu pendant trois ans, sans raison apparente. Ajoutez à cela le savon que venait de lui passer son patron, et il ne fallait pas s'étonner que Sarah soit ronchon. Il devait se montrer futé, faire preuve d'« intelligence sociale », pour reprendre le terme que Ruth, Roscoe et les autres lui jetaient constamment au visage. Il devait être patient et laisser passer la tempête. Ensuite, elle se déchaînerait sur lui d'une autre façon.

Quand il rejoignit Sarah, elle se trouvait encore au coin de la rue. Il arriva juste au moment où le feu passait au rouge. Elle descendit du trottoir, nullement surprise de le voir, et il marcha à ses côtés.

– Je suis désolé.

Il essayait d'afficher cette expression vide, endormie, qu'il avait vue dans les vidéos, le masque homérique.

Elle hocha la tête, sèchement.

– Faut que je passe à la banque Et j'ai un tas de trucs en retard à faire.

– Oui, oui, dit-il, plein d'espoir.

Même si l'emploi du « nous » aurait été plus logique.

– Je suis en train de remplir une demande de subventions et j'ai besoin des chiffres des deux premières saisons. Ils sont dans ton ordinateur et je ne peux pas y accéder à cause de ton satané mot de passe.

– Désolé.

– Ça ne suffit pas. J'en ai besoin *aujourd'hui*. C'est un calvaire, ce truc.

Son visage s'était fermé, mais quand ils prirent pied sur le trottoir opposé l'orage passa et, au grand étonnement de Denny, elle glissa son bras autour du sien. Il commençait à avoir l'impression d'être un tuteur, mais il avait envie de savourer cet instant. Il avait connu des femmes, oui. Il avait fait l'amour, certainement. Mais jamais il n'avait marché dans la rue avec une femme à son bras. « À son bras ». Cela lui rappela son père qui se promenait avec sa mère et la faisait rire en lui glissant des petites plaisanteries.

Soudain, Sarah s'agita à ses côtés. Elle leva le bras pour faire signe à un couple bien habillé qui venait en sens inverse et, quand ils furent plus près, elle les appela par leurs prénoms. Elle ralentit, Denny aussi, mais pas le couple. Ils les saluèrent aimablement et semblèrent adresser à Denny un regard chaleureux, mais il était évident qu'ils n'allaient pas s'arrêter pour bavarder. Les nuages s'accumulèrent de nouveau au-dessus de Sarah et elle récupéra son bras d'un mouvement brusque.

Ils firent une halte devant un distributeur de billets installé à l'extérieur de la banque. Sarah chercha sa carte dans son portefeuille, en attendant que l'homme qui se trouvait devant elle ait terminé. En regardant autour de lui, Denny découvrit avec effroi que l'hôtel Ethan Allen était situé à côté de la banque. Et si Betsy sortait à ce moment-là ? Elle ne le verrait pas, évidemment, mais Sarah risquait de dire quelque chose et d'engager la conversation. Cette pensée en entraîna une autre : pourquoi Sarah n'avait-elle fait aucun commentaire sur sa voix étrange ? Et pourquoi n'avait-elle pas parlé de ses trois ans d'absence ? C'était comme s'ils en étaient à leur deuxième séance de retrouvailles. Homer avait-il pu faire une chose pareille ? Revenir en douce pour tirer un coup vite fait, avant de retourner en Floride ?

Sarah posa sa main sur le bras de Denny et dit :

– On a beaucoup de retard à rattraper.

Ah. *Enfin.*

– C'est sûr.

– Tom ! s'exclama-t-elle, obligeant un passant à ralentir. Le printemps est là, on dirait. J'espère te voir au premier concert. Le 16 juin.

– Peut-être. Salut, Homer.

– Salut, Tom.

Sarah abandonna Denny pour approcher du distributeur maintenant libre. Il regarda l'endroit où elle l'avait touché, où ses doigts s'étaient posés sur son avant-bras. Le désir lui donnait le tournis. C'était une force qui le poussait vers l'avant et il laissa aller son corps contre elle. Il l'enveloppa de ses bras et elle réagit en se penchant légèrement vers l'avant. Se penchait-elle pour lui, pour le recevoir, si on pouvait s'exprimer ainsi ? Il y eut un autre mouvement, puis un grand *crac.* Il recula en titubant et il lui fallut un long moment pour comprendre que ce bruit provenait de la collision entre son visage et le crâne de Sarah. Elle avait rejeté violemment la tête en arrière, contre son nez et sa bouche. En palpant ses lèvres pour évaluer les dégâts, il ressentit une bouffée de compassion envers lui-même. C'était comme si quelqu'un d'autre, dont les doigts exploraient délicatement son visage, lui exprimait une tendresse qui s'était fait attendre trop longtemps.

Il entendit la voix de Sarah. Elle parlait rapidement, pour dire qu'elle ne l'avait pas fait exprès, elle était toujours nerveuse quand elle retirait de l'argent au distributeur, elle avait oublié qu'il était là, et quand elle avait senti quelqu'un s'appuyer contre elle, ça l'avait fait sursauter. Mais, alors qu'elle disait tout cela, il voyait bien qu'elle regardait au bout de la rue ; elle jouait pour un public de nouveau, un public composé cette fois des inspecteurs Nick et Lance, qui marchaient vers eux.

12

Cette sensation de flottement lui donnait l'impression de revivre la scène de l'accident de voiture. Pendant que Sarah se tordait les mains de manière démonstrative, Nick s'approcha pour constater les dégâts. Lance lui-même eut une réaction qui allait au-delà de la répulsion, bien que sa préoccupation première fût de reconstituer l'incident. Sarah l'y aida :

– On s'est cogné la tête, expliqua-t-elle.

Nick examina la bouche de Denny.

– Tes dents sont intactes, Homer. Par contre, tu ferais bien de coller de la glace sur ta lèvre.

Pendant que Denny se demandait où trouver de la glace, il regarda Nick racler la neige qui recouvrait le muret devant la banque et récolter un beau petit monticule blanc au creux de sa paume. Il en fit une boule compacte entre ses mains nues, puis sortit un gant de sa poche de veste et le tendit à Denny, ce qui fournit à Lance l'occasion de se demander à voix haute si Denny allait réussir à l'enfiler.

Celui-ci choisit d'utiliser le gant comme une compresse pour appliquer la boule de neige sur sa plaie. Il se retourna pour voir ce que Sarah avait à dire, mais elle avait reculé jusqu'au distributeur de billets pour finir ce qu'elle avait commencé. Il ferma les yeux et renversa la tête en arrière. Il écouta les bruits environnants : Nick et Lance qui discutaient, le halètement du distributeur, les pneus des voitures qui pataugeaient dans la neige fondue. Il ramena ses pensées jusqu'au moment de l'impact, puis juste avant. Il avait tendu les bras, en se penchant…

– Je m'appelle Sarah.

Ces paroles enjouées lui firent ouvrir les yeux. Il entendit le mot « Lance », prononcé d'un ton sec et viril, et vit l'inspecteur serrer la main que lui tendait Sarah. Il portait de nouveau un col roulé, mais celui-ci était vert-jaune. Sous un veston noir.

Nick, lui, continuait d'observer Denny. Il lui demanda s'il voulait s'asseoir et Denny fit non de la tête.

– La neige, ça fait du bien. Merci.

Nick se tourna alors vers Sarah.

– On dirait que vous rattrapez le temps perdu, tous les deux.

– Exact, répondit-elle avec un large sourire.

– Ça doit être chouette après tout ce temps.

– C'est sûr. (Elle regarda Lance.) Vous êtes le nouveau partenaire de Nick ?

– Parfaitement, dit Lance.

Son regard était une bande d'acier argenté qui allait de ses yeux à ceux de Sarah et s'enroulait autour de sa tête.

– Et vous, vous êtes la vieille partenaire de Homer.

Derrière sa boule de neige gelée, Denny pensa : Bien joué, Lance.

Sarah rejeta la tête en arrière, avec un petit rire. Denny, prudent, fit un écart sur le côté.

– Pas si vieille que ça, j'espère, répondit-elle.

– Non, non, dit Lance. Absolument pas.

Denny remarqua que Lance et Sarah avaient des

traits sculptés de manière identique. S'ils essayaient de s'embrasser en alignant leurs têtes sur le même plan, leurs mentons saillants empêcheraient leurs lèvres de se toucher. Il les imagina figés dans cette posture frustrante pour l'éternité, tels les amants maudits d'un mythe grec.

Lance fouillait dans une enveloppe de papier kraft, sans cesser de regarder Sarah. Allait-il sortir une tablette de chocolat ? se demanda Denny. Cette pensée lui rappela son propre cadeau. Cherchant le sac du magasin d'antiquités, il découvrit que c'était Nick qui le tenait.

– On vient de bavarder avec Betsy, dit Nick. Elle a hâte de te voir, Homer.

Denny hocha la tête, en espérant que chacun comprendrait que la boule de neige qu'il pressait contre ses lèvres interdisait toute réponse vocale. Lance sortit enfin de l'enveloppe une photo sur papier glacé, qu'il lui tendit. Un portrait de Dennis Braintree, personne recherchée dans le cadre de la disparition, et du décès maintenant, de Marge Plongeur. Cette photo avait sans doute été fournie par Roscoe. Il s'agissait de l'original de la petite image qui accompagnait ses articles dans *Le Modéliste intrépide.* Heureusement, elle était peu ressemblante. Comme la photo de son permis de conduire, elle avait été prise durant la période *light* expérimentale de Denny, trois ans auparavant. Mais ce n'était pas la seule explication à cette absence de ressemblance. Le photographe, d'humeur « créative », lui avait fait prendre une pose insolite, la tête baissée à quarante-cinq degrés, en lui demandant de regarder par en dessous avec un sourire espiègle.

– C'est qui ? demanda Denny.

– Le type qui se trouvait avec la victime, dit Lance.

Juste là, précisa-t-il en pointant le doigt en direction de l'hôtel Ethan Allen.

– On a montré la photo au personnel, ajouta Nick. (Il regarda Sarah.) Tu as lu le journal de ce matin, l'article sur Marge Plongeur ?

– Non. Qu'est-ce qui s'est passé ?

– Elle a disparu avant-hier soir, et aujourd'hui on l'a retrouvée morte.

– Morte ?

– En fait, Sparky est impliqué.

– Sparky ?

Elle répéta ce nom d'un ton plus horrifié que le mot « Morte ».

– Elle est tombée du dernier étage et a atterri dans le pick-up de Sparky. Il était garé sous le balcon.

Nick aurait pu ajouter que Homer se trouvait au volant. Au lieu de cela, il adressa un clin d'œil à Denny.

– Oh, mon Dieu.

Nick se tourna ensuite vers son collègue.

– Sparky est le cousin de Sarah.

Lance la dévisagea.

– Je ne vois aucune ressemblance.

– Heureusement, répliqua Sarah avec un petit rire qu'elle étouffa aussitôt, par respect pour Marge. (Elle reporta son attention sur Nick.) Comment c'est arrivé ?

– On essaye toujours de comprendre. Tu la connaissais ?

Denny attendit sa réponse avec intérêt. Encore une chère amie, peut-être ?

– Non, pas vraiment, dit-elle avec un petit froncement de sourcils. Où est-elle maintenant ? Je veux dire : où est son corps ?

– Chez le légiste.

– Elle est… tombée dans son camion, c'est tout ?

– Exact.

Sarah secoua la tête.

– C'est du Sparky tout craché.

Nick se tourna de nouveau vers Lance.

– Tu sais, ces oies sauvages qu'on voit parfois voler dans la mauvaise direction, vers le nord au lieu d'aller vers le sud ? Dans la famille de Sarah, on les appelle des « Sparky ».

– En fait, elles ne vont pas dans la mauvaise direction, rectifia Lance. Elles se regroupent. (Il regarda Sarah.) Mais j'aime bien cette expression. J'aime beaucoup.

Nick évacua d'un haussement d'épaules sa défaite dans le domaine de l'éthologie des oies et observa la photo que Denny tenait toujours dans sa main.

– Bref, dit-il, Marge a certainement vécu ses derniers instants en compagnie de ce type.

Sarah s'approcha de Denny et attira la photo vers elle. Il s'accrocha à un bord pendant qu'elle l'examinait.

– Quelle tête d'andouille, commenta-t-elle.

Denny lui arracha la photo et la tendit à Lance, qui ne le quittait pas des yeux.

– J'espère que vous allez le retrouver et éclaircir cette affaire, lui dit-il.

– Regardez-la encore, dit Lance.

Denny obéit.

– Je suis censé voir quelque chose ?

– Sa tête ne vous dit rien ?

Denny se raidit.

– Non, pas franchement.

– Elle devrait. Vous le connaissez. Vous lui avez parlé.

– Oh ?

Cela n'avait aucun sens, mais c'était une bonne

nouvelle. Au moins, Lance ne s'intéressait pas à une quelconque ressemblance entre la photo et lui.

– Betsy nous a dit que vous lui aviez parlé à l'aéroport.

Denny hocha la tête, il gagnait du temps. « Vous », dans ce contexte, c'était Homer, « lui », c'était Denny. Ah. Denny, quand il avait appelé Betsy – en tant que Denny –, lui avait dit qu'il avait bavardé avec son neveu à l'aéroport ; si Denny bavardait avec Homer, il s'ensuivait que Homer bavardait avec Denny. Comme c'était étrange de voir cette invention revenir sur ses pas, depuis cette source inattendue. C'était comme voir un train dont vous aviez oublié l'existence réapparaître derrière une montagne en carton mousse.

– On s'est parlé, oui, confirma Denny.

Il prit conscience que cette coïncidence devrait lui faire l'effet d'un coup de poing, alors il recula d'un pas en chancelant.

– Je n'arrive pas à croire que j'ai parlé au type que vous recherchez !

– Il vous a dit où il allait ?

Lance avait sorti son carnet. L'enquête reprenait.

– Non.

– De quoi avez-vous parlé ?

– J'étais tout excité de revenir dans le Vermont. On a parlé de ça.

Nick intervint :

– Comment vous avez engagé la conversation, tous les deux ?

Homer le Flegmatique fronça les sourcils. Et soupira. Finalement, il dit, d'un ton aussi léthargique que possible :

– On était assis près du bureau des bagages. Il tuait

le temps avant de décoller. Moi, j'essayais de retrouver mes affaires.

Lance demanda :

– A-t-il fait allusion à ses activités de la nuit précédente ?

Denny prit son temps pour répondre.

– Non.

Nick demanda :

– A-t-il cité le nom d'une personne qu'il connaissait à Burlington ?

Longue pause.

– C'est surtout moi qui parlais.

Sarah émit un petit rire qui laissait entendre que la conversation avait dû être pétillante. Lance lui sourit. Nick les regarda tour à tour, intrigué, avant de revenir sur Denny.

– Nick a parlé de Burlington, reprit Lance, car *apparemment* ce salopard est là-bas. *Apparemment.*

Il semblait aimer ce mot. Il avait écarté légèrement les jambes et posé ses mains sur ses hanches, ce qui avait pour effet d'écarter les pans de sa veste et de laisser voir son ventre plat.

– Hier, ajouta-t-il, ce salopard a laissé son portable au Marvin's French Fries sur Williston Road, puis il a fait des courses dans un supermarché du coin, avec sa carte de crédit professionnelle, et il a retiré de l'argent. Mais Nick et moi, on n'a pas la même interprétation. (En disant cela, il s'approcha de Sarah, masquant en partie son collègue.) Ce salopard a semé ses empreintes dans tout Burlington. Pour moi, ça veut dire qu'il peut se planquer n'importe où *sauf* à Burlington.

– Peut-être qu'il n'est pas très futé, tout simplement, dit Nick.

– Il n'est pas débile, répondit Lance. C'est peut-être un crétin, mais il n'est pas débile.

Cette remarque provoqua chez Sarah un petit rire perlé, un tintement étonnamment agréable.

– Écoutez ça, reprit Lance. On a reconstitué ses faits et gestes la veille de sa rencontre avec Marge. Il devait effectuer un reportage pour un magazine – il écrit des articles sur les trains électriques ! – mais, en se rendant à un rendez-vous, il est passé par l'usine de glaces Ben and Jerry. Et il s'est fait virer de la visite.

Sarah rit.

– Pourquoi ?

– Il s'est énervé à cause d'un parfum qu'ils ne fabriquent plus.

– *Wavy Gravy*. Caramel noix de cajou, précisa Nick.

Lance demanda :

– Vous connaissez, Homer ?

Il aurait pu tout aussi bien l'appeler « Gros plein de soupe ».

– Non, dit Denny.

– Je suppose donc qu'il n'est pas d'ici ? dit Sarah.

– Chicago, déclara Lance. Une banlieue baptisée Downer's Grove. En tout cas, c'est là-bas qu'il vit maintenant. Il a grandi dans un cirque. Ses parents étaient clowns, figurez-vous, et ils l'ont trimballé partout. Ils ont rejoint tous les deux le paradis des clowns désormais, mais j'essaye de contacter une tante qui habite dans le Sud, une sœur jumelle de sa mère. Elle était clown, elle aussi, mais dans un autre cirque. Sacrée famille.

Sarah rit de nouveau.

– On dirait qu'il vient vraiment *d'ailleurs*.

– Comme vous dites. Bref, on espère que cette tante sait où il se trouve.

Le portable de Lance sonna ; il le sortit de sa poche d'un geste brusque et s'éloigna pour répondre.

Comme c'était étrange, pensa Denny, de voir ce singe en pull à col roulé, au visage taillé à la serpe, se balancer aux branches de son arbre généalogique et souiller ses proches avec ses allusions inconsidérées et méprisantes. Denny ne pouvait imaginer une présentation plus injuste de son enfance.

– Est-ce que ça te paraît ressemblant, Homer ? À toi qui l'as rencontré ? (Nick montra la photo que Denny tenait toujours dans la main.) On nous a dit qu'il était gros, mais il m'a pas l'air si gros que ça.

– C'est son portrait craché, répondit Denny. Même dans sa façon de pencher la tête comme ça, bizarrement, avec les orbites qui roulent vers vous. C'est tout à fait lui.

– Tant mieux. (Nick reprit la photo.) Les Macalester l'ont peut-être vu à l'hôtel. On va aller faire un saut à Hardwick pour leur montrer ce portrait…

– Non, déclara Lance en refermant son portable. Le salopard est ici, à Montpelier. (Il marqua un temps d'arrêt : sa théorie s'était avérée.) Le clodo qui nous a fourni son signalement vient de le revoir. Il a cavalé jusque chez Cumby avant de s'arrêter pour appeler la police.

Lance gratifia Sarah d'un sourire pour lui dire au revoir et pointa le doigt sur Denny.

– Homer, espérons que cette lèvre ne va pas enfler plus que ça.

Sur ce, il trottina à reculons sur le trottoir, puis pivota et s'élança avec une rapidité surprenante.

Nick soupira, commença à le suivre, puis revint sur ses pas pour tendre à Denny son sac du magasin d'antiquités.

– Passe voir Betsy.
– Entendu.
Denny lui rendit son gant et le regarda partir à la poursuite de son équipier. Il se tourna vers Sarah.
– J'ai fait quelque chose de mal ?
– Pourquoi ça ?
– Je fais toujours quelque chose de mal et tu me punis toujours. Finissons-en.
Elle émit un son guttural.
– Tu es allé voir un psy, en Floride ? Tu as suivi un programme à la con ?
– Je parie que tu vas vouloir changer de culotte après cette discussion avec Lance.
Elle le foudroya du regard.
– C'est la chose la plus dégoûtante que j'aie jamais entendue. Je ne sais pas qui tu es ou ce que tu es devenu. Même ta voix n'est plus la même. Dans l'immédiat, je n'attends qu'une seule chose de toi : les dossiers informatiques.
Denny haussa les épaules.
– Il te les faut pour quand ?
– Pour quand ? (Sarah fit un gros effort pour se contenir.) Je t'ai dit que je les voulais. Tu n'as pas besoin d'en savoir plus. C'est trop te demander ? Tu tapes ton mot de passe débile, celui que tu utilises tous les jours, je suppose. Tu n'as pas pu l'oublier. Je reviendrai plus tard.
– Quand ?
Elle leva les mains au ciel.
– Quelle importance ?
Denny avait l'impression d'être un sous-officier de marine qui a mis en doute les ordres du capitaine.
– Fais ce que je te demande, dit-elle sèchement.
– OK d'ac. Mais laisse-moi te poser une ques-

tion : tu me punis parce que je suis parti sans donner d'explications ?

Sarah émit un rire si éclatant que Denny tourna la tête pour voir si un nouveau public approchait. Il n'y avait personne aux alentours. Le temps qu'il se retourne, elle s'éloignait déjà sur le trottoir, d'un pas alerte grâce à sa plaisanterie involontaire. Il sentit une vive douleur dans la bouche. Il reprit la boule de neige palliative qu'il avait déposée sur le muret devant la banque. Au lieu de l'appliquer sur sa lèvre, il arma son bras et la lança vers Sarah, mais elle retomba bien avant.

Il fit demi-tour et partit dans la direction opposée, en passant devant l'entrée du Ethan Allen, et s'engouffra dans une ruelle située au-delà de l'hôtel. Il fit un large détour derrière le bâtiment pour rejoindre sa voiture. Ayant réussi à éviter Betsy, il guettait maintenant Deux Tons. Qui aurait pu imaginer que ce mendiant était un combattant du crime ?

Il se souvint d'un dicton qu'il avait lu un jour : « Vous n'êtes pas vraiment chez vous quelque part tant que vous n'y avez pas d'ennemis. »

Deux Tons. Lance. Sarah ?

13

Denny fonçait comme le Wabash Cannonball sur l'autoroute 12. C'était quand il conduisait qu'il réfléchissait le mieux, et il était parvenu à une théorie, résolument : Homer n'était qu'un faux compagnon pour Sarah. Il lui avait fallu un coup de talon sur le pied et une lèvre fendue pour comprendre le message : bas les pattes ! Si sa théorie était juste, quel bénéfice Homer tirait-il de cet arrangement ? Et Sarah ? Et est-ce que d'autres personnes, comme Nick, connaissaient la vérité ? Question plus immédiate : que ferait Sarah à Denny quand celui-ci ne parviendrait pas à lui fournir le mot de passe ? Il porta sa main à sa bouche. Sa lèvre était si douloureuse que le simple fait de parler tout seul lui faisait mal.

Il se sentait vulnérable sur de nombreux fronts. Lance avait découvert le subterfuge du portable, et comment avait-il été informé si rapidement du scandale Ben and Jerry ? Denny regrettait d'avoir provoqué un esclandre à l'usine, mais il avait une bonne raison. Il savait que les visites guidées se terminaient par une dégustation gratuite de tous les parfums disponibles, et aussi de ceux qui avaient été arrêtés. Quand il avait appris, au milieu de la visite, que la dégustation se limiterait aux futurs parfums, il avait protesté. Les dégâts qui en avaient résulté étaient tout à fait involontaires. En tendant le bras pour souligner un point, il avait brisé une vitrine contenant les premiers emballages de glaces Ben and Jerry, comme si on se souciait de l'emballage ! Il s'était retrouvé ceinturé par un flic du coin persuadé que Denny faisait une crise de « delirium agité » (il avait appris par la suite que ce terme désignait la force surhumaine déployée par les individus agressifs quand la police venait les appréhender). Ce péquenaud avait sans doute suivi un stage sur le sujet car il répétait sans cesse ces deux mots aux autres flics arrivés en renfort. Ceux-ci avaient réussi à le convaincre que Denny était juste un gros type qui agitait beaucoup les bras ; une appréciation qui donna à Denny le rare sentiment d'être compris. Finalement, un consensus avait fini par émerger parmi les représentants de l'ordre : Denny était amusant, mais il ne faisait rire personne.

Wavy Gravy. Caramel, fudge, noix de cajou, noix du Brésil, noisettes et amandes grillées. Il avait dégusté cette glace pour la dernière fois, avec des larmes dans les yeux, de une heure quinze à une heure vingt-cinq, le 20 avril 2004. À l'automne précédent, alors que sa mère flânait dans une grande épicerie au cours d'une excursion en car dans le nord du Wisconsin, elle avait repéré ce qui était sans doute le dernier pot de *Wavy Gravy* vendu en Amérique du Nord. Elle l'avait raflé, avait scellé le couvercle avec du gros ruban adhésif pour éviter les fuites, puis elle l'avait enveloppé dans du papier cadeau de Noël et caché dans le congélateur de son fils, à la cave, la dernière fois qu'elle lui avait rendu visite à Downer's Grove. Elle était morte une semaine avant Noël. Les clowns sont très doués pour cacher des choses et Denny n'avait trouvé le pot de glace et le mot qui l'accompagnait que quatre mois plus tard, au cours d'une expédition casse-croûte nocturne. Le dernier geste d'amour de sa mère ! La glace avait sans doute été contaminée par les bactéries en fondant, avant de se retrouver au congélateur, mais la diarrhée explosive du lendemain était un faible prix à payer.

Wavy Gravy. Maman. Ils étaient inséparables dans son esprit. Il y avait un énorme enjeu dans cette foutue visite guidée.

La Rambler gravit péniblement l'allée boueuse et s'arrêta en dérapage devant la maison. À l'intérieur, Denny ôta son manteau, ses bottes, et s'empressa de monter dans la pièce informatique à côté de la chambre. L'ordinateur était posé sur un vieux bureau à cylindre, ouvert, que Homer avait dû adapter à l'ère numérique. L'étagère du haut avait été découpée pour accueillir l'écran et un plateau coulissant destiné au clavier avait remplacé le tiroir central. Denny alluma l'appareil et se trémoussa sur le siège jusqu'à ce qu'apparaissent sur l'écran deux icônes représentant des bestioles avec un tas de dents et un air idiot : des marmottes, devina-t-il. Sous chaque animal figurait un nom : Homer et Sarah.

Un clic sur l'icône Homer ouvrit une case vierge pour le mot de passe. Il tapa « musique » et fut immédiatement rabroué. Par curiosité, il cliqua sur l'icône Sarah. Dans la case du mot de passe, il inscrivit « cherami ». Rebuffade. Il tapa ensuite « mentonpointu ». *Idem*. Il tapa « culottemouillée ». Échec. Retour sur Homer. Il essaya « trombone », essuya une nouvelle rebuffade et rit devant le comique de la situation : essayer de trouver un mot de passe par déduction. Chaque fois qu'il oubliait les siens, il n'essayait pas de s'en souvenir en faisant appel à sa connaissance de soi, et pourtant, il se connaissait bien mieux qu'il ne connaissait Homer. Dans ces cas-là, soit il continuait à piocher au hasard dans sa mémoire, soit il consultait sa liste de mots de passe, s'il se souvenait où il l'avait mise.

Homer pouvait fort bien posséder ce genre de liste. Denny entreprit de fouiller dans les tiroirs du bureau, en écartant les stylos, les trombones et tout ce bazar. Il tomba sur une boîte remplie de badges politiques en faveur d'un certain Ollie Dumpling. Un parent de Homer ? Sous cette boîte se trouvait une chemise contenant des programmes de concert où figurait le nom de Homer. Un autre tiroir renfermait des lettres anciennes, la plupart dans leurs enveloppes d'origine. Plusieurs venaient du Michigan, quelques-unes d'Allemagne.

Une chemise portait la mention « Carte S.S., Cert. Naiss., Passeport ». En examinant les trois documents en question, Denny découvrit que Homer était né trente-huit ans plus tôt, à Randolph, dans le Vermont. Ce qui mettait un terme à la théorie d'une séparation à la naissance qui trottait dans l'esprit de Denny depuis qu'il avait pris la place de Homer car il savait avec certitude qu'il avait vu le jour dans un compartiment Pullman à la sortie de Shreveport, en Louisiane, il y avait quarante-deux ans de cela.

Dans un autre tiroir, des boîtes contenaient des chéquiers neufs, mais pas de chéquier entamé. Homer l'avait sans doute emporté en Floride. Un élastique maintenait les relevés bancaires des dernières années. Denny examina le plus récent : aucune surprise, mais il remarqua que de nombreux chèques avaient été rédigés à l'ordre des « Concerts de Little Dumpling Farm ».

Il referma brutalement le dernier tiroir. Il en avait terminé avec le bureau, là où il avait le plus de chances de trouver une liste de mots de passe, mais il demeurait persuadé qu'il allait en trouver une. À moins que Homer ne l'ait emportée en Floride ? Il n'avait pas pris son ordinateur, mais il aurait besoin de la liste pour accéder à ses comptes Internet. Lui-même aurait-il songé à l'emporter ? Tout dépendait s'il avait prévu de partir depuis longtemps, et de la durée de son absence. Homer avait laissé d'autres documents importants, alors peut-être était-il parti précipitamment. Mais pourquoi ?

Il entendit des pneus crisser sur la neige. Les picotements qu'il ressentait ne provenaient pas du bas-ventre, mais de l'estomac. Il imaginait Sarah en train de lui donner des coups sur la tête et les épaules, tandis que, penché au-dessus du clavier, il essayait de se souvenir de « son » mot de passe. Il se précipita vers la fenêtre. Ce n'était pas la voiture de Sarah, mais une camionnette marron. La portière du conducteur s'ouvrit en grinçant, un homme coiffé d'une casquette orange aux oreilles pendantes en descendit et se dirigea vers la véranda. Il marchait tellement voûté que son corps devait se dépêcher pour rattraper sa tête. Quelques coups discrets frappés à la porte firent descendre Denny.

L'homme était timide. Après avoir jeté un coup d'œil à Denny, il regarda le plancher de la véranda et dit simplement :

– Homer.

– Comment ça va ? demanda Denny.

– Je me plains pas. Je pourrais, mais je le fais pas.

Denny observa sa camionnette sans vitres. « Plomberie Slaughter », pouvait-on lire sur le côté, au pochoir. La maison avait-elle des problèmes de plomberie qu'il ignorait ?

– Je pensais que t'appellerais, dit l'homme en s'adressant au plancher.

– C'est un peu de la folie depuis que je suis rentré.

– J'ai laissé un message.

Denny se pencha en arrière pour regarder la lumière clignotante sur le répondeur.

– Ah, oui. Je vois. Je n'ai pas fait attention en entrant.

– J'ai pensé que tu voudrais les récupérer.

Denny hésita. Du matériel de plomberie ?

– Tu as eu raison.

– Ils sont dans le camion.

– Très bien.

L'homme leva les yeux, très brièvement. Il préférait regarder par terre.

– Chester a la courante.

Un bruit à l'intérieur de la camionnette attira l'attention de Denny. Un raclement, comme un prisonnier qui gratte le mur de sa cellule.

– La courante ?

– Il a bouffé un bégonia hier soir. Rien de grave. Mais tu devrais peut-être le parquer.

Les raclements du prisonnier se transformèrent en griffes de chien qui arpentent un plancher métallique. Denny ressentit des contractions menaçantes dans son estomac, lui aussi.

– Bonne idée, dit-il. Tu veux bien t'en charger ?

Denny montra ses pieds, sans chaussures. Faire cette demande, c'était comme se jeter d'un avion. Le parachute allait-il s'ouvrir ? « Le parquer », cela voulait-il dire le mettre dans un enclos ? Dans ce cas, cet homme savait-il où se trouvait l'enclos ?

– Calvin aussi ?

Mon Dieu, aidez-moi, pensa Denny.

– Oui, oui, tous.

– Les deux ? OK.

Le plombier s'éloigna, puis hésita. Il s'arrêta, de profil, la tête toujours baissée, les mains dans les poches.

– Les rappels sont à jour.

Ces paroles retombèrent si loin des oreilles de Denny que l'on aurait pu croire qu'il s'agissait d'une répétition en vue d'une occasion ultérieure.

– Les rappels ?

Denny n'avait qu'une envie : se retrouver à l'abri dans la maison, derrière la porte fermée.

– Je les ai faits la semaine dernière.

– Bien. Bien.

– La visite aussi. Pour les deux.

– Tant mieux.

– J'ai tout… réglé.

Le plombier prononça ces mots avec la douleur de celui qui arrache sa propre chair.

– Oh. Combien je te dois ?

– Quatre-vingt-seize dollars. Si ça t'embête pas.

– Je vais chercher l'argent pendant que tu les parques. OK ?

L'homme hésita de nouveau.

– Euh… y a le poulet aussi.

– Mets-le avec.

Cette réponse fit apparaître entièrement le visage du plombier. Dessus se lisait l'étonnement.

– Désolé, dit Homer. Tu disais ?

– Le poulet.

L'homme attendit la réponse.

Denny était obligé d'attendre lui aussi. Il ne pouvait rien faire d'autre.

– Le poulet pour les chiens. Mais peut-être que tu as déjà envoyé le chèque.

– Non, je… Je ne crois pas. C'est combien ?

– Cinquante-cinq. Comme toujours. Ah, zut ! J'ai oublié de l'apporter.

L'homme donna un coup de talon sur le plancher de la véranda : démonstration éclatante d'une émotion effrénée pour lui, même si ça ressemblait davantage à un pas de danse.

– Je te le déposerai plus tard.

Denny recula dans la maison. À travers le petit carreau au centre de la porte, il regarda l'inconnu marcher vers l'arrière de la camionnette et libérer deux chiens noirs, en laisse. À peine eurent-ils sauté à terre qu'ils partirent dans deux directions différentes, écartelant l'homme à la manière d'un épouvantail. Puis ils revinrent sur leurs pas pour l'encercler. Il se dépêtra des laisses qui lui entravaient les jambes et tira les chiens en direction de la grange. Ils reniflèrent chaque centimètre carré de terrain en chemin.

Alors qu'il gravissait l'escalier en courant, Denny refusa de se demander comment il allait s'occuper de ces animaux. Il se réjouissait d'avoir survécu à cet épisode. Il compta ce qu'il devait à Casquette Orange, en piochant dans l'argent qu'il avait retiré la veille au distributeur avec sa carte professionnelle. Quand il ressortit sur la véranda, l'homme revenait de l'enclos, en marchant à reculons, et en parlant aux chiens qui se trouvaient derrière la maison, hors de vue. Il les salua d'un geste de la main.

– Ils vont me manquer, dit Casquette Orange, une fois de retour devant la véranda.

Il monta les marches, prit l'argent sans le regarder et le fourra précipitamment dans une poche de son pantalon. Le téléphone sonna dans la maison. Denny le remercia et s'apprêta à fermer la porte, mais l'homme l'arrêta en levant le doigt.

– Ce soir, ça va dégringoler.

Denny hocha la tête. Dégringoler ? Si ce type pouvait accompagner ses verbes d'un sujet de temps en temps, ce serait utile.

– N'oublie pas de les rentrer.

La *température* allait dégringoler.

– OK. Merci.

Le répondeur se mit en marche au moment où Denny refermait la porte.

« Homer ? » Une voix d'homme. « Homer ? »

– C'est un répondeur ! s'écria Denny en s'approchant de l'appareil.

Sur l'écran, il lut : « Boren Électricité ».

« C'est Warren Boren. »

– Warren Barbant, oui.

« J'ai déjà appelé. »

– Je sais, ducon.

« Tu ne m'as pas rappelé. »

– Oh, bou hou hou !

« Tu m'as causé un préjudice inestimable. »

Denny se tut pour écouter.

« J'aurais dû faire ce que j'ai menacé de faire il y a trois ans. Si je n'ai pas de tes nouvelles, tu auras des miennes. Et ce ne sera pas agréable, crois-moi. »

L'homme raccrocha.

Il y a trois ans. Quel préjudice Homer avait-il causé à cet homme ? Et qu'avait-il menacé de faire ? Il ouvrit l'annuaire et trouva « Boren Électricité ». Les bureaux étaient situés à East Montpelier. Il chercha ensuite « Boren, Warren », dénicha l'adresse et sortit la carte du comté qui lui avait déjà servi à localiser la maison de Sparky. Il fut stupéfait de découvrir que Warren Barbant vivait dans une rue perpendiculaire à la route de la Corne de Lune, à environ cinq cents mètres de là.

Denny réfléchit à ses options, en faisant comme s'il en avait plusieurs. Il pouvait prendre l'initiative et mettre les choses au point avec Warren Boren, mais quelles choses ? Discuter avec Casquette Orange avait été suffisamment pénible, et il s'agissait d'une conversation amicale. Comment mener une discussion sans en connaître le sujet ?

Un bruit sourd le fit se précipiter dans la cuisine. À côté du lave-vaisselle, une chatière grand format en contreplaqué donnait sur l'enclos. Elle était fermée par deux verrous, mais les chiens, comme s'ils sentaient venir la dégringolade des températures, s'appuyaient dessus de tout leur poids. Denny la regardait trembler à chaque assaut. Il avait l'impression d'être la prochaine victime dans un film d'horreur. Il poussa un cri strident et s'enfuit.

Il fonça au premier, traversa la chambre, puis s'approcha de la fenêtre de la pièce informatique pour regarder dehors. Tout semblait calme, mais il remarqua, à mi-chemin entre la maison et la route, une chose qui lui avait échappé jusqu'à présent : une mare. Bien qu'elle soit encore gelée, un cercle d'eau s'était formé tout autour, là où la glace avait commencé à fondre. Jusqu'alors, sous le manteau neigeux uniforme, la mare disparaissait dans le paysage. Le champ marron qui y descendait en pente douce était tapissé de chaume couché, broyé par la neige. Tout semblait mort. De l'autre côté de la route, à flanc de colline, quelques animaux à poils et à cornes qu'il n'avait pas encore vus semblaient l'observer. C'étaient des yaks, il en était sûr. Dans le Vermont ?

Il retourna dans la chambre. Une fenêtre à double battant, à côté du lit, donnait sur l'enclos. Les chiens avaient abandonné la porte pour renifler dans tous les coins. Chester. Calvin. Il alla s'asseoir devant l'ordinateur de Homer pour entrer ces noms dans la case du mot de passe. Aucun des deux ne marchait.

En entendant de nouveau le crissement des pneus

sur la neige, il s'approcha de la fenêtre de devant. Une Subaru verte s'arrêta devant la maison ; ce n'était pas la voiture de Sarah. Ni une camionnette Boren Électricité. Évidemment, il pouvait s'agir de la voiture personnelle de Boren. Le conducteur mit un certain temps à descendre. *Et ce ne sera pas agréable.* Finalement, ce fut une femme qui apparut, une femme de poids. Le visage de Denny s'éclaira. Homer avait peut-être une petite amie après tout, une véritable petite amie. Elle ouvrit la portière arrière de la Subaru et se pencha à l'intérieur pour prendre quelque chose. Son cul se situait exactement, en termes de taille, entre celui de Sarah et celui de Denny. Elle sortit un petit sac de toile. Du vin et du fromage ? Denny dévala l'escalier.

Il ignorait qui était cette femme, mais ils se connaissaient bien. Denny le devina à sa posture quand elle ouvrit la porte. Elle pinça légèrement les lèvres et lui adressa un sourire en coin, plein de suspens, qu'elle maintint le plus longtemps possible, avant d'éclater de rire et de le serrer dans ses bras en murmurant « Homer ». Denny était sur le point de renchérir, mais elle recula pour le dévisager. Elle fronça les sourcils devant sa lèvre fendue.

– C'est vilain, en effet, commenta-t-elle. J'ai apporté un cataplasme. Deux, même.

Elle se baissa pour sortir de son sac ce qui ressemblait à deux pancakes en étamine. Elle lui tendit le plus large des deux.

– C'est un mélange de consoude et de baume de Gilead. Tu retires une couche de gaze et tu appliques la pommade directement sur la plaie. C'est moelleux, prêt à l'emploi. Une heure, une fois par jour. L'autre aussi, tu le mets une fois par jour, mais seulement dix minutes.

Trois personnes étaient au courant de sa blessure – Sarah, Lance et Nick –, mais seul Nick était assez bienveillant pour en parler à quelqu'un d'autre. À Millie. Denny ressentit une bouffée d'émotion face au pouvoir de la logique pure. Il était capable de bâtir une vie entière à partir de déductions.

Elle soupesa le plus petit des cataplasmes dans sa main gauche.

– Celui-ci, c'est de l'aigremoine. C'est ce que je t'ai donné quand tu t'es coupé à la jambe. (Elle s'approcha et lui caressa la lèvre du bout des doigts.) Je veux juste m'assurer que ce n'est pas trop profond. La consoude risque de cicatriser trop vite l'extérieur de la plaie, avant que l'intérieur guérisse.

Elle sourit et ajouta :

– Je suis contente que tu sois revenu.

– Moi aussi.

Elle perdit son sourire aussi brusquement que si Denny l'avait insultée. Elle lui jeta un regard dur, secoua légèrement la tête et descendit de la véranda.

– J'ai apporté autre chose.

Elle ouvrit le coffre de la voiture et sortit deux raquettes pour marcher dans la neige. Denny en avait vu une paire, en métal, dans le vestibule de Homer. Celles-ci étaient en bois et plus longues.

– Tu t'en souviens ? demanda-t-elle.

– Comment je pourrais oublier ?

Une fois de plus, elle se crispa. Sans doute à cause de sa voix. Mais pourquoi réagissait-elle de manière si brutale ?

– Ton télégramme m'a fait énormément de bien, Homer, à un moment très difficile. Maman aurait voulu que tu les gardes.

– C'est très gentil, Millie. Tu es sûre que tu ne les veux pas ?

– Elle a toujours été folle de toi. (Elle le dévisagea.) Nick m'a dit que ta voix était différente. Il va me falloir du temps pour m'y habituer.

– Ce n'est pas une jolie voix ?

– Ce n'est pas la tienne, c'est tout ce que je sais. Et tu parles plus vite, aussi. (D'une main, elle traça un grand cercle dans le vide, comme un cadre autour de lui.) La Floride t'a changé, Homer.

– En bien, j'espère.

– On verra.

Il s'attendait à un rire pour accompagner ces paroles, mais elle se contenta de montrer les raquettes qu'elle avait appuyées contre la rampe de la véranda.

– Elles sont super pour les congères. Elles tracent le chemin et les autres peuvent suivre avec des raquettes plus petites. Maman ouvrait la voie, nous on suivait.

Elle se pencha pour les caresser.

– Bon, fit-elle en inspirant à fond. J'ai encore une course à faire et ensuite faut que j'aille chercher les gosses. À plus tard, Homer.

– Évidemment.

Denny la regarda remonter dans sa voiture et repartir. Il lui fit de grands gestes empreints d'un excès de gaieté. Elle le rendait nerveux.

Il emporta les cataplasmes à l'intérieur. Ils avaient quelque chose d'inquiétant ; on aurait dit deux prothèses mammaires. Il les appuya contre sa poitrine, puis les lança sur une chaise et remonta dans la pièce de l'ordinateur.

Deux heures plus tard, il approchait du moment où il découvrirait enfin le mot de passe de Homer, en ce sens qu'il avait éliminé quelques douzaines de candidats parmi les possibilités infinies. Dehors, la lumière déclinait. Il se posta à la fenêtre. Au loin, le vent faisait danser les arbres. Les raquettes étaient tombées ; il apercevait les bouts qui dépassaient sous le bord du toit de la véranda. Il semblait faire froid.

Les chiens recommencèrent à cogner contre la petite porte en contreplaqué. Ils avaient dû entendre ses pas. Denny soupira, redescendit et se rendit dans la cuisine. Il n'avait vu aucune nourriture pour chien dans la maison – il l'aurait repérée immédiatement –, mais il avisa sur le plan de travail les deux bâtons de salami séché qu'il avait achetés à Burlington. Il s'agenouilla pour examiner la chatière. Elle était large, à tel point qu'il se demanda si elle n'avait pas un autre usage initialement. Elle était articulée en haut et maintenue fermée par deux verrous placés en bas, de chaque côté. S'il déposait les salamis par terre, juste devant la porte, et s'il ouvrait les verrous avant de décamper, les chiens allaient-ils lui courir après ou s'arrêter pour manger ? Les deux peut-être. Il les imaginait en train de le pourchasser en grignotant le salami comme un clochard qui mastique un mégot de cigare bon marché.

Une autre idée lui vint. Au lieu d'ouvrir la chatière pour nourrir les chiens à l'intérieur, il pouvait les nourrir *à l'extérieur*, le plus loin possible, *puis* déverrouiller la chatière et courir se mettre à l'abri. Rassasiés, les chiens essaieraient à nouveau d'entrer et ils passeraient la nuit au chaud.

En ôtant l'emballage des salamis, il s'aperçut qu'il devait prévoir quatre repas – deux maintenant et deux pour le petit déjeuner –, alors il coupa les saucissons. Les chiens avaient-ils besoin d'autre chose ? De l'eau. Il remplit un bol en céramique qu'il mit par terre. Dans le placard de Homer, il trouva une planche sur laquelle il posa les quatre morceaux de salami. Puis il sortit du réfrigérateur un gros sandwich mixte emballé, un litre de *root beer* et un sachet de chips. Après une brève hésitation, il ajouta la moitié d'un gâteau à la noix de coco pour se récompenser de ses efforts. Il monta le plateau et le déposa sur le lit. Avec l'ordinateur d'un côté et la salle de bains de l'autre, il pourrait satisfaire tous ses besoins de la soirée. Il ferma les deux portes qui donnaient sur le couloir afin de se barricader dans la chambre.

Sur ce, il s'approcha de la fenêtre à double battant, près du lit, et actionna une des manivelles. La fenêtre, qui n'avait pas servi depuis longtemps, était coincée, mais elle finit par céder après quelques coups. Denny sortit la tête. Il se trouvait juste au-dessus de l'enclos. Les deux chiens le regardaient, la gueule renversée. Ils étaient à sa merci. Quelle misérable condition, pensa-t-il. Dépendre entièrement de quelqu'un pour se nourrir.

– Pauvres toutous.

Ils ne le quittaient pas des yeux.

La configuration de l'enclos carré était simple. La maison formait une première limite, celle d'en face était constituée par le mur de l'atelier. Un grillage reliait le coin de l'atelier au coin de la maison. *Idem* pour le quatrième et dernier côté.

Denny prit deux moitiés de salami sur la planche. Il testa la mobilité de son bras dans cet espace exigu et opta pour un revers, comme s'il lançait un frisbee. Il appela les chiens, ce qui était totalement inutile étant donné qu'ils l'observaient avec un intérêt soutenu. Penché par la fenêtre, il expédia une moitié de salami vers le coin le plus reculé de l'enclos. Les deux chiens s'étaient déjà précipités avant que le saucisson retombe dans la neige.

– Hé, toi ! cria-t-il.

Curieusement, ses paroles réussirent à arrêter un des deux chiens, celui qui était distancé à la course et donc plus ouvert aux autres propositions. D'un revers, Denny lança le deuxième morceau de salami dans le coin opposé, et le chien partit comme une fusée. Denny se rua hors de la chambre, dévala l'escalier, jeta un coup d'œil par la fenêtre de la cuisine – les chiens mâchonnaient dans leur coin respectif –, s'agenouilla et déverrouilla la chatière. Il se releva d'un bond, gravit l'escalier quatre à quatre et referma la porte de la chambre derrière lui.

Par la fenêtre, il observa les chiens qui, après avoir rapidement englouti le salami, reniflaient le sol. Soudain, presque en même temps, ils trottinèrent l'un vers l'autre, le long du mur de l'atelier. Denny se demanda pourquoi. Ils se croisèrent et chacun alla renifler l'endroit où l'autre avait dîné, à la recherche d'éventuels restes sans doute. Denny trouva cela amusant. Puis les chiens se dirigèrent vers la maison. Dès qu'ils eurent disparu, il les entendit pousser la chatière pour entrer dans la cuisine, juste sous ses pieds. Leurs griffes raclèrent le parquet de l'entrée. Allaient-ils venir se coucher contre la porte de la chambre ? Dans ce cas, la nuit promettait d'être longue. Il attendit, mais ils demeurèrent en bas. Peut-être avaient-ils trouvé un endroit chaud, leur tapis préféré.

Il s'assit sur le lit et mangea en silence, craignant d'attirer l'attention des chiens s'il faisait trop de bruit. Il regarda le vent agiter les arbres. Il sentait que Sarah ne viendrait pas ce soir ; le châtiment serait reporté au lendemain. Que dirait-elle en voyant qu'il ne parvenait pas à entrer dans son propre ordinateur ? Il était trop fatigué pour y réfléchir. La journée avait été éprouvante, depuis le coup de téléphone de Sparky. Il avait hâte de se glisser entre les draps de Homer. Ils avaient quelque chose de particulier.

Il s'endormit presque aussitôt. Mais, au beau milieu de la nuit, le grincement de la chatière le réveilla : ils sortaient faire pipi, devina-t-il. Quelques minutes plus tard, un nouveau grincement accompagna leur retour. Il avait vu un bidon de lubrifiant dans un placard. Demain, il graisserait les charnières. Il se voyait déjà accomplissant cette tâche et cette image devint un rêve qui revint en boucle, si bien que lorsque le même bruit le réveilla, un peu plus tard, il fut surpris d'entendre les charnières grincer, après tout le mal qu'il s'était donné.

Il fut également surpris, et déçu, que les chiens aient choisi cette heure pour se livrer à un combat de catch. Ils se mirent à cavaler et à se cogner contre les meubles de la cuisine. Denny les imaginait s'entraînant à l'attaquer, en échangeant leurs rôles.

C'est toi qui fais le salami.

Non, toi.

Je l'ai dit avant.

14

– Les toutous !

Penché à la fenêtre, son ventre nu pendant à l'extérieur, Denny brailla en direction de la chatière :

– Venez, les toutous !

Il recula dans la chambre et tendit l'oreille. Il crut entendre des bruits en bas, dans l'entrée peut-être. S'ils montaient l'escalier, c'était fichu : jamais il ne pourrait les faire ressortir par la chatière. Les bruits cessèrent. Il s'agenouilla et se pencha à la fenêtre de nouveau. Il mit ses mains en porte-voix pour canaliser ses paroles :

– Toutous !

Rien à faire. Même s'ils l'entendaient, ils n'étaient pas assez idiots pour croire qu'il se trouvait dehors dans l'enclos. Il ferma la fenêtre et traversa la chambre. Timidement, il ouvrit la porte. Zéro chien. À pas feutrés, il avança jusqu'à l'escalier. Ils étaient assis en bas et levaient les yeux vers lui, d'un air qui n'avait rien de menaçant, avec un regard tendre rempli d'espoir. Il était la main nourricière.

– Pauvres toutous.

L'un des deux bougea et Denny faillit se précipiter vers la chambre. Mais ils demeurèrent assis. Il les observa à son tour. Le plus effrayant, c'était leur capacité à faire du mal : leur arsenal dentaire. Mais cela ne voulait pas dire qu'ils allaient l'utiliser contre lui. Il fallait qu'il garde ça à l'esprit.

– Dehors ! cria-t-il soudain, en espérant qu'ils connaissaient cet ordre.

Raté. Comment faire un bruit à l'extérieur de la chatière pour les attirer ? Y avait-il au premier étage un objet suffisamment long pour atteindre le rez-de-chaussée ?

Il fonça dans la chambre de Homer, ouvrit l'armoire et sortit la drôle de boîte qu'il avait vue, entre les bottes et les chaussures. Elle renfermait une échelle de secours métallique datant des années 1950, à en juger par la photo sur le couvercle montrant une femme en robe-chemisier qui la descendait joyeusement. Il la déroula en la traînant jusqu'à la fenêtre. Il l'accrocha au rebord et secoua les chaînes pour finir de la déplier. Elle s'arrêtait juste au-dessus de la chatière ! Il essaya de lui imprimer un mouvement de balancier pour qu'elle revienne cogner contre le mur, mais elle n'était pas suffisamment rigide. Il eut une autre idée, alors. En saisissant les deux chaînes par leur extrémité et en les agitant d'un coup sec, il produisit une vague de haut en bas, qui s'acheva par un claquement sec contre les bardeaux, juste au-dessus de la petite porte. Il s'apprêtait à recommencer lorsque les chiens sortirent en coup de vent, comme si une force maléfique les avait chassés de la maison. Désorientés, ils coururent dans tous les sens, puis ils l'aperçurent et le regardèrent d'un air perplexe.

Denny prit alors les deux morceaux de salami restants, dans l'assiette posée sur la table de chevet (il les avait sentis toute la nuit, de son lit), et se pencha par la fenêtre pour imiter le lanceur de frisbee. Les chiens foncèrent vers les deux coins de l'enclos, comme s'ils faisaient cela depuis des années. Alors qu'il se ruait vers l'escalier, Denny s'imagina déjà en train de fermer les verrous de la chatière et il frappa dans ses mains pour célébrer son succès. Résultat, il tarda un peu à découvrir qu'au pied des marches, là où les chiens étaient assis précédemment, se tenait maintenant Sarah.

Sans doute était-elle entrée avec sa clé et elle levait les yeux vers son corps nu, tout juste sorti du lit, qui dévalait l'escalier. Il poussa un cri strident et se couvrit avec ses mains. Il se jeta en arrière mais, emporté par son élan, il descendit encore quelques marches avant de pouvoir rebrousser chemin. Il recula en faisant face à Sarah, ne voulant pas se retourner et lui montrer son cul, mais la vision de son visage était atroce, alors il pivota et grimpa à toute vitesse, en couvrant son sexe d'une main et une partie de ses fesses de l'autre.

Et les chiens ! S'il prenait le temps de s'habiller, ils allaient revenir dans la maison, et comment pourrait-il être Homer devant Sarah s'il avait peur de ses propres chiens ? Il ralentit, en songeant qu'il pourrait aller fermer la chatière dans le plus simple appareil, mais non, il n'en avait pas le courage, impossible. Il fonça dans la chambre, sauta dans son pantalon et retourna précipitamment vers l'escalier.

Sarah n'avait pas bougé. Il dévala les marches et passa en trombe devant elle pour se rendre dans la cuisine. Au moment où il se laissait tomber à genoux devant la chatière, celle-ci se souleva brusquement et un troupeau de bisons le piétina, lui sembla-t-il. Il se roula en boule sur le linoléum et resta couché sur le flanc, en gémissant. Au bout d'un moment, il devint évident que les chiens n'allaient pas le dévorer. Au lieu de ça, ils léchaient le haut de son corps nu. Il leva un coude pour risquer un coup d'œil, et une langue râpeuse lui lécha le téton, lui provoquant des frissons. Il se redressa en position assise, adossé à un placard, et les chiens se mirent à gambader sur ses genoux. Celui qui lui avait léché le téton ne cessait d'y revenir.

– Gentils toutous, dit-il.

– *Nom de Dieu.*

Sarah se tenait sur le seuil de la cuisine. En entendant sa voix, les deux chiens abandonnèrent les genoux de Denny pour s'enfuir par la chatière.

Denny mit un moment à reprendre son souffle.

– Ils m'ont manqué, dit-il.

– Tu as imprimé ce que je t'ai demandé ?

Il se releva et essaya de retrouver son calme.

– J'aimerais bien prendre mon petit déjeuner d'abord.

– Il est dix heures. (C'était le chef qui déclare que la cuisine est fermée.) Je suis debout depuis cinq heures. J'ai besoin des trois premières années des dossiers Excel : budget, programmes, fréquentation. Imprime-les-moi. Et envoie-les-moi par mail, aussi.

Son portable sonna. Elle le sortit de sa poche de gilet et alla s'asseoir sur la banquette en tournant le dos à Denny. Sa conversation se limita à :

– Non… Non… Non…

Puis :

– Attends, j'ai un autre appel… Hé, salut ! Quelle surprise. Enfin, pas vraiment. (Elle rit de sa plaisanterie.) Je vous rappelle. Ne vous éloignez pas.

Denny quitta la cuisine discrètement et gravit l'escalier en courant. Il n'avait plus d'autre solution que de s'attaquer à l'ordinateur de Homer, littéralement. Il allait tirer sur des fils stratégiques, verser de l'eau à l'intérieur… N'importe quoi pour le détraquer et se tirer d'affaire. Pourquoi n'y avait-il pas pensé plus tôt ?

Certes, Sarah serait furieuse, mais quelle importance puisqu'elle était toujours furieuse ?

Il enfila un T-shirt et s'assit devant le clavier. En bousculant le bureau par mégarde, il fit disparaître l'économiseur d'écran et fut surpris de découvrir un tout nouvel écran face à lui. « Bienvenue Homer », lut-il.

Il était entré ? Comment ? Il ouvrit Excel et repéra les dossiers que réclamait Sarah, soigneusement classés par année. Il cliqua sur quelques-uns pour s'assurer que c'étaient les bons, puis il commença à imprimer les chiffres des trois premières années. Alors que l'imprimante se mettait à vrombir, il se renversa sur sa chaise et réfléchit. Était-il tombé par hasard sur le mot de passe la veille, sans le savoir ? Il se souvenait d'avoir lu un article sur un logiciel de sécurité qui retardait l'accès de plusieurs secondes quand le mot de passe correct succédait à plusieurs tentatives incorrectes, une protection contre les pirates qui essayaient des suites de codes. Homer possédait peut-être un programme de ce genre. Dans ce cas, le tout dernier mot de passe qu'il avait essayé devait être le bon. Il ne s'en était pas rendu compte car, découragé, il avait quitté la pièce. Il ne se souvenait plus du tout de sa dernière proposition, mais ça n'avait pas d'importance tant que l'ordinateur restait allumé. Cette interprétation lui parut improbable au moment même où il la formulait dans sa tête, mais y avait-il une autre explication ?

L'imprimante avait fini son travail. Denny se souvint que Sarah voulait recevoir les données électroniquement aussi. Il chercha l'indication d'une connexion Internet, en vain, alors il cliqua sur l'icône du navigateur, ce qui provoqua les stridulations d'un modem, un son qu'il n'avait pas entendu depuis des années. Une fois connecté, il ouvrit la boîte mail de Homer.

Heureusement, le mot de passe avait été enregistré. Une boîte de dialogue apparut : « Vous avez quatre cent vingt et un nouveaux messages. » Denny cliqua sur le plus récent. Il était arrivé quelques heures plus tôt. Un certain Henry lui souhaitait un joyeux retour. *Idem* pour les deux précédents, envoyés par un nommé Nguyen et un nommé Fran, la veille. Mais la boîte de Homer n'avait sûrement pas reçu quatre cent vingt et un messages durant le court laps de temps qui s'était écoulé depuis son retour supposé.

Denny sauta au début de la liste des quatre cent vingt et un messages non lus, et il se retrouva presque trois ans en arrière, quand Homer était parti, en abandonnant son adresse mail de toute évidence. Les premiers messages, banals, émanaient d'amis et de clients. Mais, à mesure que Denny avançait dans le temps, ils changeaient de nature. Certains se faisaient insistants, avec des intitulés du style : « Au cas où tu ne l'aurais pas reçu ». Quelques personnes voulaient savoir où il était passé. D'autres disaient qu'il leur manquait. Un client au patronyme sibyllin demandait des nouvelles du cor qu'il lui avait confié pour réparation. Une association caritative lui rappelait qu'il devait apporter sa contribution annuelle à un machin baptisé le Fonds Amelia. Aucun de ces messages ne permettait d'éclaircir les raisons du départ de Homer car ils étaient tous arrivés *après*. Denny revint au début des messages non lus. Il avait besoin de consulter les derniers mails que Homer avait lus juste avant de partir.

Il n'y en avait aucun. La boîte « réception » ne contenait aucun message lu. Denny cliqua alors sur les messages archivés et tomba de nouveau sur un écran vide. Perplexe, il cliqua sur « messages envoyés ». Rien. Il était peu probable que le logiciel ait omis de sauvegarder tous les messages. Homer les avait-il effacés délibérément ? Pourquoi ? Était-ce une chose qu'il faisait régulièrement afin de nettoyer son ordinateur ? Ou l'avait-il fait uniquement cette fois, pour une raison bien précise ?

– Quarante-cinq mille, dit Sarah.

Elle se tenait à l'entrée de la pièce, le portable collé à l'oreille. Denny ne ferma pas la messagerie ; il était tout à fait normal que Homer consulte son courrier.

– Quarante-cinq mille, répéta Sarah. C'est ce qu'il nous faut. Ils s'aligneront. Mais il nous faut un donateur du Vermont pour les quarante-cinq mille. De n'importe où dans le Vermont.

Elle parlait inhabituellement fort, songea Denny, et elle lui faisait face pour exhiber son savoir-faire téléphonique.

– Quarante-cinq, répéta-t-elle encore une fois. Bye.

Elle referma sèchement son portable et resta plantée sur le seuil. On aurait dit qu'elle avait envie qu'il lui demande avec qui elle parlait, alors il ne le fit pas.

– Les documents sont sur l'imprimante, dit-il, les yeux fixés sur l'écran. Je vais te les envoyer.

Sarah marcha vers l'imprimante.

– Ensuite, tu te déconnecteras pour que je puisse me connecter.

Elle tenait un ordinateur portable sous son bras.

Il se retourna sur sa chaise.

– S'il te plaît.

Elle le foudroya du regard.

– Quoi ?

– Tu peux dire « s'il te plaît » ?

Elle demeura immobile. Puis elle prit son ordinateur et le coinça entre ses cuisses, de façon à ce qu'il dépasse de son entrejambe.

– Mais certainement, répondit-elle avec un étrange empressement. Je vais t'en donner du « s'il te plaît ».

Elle fit remonter ses mains sur son pull, jusqu'à ce qu'elles emprisonnent ses petits seins. Penchée en avant, elle lança d'un ton rageur :

– Lèche-les, s'il te plaît.

Elle se redressa si brutalement qu'elle dut retenir l'ordinateur pour l'empêcher de glisser entre ses cuisses. Elle arracha les feuilles du bac de l'imprimante et sortit.

Denny réfléchit à la tournure des événements. Il avait du mal à considérer le comportement de Sarah sous un angle positif étant donné qu'il avait failli se faire dessus quand elle avait bondi vers lui. Il s'était senti pris au piège, comme s'il était attaché à un arbre en pleine forêt, tandis qu'elle le provoquait sauvagement avant la mise à mort. Ce qu'elle venait de faire n'était pas digne d'une personne civilisée.

D'un autre côté, compte tenu de la composante sexuelle de ce geste, pouvait-on considérer qu'elle lui avait fait des avances ? C'était une démonstration de colère, certes, mais peut-être était-elle en colère parce qu'il était dur à la détente. Sa théorie de la fausse liaison était peut-être erronée. Se pouvait-il que la phrase « Lèche-les » fasse référence à quelques plaisirs passés et partagés, qu'il tardait, inexplicablement, à reproduire ? Vu sous cet angle, le coup de tête devant le distributeur de billets était peut-être bel et bien un accident. Il l'imaginait en train de se tourmenter dans le bureau maintenant, se demandant où était le problème, ce qui poussait Homer à garder ses distances.

Il repoussa sa chaise. Sarah avait fermé la porte en partant, il l'ouvrit doucement. Ses espérances étaient mitigées, de toute évidence, car soudain il se la représenta plantée derrière la porte, une tueuse prête à bondir.

Mais elle était au bout du couloir, derrière la porte fermée du bureau. Il avança sur la pointe des pieds. Au moment où il tendait la main vers la poignée, il se figea en entendant sa voix.

– Parce que, disait-elle.

Son ton était très différent de celui qu'il venait d'entendre. Aucun être humain ne pouvait passer aussi rapidement d'une humeur à l'autre.

– Parce que, voilà tout.

Un silence.

– *Parce que*, voilà tout. (Elle pouffa. Cette marque de joie enfantine semblait authentique. Mais l'attaque de l'Amazone aussi.) Je savais que vous m'appelleriez, à cause de la façon dont vous m'avez regardée.

Denny tendit l'oreille.

– Absolument pas.

Silence.

– Non, je n'ai pas fait ça.

Silence.

– Non, jamais de la vie.

Très long silence. Denny entendit un bruit de chaise qui roule, puis un léger choc. Il s'apprêta à décamper car il sentait qu'elle allait sortir.

– Je branche mon ordinateur.

Silence.

– Je fais plusieurs choses à la fois, et alors ? Je devrais vous accorder *toute* mon attention ? Vous allez m'arrêter, monsieur l'agent ?

Silence.

– Dois-je m'attendre à un interrogatoire brutal ?

Silence.

– Mon Dieu, non ! C'est juste un ami.

Silence.

– Oh, vous savez tout, hein ? Alors, dites-moi *comment* vous le savez ?

Silence.

– Beaucoup trop à mon goût. (Un éclat de rire. Puis, d'une voix plus forte :) Nom de Dieu, Homer, tu es encore connecté !

Denny s'empressa d'aller déconnecter le modem. Et bien lui en prit car Sarah n'était pas très loin derrière lui. Il leva les yeux de son ordinateur, d'un air innocent, au moment où elle entrait dans la pièce.

– Je suis déconnecté, dit-il.

– Tiens. (Elle lui tendit une feuille sur laquelle étaient imprimées quatorze tâches numérotées.) Fais-les dans l'ordre. Ça s'est accumulé… pour une raison évidente. Ce sont les problèmes les plus urgents. La ponceuse est dans la voiture.

– La ponceuse ?

Elle s'était déjà retournée pour repartir, mais elle s'arrêta, visiblement agacée d'être ainsi retardée.

– Pour la scène. Je dois la rendre à six heures ce soir, mais tu as le temps de le faire. Vite, vite.

Sur ce, elle regagna son bureau pour reprendre ses mamours téléphoniques avec « monsieur l'agent ». Lance, certainement. Et qui était « juste un ami » ? Denny avait pensé à Nick tout d'abord, en supposant que Lance lui avait posé la question car il savait qu'ils étaient sortis ensemble. Mais ensuite, il y avait eu ce « Beaucoup trop à mon goût ». Trop de quoi ? De kilos ? De graisse ? C'était Homer qui était *juste un ami*. Voilà qui réglait la question. Il n'y aurait pas de copulation spontanée dans sa nouvelle vie.

À la place, il y aurait ceci :

Réparer le toit au-dessus de la scène.

Refaire l'installation du tableau de répartition de la scène et remplacer les fusibles par des disjoncteurs.

Poncer la scène.

Repeindre la scène.

Vernir la scène (trois couches).

Et ainsi de suite. Menuiserie, isolation, plomberie, tapisserie, masticage. Pourquoi est-ce que « fabriquer une bombe atomique » ne figurait pas sur la liste ?

Au cours de l'heure suivante, si l'on considère qu'il ne possédait aucun des savoir-faire requis, Denny abattit une sacrée quantité de travail.

Pour commencer, il décréta que le toit de la grange était beaucoup trop haut et pentu pour qu'il envisage seulement de le réparer. Ce qui lui permit de rayer la première tâche sur la liste.

Son deuxième exploit fut de dénicher le tableau de répartition, après avoir trouvé dans la bibliothèque du salon un vieux *Guide du bricolage du Reader's Digest* datant des années 1970 et cherché la définition de ce mot. Le tableau de répartition de la scène était situé dans un coin, au fond, derrière une cloison mobile. Il ouvrit la petite porte et étudia les six fusibles contenus dans le boîtier métallique. Il était censé « refaire l'installation », comprenne qui pourra, et remplacer les fusibles par des disjoncteurs. Il estima à cinq minutes, peut-être dix, non pas le temps nécessaire pour effectuer ce travail, mais son espérance de vie s'il inspectait les entrailles de ce tableau. Alors, il referma la porte et raya la tâche numéro deux.

En revanche, il savait ce qu'était une « ponceuse ». Une « voiture » aussi. Et Sarah avait dit que la ponceuse se trouvait dans la voiture. Elle s'était garée juste devant l'entrée de la grange. Denny se demanda si elle avait fait ça par délicatesse, pour lui. Mais non, imbécile. Pour gagner du temps. *Vite, vite.*

Le long manche de la ponceuse dépassait du coffre, maintenu fermé par une corde. Il la dénoua et contempla la machine. Elle lui rappelait les aspirateurs que les employés des wagons-lits utilisaient dans les trains de son enfance, mais il découvrit rapidement qu'elle pesait quelques kilos de plus – *Beaucoup trop à mon goût* –, à cause du moteur situé à la base. Il la traîna dans la neige, jusqu'à la grange, et la fit rouler dans l'allée jusqu'au pied de l'escalier installé à un bout de la scène. Il compta les marches. Il remplit la salle de concert de six grognements en tirant la machine, marche après marche. Apercevant une tache sombre sur le plancher, il leva la tête en se penchant en arrière, tellement qu'il chancela. Une fuite tout là-haut avait provoqué cette tache tout en bas. Mais toute la scène était usée et éraflée. Il se souvint d'avoir lu dans un des articles plastifiés accrochés dans le foyer que Sarah l'avait trouvée dans un vieux dancing du New Hampshire qui devait être démoli.

La ponceuse de location était accompagnée d'une abondante documentation glissée dans une pochette transparente qui pendait à la poignée. Denny l'étudia tel un fidèle qui lit un texte sacré. Il brancha le fil ridiculement long dans une prise installée au fond de la scène. Un disque de ponçage était déjà fixé sur la machine, « prête à l'emploi » donc, comme on disait dans le bâtiment, supposait-il. Il répéta cette expression plusieurs fois en prenant position. Il abaissa l'interrupteur sur « On ». La ponceuse s'anima et fit une embardée. Surpris, il se jeta sur l'interrupteur pour l'arrêter. Cette fois, il tint fermement la poignée, bien décidé à utiliser l'avantage de sa masse pour contrôler la machine, et il la remit en marche. La ponceuse redémarra... puis s'éteignit aussitôt, en même temps que la rampe de lumières qui se trouvait juste au-dessus de sa tête.

Denny comprit qu'il avait fait sauter un fusible. Voilà pourquoi Sarah voulait qu'il refasse l'installation du tableau de répartition avant de poncer. Il avait enfreint l'ordre des tâches, mais il pouvait encore rattraper le coup. Il retourna vers le tableau de répartition et ouvrit la porte. Le fond de la scène était plus sombre maintenant, mais Denny remarqua qu'un des six fusibles dégageait le parfum de l'échec, en effet. Il chercha de quoi le remplacer sur les étagères voisines, mais en vain. Il eut alors une autre idée. Il dévissa un des bons fusibles restants. Ce qui provoqua l'extinction d'une autre rampe de lumières, au fond de l'auditorium cette fois. Mais il n'en avait pas besoin pour le moment.

– Petit futé, dit-il en commençant à visser le fusible correspondant au circuit électrique qui alimentait la ponceuse.

– Homer !

C'était Sarah. Elle avait dû entrer par la porte latérale, près de la scène. Il ne la voyait pas très bien.

– Tu n'as pas pu finir le toit déjà. Où es-tu, nom d'un chien ?

Il prit son temps pour remplacer le fusible, en se demandant ce qu'elle allait dire. Curieusement, juste au moment où il finissait de le visser, la ponceuse redémarra. Sarah avait-elle sauté sur scène pour la mettre en marche ? Avait-elle décidé de lui donner un coup de main, finalement ? Était-ce le début d'une réconciliation ?

Ces questions trouvèrent une réponse négative quand, en accourant du fond de la scène, il constata que la ponceuse, dont l'interrupteur était resté sur la position

« On » (Zut !), était repartie dès qu'il avait remplacé le fusible. Mue par le disque qui tournoyait à sa base, voilà qu'elle traversait la scène toute seule ! En l'absence de tout contrôle humain, elle suivait une trajectoire fantasque et une brutale embardée l'entraîna vers le devant de la scène. Elle conserva le cap jusqu'au bord, avant de basculer dans le vide, et le moteur se mit à pousser des cris stridents, comme pour célébrer cette liberté venue du ciel.

Ce saut rappela à Denny un garçon qui avait plongé d'une falaise, un été. Mais ici, ce qui se trouvait en dessous, ce n'était pas un endroit pour se baigner, c'était une Sarah à la bouche grande ouverte, dressée sur le chemin du mastodonte.

15

Denny n'aimait pas trop les maquettes d'accident de train, et pourtant il se surprit à en fabriquer une. La collision de 1891 à East Thompson dans le Connecticut, entre quatre trains, lui semblait parfaitement appropriée. Il fit rentrer toute l'installation de force dans un petit sous-sol déjà encombré par une poutre qui empiétait sur un coin. En guise de complication supplémentaire, il ajouta une épouse hostile à ce hobby. Le modéliste devait affronter les sarcasmes qu'elle lui lançait du haut de l'escalier pendant qu'il travaillait.

Cette dernière partie était facile à imaginer car Sarah lui fournissait une partie du texte et tout le volume sonore dont il avait besoin. Elle-même ressemblait à un train qui lui roulait dessus, faisait demi-tour et lui repassait sur le corps. Il ne comprenait pas la raison d'une telle colère. Elle avait réussi à faire un bond sur le côté, et quand il se précipita au bas de la scène, il constata que seuls quelques sièges au premier rang avaient été endommagés, et peut-être aussi la ponceuse.

Il parvint à regarder Sarah sans la voir. En adoptant ce même air lointain auquel il faisait appel chaque fois que Roscoe et sa clique s'en prenaient à lui, mais jamais ce regard n'avait été soumis à pareille épreuve. Sarah n'était que bruit et fureur, elle débitait toutes les choses qui n'allaient pas chez lui, toutes les manières dont il lui avait fait faux bond. Ses trois années d'absence furent mentionnées – Enfin, pensa-t-il –, mais elle se concentra essentiellement sur ses infamies des derniers jours : ses « avances physiques vulgaires », son « culot », son « impertinence », son « excentricité ». Elle avait déjà eu un bref aperçu de cette excentricité juste avant qu'il s'en aille, ajouta-t-elle en revenant à cet autre crime. Elle aurait dû comprendre qu'il se passait quelque chose, qu'il se préparait à la laisser tomber. Il avait déçu tout le monde, affirmait-elle. « Mais ce n'est pas la première fois que tu laisses tomber des gens, hein ? Hein ? » Avait-il conscience de la situation difficile dans laquelle il l'avait mise ? Oui ? Elle avait dû apprendre à tout faire. Tout ! Elle avait dû apprendre à utiliser des outils électriques. Elle avait dû suivre des cours pour manier un palan. Pensait-il que c'était amusant pour elle ? Hein ?

Denny cligna des paupières et détourna la tête. Un des problèmes des maquettes d'accident, c'était leur côté statique. Mais une idée lui vint. Et si la maquette représentait les trois quarts de l'accident seulement, juste après que les trois premiers trains étaient entrés en collision, mais pas le quatrième ? Le petit Norwich Steamboat Express pourrait rouler tranquillement, sans savoir qu'il se dirige vers le drame. Évidemment, Denny ne voulait pas qu'il ait un accident, mais il ne voulait pas non plus qu'il s'arrête bêtement. Il installerait une commande à distance, un truc qui surprendrait tout le monde en envoyant le train sur une voie de garage et déjouerait le destin. Une deuxième chance.

– Tu t'es vraiment laissé aller, disait Sarah. Qu'est-ce que tu as fait pendant trois ans ? Tu es resté allongé sur la plage toute la journée ? Tu t'es ramolli. Avant, tu étais fort. Tu avais au moins ça.

Le décor serait compliqué. Il aurait besoin d'une trappe secrète pour pouvoir accéder à tous les éléments du plateau. Parfois, son endroit préféré, c'était le dessous d'une installation, juste avant qu'il soulève le panneau pour sortir sa tête. À cet instant, il avait l'impression d'être un dieu venu des Enfers. Pluton, s'il avait bonne mémoire.

– Tu m'as peut-être entendue parler du prêt, au téléphone.

Cette phrase capta toute l'attention de Denny car elle avait été prononcée sur un ton différent. Sarah ne lui roulait plus sur la tête avec le train.

– C'est une véritable occasion de faire passer les concerts au niveau supérieur. Mais j'ai besoin d'aide.

– Quarante-cinq mille.

Elle se raidit de la tête aux pieds.

– Je peux finir ce que je disais ? C'est possible ? (Elle regarda férocement la ponceuse, comme si c'était une troisième personne qui participait à la conversation.) J'ai besoin de l'aide d'un donateur du Vermont.

– Non.

Elle tressaillit et posa sur lui son œil noir.

– Qu'est-ce que… ?

– Je ne te donnerai pas cet argent. Et ne dis pas : « Qu'est-ce qui te fait croire que j'allais te le demander ? » Car c'est évident.

Elle leva les bras au ciel.

– Qui es-tu ? Mais qui es-tu, nom d'un chien ?

– Je suis ton outil humain. Je suis l'atelier de réparation. Le service de maintenance. Et le financier. Du moins, je l'ai été. Mais c'est fini.

– Quoi ?

Il se frappa sur le ventre.

– Il y a un nouveau shérif en ville.

Elle se précipita vers lui, la bouche grande ouverte, et lui hurla au visage, si fort que le son semblait venir de l'extérieur de la grange, comme le mugissement d'un avion qui va s'écraser. Il avait tout d'abord cru qu'elle allait le mordre, ce hurlement fut donc un soulagement. Il ne céda pas un pouce de terrain, se contentant de promener son regard au-dessus de la tête de Sarah. De près, ses cheveux ne sentaient pas très bon. Quand elle recula, elle dut reprendre son souffle. La suite était empreinte d'un parfum d'imprévisibilité. Denny songea que c'était dans ces moments-là que les gens ordinaires commettaient soudain des actes violents.

De l'obscurité du fond de la grange leur parvint une petite voix :

– Homer ?

Nick se tenait à la porte du foyer, près de la dernière rangée de sièges ; on aurait dit un écolier qui se présente devant le proviseur.

– Je tombe mal ?

– Je te le laisse, répondit Sarah avec mépris.

Elle n'avait pas l'intention de faire un numéro devant Nick. Tournant le dos à Denny, elle sortit par la porte latérale comme une furie.

Nick descendit l'allée. Arrivé devant Denny, il jeta un coup d'œil en direction de la porte par laquelle Sarah avait fichu le camp.

– Un problème ?

Denny souhaitait s'approcher de la vérité.

– Ça ne se passe pas comme je l'avais cru.

– Jamais, mon vieux. Je ne sais pas grand-chose, mais ça je le sais. Tu es parti. Laisse-lui du temps. (Nick hésita :) Peut-être que je devrais revenir plus tard…

Denny secoua la tête et lui désigna la première rangée de chaises. Il prit place dans un fauteuil dont un des accoudoirs avait été arraché par la ponceuse. Nick s'assit à son tour, en laissant un siège vide entre eux. Il dévisagea Denny.

– Tu as utilisé les cataplasmes que Millie t'a apportés ?

– Pas encore.

– Fais-le, ou sinon c'est sur moi que ça va retomber. (Nick soupira.) Je viens au sujet de Marge. Tu peux me raconter encore…

– Vous avez retrouvé ce type en ville, hier ?

– Non. Et je ne crois pas que quelqu'un l'ait aperçu. (Il paraissait plus détendu, soudain.) Pourquoi est-ce qu'il resterait ici, d'abord ? En plus, le mendiant qui l'a vu a déclaré que ce n'était pas le même type que sur la photo. Or on sait que c'est une photo de Dennis Braintree. Ah, je déteste ce genre de contradictions. Je déteste ce boulot. Je ne suis pas fait pour ça, Homer. Lance me reproche toujours d'être trop lent à soupçonner les gens, et il a raison. Même quand j'arrête quelqu'un, je me dis : Je parie que ce n'est pas lui qui a fait le coup. Comment est-ce qu'un flic peut penser ça ?

Denny ne savait pas quoi répondre.

– Il y a d'autres suspects ?

Nick grimaça.

– Plus ou moins. Principalement parce que la piste Braintree ne nous a pas menés très loin. On a appris que sa tante était morte, ça veut dire qu'il n'a plus aucun parent vivant, aucun ami, plus de boulot… il vient d'être viré, apparemment. C'est un solitaire. Il pourrait se trouver n'importe où. J'interroge tous ses collègues au magazine, anciens et actuels. Ses propriétaires aussi. Je recherche d'anciens potes de cirque de ses parents. J'ai envie que ce soit lui, surtout à cause de la dernière théorie de Lance.

Nick s'ébouriffa les cheveux en se frottant le crâne, puis les aplatit de nouveau.

– Quand es-tu revenu dans le Vermont, au juste, Homer ? Quand as-tu atterri à Burlington ?

Denny essaya de se remémorer ce qu'il lui avait dit précédemment.

– Deux jours avant de vous voir à l'aéroport.

Voyant que Nick allait dire quelque chose, il s'empressa d'ajouter :

– Peut-être trois. Deux ou trois.

– On t'a vu à l'aéroport lundi. Ça veut dire que tu es rentré vendredi ou samedi.

– Oui.

– Tu venais d'où ?

– De Fort Lauderdale. (Avait-il cité le nom d'une compagnie aérienne ? Delta ?) *Via* Atlanta.

Nick hocha la tête.

– Lance a consulté les listes des passagers du vendredi, et aussi des jours suivants et précédents, pour être sûr. Ton nom ne figure sur aucune des listes de passagers ayant atterri à Burlington.

– Au départ d'Atlanta, j'étais en stand-by. Ça pourrait être une explication, non ?

– Ton nom figurerait quand même sur la liste.

– Sauf s'ils ont fait une erreur. C'est encore plus probable avec un passager en stand-by.

– Oui, mais il y a un autre problème. Où est-ce que tu as passé ces deux ou trois nuits, déjà ?

– À l'Econolodge.

– Oui, c'est que je pensais. À Northfield ?

– Exact. Mais sous un faux nom… un pseudonyme, on pourrait dire. J'étais nerveux de me retrouver ici et je ne voulais pas que la nouvelle de mon retour se répande.

Nick le regarda avec étonnement.

– C'est un peu bizarre. Tu n'es pas vraiment une rock star, Homer. Quel pseudo tu as utilisé ?

– Aucune idée. Un nom qui m'est passé par la tête. Et je l'ai oublié aussitôt.

Une grimace déforma le visage de Nick ; il l'obligea à se relâcher.

– Tu as dit aussi qu'on avait égaré tes bagages. Mais il n'y aucune réclamation à ton nom au bureau des bagages perdus de Delta à Burlington.

– Mince. Ça veut dire qu'ils ont perdu mes bagages *et* ma déclaration de perte.

– De plus, il n'y a aucun bureau Delta à Barre. Contrairement à ce que tu disais.

Denny émit un sifflement.

– Là, ça commence à ressembler à *La Quatrième Dimension*. J'étais sûr qu'ils m'avaient dit ça, pourtant. Peut-être que j'ai mal compris.

– Tu as essayé d'y aller ? Tu as essayé de les appeler ?

– J'ai été débordé. Je n'y ai même pas pensé.

Nick donna l'impression de vouloir se jeter sur cette réponse, mais il se retint. Ses doigts pianotaient sur l'accoudoir en bois.

– Lance vérifie tout ça de très près.

– Oh.

– Je n'irai pas par quatre chemins, Homer. Il pense que c'est toi l'assassin de Marge. Il te sent bien.

– Il me sent bien ? Oh, je comprends.

Denny essaya d'assimiler ce nouveau développement. Lance soupçonnait *Homer* désormais ?

– Il a flashé sur toi après avoir interrogé les Macalester.

Denny se demanda qui étaient ces gens. Le duo père-fils qui l'avait déposé à l'hôtel après l'accident ? Non, non, ça lui revenait : les Macalester étaient les deux frères avec qui Sparky avait négocié à l'Ethan Allen le soir où Marge était tombée dans le pick-up. Denny devinait la suite.

– Tu nous as dit que tu avais conduit Sparky à l'hôtel ce soir-là. Mais les Macalester affirment avoir vu Sparky arriver seul. D'ailleurs, il a failli les écraser. Ils disent que c'était pas toi qui conduisais. Tu n'étais même pas dans la camionnette.

– Si.

– Ils disent que non. Il y avait juste Sparky.

Denny leva les bras au ciel.

– Je ne comprends rien !

Nick semblait déçu.

– Maintenant, je sais que tu mens, Homer. On est retournés voir Sparky après avoir interrogé les Macalester. Il a craché le morceau. On est au courant de votre petite combine à cause de sa suspension de permis.

Denny s'efforça de prendre un air honteux.

– Désolé.

Merci de m'avoir prévenu, Sparky.

– Nom de Dieu, Homer ! Tu as menti à la police.

– Un tout petit mensonge. Sans rapport avec la mort de Marge.

– Qu'est-ce que tu en sais ? Lance est convaincu du contraire.

– Qu'est-ce qu'il pense, au juste ? Je veux dire, qu'est-ce qu'il a comme éléments ?

Nick détourna le regard.

– Je ne peux pas te confier la théorie de Lance, ce serait totalement contraire au règlement.

– Oui, je sais. Je t'écoute.

Nick secoua la tête. Il émit un petit rire et la secoua de nouveau.

– Il y a quelqu'un qui travaille à l'Ethan Allen, une femme de chambre, qui te connaît. De vue au moins. Elle vient de Lettonie, ou un truc comme ça. Tu vois de qui je parle ?

– Je crois.

– Elle affirme t'avoir aperçu à l'hôtel le jour de la mort de Marge. Elle t'a vu monter dans l'ascenseur. Oui, je sais ce que tu vas dire… (Tant mieux, car Denny n'en avait aucune idée.) Tu vas dire que Betsy pourrait confirmer ou infirmer les déclarations de la femme de chambre. Mais Betsy ne connaît que ta voix, et ta voix a changé. Elle est méconnaissable ! Lance pense que tu t'es inscrit sous le nom de Dennis Braintree, que tu t'es retrouvé dans la chambre de Mortimer Shuler et qu'en cherchant Mortimer Marge est tombée sur toi. Et si tout cela est vrai, tu peux nous raconter ce qui s'est passé ensuite.

Il posa un regard sévère sur Denny.

– Je ne peux pas. Parce que c'est faux.

– Pourtant, avec Sparky, vous avez concocté cette histoire qui est un parfait alibi pour toi. Si tu étais avec Sparky dans son pick-up, tu ne pouvais pas être dans la chambre avec Marge.

– C'était un alibi pour Sparky, pas pour moi. De plus, tu crois que j'aurais pu duper tante Betsy comme ça, en donnant un faux nom, sans lui dire que c'est moi ?

– C'est cruel, en effet. Comme le fait de ne pas aller la voir. Pourquoi tu ne lui as pas rendu visite depuis ton retour ?

– Raisons personnelles.

Nick éclata de rire.

– Je ne sais pas pourquoi, mais je vois mal Lance se contenter de cette réponse. Il dira que tu n'es pas allé voir Betsy de peur qu'elle reconnaisse la voix du type qui a pris une chambre au nom de Dennis Braintree. (Il le dévisagea.) Tu as vraiment une drôle de voix, Homer. Pas facile de s'y habituer. Et ce n'est pas la seule chose qui a changé en toi. Je ne m'en étais pas vraiment aperçu jusqu'à ce que Millie passe te voir, hier. Elle a flippé.

– Ah bon ? Moi, ça m'a fait plaisir de la revoir.

– Elle a flippé.

– Désolé. (Denny essaya de prendre un air meurtri.) C'est une théorie complètement dingue, Nick. Qu'est-ce qui m'aurait pris de voyager sous un faux nom ?

– Tu viens de dire que tu avais utilisé un pseudonyme à l'Econolodge.

Denny s'empressa de changer de sujet :

– Ce Braintree, il n'a pas eu un accident de voiture ? C'était moi aussi ?

– D'après Lance.

– Mais le policier… (Denny s'interrompit et reprit plus calmement :) Il n'y avait pas un policier sur place ? Il n'a pas examiné le permis de conduire du type ?

– Ça devient compliqué, c'est sûr.

– D'après la théorie de Lance, j'aurais inventé ce nom de Dennis Braintree ?

– Non. On sait qu'il voyageait dans la région. Tu l'as rencontré et tu as emprunté son nom. Voilà sa théorie.

– Je l'ai rencontré, en effet, comme je l'ai déjà dit. Mais c'était après son accident.

– Tu as pu le rencontrer avant.

– Et fabriquer un permis de conduire avec son nom

dessus ? Lance me prend pour un gars plein de ressources.

Nick sourit.

– Ouais. Ça l'a foutu en rogne quand je lui ai fait la même réflexion. Un point pour les chics types. C'est quand même étrange que vos chemins se soient croisés.

– C'est une succession de bizarreries, Nick. Je veux bien me soumettre au détecteur de mensonges. Avec plaisir.

Nick l'arrêta d'un geste.

– Je ne fais que répéter ce que pense Lance.

– Mais pas toi, j'espère.

– Je cherche à expliquer ce qui est arrivé à Marge. Parce que c'est mon boulot, mais aussi pour que Lance te foute la paix. Je cherche ce Braintree. Et je cherche Mortimer Shuler. Il s'avère qu'il y avait un truc entre eux. Il est possible qu'en retournant dans sa chambre il l'ait surprise dans une position compromettante avec Braintree.

– Peut-être que Braintree ne se trouvait même pas dans la chambre à ce moment-là, ajouta Denny, tout excité. Peut-être qu'il était parti acheter des capotes.

Nick haussa les sourcils.

– C'est une drôle d'hypothèse, mais ça se peut, oui. (Il regarda Denny d'un drôle d'air.) Tu es en train d'affirmer que Braintree serait innocent ? Fais gaffe, Lance va s'en servir contre toi. Il dira que c'est parce que *tu es* Braintree. Il ne va pas te lâcher, Homer. Je l'ai vu à l'œuvre. Si tu prends tous ses défauts et si tu les concentres, tu obtiens le visage qu'il affiche dans une salle d'interrogatoire. C'est la somme de *tout* ce qu'il est. Tout ce que tu ne supportes pas chez lui.

Denny essaya de s'imaginer face aux attaques de Lance. Les suspects avaient-ils le droit de manger durant un interrogatoire ? Un gros gâteau au chocolat, ce serait parfait.

– Il est dans un état d'euphorie, dit Nick. Il ronronne de satisfaction.

– Le chien dominant ?

Nick leva les mains comme s'il allait se décoiffer encore une fois, mais il les laissa retomber. Denny imagina que quelqu'un lui avait fait prendre conscience de cette sale manie et demandé d'arrêter.

– Les gens pensent qu'un interrogatoire de police est une sorte de QCM. Absolument pas. Tout est fait pour t'inciter à avouer. On possède toutes sortes de ruses : on laisse le type partager la faute avec d'autres, on encourage les justifications, on suggère des circonstances atténuantes. On lui offre tout ça et ensuite, on retire tout. Je déteste ça. Lance, il adore. C'est un génie dans ce domaine. Pense à la pire chose que tu aies jamais faite, Homer. Il te la fera avouer en une demi-heure. Vas-y. Pense à…

Nick se tut brusquement. Il regarda ses pieds et se racla la gorge.

Denny attendit. Pourquoi ce silence brutal ?

– Bref, reprit Nick, attends-toi à avoir de ses nouvelles avant longtemps. Je ferai tout mon possible pour t'aider. Sans doute que j'en ai déjà trop fait. C'est vrai que tu as changé, mais trois ans, c'est long. Et tout le monde change. Je t'aimais bien avant, et je t'aime bien comme tu es maintenant. (Il frappa sur ses genoux et se leva.) À plus tard. On se verra à la fête de John et Rodrigo, de toute façon. Tu as intérêt à venir. Je ne pourrai pas supporter tous ces poseurs sans toi.

16

Une fois seul, Denny se demanda ce qu'il avait répondu à la remarque de Nick concernant cette fête, dont il ignorait tout. Il n'était pas certain d'avoir dit quoi que ce soit. Il était trop abasourdi.

Je t'aime bien comme ça aussi.

Denny savait qu'il jouissait, en quelque sorte, d'un *a priori* favorable de la part de Nick, qui le prenait pour Homer. Mais il ne doutait pas – cruelle expérience oblige – que la bonne volonté de son ami s'accompagnait d'une date de péremption. Mais *Je t'aime bien comme ça aussi.* C'était comme si un millier de personnes lui faisaient un signe de la main.

Ces paroles signifiaient que Nick aimait Denny *en tant que Denny* car, en dépit de tous ses efforts pour adopter le comportement de Homer, il n'y arrivait pas. Il trompait les gens, certes, mais pas grâce à une imitation réussie : comment pourrait-il imiter une bûche ? Avec Nick, il était Denny, et pourtant – était-ce possible ? – il n'agissait pas comme un repoussoir. Prends ça dans les dents, Lance. Denny se renversa dans son fauteuil, noua ses mains derrière sa nuque et sourit.

Un sacré type, ce Lance. Il ne cachait pas ses sentiments : il ne supportait pas Denny, sous toutes ses incarnations, que ce soit Dennis Braintree le fugitif invisible, ou cette grosse entité qu'il connaissait personnellement sous le nom de Homer Dumpling. Denny essaya de réinterpréter toute son histoire dans le Vermont en jouant le rôle de Homer se faisant passer pour Denny et non l'inverse, mais il ne put aller au bout de cette idée. Autant essayer d'écrire en regardant sa main dans un miroir.

Denny avait dû se démener pour inventer des alibis destinés à *un* suspect. Maintenant, à cause de l'obstination de Lance, il allait devoir en inventer pour deux ? Non, mieux valait neutraliser Lance, le rendre inopérant, et cela voulait dire résoudre le mystère Marge. En vérité, il était mieux placé que les deux inspecteurs pour ce faire car il ne se laisserait pas entraîner dans de vaines impasses, en essayant par exemple de retrouver sa pauvre tante Norma morte depuis longtemps. En outre, il possédait des informations qu'ils n'avaient pas. Il avait rencontré Marge, pour commencer, et il savait sur elle des choses que la police ne savait peut-être pas.

C'était une grosse buveuse. Obèse et attirante. Très connue, mais pas très appréciée. Une Calamity Jane, d'après Betsy. Marrante, d'après... Mortimer ? Non, ce n'était pas Mortimer qui avait dit cela. Ce qualificatif avait été prononcé par le type qui se trouvait au fond du couloir, quand il avait demandé à Mortimer de dîner avec eux. Il serait facile de retrouver Mortimer ; Nick et Lance l'avaient sans doute déjà fait, d'ailleurs. Mais l'autre type était plus prometteur. Il se trouvait avec Marge un peu plus tôt dans la soirée. Celle-ci avait même avoué qu'elle essayait de lui échapper quand elle avait fait irruption dans la chambre de Denny. N'avait-elle pas dit son nom ? « J'aime bien Ike. » Non. « Je n'aime pas Ike. »

– Ike, dit Denny à voix haute.

Et là, il cala. Esclave d'Internet, il sentait qu'il ne pouvait pas aller plus loin dans son enquête, il ne pouvait pas nourrir une seule autre pensée, sans se connecter au préalable. Mais Sarah occupait probablement la ligne, étant donné que ce matin elle lui avait crié, entre autres amabilités : « Barre-toi ! » Il devrait donc attendre qu'elle soit partie.

Il regarda la ponceuse, couchée sur le flanc tel un animal abattu. En s'élançant du bord de la scène, elle s'était débranchée toute seule, mais Denny avisa une autre prise électrique devant lui. Il rebrancha la ponceuse et actionna l'interrupteur. Fichue. Il sortit de sa poche la liste de Sarah. La tâche numéro onze était dans ses cordes, assurément : « chewing-gums sous les sièges ». Il se rendit dans l'atelier de Homer. Parmi tous les outils exotiques servant à réparer les instruments de musique, il trouverait bien de quoi enlever des chewing-gums.

En effet. Il dénicha également un truc qui lui permettrait de rouler d'un siège à l'autre : un chariot de mécanicien que Homer devait utiliser pour bricoler sous la Rambler. Il s'attaqua donc aux sièges et, en glissant d'une rangée à l'autre, il fut surpris par la quantité de chewing-gums qu'il découvrit. Mais il se souvint d'avoir lu dans un des articles exposés dans le foyer que les concerts de Sarah attiraient des gens de toutes sortes, « de toutes les classes », avait-elle dit, et cette expression peu diplomatique l'avait surpris. Maintenant qu'il connaissait Sarah, il comprenait mieux. Il n'avait pas oublié sa réaction virulente en entendant prononcer le nom de Sparky devant la banque, ni son « Heureusement » quand Lance avait souligné l'absence de ressemblance entre elle et son cousin. Quel genre de snob était-elle ? Une snob de naissance ou une autodidacte qui avait réussi à s'extraire de son milieu ?

Un autre mot l'avait surpris dans la bouche de Sarah : « trouillard ». Il faisait partie des nombreuses insultes qu'elle lui avait lancées au visage après l'accident de ponceuse. Dans le feu de l'excitation, il avait assigné à ce terme une signification immédiate – il était un froussard car il n'avait pas osé monter sur le toit pour le réparer –, mais ça lui avait semblé bizarre sur le moment, et encore plus maintenant. Elle ne pouvait pas savoir qu'il avait écarté cette tâche par peur. Alors, à quoi faisait-elle allusion ?

Un bruit l'incita à interrompre son travail. Oui, c'était bien le moteur de la voiture de Sarah qui démarrait. Elle aimait le faire rugir pour montrer qui était le chef. Il ne lui restait plus que les deux dernières rangées de sièges à gratter et il était fier de la collection de chewing-gums rassemblée dans son petit seau en plastique, si fier qu'il prit la peine d'achever sa tâche avant de retourner dans la maison. Il déposa l'outil de Homer sur son établi et le seau de chewing-gums sur le bureau de Sarah, avant de s'installer devant l'ordinateur.

Il se connecta.

– Ike, dit-il à voix haute en entendant les gazouillis du modem.

Il répéta ce nom plusieurs fois pendant qu'il naviguait jusqu'à la liste des législateurs de l'État. Il fut déçu de ne trouver aucun Eisenhower[1] parmi les représentants du Vermont à la Chambre ou au Sénat, mais une autre possibilité lui sauta aux yeux : « Délégué Russ Eichelberger (Rép.) de Killington. » Il serait facile de le contacter. Le Vermont était une démocratie tellement participative qu'à côté du nom de chaque élu figuraient ses numéros de téléphone personnel et professionnel.

1. Le président Eisenhower était surnommé « Ike ». (*N.d.T.*)

Les yeux rivés au mur, Denny rassembla ses pensées. Puis il composa le numéro du bureau d'Ike. Au cours d'une conversation, il avait saisi le nom de famille de Lance : Londo. Et quand une femme décrocha, il se présenta comme étant « l'inspecteur Londo ». Quelques minutes plus tard, une voix bourrue résonna au bout du fil :

– C'est vraiment nécessaire ? demanda l'homme sans préambule. J'ai trois bouches bées qui m'attendent.

Denny n'aimait pas ce Ike.

– Juste quelques questions.

– Vous disiez que vous ne vouliez plus m'interroger par téléphone. Ça ne peut pas attendre ce soir ?

Ce soir ?

– Ce sont des questions préliminaires, en fait. Préliminaires à ce soir.

– Vous avez trente secondes.

– Comme Jimmy Doolittle[1] !

Denny se refréna. Il commença par une question qui, espérait-il, n'empiéterait pas sur un terrain déjà balisé et lui fournirait des renseignements intéressants.

– Dans quel état d'esprit était Marge quand vous avez dîné avec elle ?

– Je vous l'ai déjà dit. Elle planait.

– Comme Jimmy Doolittle ! Était-elle ivre ?

– Oui, aussi. Mais elle était euphorique en songeant à son avenir.

– Son avenir, répéta Denny sur le ton de celui qui réfléchit intensément.

– Quitter son boulot. S'installer à Brandon. Vivre avec Mortimer. C'était ça, son projet.

1. James Harold Doolittle, surnommé Jimmy Doolittle : célèbre aviateur et pionnier de l'aviation américaine entre les deux guerres. (*N.d.T.*)

– C'était aussi celui de Mortimer ?

Le président Ike émit un drôle de bruit.

– Mortimer est un heureux homme marié. Marié, en tout cas. J'ai essayé de l'expliquer à Marge, mais elle était sur un nuage. C'est normal, je suppose, quand on gagne à la loterie.

– La loterie. C'est important, ça.

Le président Ike ricana.

– Sans blague, Sherlock. Vous n'avez pas pris de notes ?

– Je réfléchis à voix haute. Comme Jimmy Doolittle !

Denny n'était pas certain que ce soit le cas, d'ailleurs. Il entendit une autre voix à l'arrière-plan.

– Je dois vous laisser, dit le président Ike.

– OK, répondit Denny avec amabilité. Nous n'avons pas besoin de nous voir ce soir, finalement.

– *Hein ?* Je me suis déjà arrangé pour arriver tôt. J'ai annulé des rendez-vous…

– C'est bon, plus la peine. Salut.

Denny raccrocha. Il fit reculer le fauteuil à roulettes et regarda par la fenêtre. Il s'accorda une minute pour savourer l'image de Lance tournant en rond en attendant que le président Ike arrive pour être interrogé. Vers la fin de cette minute, il trouva une autre vertu à cette annulation, outre son pouvoir d'agacement : en ne se présentant pas à la police, le président Ike faisait peser les soupçons sur lui.

Retour devant l'ordinateur. Il se rendit sur le site de la Loterie du Vermont, sans savoir ce qu'il espérait trouver au juste. Il fut surpris de découvrir les noms des gros gagnants. Il chercha celui de Marge, mais sans doute n'avait-elle pas eu l'occasion de présenter son billet. Elle avait dû découvrir les résultats juste avant de mourir. « Je suis une gagnante ! » avait-elle crié à Sparky. Les gens annonçaient les nouvelles de cette façon quand elles étaient fraîches. Denny, qui ne pouvait se défaire de ses soupçons envers le premier occupant de la chambre, fut déçu de ne pas trouver le nom de Mortimer Shuler sur la liste des gagnants. Peut-être Sarah avait-elle donné le ticket à quelqu'un d'autre. À sa sœur ? Denny connaissait son nom de famille – Hagenbeck – car il l'avait lu dans le journal, et il s'en souvenait car il lui rappelait le cirque Hagenbeck-Wallace. De plus, sa maison se trouvait sur la route qu'il empruntait pour se rendre en ville. Il voyait constamment ce nom sur la boîte aux lettres, et il en éprouvait un certain malaise car, au bout de l'allée qui partait de cette boîte aux lettres, il y avait la voiture de Marge, celle-là même qu'il avait conduite pour son expédition capotes. Il ignorait si Marge avait vécu avec sa sœur ou si cette dernière avait simplement hérité de la voiture. Ça n'avait pas d'importance, mais il aurait aimé voir disparaître ce véhicule. Quoi qu'il en soit, aucune Hagenbeck ne figurait dans la liste des gagnants de la loterie.

Devait-il chercher d'autres noms ? N'importe qui pouvait-il encaisser un billet de loterie ou uniquement celui qui l'avait acheté ? Le site avait l'obligeance de répondre à sa question : « Un billet de loterie est un titre au porteur. » Cette phrase avait tout d'une incitation au grabuge. Sur le chemin entre le tirage et la remise du chèque, il voyait une douzaine de gorges tranchées. Marge, ivre, avait pu exhiber son billet au bar, un inconnu l'avait suivie jusqu'à la chambre de Denny et il était passé à l'action pendant que Denny partait à la chasse aux préservatifs. Marge sort du jacuzzi, elle entend frapper à la porte, croyant que c'est Denny, elle ouvre…

Une autre pensée lui vint. À côté du nom de chaque gagnant figurait le montant de ses gains. Marge avait dû gagner une somme substantielle si elle pensait pouvoir changer de vie ; un somme suffisante en tout cas pour quitter son travail et partir s'installer près de Mortimer. Dès lors, Denny n'avait plus qu'à rattacher un nom à un gros lot. C'était une bonne idée, mais la somme la plus importante qui avait été réclamée depuis la mort de Marge s'élevait à quatre mille dollars. Pas suffisant pour changer de vie, même dans cet État arriéré, avec ses routes de terre et son réseau téléphonique d'une autre ère. Visiblement, personne n'avait présenté le billet de Sarah. Le site de la loterie précisait que tous les gains devaient être réclamés dans un délai d'un an après le tirage. Si un inconnu l'avait assassinée pour lui voler son billet, se cachait-il quelque part ? Personnellement, c'était ce qu'il ferait. Cette pensée l'excitait : savoir que vous aviez le billet gagnant, le sortir pour le regarder, tout en vous inquiétant. Et si vous le perdiez ? Si vous tombiez dans le coma et repreniez connaissance un jour trop tard ?

Au cours du dîner, il envisagea d'appeler Mortimer comme il avait appelé le président Ike, mais Nick était déjà sur sa piste. Si des preuves l'accusaient, il en serait averti, par Nick ou par les journaux. De plus, il avait déjà fourré son nez dans les affaires du président Ike, allant jusqu'à annuler son rendez-vous avec Lance ; un petit plaisir qu'il regrettait maintenant car, quand il apprendrait par le président Ike ce qui s'était passé, Lance pourrait soupçonner Denny d'être l'auteur de l'imposture Londo. Conclusion, il valait mieux ne pas appeler Mortimer, pas pour l'instant du moins.

Plus tard, alors qu'il essayait de s'endormir, il fut assailli par la vision du visage de Sarah se jetant sur lui. Il entendait fuser ses accusations, l'une après l'autre. Ses projectiles, même s'ils étaient d'un calibre plus gros, ressemblaient aux « incitations » à changer de comportement dont le bombardaient régulièrement Roscoe et sa clique. De quel droit les gens déclaraient-ils qu'ils ne vous aimaient pas, que ce soit poliment (Roscoe) ou avec des envies de meurtre (Sarah) ? Si c'était ça l'âge adulte, non merci.

Il préférait mille fois la vie du cirque, pleine d'adulation, de caresses et de louanges. Tout le monde l'aimait, pas uniquement sa mère et son père, mais tous les artistes, les musiciens et les manœuvres qui allaient et venaient. Quand ils voyageaient, sa maman lui racontait que tous les petits garçons rêvaient de s'enfuir avec la troupe du cirque. « C'est exactement ce que tu fais, Denny. » Fou d'excitation, il courait d'un bout à l'autre du train.

Mais il y avait eu une période, une seule, durant laquelle son monde n'avait pas été tout rose, loin de là. Cela ne dura que quelques jours, mais ce furent les plus terribles de sa vie. Il avait sept ans. Il jouait avec son train électrique dans les loges au cours d'une représentation au Salt Palace de Salt Lake City. Il écoutait d'une oreille distraite les *Ooooh !* et les *Aaaah !* du public et il les incorporait dans son jeu, quand il entendit tout à coup un *Ooooh !* différent des autres. Il se précipita vers la piste mais ne put franchir le barrage de la foule. Soudain, son père le souleva dans ses bras et lui expliqua ce qui s'était passé. Un trapèze s'était décroché et était tombé sur sa mère. On la conduisait à l'hôpital.

Denny avait conservé un souvenir flou des jours qui suivirent. Mais il revoyait sa mère pénétrant dans leur wagon en prenant appui sur son père, avec un énorme bandage autour de la tête. Et il se souvenait de ses paroles : « Voilà mon petit rondouillard. » Il la retrouvait brusquement, après l'avoir perdue. Elle n'était plus comme avant – elle avait des trous de mémoire et parfois, elle éclatait en sanglots sans raison – mais son père disait que c'étaient des choses qui arrivaient quand quelqu'un prenait un coup sur le crâne. Et il y avait un changement que Denny aimait particulièrement : cette habitude qu'avait sa mère de l'appeler désormais son « rondouillard ». Maintenant, ici dans le Vermont, le bonheur d'avoir eu une mère qui l'aimait le submergeait chaque fois qu'il entendait le nom de famille de Homer[1].

Il noua ses mains derrière sa nuque. Il repensa aux paroles amicales de Nick et les laissa résonner dans sa tête jusqu'à ce qu'il s'endorme.

1. Pour rappel, Dumpling (le nom de famille de Homer) signifie « rondouillard » (*N.d.T.*)

17

Denny se demandait souvent ce que ça ferait d'être marié. Maintenant, il savait. Au cours de la semaine qui suivit, il en eut un avant-goût avec Sarah.

Le sexe, par exemple. Il y avait du sexe dans le « mariage » de Denny, mais pas avec lui. Deux jours après l'incident de la ponceuse, Denny devina avec perspicacité, en surprenant une conversation au téléphone (« J'ai encore mal aux tétons »), que Sarah n'était pas en manque de ce côté-là. Et quand Lance débarqua à la ferme le lendemain pour un petit coup vite fait à l'heure du déjeuner, Denny sut avec certitude qui avait usurpé ses privilèges conjugaux. Il se trouvait dans l'atelier de Homer à ce moment-là, en train de démonter une clarinette pour voir s'il était capable de la remonter, quand il entendit arriver la voiture de Lance. Il alla à la fenêtre et regarda le svelte inspecteur marcher vers le perron en martelant son ventre plat à coups de poing. Denny regagna précipitamment la maison, pas seulement pour écouter les ébats à travers la porte de la chambre d'amis (elle : bruyante, excessive ; lui : silencieux, déterminé), mais également pour faire frire une grosse fournée de Twinkies, afin de pouvoir en offrir un à Lance après ses efforts. Une offre qui fut déclinée.

Le harcèlement. Cette ligne de faille mineure dans

la plupart des mariages constituait la base de celui de Denny. Incapable d'accomplir presque toutes les tâches dictées par Sarah, c'était le roi des empotés. « Abattre le bouleau mort près de la grange. » Plus facile à dire qu'à faire, ma p'tite dame. Denny n'était même pas certain de savoir conjuguer ce verbe. « Raboter les portes de la grange. » « Enduire le Placoplâtre des toilettes. » « Restratifier le comptoir de la buvette. » Il essayait de gagner du temps. Il prétextait un claquage ou le manque d'outils. Et les critiques pleuvaient. Un de ces ordres, en particulier, lui donna à réfléchir. Sarah l'avait ajouté aux quatorze premiers. « Tuer ces connasses. » Quelle que soit la signification de cette phrase, il aurait aimé qu'elle dessine un petit *smiley* à côté pour en atténuer l'effet. Mais au contraire : le stylo avait fait un trou dans la feuille.

Les conversations. Aucune à signaler. Quand Sarah s'adressait à lui, c'était pour le commander ou le critiquer. Denny, bavard-né, s'oubliait parfois et essayait d'engager la conversation. Une tentative en ce sens eut lieu après qu'il eut écouté un autre message téléphonique désobligeant de Warren Boren. En quête d'informations, il expliqua à Sarah, au cours du dîner, que ce casse-pieds appelait sans cesse pour le menacer. « Si je ne savais pas à quoi m'en tenir, je pourrais croire qu'il veut me faire du mal. » Sarah leva le nez de son haddock, les yeux écarquillés, le menton au garde-à-vous. Pendant un instant, Denny eut la confirmation de ses craintes au sujet de Warren Boren. Puis il comprit. L'expression de Sarah disait : « En quoi ça me concerne ? »

La cuisine. Un jour, elle déclara :

– Ce soir, je veux le numéro six.

Denny sentit renaître l'espoir, bien qu'il ne parvînt pas à se représenter l'union de deux corps à partir des contours de ce simple chiffre.

– Avec de la vinaigrette aux fines herbes, ajouta-t-elle.

Ah. Elle réclamait un menu, le numéro six. Un plat à emporter, sans doute. Mais de chez qui ?

– C'est drôle, dit-il, mais ça fait si longtemps… J'ai oublié à quoi correspond le numéro six.

Sarah se dirigea vers un tiroir de la cuisine.

– Tu trouves ça drôle ?

Elle sortit une chemise cartonnée, la posa brutalement sur le comptoir et s'en alla en maugréant.

La chemise contenait douze menus, une feuille par menu, avec en plat principal du poisson, du blanc de poulet sans peau ou du tofu, accompagnés de légumes et de salade. Des recettes photocopiées dans différents ouvrages étaient scotchées sur chaque feuille, recto verso. On avait ajouté des notes, en pattes de mouche : ingrédients de substitution (Sarah n'aimait pas les champignons, apparemment) ou mises en garde adressées au chef. Toutes les informations dont il avait besoin étaient là et il se sentait capable de maîtriser la préparation, mais il y aurait forcément des critiques, jusqu'à ce qu'il reproduise très exactement la préparation de Homer. La véritable question était : pourrait-il manger ce plat ? Nouilles, bœuf, riz, fromage, saucisses : telles étaient les fondations de sa pyramide alimentaire, et aussi son point culminant, à vrai dire. Il savait faire dorer à la perfection le fromage et les nouilles croquantes. Un aliment devait être à la fois moelleux et croustillant : du fromage mou et dur, ou des nouilles molles et dures (ou de la glace fondante et quatre types de noix, mais adieu *Wavy Gravy* !). Un aliment n'en était pas un s'il ne contenait pas du moelleux et du dur, mais pas juste côte à côte, comme un poisson flasque à côté d'une scarole croquante. Beurk.

Une fois, alors qu'il pochait un morceau de cabillaud pour Sarah, il décida d'y goûter. Il voulait juste essayer, mais il fut incapable de s'arrêter, et soudain il n'y eut plus de poisson, comme s'il avait sauté de la casserole directement dans sa bouche. Cette expérience ne servit qu'à décupler son appétit et il dut sortir du four le petit plat de pâtes au gratin qu'il se destinait, alors qu'il manquait encore dix minutes de cuisson. Il s'empressa de cuisiner un autre morceau de poisson, et dut faire un gros effort pour ne pas l'engloutir lui aussi. Comment pouvait-on appeler plat de résistance quelque chose d'aussi léger ? Un plat de résistance digne de ce nom devait vous peser sur l'estomac quand vous l'aviez terminé.

Mais il cuisinait le menu numéro six, et également le numéro huit, le numéro trois, à la demande. Sarah le prévenait quand elle voulait dîner à la maison. En ce sens, elle était attentionnée. Pendant ce temps, Denny se préparait des petits plats au four. Cette apparente rupture avec ses habitudes alimentaires provoquait un haussement de sourcils quand ils se mettaient à table, mais elle ne faisait aucun commentaire. Elle demeurait muette également sur le sujet des desserts. Denny concluait chaque repas par des biscuits, de la tarte, du gâteau ou un mélange de tout cela. Un soir, il se servit trois boules de glaces différentes, alignées dans les ravissants verres pastel qu'il avait achetés pour Sarah et qu'il s'était offerts. Cela lui valut un haussement de sourcils *et* un mouvement du menton.

À propos du menton. L'exposition quotidienne rendait Sarah moins attirante peu à peu. Parfois, son visage semblait tiré par-derrière, comme si des élastiques fixés à la base de ses oreilles rétractaient les coins de sa bouche. Par conséquent, son expression « au repos » ressemblait à un demi-sourire grimaçant. Paradoxalement, elle était plus à son avantage lorsque, comme cela arrivait souvent, elle était assaillie par la tristesse et adoptait l'air renfrogné, mais c'était au cours de cette transition qu'elle était jolie et il fallait se dépêcher de saisir cette expression. Denny préférait ne pas s'attarder sur l'air renfrogné, qui se traduisait par un rassemblement de tous ses traits dans le secteur du nez.

Sarah possédait un studio non loin de la ville, ses allées et venues étaient donc imprévisibles et dépourvues de toute cérémonie ; Denny était mieux accueilli par les chiens. En arrivant, elle se rendait directement dans son bureau et fermait la porte. Parfois, il ne la revoyait plus jusqu'à ce qu'elle reparte, s'il la voyait. Il espionnait ses conversations téléphoniques, qui concernaient presque exclusivement les séries de concerts, celle de cet été et celle de l'été prochain. Quand elle parlait de musique, elle aimait employer des mots comme « racines », « funk » et « fusion ». Pour décrire des musiciens, elle disait « le top du top » ou « la classe internationale ». Ou encore « mortel », comme dans « un flûtiste mortel ». Madame Barbarisme lui rendait visite de temps en temps : « intensif » à la place d'« intense » faisait partie de ses préférés. Quand elle n'était pas occupée à encenser ou à condamner les autres, elle se couvrait de louanges : pour la qualité de son recrutement, sa capacité à réaliser des économies en payant les musiciens le moins possible, et son talent pour collecter des fonds. Apparemment, elle était sur le point de dénicher un donateur du Vermont prêt à débourser quarante-cinq mille dollars, afin de remplir les conditions d'attribution des subventions, et Denny ne pouvait s'empêcher d'être impressionné. Mais quelle symphonie d'autocongratulations ! « Je m'étonne moi-même », l'entendit-il répéter plusieurs fois. Cet égocentrisme lui rappelait une autre de ses connaissances : Sparky. Denny remarqua cette ressemblance une seconde avant de se souvenir que ces deux êtres hors du commun étaient cousins. Il s'interrogea sur leurs relations exactes : lui s'appelait Sparks et elle Notch, la mère de quelqu'un était donc dans le coup. Un soir, au dîner, il essaya de sonder Sarah :

– Je me demande ce que manigance ce vieux Sparky en ce moment.

L'absence totale de réaction l'incita à se demander s'il avait formulé sa question à voix haute ou s'il l'avait simplement pensée.

Elle ne supportait quasiment aucun bruit dans la maison. Les chiens avaient compris le message ; ils filaient dans le froid dès qu'elle arrivait. (Denny la soupçonnait d'être à l'origine de la règle « Pas de chien à l'étage ».) Quand il marchait un peu trop, elle lui lançait un bref « La ferme ! » de son bureau. Le jour où il joua une seule note sur le piano du salon, elle cria : « Non ! » Un « Non ! » mélodieux qu'un étranger – doublé d'un imbécile – aurait pu trouver espiègle. Depuis, chaque fois qu'elle se réfugiait dans son bureau, le piano attirait Denny comme une barre de Mars dont on aurait ôté l'emballage. Vas-y, juste encore une note, une seule, lui disait le clavier. Quand elle rentrait à la maison, si la chaîne hi-fi sophistiquée de Homer faisait beugler la compilation de musiques de train de Denny, elle provoquait le déraillement de la machine en abaissant l'interrupteur. Mais elle ne mettait jamais un disque de son choix, elle n'allumait jamais la radio. Peut-être qu'elle entendait suffisamment de musique au travail. Denny l'écoutait sur les ondes parfois. Elle ne commettait plus aucune erreur, autant qu'il pouvait en juger. Et sans doute avait-elle convaincu son patron, l'homme à la pomme cachée sous la barbe, de la laisser promouvoir ses concerts car elle continuait à le faire. Denny avait du mal à imiter son style au micro, jusqu'à ce qu'il essaye de parler en faisant le plus large sourire possible. Quand il l'avait bien en bouche, il en emplissait toute la maison vide.

Une des personnes qui lui « voulaient du bien » l'avait qualifié un jour d'« opposant ». Il avait compris immédiatement, mais fait semblant de ne pas saisir : ce qui représentait déjà une forme d'opposition. Il était prêt à reconnaître qu'il poussait le trait plus loin que la plupart des gens. Certes, il s'opposait aux goûts et aux idées des autres, mais il devenait également *l'opposé* des personnes avec lesquelles il se trouvait. Si vous étiez énergique, il bâillait. Si vous étiez détendu, il s'agitait. Vous vouliez parler des affaires du monde ? Denny récitait un poème absurde. Il savait pourquoi il avait l'esprit de contradiction : ça rendait la vie plus intéressante. Être toujours d'accord, quel ennui. Ce principe lui avait toujours paru frappé au coin du bon sens. Le Homer qui était en lui avait domestiqué cette bête, mais Sarah la réveillait. Elle incarnait l'âme sœur d'un « opposant ». À la ferme, elle affichait une gravité et une froideur constantes, comme si elle commandait un camp de la mort. Cette attitude, ajoutée à son mépris envers chaque molécule d'espace occupée par Denny, faisait de lui un énorme punching-ball, une cible humaine qui revenait en place, joyeusement, chaque fois qu'elle lui tirait en plein visage. Il ne feignait pas cette joie, il la ressentait profondément. « Elle a fait de moi le plus heureux des hommes », dirait-il dans une émission de télé, même s'il ne voyait pas pour quelle raison il y serait invité.

Sarah le réprimandait également pour de véritables

affronts. C'est vrai, il n'aurait pas dû déposer en douce la ponceuse cassée à l'entrée de la quincaillerie, avant de filer. Le magasin ne manquerait pas d'appeler Sarah en découvrant que la machine ne fonctionnait plus. Essayait-il de la mettre dans l'embarras ? Oui, c'était embêtant que la voiture de Denny soit tombée en panne en travers de l'allée, ce qui avait empêché Sarah de se rendre à un rendez-vous capital (Lance était intervenu au volant d'une voiture de patrouille pour l'emmener sur son destrier). Et oui, c'était agaçant qu'il se soit absenté en fermant la porte à clé, l'obligeant à attendre dehors dans le froid, à deux reprises. Il lui expliqua que les cambriolages étaient un fléau dans son quartier, là-bas en Floride. « Ici, on est dans le Vermont », lui rétorqua-t-elle, non pas sur le ton de quelqu'un qui se vante, mais avec l'air de dire : « Pauvre abruti. » Dans ces moments-là, la haine de Sarah s'enflammait, mais comment expliquer cette antipathie qui couvait en permanence ? Denny ne pensait pas que ce soit à cause des trois ans d'absence de Homer, toujours inexpliqués, car il y avait un côté bien rodé dans la manière dont elle le traitait.

En dépit de l'ignorance et de l'incompétence de Denny, Sarah ne semblait jamais douter qu'il était bien Homer. En toute franchise, il ne pouvait s'attribuer qu'une partie du mérite, celui-ci revenait principalement à la vision particulière de Sarah. Elle ne le regardait jamais en face et paraissait aveugle à toutes les entités autres que la sienne. En cela aussi, elle ressemblait à Sparky. Les erreurs de Denny, parce qu'elles provoquaient de l'hostilité, renforçaient sa crédibilité dans le rôle de l'homme qu'elle traitait avec mépris. Denny parlait tout seul, contrairement à Homer apparemment. Quand elle l'entendit, Sarah s'exclama : « Tu vas la boucler, oui ! Où as-tu attrapé cette habitude débile ? » Denny mettait ses doigts dans son nez, comme tous les hommes, du moins le pensait-il. Il s'écartait peut-être de la norme en ce sens qu'il roulait les boulettes entre ses doigts et les lançait à l'autre bout de la pièce en visant un objet quelconque pour savourer le petit bruit de l'impact. Le jour où Sarah le surprit en flagrant délit, elle le réprimanda d'un violent « Homer ! ». Sans pour autant le traiter d'imposteur.

Autre bévue, redoutable : lors de leur premier repas ensemble, il s'était trompé de banc dans la cuisine. Il n'avait pas remarqué que le bord de la table en bois, de l'autre côté, était légèrement creusé. C'était là qu'appuyait le ventre de Homer : une idée géniale, d'autant que Denny se sentait terriblement à l'étroit dans le box. (Avant l'arrivée de Sarah, il installait un tabouret en bout de table, tout simplement.) En le voyant assis à la mauvaise place, Sarah était restée plantée là, son assiette à la main, jusqu'à ce qu'il prenne conscience de son erreur. Après s'être déplacé, il aggrava son cas en calant son ventre dans la découpe avec délectation, tel un homme qui enfile gaiement un pantalon sur mesure.

Pour réduire les risques de commettre une faute qui mettrait fin à sa carrière, Denny effectua des recherches. Chaque placard, chaque armoire, chaque tiroir était une boîte d'archives portant une étiquette « Qui est Homer ? ». La bibliothèque dans la chambre d'amis n'indiquait pas seulement ce qu'il avait lu, mais aussi où il avait fait ses études car certains livres contenaient encore des tickets de caisse d'une librairie d'Ann Arbor dans le Michigan. Homer semblait s'intéresser à l'histoire, à l'histoire américaine principalement, et à l'esclavage en particulier. Denny connaissait un seul de ces livres : un historique des moyens de transport. Il le prit, l'ouvrit au chapitre consacré au chemin de fer, parcourut rapidement la page qui l'intéressait et modifia une date erronée.

Sur la dernière étagère du placard étaient empilés des jeux de société destinés à animer l'ambiance à la ferme durant les longues soirées d'hiver : Monopoly, Cluedo, Scrabble, Boggle. Une boîte de Yahtzee contenait de vieilles cartes de score portant des noms que Denny ne connaissait pas, à côté de celui de Homer. Le placard renfermait également des coffrets de cassettes vidéo de vieilles séries télé. Il regarda des passages de *The Mitch Miller Show*, *Your Hit Parade* et du *Young People's Concert* de Leonard Bernstein. Il dansa sur la musique de Lawrence Welk. Sa mère était surnommée « le Clown dansant », surtout après son accident, quand elle avait donné une nouvelle orientation à son numéro, et elle lui avait appris tous les pas. Il apprécia *The Glenn Miller Story* et *The Benny Goodman Story*, mais demeura perplexe devant des histoires d'amour comme *David et Lisa*, *Dr Jivago*, *Vacances romaines*, *Un homme et une femme* et, bien entendu, *Love Story*. Il éprouva principalement de la gêne en découvrant que Homer était aussi cruche.

Sur le montant de la porte du placard de la chambre d'amis, il découvrit la taille probable de Homer à l'âge adulte grâce au dernier des traits tracés au crayon qui enregistraient sa croissance à chaque anniversaire. La toise s'arrêtait à l'âge de dix-sept ans, lorsque Homer mesurait 1 mètre 75, soit deux centimètres de moins que la taille actuelle de Denny. Ce qu'il découvrit dans l'armoire à pharmacie de la salle de bains attenante à la chambre actuelle de Homer lui fit un choc : une boîte à moitié remplie de pompes à insuline et la garantie d'un appareil de mesure du taux de glucose. Homer était diabétique ! Il aurait aimé le savoir plus tôt. Quel diabétique s'empiffrerait de sucreries comme lui ? Le petit mouvement de menton de Sarah quand elle l'avait vu faire ne voulait pas dire : « Tu n'es pas Homer », mais : « Vas-y, suicide-toi. Je m'en fous. »

Dans l'atelier, il n'y avait que des outils, des râteliers à armes et des dossiers professionnels. Ces derniers aidèrent Denny dans une démarche qu'il avait entreprise quand un ancien client avait laissé un message téléphonique au sujet d'une éventuelle réparation. Denny sélectionna des adresses mail dans les archives de Homer pour créer une liste type, à laquelle il ajouta les adresses des clients qui avaient envoyé à Homer des mails de nature professionnelle au cours de ses trois années d'absence, en croyant qu'il se trouvait toujours chez lui. Il envoya ensuite à ce groupe de presque cent cinquante personnes un message pour les remercier chaleureusement d'avoir été ses clients et leur annoncer que, à cause de « problèmes personnels », il n'envisageait pas de rouvrir son atelier dans l'immédiat. Il inclut Sarah dans son mailing, après avoir obtenu son adresse grâce à quelques messages concis qu'elle avait envoyés à Homer durant les premiers jours de sa disparition. Conformément à sa politique, elle ne chercha nullement à en savoir plus sur ses « problèmes personnels » après l'envoi de ce courrier. Les autres destinataires non plus, ce qui l'étonna un peu.

Il fallait également s'occuper de Betsy, un modèle de patience. Denny l'appela finalement à l'hôtel pour la tenir informée de la situation de son neveu, comme promis. Homer allait bien, lui dit-il, il faisait du rangement dans sa maison et s'était mis au modélisme ferroviaire. Denny fut surpris de s'entendre ajouter ce dernier mensonge spontané à ce résumé insipide et préparé.

– Hmpff, fit Betsy. Il joue au petit train au lieu de venir me voir ?

Denny fit remarquer que ce passe-temps reposait sur une base historique solide, mais elle l'interrompit et lui demanda si lui, Denny, avait contacté la police.

– Non, répondit-il, sur ses gardes. Je suis encore sur la route.

– Dans ce cas, j'ai une mauvaise nouvelle que vous n'avez peut-être pas entendue.

Elle lui parla de la découverte du corps de Marge, sans doute tombée du balcon, finalement. Denny émit les bruits appropriés.

– C'est très triste, ajouta Betsy. Dans mon esprit, vous resterez toujours la dernière aventure de Marge, monsieur Braintree. Elle n'avait pas beaucoup de joie dans sa vie. J'espère qu'elle en aura eu un peu avec vous.

– Je crois qu'elle a aimé le jacuzzi.

Betsy gloussa, alors que Denny ne cherchait pas à faire de l'humour. Après un silence, elle demanda :

– Monsieur Braintree, pour en revenir à mon Homer… vous a-t-il dit ce qui l'a tourmenté durant toutes ces années ?

Denny fut aussitôt sur le qui-vive.

– Non.

Savait-elle la vérité ou espérait-elle l'apprendre grâce à lui ?

Après un nouveau silence, elle ajouta :

– Dites-lui que je lui laisse encore quelques jours, et s'il ne descend pas, c'est moi qui monterai le voir. Sarah ou pas Sarah. Faites-lui la commission.

– Ce sera fait, Betsy.

Elle s'était exprimée avec une détermination qui rendait inutile toute discussion.

Ce même jour, peu après midi, un dimanche comme les autres, Denny était en train d'éplucher les anciens avis d'imposition de Homer quand il entendit Sarah lui crier un ordre. Il devait la rejoindre chez John et Rodrigo à quinze heures. Ordre conclu par un claquement de porte. Il guetta le rugissement du moteur de sa voiture, mais, à la place, il entendit un cri et un juron. Le temps qu'il atteigne la fenêtre, elle émergeait de l'atelier avec une épuisette fixée à un long manche en aluminium. D'un pas décidé, elle marcha jusqu'à l'étang, totalement libéré de sa couche de glace désormais, et entreprit de récupérer des morceaux de quelque chose qu'elle balançait par-dessus son épaule, dans le champ. Soudain, elle sembla avoir une meilleure idée et elle balança la chose – des herbes indésirables – en direction de la route en contrebas. L'opération terminée, elle lança l'épuisette, se dirigea vers sa voiture, cracha par terre et démarra.

Denny enfila un pull et descendit à l'étang. Bien avant de l'atteindre, alors qu'il se frayait un chemin à travers le champ boueux, il découvrit ce qu'elle avait fait. Elle avait « tué ces connasses ». Des grenouilles. Des grenouilles en train de s'accoupler, certaines encore agrippées dans la mort. Celles qui avaient assouvi leurs pulsions au centre de l'étang, hors d'atteinte de Sarah, avaient été épargnées, et plusieurs d'entre elles avaient dérivé vers la berge, mais pas seulement en couple. Réunies par groupes de trois ou quatre, elles se livraient à de farouches orgies aquatiques. Elles faisaient ce qu'elles avaient à faire et elles étaient heureuses. Denny le savait, aussi sûrement que s'il avait grandi au sein de leur colonie. Il le devinait également à leurs gazouillis entraînants. Il passa une demi-heure à ratisser le champ, détrempé par la neige fondue, pour ramasser les survivantes assommées et les remettre dans l'étang. Celles qui étaient retombées sur la route étaient fichues. Quand il eut sauvé toutes celles qui pouvaient l'être, il ramassa l'épuisette (Sarah l'avait abandonnée là sans doute en vue d'un massacre futur), et il l'emporta dans les bois au pied de la colline, où il la lança le plus loin possible. Elle penserait que quelqu'un l'avait volée. Ça pouvait arriver, même dans le Vermont.

De retour dans la maison, il se rendit directement dans le bureau de Sarah. Il s'arrêta sur le seuil pour le contempler. Un meuble d'angle en faux bois accueillait l'ordinateur portable, l'imprimante et le télécopieur de Sarah. De grandes tables pliantes étaient couvertes de formulaires, de brochures et de CD. Un meuble de classement en métal se dressait à côté de l'armoire. Les murs étaient nus. Denny était venu dans cette pièce avec l'intention de percer le mystère Sarah, une fois pour toutes, mais il s'aperçut qu'il savait déjà tout. Il la comprenait aussi bien qu'il en avait envie.

Toutefois, il y avait quelque chose d'étrange dans ce bureau. Il était d'une tristesse absolue, exception faite de la couleur : un bleu pastel sur les murs et un bleu encore plus doux au plafond. C'était un décor de fille. Une idée lui vint. Il approcha de la porte de l'armoire. Sur le chambranle, il découvrit les mêmes marques que celles qui avaient enregistré la croissance de Homer dans *sa* chambre d'enfant : des traits horizontaux accompagnés de la date et de l'âge. Ces chiffres étaient bien loin derrière ceux de Homer et ils s'arrêtaient à huit ans. Mu par une autre idée, Denny retourna dans la chambre d'amis et ouvrit le placard, celui qui contenait les vieux jeux de société. Plusieurs noms figuraient sur les cartes de score du Yahtzee, mais deux seulement revenaient fréquemment. « Homer », écrit par une main d'enfant, battait régulièrement « Amelia ». Celle-ci avait quand même remporté quelques parties et ces fiches de score étaient décorées d'étoiles bleu ciel. Sur une fiche annonçant la victoire de Homer, on avait griffonné : « Homer a triché !!! »

Denny descendit les autres boîtes de jeux, mais

elles ne contenaient pas d'autres fiches de score. En revanche, celle d'un jeu baptisé « Rentre vite » renfermait des lettres manuscrites, toutes signées « Hanno », et plusieurs enveloppes oblitérées, envoyées à Erlangen, en Allemagne. Denny parcourut quelques-unes de ces lettres, remarqua leur côté journal intime et comprit de quoi il s'agissait : elles avaient été écrites par un correspondant étranger qui avait vécu à la ferme au cours de l'année scolaire 1987-1988. Soit la dernière année de lycée de Homer, d'après un rapide calcul. Les lettres étaient en anglais, peut-être pour que Hanno puisse frimer devant sa famille allemande.

Denny déposa la boîte de jeu défraîchie sur le lit et entreprit de classer les lettres par ordre chronologique. Après quoi, il les lut du début à la fin. Il y était question de sport (Hanno évoquait sans aucune modestie son rôle dans les victoires de son équipe au foot), des talents de musicien de Homer et des pitreries de la petite Amelia sur le trampoline du jardin. (« C'est tellement komisch ! » écrivait-il, car il lui arrivait de revenir à l'allemand, sans raison apparente.) Les lettres comparaient les exploitations agricoles du Vermont et de la Bavière, ainsi que la gestion du cheptel, avec un peu trop de détails au goût de Denny. Elles traversaient les saisons dans le Nord-Est rural, décrivant la chute des feuilles, les réjouissances des petites villes, Thanksgiving (« dinde et tarte au potiron : das schmeckt ! »), les chants de Noël, le ski, la récolte du sirop d'érable, l'arrivée du printemps, la fête du comté organisée sur la propriété et l'approche des sombres adieux en été. Sa dernière lettre concluait : « Je n'oublierai jamais ces sympathiques et authentiques gens de la terre ! » Hanno aimait s'exclamer.

En arrivant à la dernière lettre, Denny comprit qu'elle était d'un genre différent. Datée du mois d'avril, un an après le séjour de Hanno dans la famille, elle avait été expédiée d'une adresse à Erlangen, alors que toutes les autres provenaient de Little Dumpling. C'était une lettre de condoléances. Hanno remerciait le père de Homer d'avoir pris la peine de lui téléphoner pour lui annoncer « la tragique nouvelle ». La nouvelle en question n'était pas identifiée, mais Denny connaissait la réponse, aussi sûrement que s'il avait reçu ce coup de téléphone. Hanno ajoutait qu'il leur renvoyait toutes les lettres qu'il avait adressées à ses parents durant son séjour. « Pour moi, ces lettres sont un trésor, expliquait-il, car elles évoquent la période de bonheur que j'ai connue en vivant dans une famille unie par un amour parfait. » Hanno semblait éprouver le besoin de sacrifier un objet précieux pour montrer qu'il partageait le chagrin de la famille.

Denny se releva pour comparer les dates des lettres et les marques qui enregistraient la croissance de Homer. Puis il retourna voir celles d'Amelia. Homer aurait eu dix-huit ans à l'époque où elle était morte, il venait d'entrer à l'université. Denny l'imagina loin de chez lui, recevant ce coup de téléphone lui aussi.

Il erra dans la maison. Elle lui semblait différente, maintenant qu'il savait que cette famille avait perdu un jeune enfant. Lui aussi se sentait différent : mal préparé, pas qualifié pour feindre cet aspect de la personnalité de Homer. Heureusement, le sujet n'était pas venu sur le tapis jusqu'à présent. Et il était peu probable que cela arrive, pas seulement parce que le drame s'était produit une vingtaine d'années auparavant, mais parce que cette maison ne contenait aucune trace d'Amelia. Uniquement des marques sur un chambranle de porte dans une pièce bleu pastel.

18

La rue montait en pente raide du cœur de la ville et Denny avait l'impression que la Rambler allait basculer à la renverse. Il négocia un virage si serré que s'il avait été aux commandes d'un train extrêmement flexible les passagers auraient pu lui taper dans la main par les vitres de leurs wagons. La chaussée s'aplanit enfin et, en s'aidant de l'invitation qu'il avait fauchée sur le bureau de Sarah le matin, il suivit les numéros de rue jusque chez John et Rodrigo : une maison à clins peinte en jaune, perchée à flanc de colline.

Plantée près de la porte d'entrée, Sarah le regarda arriver d'un air vide. Il passa devant elle, à la recherche d'un endroit pour se garer, et soudain il avisa une double place au milieu de la longue file de véhicules en stationnement. Au moment où il s'y glissait retentit un « Non ! » assez puissant pour traverser les vitres fermées. Une femme se tenait sur sa véranda ; elle le regardait en fronçant les sourcils et en secouant la tête. Une pancarte fixée au-dessus de son garage proclamait : « Reprenons le Vermont », et de toute évidence elle était bien décidée à récupérer également ce bout de trottoir devant chez elle. Alors qu'il passait à pied devant la maison, Denny l'entendit brailler le même message aux deux femmes qui avaient garé leur

Subaru sur l'emplacement interdit. Une des deux – la passagère – baissait sa vitre pour prendre à parti la propriétaire, mais la conductrice la retint, sans doute pour se conformer à l'esprit de l'autocollant qui ornait son pare-chocs : « Restons courtois ».

Quand Denny arriva chez John et Rodrigo, Sarah tourna les talons et le précéda à l'intérieur. D'un pas vif, elle passa entre deux grands types qui se tenaient dans le salon, les obligeant à interrompre leur conversation et à reculer d'un pas ; ils échangèrent un regard hébété. L'un des deux glissa un mot à l'autre et ils éclatèrent de rire. Mais, en apercevant Denny, ils retrouvèrent leur sérieux.

Denny fut le premier à s'exprimer :

– Comment ça va ?

– Ça va bien, Homer, répondit l'un des deux, sur la défensive.

Denny continua d'avancer. Où était passée Sarah ? Alors qu'il naviguait entre les poignées de main, les tapes dans le dos et les coups de poing dans le bras, il prétexta qu'il était à sa recherche pour éviter d'engager la discussion. Plusieurs vieux amis exprimèrent le désir de « rattraper le temps perdu », mais pas avec suffisamment d'énergie pour le ralentir. Denny se fraya ainsi un chemin jusqu'à la cuisine, à l'arrière de la maison, ouvrit une porte vitrée coulissante et sortit sur une grande véranda en bois où résonnait le brouhaha des conversations. Soixante-dix ou quatre-vingts personnes semblaient parler en même temps. Le regard de Denny allait d'un groupe à l'autre. C'était un immense complexe social, stupéfiant. S'il réussissait à surmonter cette épreuve, il pourrait surmonter n'importe quoi ensuite. Il pourrait être Homer pour toujours.

Sur sa droite, un homme parlait d'équilibre des couleurs. Sur sa gauche, une femme s'enthousiasmait sur son nouveau four à céramique. Quelqu'un prononça la phrase : « Week-end ateliers portes ouvertes ». Les mots « fromage artisanal » flottèrent jusqu'à ses oreilles. Au milieu de la véranda, ayant l'air de s'ennuyer ferme en compagnie d'un groupe de trois autres personnes, se trouvait Nick. Le visage de celui-ci s'éclaira et il salua Denny d'un geste, qui fit se retourner Millie. Elle l'accueillit par un demi-sourire. Denny se dirigea vers eux, mais un homme à la peau dorée et au crâne rond entièrement rasé fondit sur lui, les bras écartés pour une étreinte à la Homer. Mais au dernier moment il opta pour une poignée de main.

– Ce bon vieil Homer ! Si j'avais su que tu allais disparaître pendant si longtemps, j'aurais été plus gentil avec toi la dernière fois.

Il avait une couleur de peau que Denny n'avait encore jamais vue sur un corps humain. Et sa tête ronde ressemblait à une Chupa Chups au miel.

– J'ai été un très mauvais hôte, reprit-il. Je t'ai à peine adressé la parole et puis… Abracadabra ! Tu as disparu. Mais je vais me rattraper aujourd'hui, promis. D'ailleurs, quand on a appris que tu étais revenu, on a décidé de choisir un double thème pour la fête de cette année : « Adieu, l'hiver » et « Bonjour, Homer ». John a même fabriqué une banderole.

Denny regarda autour de lui, au-dessus de sa tête, dans les arbres.

– Où elle est ?

L'hôte (Rodrigo, certainement) pinça les lèvres.

– Elle a été censurée. Sarah nous a dit que tu n'aimerais pas qu'on en fasse tout un plat. Je lui ai répondu qu'elle était jalouse. Ça ne lui a pas plu, je l'ai bien senti.

Le regard fou de Rodrigo semblait faire briller son crâne de manière plus éclatante encore. Voyant un groupe de personnes émerger de la cuisine, il s'exclama :

– Si vous cherchez John, il est là-bas, sur la balancelle !

Les yeux de Denny suivirent la direction qu'il indiquait. Un des hommes assis sur la balancelle, avec des lunettes cerclées de métal et des cheveux noirs noués en catogan, lui paraissait familier. La balancelle aussi.

– Faut que j'aille sortir un truc du four. On bavardera plus tard, Homer. J'y tiens.

Denny le regarda s'éloigner, puis il s'intéressa à son environnement. Il était déjà venu ici, pas en chair et en os, mais en tant que spectateur, quand il avait visionné les vidéos chez Homer. C'était bien la même véranda en teck, celle que Homer avait été obligé d'admirer, à quatre pattes, sous la pression du deuxième propriétaire, John, maintenant assis sur l'épouvantable balancelle à fleurs. Rodrigo au crâne enrobé de miel se trouvait derrière la caméra ce jour-là ; Denny se souvenait que Sarah, assise dans la même balancelle, l'avait appelé par son prénom pendant qu'il filmait. Il se souvenait également que les invités avaient dansé dans un pré en fin de journée. Où est-ce que ça s'était passé ? Il traversa la véranda. Ce qu'il découvrit au-delà de la balustrade était tout l'opposé d'un pré : une paroi rocheuse presque verticale dominait la ville tout en bas.

Vue sous cet angle, à une centaine de mètres au-dessus des toits, Montpelier ressemblait plus que jamais à un jouet. Denny observa une rue, puis une autre, pour évaluer le degré de réalisme. Il admira la précision de l'agencement, le rendu de la perspective, mais aussi les éléments plus surprenants comme ce parking désert avec d'anciennes fondations en béton.

Quelle trouvaille ! Et il aimait bien l'idée de faire bouger les passants sur les trottoirs.

– Envie de sauter ?

Denny se tourna vers son ennemi lipophobique. Le pull noir à col roulé, moulant, de Lance pénétrait de manière si impeccable dans son fuseau qu'on aurait pu croire qu'il s'agissait d'un vêtement une pièce. Il rejoignit Denny devant la balustrade.

– Je crois que je suis obnubilé par les corps qui tombent. (Il montra un point sur la falaise.) On aperçoit l'hôtel de votre tante, d'ici.

En se penchant par-dessus la balustrade, Denny vit en effet l'Ethan Allen au loin, en partie masqué par le feuillage.

– Vous avez une chambre un peu spéciale, là-bas, paraît-il.

– Mon cagibi.

Lance afficha un rictus aussi fugace qu'un battement de paupières.

– Betsy me l'a montré. Je m'étonne que vous puissiez avoir envie de dormir là. Vous avez une grande ferme. Et tout ce terrain autour.

Denny ne dit rien.

– Vous pensez que vous ne méritez pas ce que vous possédez, Homer ? Avez-vous une mauvaise opinion de vous-même ? Si tel était le cas, je comprendrais.

Alors qu'il faisait semblant de réfléchir à cette question, Denny aperçut Sarah qui marchait vers eux sans les regarder. Elle toucha et salua plusieurs personnes au passage. L'une d'elles tenta de la retenir, mais elle avait déjà filé.

– Je vous demande ça, reprit Lance, parce que je ne vois pas d'autre raison qui puisse vous inciter à dormir dans cette chambre minuscule.

Où voulait-il en venir ? Quel rapport avec Marge ?

– Salut, Homer ! s'écria un type avec une casquette et un bleu de travail, au milieu d'un groupe qui se trouvait un peu plus loin le long de la balustrade.

Il avait des mains gigantesques et semblait faire tache dans cette assemblée. Le mari d'une artiste, supposa Denny.

– Edgar et Rose élèvent toujours leurs vaches écossaises ?

– Avec les kilts et le reste ! répondit Denny.

L'homme s'esclaffa et reporta son attention sur le groupe.

– Ah, le vieil humour à la Homer, soupira Lance. Franchement, je trouve ça nul.

– Moi aussi.

L'arrivée de Nick et de Millie mit un terme à l'étonnement de Lance.

– Nom d'un chien, Lance ! s'exclama Nick. Millie dit que je ne vais jamais dans une fête si je ne suis pas sûr d'y trouver un autre flic. Explique-lui que j'ignorais que tu étais invité. (Au lieu d'attendre la réponse, il glissa son bras dans le dos de Denny.) Homer, je n'aime pas te voir si près de cette balustrade. Recule un peu, s'il te plaît.

Denny s'exécuta. La demande de Nick ne concernait pas Lance, qui courait pourtant un danger similaire, si danger il y avait. Le portable de Lance sonna. Denny se demanda où il le rangeait avec cette tenue moulante. Il le sortit d'un petit étui fixé par du velcro autour de son biceps gauche et s'éloigna de quelques pas pour répondre. Plus il s'éloignait, plus il semblait absorbé par cet appel.

Millie allait s'adresser à Denny, mais Sarah arriva

et l'interrompit par un « Salut, la compagnie ! ». Les réponses n'exprimaient pas la même gaieté.

Millie se pencha vers Denny.

– Comment va ta lèvre, Homer ?

– Elle a dégonflé. Les cataplasmes ont vraiment fait du bien.

– Mais tu as la peau irritée, on dirait. Je me demande si tu ne fais pas une réaction allergique. (Elle leva le bras. Denny espérait qu'elle allait lui toucher la lèvre, ce qu'elle fit.) Je t'avais pourtant donné les mêmes herbes la fois où tu t'es ouvert la jambe. Tu n'avais pas fait de réaction. Je ne comprends pas.

Le visage de Nick s'éclaira.

– J'ai une idée !

Il abandonna le petit groupe. Millie se retourna et le regarda traverser la véranda pour se diriger vers trois femmes. Quand elle revint sur Denny, son regard s'était durci. Sans un mot, elle tourna les talons et marcha vers un escalier en colimaçon métallique qui conduisait à un patio situé sous la véranda.

Nick réapparut, accompagné d'une femme dont les cheveux gris formaient deux nattes semblables à des cordes rugueuses qui pendaient jusqu'à sa taille. Elle faisait peur à Denny, qui de ce fait l'accueillit avec une joie excessive.

– Hé, salut !

Elle se raidit.

– Nous nous connaissons ?

– Je ne crois pas, lui dit Nick. Angela, voici mon ami Homer. Et voici Sarah.

Il chercha Millie du regard. Denny l'informa qu'elle était descendue. Troublé, Nick ébouriffa ses cheveux. Mais il poursuivit sur sa lancée :

– Qu'en penses-tu ? demanda-t-il à Angela. C'est une réaction allergique ?

La femme scruta le visage de Denny. Ce qu'elle vit avait l'air de lui déplaire.

– Ouais.

– Angela est dermatologue, expliqua Nick.

– Très ingénieux, Nick, commenta Sarah en riant.

– Nick me dit que vous avez appliqué des cataplasmes, reprit Angela. De toute évidence, vous devriez arrêter. (Elle s'attarda sur sa coupure à la pomme d'Adam.) Vous n'avez pas d'irritations dans le cou. J'en déduis que vous n'avez rien mis à cet endroit.

– Non.

Denny ne voulait pas prendre le risque de rentrer dans les détails.

– Il a subi une opération, précisa Nick. Pour enlever une tumeur.

Angela renifla avec mépris.

– Ça m'étonnerait.

Tout le monde la regarda, alors elle ajouta :

– Ce n'est pas une incision chirurgicale, de toute évidence. La cicatrice est trop petite, et elle est vilaine.

– Je me suis fait opérer en Floride, dit Denny, comme si cela pouvait tout expliquer. Par un chirurgien local.

Il sentait la présence de Sarah à ses côtés.

La dermatologue se raidit, elle se préparait au combat.

– Soyons précis. Vous aviez une tumeur laryngée ?

– Exact.

– Glottique ou *supra*-glottique ?

La seconde version paraissait plus compliquée que la première.

– Glottique.

– À quel stade ?

– Pardon ?

– Votre cancer. À quel stade ?

Denny aurait aimé se servir des nattes de cette femme pour descendre la falaise en rappel et s'enfuir.

– Je ne sais pas trop. (Il grimaça un sourire, mais ça manquait de conviction.) Je voulais juste qu'ils m'enlèvent ce truc.

– Logique, dit Nick.

Angela se tourna vers Sarah, devinant en elle une personne capable d'apprécier l'ironie qui allait suivre.

– De toute évidence, ce monsieur n'est pas un ardent partisan du « consentement éclairé ». (Elle s'adressa de nouveau à Denny :) Une hémilaryngectomie ne ressemble pas du tout à ça. La cicatrice ferait le tour du cou, comme un collier. De plus, votre voix est parfaitement normale.

– Non, justement, intervint Nick. Elle est très différente. Pas vrai, Sarah ?

Si Sarah avait l'intention de répondre, la dermatologue la prit de vitesse :

– Quand je dis « normale », je ne veux pas dire pareille qu'avant, de toute évidence. Comment pourrais-je le savoir ? Je viens de faire la connaissance de ce *monsieur*. (En prononçant ce mot, elle pointa le doigt sur Denny, et ce fut comme si elle disait *ce connard.*) Une hémilaryngectomie s'accompagne toujours d'un enrouement. Or sa voix est parfaitement limpide.

– Limpide ? lança un nouvel arrivant venant du patio.

Denny était tellement habitué à faire semblant de connaître des inconnus qu'il fut surpris de découvrir un visage familier. C'était le visiteur de la station de radio, Blue Balls, qui ajouta en passant :

– Si vous voulez entendre un son limpide, vous devriez l'écouter souffler dans son trombone !

Angela poussa un soupir d'ennui.

– Je crois que je n'ai plus rien à faire ici, déclara-t-elle.

Et elle s'en alla.

Nick la suivit du regard.

– C'était une conversation agréable. (Il inspira à fond.) Il faut que j'aille voir ce qui se passe avec Millie.

Il se dirigea vers l'escalier en colimaçon. Sans un mot, Sarah s'en alla à son tour.

Denny se retrouva seul soudain. À cause du Dr De Toute Évidence, il courait véritablement le danger d'être démasqué, pour la première fois depuis qu'il était devenu Homer. Il pouvait juste espérer que Sarah, au lieu d'en déduire immédiatement que Denny était imposteur, avait opté pour une théorie moins radicale : peut-être que Homer avait prétendu souffrir d'un cancer, pour justifier ses trois ans d'absence sans doute. Peut-être qu'elle hésitait entre cette interprétation et l'hypothèse de l'imposture. Mais, même si elle hésitait, Denny était fichu car elle n'aurait pas besoin de réfléchir longtemps pour constater que son comportement récent était truffé d'anomalies. Comment faire pour la convaincre à nouveau qu'il était bien Homer, un Homer différent, avec une drôle de voix ?

Il fit face à la foule. Plusieurs minutes s'écoulèrent. Personne ne l'aborda, ce qui lui parut un peu étrange. Cette fête n'était-elle pas donnée en son honneur, quasiment ? Pour finir, il se dirigea vers la table des hors-d'œuvre. En chemin, il entendit un homme à la barbe blanche dire à un homme à la barbe grise :

– Deux fois ? C'est rien. Moi, j'ai été bombardé à coups de gaz lacrymogène *trois* fois. Une fois en 69 et deux fois en 70.

De l'autre côté de la table des hors-d'œuvre, une femme parlait d'un oiseau qu'elle avait vu et un homme faisait mine de s'intéresser. Denny remplit son assiette de chips et de purée de haricots, de guacamole, de crème aigre et de tomates. Il se tourna de nouveau vers la foule et entreprit d'enfourner d'énormes portions de chips, en tenant son assiette près de sa bouche pour gagner du temps. Derrière lui, la conversation abandonna le sujet des oiseaux. La femme demanda :

– Combien de temps vous êtes restés sans antenne, l'autre jour ?

L'homme répondit :

– Deux heures quarante. Une véritable expérience à la John Cage.

– Ouah. Adieu, auditeurs.

– Sans parler de l'argent de la pub. Plus une amende de la Haute Autorité. Prescott était furax.

Denny connaissait ce nom. Prescott était le type qui cachait des pommes dans sa barbe, le patron de Sarah. Il se retourna et reconnut l'homme qui venait de parler, c'était un des deux qu'il avait vus en entrant, celui qui avait glissé un commentaire en regardant passer Sarah. Il fit le tour de la table pour se joindre au duo et leur demanda, de but en blanc, de quoi ils parlaient. La femme profita de son intervention pour changer d'air. Homer avait-il un contentieux avec elle ? À moins qu'il ne fût temps pour elle de s'en aller, tout simplement.

L'homme dit :

– Je parlais à Mary d'un problème que nous avons eu avec une station relais. Les programmes ont été interrompus pendant presque trois heures.

– Qu'est-ce qui s'est passé ?

– Un curieux acte de sabotage. Quelqu'un a actionné quelques interrupteurs, rien de bien sorcier à réparer. Mais cette personne a ajouté des obstacles pour nous faire perdre du temps. Le saboteur – c'est ainsi qu'on le surnomme – a brisé toutes les ampoules et condamné la porte avec une chaîne et un cadenas. Rudimentaire, mais efficace. Une sorte d'action de guérilla.

– Des suspects ?

L'homme éclata de rire.

– Il a laissé une trace derrière lui. (Il se pencha en avant pour partager cette confidence.) Il a pissé sur le mur.

– ADN, dit Denny.

– Exactement. Si seulement il existait un fichier national. (L'homme s'empressa de lever la main en jetant des regards inquiets autour de lui.) Ce n'est pas ce que je propose, attention. D'après ce que je sais, la trace était assez haute sur le mur. On a donc affaire à un saboteur de grande taille.

Il ricana, puis s'arrêta.

– En fait, ce n'est pas drôle, reprit-il. Ce matin, Prescott a découvert un grand trait ondulé sur la vitre du studio qui donne sur la cour. Quelqu'un a utilisé un coupe-verre pour la rayer d'un bout à l'autre. On se demande ce qui nous attend désormais. Une brique dans la vitre ?

– Ça pourrait arriver ? demanda Denny. Pendant que quelqu'un est à l'antenne ?

– Qui sait ?

Denny s'aperçut qu'il devait se montrer particulièrement préoccupé.

– Je m'inquiète pour Sarah.

L'homme haussa les sourcils.

– Ça pourrait arriver quand elle est dans le studio, expliqua Denny.

– Mais… elle ne travaille plus pour nous. Elle ne vous l'a pas dit ?

– Elle n'est plus animatrice ? Depuis quand ?

– Elle a fini vendredi.

Il y a deux jours, pensa Denny. Il aurait voulu demander à quel moment précis avait été commis le sabotage, mais il n'osait pas rapprocher les deux sujets. Nom d'un chien. Si Sarah était capable de faire ça, elle était encore plus redoutable qu'il ne l'avait cru. Elle était maléfique.

– Elle est passée à l'antenne trois ou quatre fois ? C'est tout ?

– Oui, à peu près. Restrictions budgétaires. Et peut-être qu'elle ne faisait pas l'affaire.

– Comment ça ?

L'homme parut gêné.

– Parlez sans crainte, dit Denny, faisant glousser l'homme.

– Il y avait chez elle une sorte de…

– D'obsession ? La promotion de ses concerts ?

– Oui, oui, ça aussi. Mais quelque chose d'autre, aussi. Indéfinissable. Une sorte de…

– Manie égocentrique ?

– Non. Mais maintenant que vous le dites…

– De philistinisme ?

– Non. Mais là encore…

– De l'irritabilité ? De la mauvaise humeur ? De l'agressivité ?

– J'allais dire « un manque de sincérité ».

– Intéressant.

L'homme réussit à sourire et à froncer les sourcils en même temps.

– Vous êtes toujours ensemble ?

– On est comme on a toujours été.

L'homme reprit le commentaire de Denny :

– Intéressant.

Ses yeux balayèrent la foule. Lance approchait, en pianotant sur son ventre plat et ferme.

– Qui est ce drôle d'individu ?

Alors que Denny cherchait une réponse, Lance s'arrêta de l'autre côté de la table des hors-d'œuvre, dégaina son téléphone portable et photographia Denny. Il examina le résultat, prit une deuxième photo et poursuivit son chemin.

– Vous avez un admirateur, commenta le compagnon de Denny.

Celui-ci suivit Lance du regard, jusque dans la maison.

– Alors, c'était comment, la Floride ?

Denny en eut le souffle coupé. Il agrippa l'homme par le bras.

– Merci de me demander ça. Vous êtes le seul à m'avoir posé la question. Le seul ! Mais il faut que je retrouve Nick.

Alors qu'il prenait congé de son compagnon médusé, il ajouta :

– J'espère que vous n'aurez pas d'autres problèmes à la radio. Au fait, quand a été commis cet acte de vandalisme ?

– La vitre a été endommagée la nuit dernière. Et le relais a été saboté un peu plus tôt dans la journée, dans la matinée. Au moment où Sarah aurait été à l'antenne si elle était toujours… enfin, vous voyez.

– Oui.

Denny s'éloigna. Le visage de l'homme n'avait rien laissé paraître. Au début de leur conversation, il avait même parlé d'*un* saboteur. Et Denny savait pourquoi : le pipi sur le mur. Comment avait-elle fait ? S'était-elle suspendue quelque part, comme un singe araignée qui urine du haut d'un arbre ? Elle aurait pu également pisser dans un bocal et asperger le mur. Cette idée lui rappela Sparky et son pistolet à eau rempli de l'urine de sa femme. Sarah lui avait-elle emprunté son stratagème ? Ou le pistolet lui-même ?

Juste au moment où il atteignait l'escalier en colimaçon, Nick en émergea, l'air encore plus inquiet qu'à l'accoutumée. Il but une grande gorgée de bière, au goulot.

– Millie veut rentrer à la maison. Je vais te donner une règle de vie, Homer. Ne mets jamais en doute l'avis d'une herboriste en demandant l'avis d'une dermatologue. N'importe quel imbécile aurait vu venir le problème. (Il se donna un coup de poing sur le crâne et rota discrètement.) Faut que je retrouve Lance. Il est tout excité par je ne sais quoi.

Il leva la main pour un *shake* à la *soul brother* et Denny essaya tant bien que mal de suivre la succession de gestes. Sur ce, Nick repartit en vidant d'un trait le reste de sa bouteille de bière, qu'il posa sur une table.

Denny promena son regard sur les invités, préoccupé par tous ces incendies qu'il devait éteindre. Celui de Lance semblait incontrôlable pour le moment. Et Sarah ? Rodrigo sortit de la maison en poussant un gong sur roulettes qu'il installa derrière le Dr De Toute Évidence qui, ayant trouvé de nouvelles proies, dispensait un cours à un petit groupe. Rodrigo prit le maillet accroché au cadre du gong, leva le bras et frappa de toutes ses forces. La dermatologue sursauta et le foudroya du regard.

– C'est l'heure de la danse, les amis ! brailla le maître de maison. Un orage se prépare, nous allons devoir commencer plus tôt. Si vous voulez vous joindre à nous, allez dans le parc. Si vous ne voulez pas vous joindre à nous, allez au diable !

Il lâcha un petit rire machiavélique et, pour le plaisir, il frappa de nouveau dans le gong.

Quelques personnes commencèrent à se déplacer vers un petit escalier qui menait à l'allée. Mais un grand nombre d'invités ne firent même pas mine de bouger. Parmi eux figurait Blue Balls, occupé à pérorer sur la balancelle. Était-il en train de raconter une blague ? Sarah remonta du patio et Denny, inspiré, la saisit par le bras au passage.

– Je veux dire au revoir à quelqu'un, lui dit-il. Il sera peut-être parti quand on reviendra du pré.

Il entraîna Sarah vers la balancelle. Au début, elle résista et maugréa, mais elle n'était pas de taille à lutter. Plutôt que de faire une scène en libérant son bras d'un geste brusque, elle céda.

Blue Balls s'interrompit pour accueillir Denny.

Celui-ci dit :

– En Floride, j'ai essayé de raconter une de tes blagues à quelqu'un, mais je ne me souvenais plus du coup du barman et du *mi* bémol.

– Oh, bon sang ! La chute ! Le barman…

– Tu l'as racontée la dernière fois que j'étais ici, il y a trois ans. Sur cette balancelle.

– Oui, oui. La voici. Le barman dit au *mi* bémol : Tu n'as pas l'air d'*accord*, vous avez un différend *majeur* ? Il en a assez de ce *trio*, il ne veut pas entendre la *suite* et il leur dit : Allez, du *ballet* !

Denny rejeta la tête en arrière.

– Ah, excellent ! (Il se tourna vers Sarah.) Excellent, non ?

Elle libéra son bras d'un geste brusque, finalement, et partit comme un ouragan pour suivre les invités qui se dirigeaient vers le parc.

Denny, qui espérait avoir servi sa cause, lui emboîta

le pas, sans chercher à la rattraper toutefois. Après plusieurs virages, ils débouchèrent dans un champ où les danseurs étaient en train de se regrouper. Pendant que les musiciens s'accordaient, l'animatrice demanda aux participants de former deux cercles. Denny rejoignit Sarah.

Il devait prendre une décision. Dès qu'il s'agissait d'exécuter des pas de danse, Homer était un lamantin sur la terre ferme. Denny l'avait vu trébucher et tâtonner sur les vidéos. Il avait vu les regards méprisants de Sarah. Il savait ce qu'il avait à faire pour ressembler à Homer. Mais au lieu de cela, encouragé par son petit succès avec la plaisanterie de Blue Balls, au moment où la musique retentit, il décida d'être Denny. Il ne connaissait pas ces danses, mais l'animatrice donnait de bonnes instructions, et les mouvements lui venaient naturellement. En dépit de tous ses défauts supposés, Denny était un homme gracieux. Il savait mettre à profit ce qu'il possédait. Il n'y aurait pas d'équilibres sur les mains ni de roues, mais cela n'empêchait pas la délicatesse, le pied léger ; il se voyait tel un ballon qui flotte sur des jambes de lutin. Il imaginait les commentaires : « Regardez Homer ! »

Plus tard, sur le chemin du retour, il vit les possibilités qui s'offraient à lui. Il avait déjà essayé d'entraîner Denny vers Homer, en lui imposant la passivité bovine de ce dernier. Le moment était venu d'entraîner Homer dans la direction de Denny, en lui injectant judicieusement un peu de *vie*. Le juste milieu entre les deux produirait un être social parfait.

Il était encore en train de tracer la carte de son destin quand il entra dans la maison obscure, et il lui fallut un moment pour constater qu'il faisait étonnamment bon au rez-de-chaussée. Une lueur provenant du salon l'informa que le feu de cheminée avait été attisé. Sarah avait quitté la fête avant lui, pour retourner à son appartement, avait-il supposé. Était-elle venue ici, en fait ? Il n'avait pas vu sa voiture dehors, et ce n'était pas son genre de s'occuper du feu. Il perçut les cliquetis d'un collier de chien dans l'obscurité du salon.

Alors, il comprit. Il comprit une seconde avant d'entendre la voix qui provenait du fauteuil installé dans le coin le plus reculé de la pièce.

Ce que tout le monde disait était vrai : cette voix ne ressemblait absolument pas à la sienne.

19

Il trônait dans le fauteuil du coin, avec ses sujets à ses pieds : l'un couché par terre, l'autre appuyant la tête sur son genou. La lumière de l'entrée l'éclairait juste assez pour laisser voir une béquille ou une canne posée en travers de ses cuisses tel un sceptre. Était-il invalide ? Avait-il des problèmes pour marcher à cause de son diabète ? Denny notait ces éventuels attributs en vue de les exploiter ultérieurement, tout en sachant que la partie était terminée.

Il se sentit scruté pendant qu'il ôtait sa veste et la lançait sur le bureau. Prenait-il des libertés en la jetant ainsi ? Après tout, il était dans le salon de Homer. D'ailleurs, c'était aussi la veste de Homer. Il ne voulait pas penser à tout ça. Il voulait qu'il s'en aille.

– Non, dit Homer en voyant Denny se diriger vers l'autre fauteuil, qui faisait face au poêle. Reculez-le d'abord. Asseyez-vous loin de moi.

Il prit la canne sur ses genoux, qui n'était pas une canne en réalité, mais un fusil à canon long. Denny sentit monter l'excitation. Il n'avait pas envie de se faire tuer, absolument pas. Mais ce fusil était excitant. Il éloigna le fauteuil et s'assit.

Homer alluma le lampadaire qui se trouvait à portée de main et Denny put le voir véritablement. Homer ressemblait à un portrait de lui-même, en plus inquiet. Il tendit la main, paume ouverte, comme pour inviter Denny à parler. Et il demanda :

– Qu'est-ce qui vous a pris ?

Denny haussa les épaules et tendit la main, lui aussi. Son but était de transmettre un message différent de celui de Homer, mais son geste dut passer pour une imitation.

– J'ai sauté sur l'occasion.

– L'occasion ? (Homer possédait une voix grave, mais elle se brisa en répétant ce mot.) Vous ne m'avez pas volé le moindre dollar, ce n'est donc pas ça.

– Oh, non. L'argent ne m'intéresse pas.

Homer remua dans son fauteuil, dérangeant le chien qui appuyait la tête sur son genou. L'animal la reposa par terre.

– Vous étiez malheureux dans votre vie, alors vous avez pris la mienne, c'est ça ? J'aurais pu revenir à n'importe quel moment. D'ailleurs, je suis revenu. Quel était votre plan, dans ce cas-là ?

– Je n'y ai pas réfléchi.

Homer émit un son guttural.

– Vous plaisantez.

– Je prenais chaque jour comme il venait.

Homer le dévisageait d'un air hébété.

– Vous avez dû dérouter toutes les personnes que je connais. J'ai vécu ici toute ma vie. Comment avez-vous réussi à donner le change ?

– Ça se passe très bien.

Homer continua à l'observer. Denny aurait aimé qu'il arrête. Pourquoi est-ce qu'il n'enchaînait pas dès que Denny avait dit quelque chose ? Il avait l'impression d'être un sprinter qui prend un tour d'avance sur un fermier marchant d'un pas lourd.

– Vous ne savez pas tout ce que je sais, dit Homer. Dès que vous ouvrez la bouche, ce doit être évident que vous n'êtes pas moi.

– Tout baigne.

Homer fronça les sourcils. Toujours ce silence avant de parler. Denny leva la main et exécuta un mouvement de toupie qui accentua la perplexité de son interlocuteur.

– Je suppose que vous ne sortez pas d'ici.

– Oh, si ! En fait, je reviens de la fête de printemps chez John et Rodrigo. Je les ai bernés. Rodrigo, en tout cas. Je n'ai pas parlé avec John.

Homer semblait désarçonné par la manière dont Denny lâchait ces noms.

– Et les autres personnes qui se trouvaient là-bas ? Larry ? Anne ? Tully ? Fran ?

– Je ne sais pas. Ces noms ne me disent rien.

– Et Nick ?

– Oh, Nick, bien sûr. C'est le premier que j'ai berné. On est super potes.

– Vous avez berné Nick.

Homer semblait déconfit, mais en même temps, c'était difficile à dire. Denny avait du mal à déchiffrer son expression. Son visage n'exprimait pas une large gamme d'émotions.

– Millie m'a inquiété, par contre, ajouta Denny.

Homer tressaillit.

– Millie.

– C'est une coriace. Mais elle nous a donné les raquettes de sa maman morte. Curieux, non ? Au fait, votre télégramme de condoléances a fait un tabac.

Homer n'arrivait plus à suivre. Il s'agita de plus belle dans son fauteuil.

– Vous en parlez comme d'une chose normale. Comme si je n'étais pas là.

– Je sais bien que vous êtes là. Je ne suis pas fou. Je voulais juste vous mettre en garde. Millie m'a paru méfiante dès que je l'ai vue. Quand elle entendra votre voix, elle va vraiment avoir des soupçons. Et les autres aussi. Je leur ai expliqué qu'on avait subi une opération, une hémilaryngectomie. Vous n'aurez qu'à leur raconter que votre voix est redevenue normale tout à coup. Toutefois, je vous conseille d'éviter une certaine dermatologue… Tiens, voilà une personne que je connais, mais pas vous. Vous allez devoir vous caler sur moi.

Denny le gratifia d'un grand sourire.

Homer se frotta le visage, d'un lent mouvement de haut en bas. Puis il regarda Denny.

– Qui êtes-vous ? Vous avez jailli de terre ? D'où venez-vous ?

Denny devinait la confusion de Homer à ce niveau-là. Alors, il lui résuma les événements qui l'avaient conduit à la route de la Corne de Lune : son accident de voiture, son séjour au Ethan Allen, Marge, les inspecteurs à l'aéroport.

– Nick m'a pris pour vous, expliqua-t-il. Et de fil en aiguille…

Homer s'était penché en avant. Il semblait faire de gros efforts pour comprendre. Puis, soudain, son visage s'éclaira et il se rassit au fond de son fauteuil.

– Vous êtes le type qui se trouvait dans la chambre d'hôtel avec elle.

– Dennis Braintree.

Ça lui faisait bizarre de prononcer son nom. C'était comme une reddition.

– Vous êtes suspecté de l'avoir tuée.

Homer déplaça le fusil sur ses genoux.

– Il n'y pas que moi, répondit Denny.

Il décida de ne pas confier à Homer que lui aussi faisait partie des suspects.

– Vous vous cachez derrière mon identité.

Ayant dit cela, Homer se tut. Pas longtemps :

– Vous avez dû rencontrer Sparky.

– Ouais. Et je l'ai berné, lui aussi.

– Sans blague.

Denny rit et fut étonné de voir que Homer ne riait pas. Soudain, une idée lui vint.

– Est-ce que vous lisez régulièrement le *Times Argus* ?

– Je vis ici depuis trente-cinq ans. Difficile de faire autrement.

– Vous avez donc lu l'article concernant votre retour. Et c'est ce qui vous a poussé à rentrer de Floride.

– C'est quoi, cette histoire de Floride ? J'ai vu ça dans le journal.

– C'est là-bas que vous viviez.

Homer secoua la tête.

– J'étais au Texas pendant tout ce temps. À Austin.

Denny était tellement habitué à l'idée qu'il avait passé ces trois dernières années en Floride qu'il avait du mal à se faire à ce changement.

– Pourquoi tout le monde pense que vous étiez en Floride, alors ?

– Aucune idée.

– Vous savez, ce soir à la fête, personne ou presque ne m'a interrogé sur ces trois années.

Le visage de Homer était plus impénétrable que jamais.

– C'est le Vermont.

– Je sais qu'on est dans le Vermont.

– Les gens respectent la vie privée.

– Ça ressemblait plutôt à de l'indifférence. Trois ans !

Homer haussa les épaules.

Denny l'observa.

– Combien vous pesez ?

– Cent cinquante-quatre. Et vous ?

– Cent quarante-neuf. Vous avez l'air un peu plus lourd que moi, en effet. (Avant que Homer puisse répondre, Denny enchaîna :) Je sais pourquoi vous êtes parti.

– Ça m'étonnerait.

– Vous êtes parti à cause de Warren Boren.

Le rire tonitruant de Homer surprit Denny.

– Il n'arrête pas de téléphoner pour nous menacer. Il affirme qu'il va faire ce qu'il aurait dû faire il y a trois ans. Je m'attends à le voir frapper à la porte pour me faire sauter la cervelle avec un tromblon. C'est lui qui vous a forcé à partir ?

Des rides de confusion barraient le visage de Homer. Puis, soudain, tout devint clair et ses épaules s'affaissèrent. Il remua dans son fauteuil, visiblement abattu.

– C'est horrible. Il m'appelle au sujet de son cor. C'est entièrement ma faute. J'ai honte.

– Son cor ? De quoi vous parlez ?

– Je l'ai envoyé dans un atelier de St Johnsbury avant de partir. Il s'agissait d'une réparation compliquée. Je leur avais demandé de le renvoyer directement à Warren. Ils n'ont pas dû le faire. Le pauvre. Il a été privé de son cor préféré pendant tout ce temps.

– Il nous harcèle !

– C'est important pour lui. Mais je ne suis pas parti à cause de lui, certainement pas.

– Alors, pourquoi ?

Homer secoua lentement la tête. Soudain, il tendit la main en direction de Denny.

– Regardez comment vous êtes assis ! Je ne croise jamais les jambes de cette façon.

Il posa la crosse de son fusil sur le sol, de façon à ce que le canon pointe vers le plafond. Il leva un pied et croisa les jambes à la manière des hommes : la cheville posée sur le genou opposé.

Denny conserva sa position et, pour agacer Homer, il balança sa cheville avec un petit air efféminé.

– Je ne peux pas m'asseoir comme vous, dit-il. Ça me fait mal au genou.

– Vous n'êtes pas très souple, hein ?

– Je vous prends quand vous voulez sur une piste de danse. Vous allez devoir suivre des cours avant la prochaine fête chez John et Rodrigo.

Homer contemplait le feu.

– Je crois que ça n'arrivera pas.

– Que faites-vous avec cette carabine ?

Homer émit un petit rire.

– Vous êtes un vrai gars du Vermont, hein ? C'est un fusil de chasse. Je suis allé le chercher dans l'atelier et je l'ai chargé car je ne savais pas quel genre d'individu vous étiez. D'ailleurs, je ne le sais toujours pas.

– Pourquoi vous êtes parti ?

Homer se leva, appuya son fusil dans un coin de la pièce et s'agenouilla devant le poêle. Il décrocha le tisonnier et ouvrit la porte vitrée.

– J'ai remplacé les bûches que vous aviez apportées. Vous avez fait brûler du pin. Vous n'auriez jamais fait ça si vous aviez déjà assisté à un incendie de cheminée. Le pin qui est dehors, c'est pour les feux de camp. Pour le poêle, il faut mettre du bois dur. Il est entreposé à gauche de la porte du fond.

Il s'activa avec le tisonnier et les bûches. Cette

opération ne demandait pas un gros effort, mais il respirait bruyamment.

– Votre façon de déblayer la neige, c'est une honte. J'ai failli me rompre le cou sur les marches de la véranda.

– C'est fatigant de déblayer, à force. Comment vous supportez de vivre ici ?

Homer émit ce même petit rire. Il referma la porte du poêle, raccrocha le tisonnier et retourna s'asseoir dans son fauteuil en grognant.

– J'ai quitté le Vermont à cause d'une chanson.

20

– Une chanson ? répéta Denny.

Homer gardait les yeux fixés sur le feu de cheminée.

– Une chanson ?

Denny refit le mouvement de toupie avec sa main.

– Arrêtez, dit Homer, calmement. Tout a commencé il y a seize ans…

Denny réprima un grognement.

– À l'université. Durant ma dernière année à Michigan State. Je faisais partie de la fanfare et on était en pleine saison du foot. Une période complètement folle de répétitions et de déplacements. On voyageait dans le car qui nous emmenait à Columbus quand la nouvelle s'est répandue.

Il s'interrompit.

« La nouvelle ? » faillit demander Denny. Mais Homer avait passé la vitesse supérieure :

– J'étais assis à côté de Woody Schneithorst, un percussionniste. Il a ouvert son sac à dos pour sortir quelque chose et s'est exclamé : « C'est quoi, ça ? Un prospectus ? » Woody était un bavard, il commentait tout ce qu'il faisait. En revanche, il n'a pas dit un mot en lisant le prospectus. C'est ce qui a attiré mon attention. Quand il me l'a tendu, ses sourcils faisaient la danse de Saint-Guy. Le prospectus annonçait un concours de composition musicale. Rien d'inhabituel, il y en avait souvent. Le premier prix reviendrait à celui qui écrirait « le plus beau morceau de musique », c'était vague. Il y avait quelques indications, mais rien sur la forme ou l'orchestration. Uniquement « le plus beau morceau de musique ». Les participants devaient remettre leur travail à la fin du semestre, ce qui ne laissait pas beaucoup de temps. Aucun nom de mécène ou de fondation n'apparaissait. C'était une des premières choses que l'on regardait. Avec les conditions de participation, pour savoir à qui on était opposé. Ce concours n'était ouvert qu'aux membres de la fanfare de Michigan State !

« Bref, tout ça était très bizarre. Mais le plus surprenant, c'était le prix. "Le gagnant recevra les faveurs d'un membre du quatuor Avril." Voilà ce qui était écrit. Le genre de phrase que vous devez lire plusieurs fois, et vous n'êtes toujours pas sûr d'avoir compris. Des "faveurs" ? Sexuelles ? Non, vous vous dites qu'il doit s'agir de petits services quotidiens comme faire votre lessive ou un truc comme ça, mais c'est ridicule, alors vous en revenez aux faveurs sexuelles. Et là, votre esprit s'emballe.

– C'étaient quatre femmes ? demanda Denny.

Homer ne détacha pas le regard du feu.

– Le quatuor Avril était composé d'étudiants de troisième cycle. Ils étaient doués, mais ils n'atteindraient jamais les sommets. En fait, ils étaient surtout célèbres pour leur physique : deux filles à tomber et deux très beaux mecs. (Il adressa à Denny un regard qui semblait dire : « Tout sera dévoilé en temps voulu. ») Quand ils jouaient, leur physique embellissait leur musique. Mais ils n'étaient pas seulement beaux. Ils irradiaient le sexe. On ressentait tous la même chose en leur présence. Une des deux femmes était hétéro, l'autre lesbienne. *Idem* pour les hommes : un hétéro, un homo. Quatre formes du désir humain prenaient corps sur scène. Quand on les regardait jouer, si la musique était rasoir – du Brahms, par exemple –, on imaginait chacun d'eux avec un partenaire adapté. On ne pouvait pas s'en empêcher. Cette variété signifiait que le concours pouvait attirer tout le monde. Sur le prospectus, la phrase "les faveurs d'un membre" voulait sans doute dire "le membre de votre choix". Forcément. Si ça tombait sur la mauvaise personne, ce ne serait pas une récompense.

Denny se trémoussait sur son siège. Il avait envie de participer à un concours de ce genre. Pas dans le domaine musical – il lui faudrait trop de temps pour atteindre un niveau suffisant –, mais un concours de modélisme ferroviaire, avec une récompense de nature sexuelle. Pourquoi ce genre d'aubaine était-il toujours réservé aux autres ?

– La discussion dans le car fut très animée, reprit Homer. Des prospectus avaient été glissés dans le sac de chacun ou dans l'étui de nos instruments. En cherchant plus tard, j'en ai trouvé un dans le pavillon de mon trombone. Au début, l'information ne s'est pas trop répandue car une phrase tout en bas du prospectus précisait que si l'existence de ce concours était connue en dehors de la fanfare il serait annulé. Parfois, lors de nos déplacements, on embarquait des personnes en douce dans le car, mais après vérification on a constaté que nous étions entre nous. Et les spéculations ont fusé. Mais pas longtemps. Les passagers ont commencé à regarder dehors. Certains avaient emporté des feuilles de papier à musique et ils les ont sorties, d'un air un peu gêné. Avant la fin du voyage, des notes avaient été jetées sur les portées, c'est certain.

« Évidemment, beaucoup pensaient que c'était une plaisanterie. C'était aussi ce que je me disais, la plupart du temps. Mais, au cours des semaines suivantes, tout le monde continua à s'acharner, au cas où. Ou par amour de la musique. Toute la fanfare ne s'intéressait plus qu'à la construction musicale. Le prof de théorie se plaignait de voir les élèves changer brusquement leurs sujets de dissertation de fin de trimestre. Ils voulaient tous évoquer *la beauté*, comme par hasard.

« Il aurait été bon, naturellement, de connaître l'avis des musiciens du quatuor. Pour mettre fin à ce concours, il aurait suffi que l'un d'eux dise "Je n'ai jamais entendu parler de cette histoire !". Mais ils n'étaient pas joignables. Tous les quatre participaient à un stage de musique de chambre en Malaisie pendant un mois. Le cerveau à l'origine de ce projet avait tout prévu. Le timing renforçait l'idée qu'il s'agissait d'une arnaque, mais il pouvait s'agir également d'une coïncidence. Chacun *voulait* que ce soit une coïncidence. Si quelqu'un s'en était donné la peine, il aurait pu réussir à les contacter. Certes, c'était avant les téléphones portables, et même avant l'essor des messageries électroniques, mais ils avaient laissé des numéros en cas d'urgence. Au lieu de cela, on préférait croire à cette bizarrerie : les membres du quatuor étaient prêts à faire don de leurs corps en échange d'un morceau de musique. À vrai dire, ils étaient suffisamment vaniteux pour que cela soit plausible. Ils aimaient qu'on les regarde, ça se sentait. Et sur leurs photos publicitaires, ils étaient toujours allongés les uns sur les autres.

« Le nom du gagnant devait être annoncé à la fin du semestre, le lendemain du dernier examen. Cela se passerait dans l'auditorium. Toute la fanfare s'y retrouva. On avait tous, ou presque, reporté notre retour dans nos familles à l'occasion des fêtes ; on voulait connaître les résultats. On s'attendait à ce que quelqu'un monte sur scène. Au lieu de cela, les lumières se sont éteintes et le chiffre 1 est apparu sur un écran. Et un morceau de musique est sorti des enceintes. Ce n'était pas très bon, et chacun glissait à l'oreille de ses voisins que sa composition était bien meilleure. Mais il ne s'agissait pas du vainqueur. Au bout d'une minute – le morceau ne devait pas dépasser cette durée –, un autre thème a commencé, accompagné du chiffre 2 sur l'écran. Le numéro trois a suivi, et ainsi de suite. On a fini par comprendre que ce n'était pas un classement. Ils allaient passer toutes les compositions et ces chiffres correspondaient uniquement à l'ordre de passage.

« Il faut que je vous parle des modalités du concours. Les morceaux étaient anonymes et il n'y avait aucune partition. Uniquement une bande magnétique. Vous pouviez l'enregistrer seul au piano, mais tout le monde ne jouait pas du piano. Quelques-uns avaient choisi la guitare. Si vous pouviez réunir un orchestre, c'était encore mieux, pour la couleur, mais il fallait que les autres musiciens jouent aussi bien que possible, et étant donné que leurs compositions étaient en concurrence avec la vôtre, vous ne pouviez pas compter sur eux. On m'avait demandé de jouer du trombone pour quelques enregistrements, je sais donc de quoi je parle. Certains avaient fait appel à des personnes extérieures. On a entendu toutes sortes de formations. Mais la plupart des candidats s'étaient enregistrés en solo sur leur propre instrument, et quand ils avaient un style reconnaissable, on entendait murmurer leurs noms dans la salle. Au beau milieu d'un morceau, un massacre au saxophone ténor, quelqu'un s'écria : "Derrière l'oreille, Wamser !"

« On échangeait des plaisanteries. Mais au début de chaque pièce le silence retombait ; chacun se demandait si c'était la sienne, évidemment, mais on voulait voir également si on était ému. Ce miracle ne se produisit pas avant le morceau numéro dix-huit. Au clavier. Pas un mot dans l'assistance jusqu'à la dernière note. Puis une voix s'éleva : "Bis !" D'autres reprirent en chœur : "Bis ! Bis !" Mais le numéro dix-neuf avait commencé. Le public se mit à huer, alors le numéro dix-neuf s'arrêta, et le numéro dix-huit reprit au début. Les gens en redemandaient. Une fois le morceau achevé, ils vociféraient et se taisaient dès qu'il reprenait. Finalement, après cinq ou six passages, ils cessèrent de se manifester ; ils savaient que le programme devait se dérouler jusqu'au bout, et le numéro dix-neuf put se faire entendre. Il y en avait soixante-cinq en tout, mais aucun ne pouvait rivaliser. Une belle composition attira mon attention, cependant, un air à la flûte qui vous trottait dans la tête instantanément. Mais le numéro dix-huit l'emportait haut la main.

Homer se tut. Denny entendait la pluie marteler le toit de la véranda. Elle avait jailli de nulle part, et l'orage passa aussi rapidement qu'il était venu. Homer jeta un regard en direction de la fenêtre, puis reporta son attention sur la cheminée.

– À la fin du concours, il y eut moment de flottement. Et maintenant ? se demandait-on. On ne cessait de regarder vers le fond de l'auditorium, tout en haut, là où se trouvait la régie. Mais elle était plongée dans le noir, on ne voyait rien. On aurait pu la prendre d'assaut pour savoir qui était derrière tout ça, mais les gens semblaient surtout désireux de connaître l'identité du gagnant, alors ils restaient assis, bien sagement.

« Soudain, une voix de femme retentit dans les enceintes : "Le compositeur du numéro dix-huit veut-il avoir l'obligeance de monter sur scène ?" C'est alors qu'on comprit ce qui se passait. On n'était pas seulement candidats, on était juges également. Même si on évoluait dans un petit monde impitoyable, l'organisateur du concours nous avait fait confiance pour réagir de manière instinctive face à la beauté. Suivit un moment de stupéfaction. Mais personne ne monta sur scène. Les gens se mirent à scander : "Dix-huit ! Dix-huit ! Dix-huit !" Rien. Le gagnant ne voulait pas se faire connaître…

– C'était vous !

Les paroles de Denny avaient devancé sa pensée.

Homer demeura assis. Son visage épais était impénétrable.

– J'ai fait le bon choix. Ç'aurait été affreux.

– Pourquoi ?

– Vous savez très bien pourquoi. Vous savez ce qu'ils auraient pensé. *Homer ?* Avec *Juliet* ? C'était le second violon du quatuor, et elle aurait été ma récompense. Je ne suis pas allé réclamer mon prix, mais j'avais eu la satisfaction de voir que mes soixante secondes de musique avaient séduit ce groupe de chahuteurs. À partir de là, ça a dégénéré. Quelqu'un s'est levé en s'écriant : « C'est mon morceau ! C'est moi qui l'ai écrit ! » Et tout le monde l'a imité, moi y compris. Ça m'a fait du bien de pouvoir revendiquer ma création. Finalement, on a tous quitté l'auditorium en traînant les pieds. Certains se sont précipités vers la régie, mais elle était vide. D'une certaine façon, c'était une conclusion appropriée. Le compositeur avait saisi cette musique au vol et lui avait rendu sa liberté ensuite. Je n'étais pas loin de ressentir la même impression à mon sujet, comme si je n'étais pas vraiment responsable. Cet air m'était venu naturellement, une petite mélodie fluide à trois temps. Une valse. J'adore la musique à trois temps. (Homer ferma les yeux.) « Ashokan Farewell », « Scarlet Ribbons », « Cavatina » par Stanley Myers, « Are You Lonesome Tonight ? », « I Dreamt I Dwelt in Marble »...

Une bourrasque projeta le rideau de pluie contre la vitre de la véranda, faisant sursauter Homer. Il écarquilla les yeux. Presque immédiatement, une autre rafale mitrailla les carreaux. Il reprit son récit :

– Ma valse a connu un semblant de seconde vie. Quelqu'un avait enregistré tout le concours ; un type qui se trimballait toujours avec un magnétophone, en quête de « musique spontanée », et ce jour-là, la récolte a été bonne. Des gens ont réalisé différentes compilations à partir de ses cassettes. Une clarinettiste a repris la valse et écrit des partitions pour toute la fanfare, et elle les a distribuées. Elle avait le génie de l'orchestration et j'aimais bien ce qu'elle avait fait de mon morceau. J'aurais modifié certaines petites choses, mais ça sonnait bien dans l'ensemble. Cette année-là, Michigan State a participé au Super Bowl – on a perdu – et après le match la fanfare a interprété la valse, pour la première et dernière fois. On n'avait même pas répété. C'était une façon de dire adieu à la saison de foot. Les spectateurs ont dû se demander pourquoi on jouait une valse. Ils avaient commencé à quitter les gradins, mais beaucoup se sont arrêtés pour nous écouter. Notre chef n'en revenait pas. Il nous a regardés d'un air hébété et, une fois le morceau terminé, il a demandé : « C'était quoi, *ça* ? »

« Après avoir décroché mon diplôme, je suis rentré à la maison et j'ai travaillé à la ferme avec mes parents, puis juste avec ma mère quand mon père est mort. Les bénéfices ont commencé à diminuer, l'activité s'est ralentie, la ferme n'était guère plus qu'un passe-temps désormais, et quand ma mère est morte à son tour, notre exploitation aussi. J'en avais assez. J'avais déjà ouvert mon atelier depuis longtemps, et je savais que c'était ma vocation. Puis il y a eu la rénovation de la grange et les concerts. Voilà. C'était ma vie. Et j'aurais vécu comme ça jusqu'à la fin.

Il se détourna du feu pour regarder Denny.

– Mais ? fit celui-ci.

– Il y a trois ans, j'ai reçu un mail du cerveau, l'organisatrice du concours. À l'époque, c'était une étudiante de troisième cycle, je ne la connaissais pas. Elle m'a tout expliqué. Elle détestait son cours de composition, qu'elle trouvait trop technique, trop calibré. Elle voulait bâtir un environnement positif, avec pour seule motivation le désir de plaire. C'était le sujet de sa thèse, « Le facteur de séduction dans la composition ». Son but était de recréer l'état d'esprit qui donnait naissance à de formidables morceaux inspirés par l'amour et le désir, à la manière de Schumann, Berlioz et quasiment tous les autres, à ses yeux du moins. Son idée était de prendre les meilleurs morceaux du concours et les meilleurs morceaux de son épouvantable classe de composition pour les tester sur différents auditeurs. Mais elle n'a jamais mené son projet à terme. À cause de problèmes familiaux, juste après le concours, elle a dû quitter la fac, et à son retour elle a rédigé une thèse sans aucun rapport. Malgré tout, ma valse lui était restée dans la tête.

– Le quatuor Avril n'était donc pas au courant ?

– Bien sûr que non ! Ils ne comptent pas.
– Cette Juliet, elle n'a jamais su que vous…
– Non. Arrêtez de penser à eux.
– Je ne peux pas !
– Ah, vous auriez été tout à fait à votre place dans la fanfare.

Homer esquissa un sourire, mais une nouvelle rafale de pluie le fit sursauter.

– Comment cette organisatrice a-t-elle deviné que vous étiez le compositeur ?

Homer se leva et marcha jusqu'à la fenêtre. Les chiens levèrent la tête et le suivirent du regard. Il mit ses mains en visière et se pencha vers le carreau pour voir dehors. Il revint vers le fauteuil et reprit son récit avant de se rasseoir :

– Elle m'a retrouvé grâce à un programme de recherche de mélodie. Vous entrez quelques notes d'un air et il vous sort toutes les pages Web qui contiennent cet air. Elle avait gardé une des compilations réalisées à la fac, avec ma mélodie dessus, et elle est partie de là. Un seul site, dans le monde entier, est apparu, celui que j'avais créé pour les concerts de Little Dumpling Farm. Ma page d'accueil s'ouvre avec cette mélodie. Ensuite, elle a trouvé mon adresse mail sur le site.

Les lumières s'éteignirent soudain. Homer se releva. Dans la lueur des flammes de la cheminée, Denny le vit se diriger vers le coin de la pièce pour reprendre son fusil. Il l'emporta vers la fenêtre, le posa à la verticale et le tint par le canon. On aurait dit un colon guettant une attaque. Au bout d'un moment, Denny le rejoignit à la fenêtre.

Homer poursuivit :

– Elle est réalisatrice maintenant, avec son mari. Elle voulait utiliser ma valse comme thème principal pour un film, et elle souhaitait me montrer une scène pour laquelle ils avaient besoin d'une autre musique. Ils m'ont demandé si je pouvais me rendre à Austin. Je n'avais pas quitté la Nouvelle-Angleterre depuis l'université. (Il plissa les paupières pour tenter de scruter l'obscurité à travers la pluie qui ruisselait sur les carreaux.) Toutes les lumières sont éteintes en bas. Regardez comme il fait noir. C'est là que vit Sarah. Elle a peur de rester dans son appartement sans électricité.

Le regard de Denny alla de la vallée obscure au visage de Homer. C'était la première fois qu'il mentionnait Sarah. Sans quitter la fenêtre des yeux, Homer balançait le canon du fusil, dont la crosse restait appuyée sur le sol.

– Bon, dit Denny. Je ne vais pas rester ici.

Il se détourna de la fenêtre, mais Homer le retint par le bras, avec force. Il approcha son visage du sien.

– *J'ai pris mon trombone.*

Cette phrase paraissait ridicule dans ces circonstances, sortant de la bouche d'un homme terrifié tout à coup, alors qu'il tenait un fusil à la main.

– J'ai pris ma valise et rien d'autre, à part mon trombone. Je l'ai pris parce que je savais que j'allais rester. C'était ça ou bien…

Il lâcha le bras de Denny, souleva le fusil par le canon et frappa le sol avec la crosse. Puis, calmement, il le cala au creux de son bras gauche. Il semblait à court de mots.

Denny dit :

– Si elle vient, faut que je m'en aille.

– Non.

Homer se rendit dans l'entrée, prit son manteau suspendu à une patère et se précipita vers l'arrière de la maison. Les chiens se levèrent d'un bond pour le suivre. Denny entendit la porte de derrière s'ouvrir et claquer, puis des bruits de pas dans l'escalier et les gémissements des chiens, restés à l'intérieur. En regardant par la fenêtre de la cuisine, Denny vit Homer apparaître dans le halo de lumière devant la porte de l'atelier et y pénétrer, sans allumer. Sans doute voulait-il mettre le fusil en lieu sûr, dans le râtelier, mais il sentait qu'il n'aurait pas le temps de revenir avant l'arrivée de Sarah.

Et il avait raison. Quelques secondes plus tard, une voiture s'arrêta devant la maison. Denny décampa à son tour en gravissant quatre à quatre l'escalier qui menait à la chambre. Il serait Homer pendant une nuit encore.

21

Cela débutait toujours par une caresse furtive sur la cuisse, sous une table de banquet, lors d'une convention de modélisme. La main baladeuse appartenait à la femme assise à côté de lui, une fille fortement charpentée, pulpeuse, réputée pour être l'unique femme modéliste sérieuse de Chicago et des environs. Alors qu'il accaparait l'attention de la tablée en racontant une longue histoire ferroviaire, voilà que la main commençait à caresser l'étoffe noire et brillante de son pantalon, sous la nappe en lin. Il portait toujours un smoking pour le banquet.

Cette main provoquait une anicroche dans le récit de Denny, mais il persévérait, tandis que son mousquet se dressait, et il posait régulièrement sur son admiratrice secrète ce même regard chaleureux qu'il dispensait à son auditoire. La main remontait ensuite le long de la cuisse, jusqu'au centre de commandement, où elle essayait d'envelopper la totalité du nexus solidement emballé, en vain, car c'était seulement après avoir contourné sa magnificence qu'elle pourrait contempler l'ensemble. Seule l'histoire de Denny atteindrait un paroxysme. Lorsque les rires jailliraient, la main se retirerait, la vague refluerait, la rencontre s'achèverait.

Mais, cette fois-ci, l'histoire prit un tour inattendu. La

main se posa sur sa cuisse, bien, mais elle se posa sur sa peau nue ! Où était passé son pantalon ? Le lui avait-elle arraché ? Denny s'en réjouissait, mais cette attitude était-elle compatible avec la discrétion qu'imposait un banquet ? En outre, sa tenue de cérémonie l'intriguait. Où était passée sa large ceinture de smoking ?

Et voilà que d'innombrables doigts touchaient sa peau. Jamais ses talents de conteur n'avaient été soumis à une telle épreuve. Il irait jusqu'au bout à condition qu'elle ne charge pas trop le foyer de la locomotive, mais avant même de comprendre ce qui lui arrivait, voilà qu'il rugissait comme une Big Boy dévalant le versant ouest des monts Wasatch. Il plaqua sa serviette sur sa bouche, mais il continua à rugir et à rugir.

Et maintenant, il beuglait non pas à travers un carré de lin, mais dans son oreiller en plume, qu'il pressait sur sa bouche comme s'il voulait l'avaler. Il s'ébroua pour reprendre ses esprits, examina son environnement et s'écarta en douceur de l'endroit où avait eu lieu cette petite fête. Il se redressa, étourdi et désorienté. Il faisait encore nuit. La porte de la maison se referma avec un bruit sourd. Était-ce Homer qui revenait ? Qui partait ? Sarah ? Alors qu'il se précipitait vers la fenêtre, une pensée lui vint, une pensée qui entrait dans la catégorie *fâcheux*. Il vit le faisceau d'une lampe électrique balayer le sol. Sarah courait vers sa voiture.

Il la regarda partir. Réveillée par ses gémissements, sans doute, elle avait décidé de s'en aller, dégoûtée. Elle ne ferait aucune remarque, cependant. C'était l'avantage d'une relation sans communication. Il regagna le lit d'un pas chancelant et, épuisé par ce qu'il devait bien qualifier, hélas, de meilleur rapport sexuel depuis des années, il se rendormit immédiatement.

À la lumière du jour, certaines incongruités le frappèrent de plein fouet. Pourquoi cette pollution nocturne inattendue, la première depuis l'adolescence ? Pourquoi Sarah avait-elle une lampe torche, alors que sa voiture était garée devant la maison ? Et pourquoi, alors qu'il était allongé sur le dos et contemplait le plafond, ses doigts de pied étaient-ils à l'air ?

Il se redressa et regarda le bout du lit. Les draps et les couvertures étaient relevés. S'était-il découvert en gesticulant ? Soudain, il fut assailli par l'image – aussi vraie qu'un souvenir, même si ce n'en était pas un – de Sarah soulevant les couvertures et le drap du dessus pour se glisser furtivement dans son lit par en bas et ramper le long de ses jambes. Il la vit avec sa lampe électrique à la main… Non, entre les dents, dans le style commando, remontant contre ses cuisses épaisses comme des troncs d'arbre. Mais quel était l'objectif de ce raid ? Était-ce enfin une ouverture ?

Mais non, imbécile. Il connaissait la raison, et elle entrait dans la catégorie *désastreux.* Il poussa un grognement de désespoir et s'habilla.

L'électricité était revenue et une cafetière pleine l'attendait dans la cuisine. Homer était rentré de l'endroit où il avait passé la nuit, mais il était invisible. Denny serrait dans ses bras un gros paquet de linge sale, dont les draps, qu'il emporta au sous-sol pour faire tourner une machine. En revenant dans la cuisine, il entendit des coups de marteau provenant de la grange. De l'extrémité de la véranda, il découvrit Homer à cheval sur le faîte du toit. Il travaillait vite, avec assurance, s'arrêtant parfois pour admirer son travail. Finalement, il se redressa et regarda autour de lui. La pluie avait rafraîchi l'atmosphère et Homer semblait humer l'air. Apercevant Denny sur la véranda, il lui adressa un grand geste de la main. Puis il souleva une sorte de trappe et disparut. Denny n'avait pas songé que l'on pouvait accéder au toit de l'intérieur. Une bonne idée pour une installation ferroviaire : la porte du toit s'ouvrait brusquement et le fermier apparaissait pour effectuer une réparation. Il ferait signe au train.

Denny rentra dans la maison pour se servir une tasse de café. À côté du toaster se trouvait la liste des tâches que Sarah lui avait confiées, il y avait quelque temps déjà. Homer semblait faire du bon boulot. Mais pourquoi ? Avait-il l'intention de revenir s'installer ici avec elle et de redevenir son serf ? Ce visage qu'il avait montré la veille au soir, avant le retour de Sarah, n'était-ce pas le visage de la peur ?

Pendant qu'il faisait griller son bacon, Denny entendit le rugissement d'une tronçonneuse dans les environs de la grange. Par la fenêtre située au-dessus de l'évier, il vit le grand bouleau mort basculer au ralenti, comme dans un rêve. Le bruit sourd de sa chute le fit frissonner. Il retourna devant le poêle. La tronçonneuse continua à se faire entendre, mais, le temps que le petit déjeuner de Denny soit prêt, Homer s'était remis à taper sur autre chose. À en juger par le bruit, il s'attaquait maintenant à la façade de la grange.

Après le petit déjeuner, Denny remonta et enfila ses propres vêtements pour la première fois depuis son installation dans cette maison. Il avait l'impression d'être un comédien à la fin d'une longue tournée. Une pluie fine avait fait son apparition. Par la fenêtre de la chambre, il apercevait deux chevalets en bois et des planches appuyées contre le mur de la grange, à l'abri du crachin. La lumière était allumée dans l'atelier. C'était la première fois qu'il le voyait éclairé.

Il redescendit au sous-sol pour transférer le contenu de la machine dans le sèche-linge. Toutes les affaires qu'il avait empruntées seraient propres pour Homer. Il se servit un autre café, remplit une seconde tasse et sortit par-derrière en les emportant toutes les deux. Il pressa le pas sous la pluie, le long de l'enclos des chiens. Ceux-ci l'observèrent de l'intérieur de leur niche, installée à côté de la maison. S'ils étaient déroutés par cette profusion de Homer, ils n'en laissaient rien paraître.

Quand Denny entra dans l'atelier, Homer se retourna, mais il ne parut pas surpris. Comment pouvait-il être aussi calme ? Et si Sarah revenait tout à coup et les trouvait là tous les deux ? Homer déposait dans des caisses les étranges outils qu'il utilisait pour réparer les instruments de musique, en les enveloppant dans des draps pour les protéger. Il haussa les sourcils lorsque Denny déposa la tasse de café devant lui.

– Il faut que je vous avertisse d'un danger, dit Denny.

– Oh.

Il examina un outil avant de le ranger dans une caisse. Le suivant, il le lança dans un gros bidon en fer, une poubelle certainement. L'outil heurta le fond avec fracas.

– J'ai acheté un atelier à Austin, expliqua-t-il. J'emporte mes outils.

Il prit son café.

– Vous retournez là-bas ? s'étonna Denny.

Homer l'observa par-dessus sa tasse.

– Je croyais que vous l'aviez compris.

– Qu'est-ce que ça signifie pour moi ?

– Vous allez rester ici. Au moins le temps de me préparer quelques affaires. J'ai fait une liste cette nuit, dans ma cabane. (Il sortit de sa poche une feuille jaune pliée qu'il tendit à Denny.) En fait, vous pouvez habiter ici jusqu'à ce que je vende la maison.

– Vous allez vendre la maison ?

– La maison, la grange, l'atelier, les quatre-vingt-dix hectares. Tout. Mais vous pourrez quand même rester dans le coin, si ça vous chante. Ma cabane se trouve à Woodbury Lake. Elle est presque totalement isolée pour l'hiver.

– Et Sarah ? Qu'est-ce que ça veut dire pour elle ?

Homer haussa les épaules.

– Le nouveau propriétaire n'appréciera peut-être pas de voir des mélomanes envahir la ferme en été. Il se peut qu'elle soit obligée d'organiser ses concerts ailleurs. En tout cas, elle devra se dégoter un autre bureau.

– Elle ne va pas être contente.

– N'est-ce pas une habitude ?

Denny approcha un tabouret de l'établi.

– Quand vous dites que je peux rester dans le coin…

– En étant moi. (Homer sourit.) Vous devez trouver bizarre que je vous laisse continuer à prendre ma place. Mais peut-être pas, remarquez. Peut-être que rien ne vous semble bizarre. Quoi qu'il en soit, je me fiche de savoir quelle image vous donnez de moi car vous n'êtes pas moi. Vous êtes un corps qui porte mon nom. Et ce que les gens pensent de vous… ce n'est pas moi non plus. Ce n'est qu'un ensemble d'idées. Et comment est-ce qu'un ensemble d'idées pourrait être moi ? Le seul moi, c'est la personne qui va partout là où je vais.

Denny prit sa tasse. Il avait envie de ralentir la machine. L'homme qui lui faisait face n'avait plus rien à voir avec l'être tremblant de la nuit précédente.

– Où est Sarah ? demanda-t-il.

– À Bennington, pour un festival de quatuors vocaux ; elle cherche à combler un trou dans sa programmation.

– Comment vous le savez ?

Homer examinait un outil en fronçant les sourcils, celui que Denny avait utilisé pour gratter les chewing-gums sous les sièges. Il le pointa en direction de Denny, mais uniquement pour souligner ses propos.

– Un jour, Leonard Bernstein a dit à quelqu'un : « Vous êtes exactement comme moi. Vous voudriez que chaque individu sur terre vous aime personnellement. Mais c'est impossible. Vous ne pouvez pas *rencontrer* tout le monde. » (Il rit et lança l'outil dans la poubelle.) Voilà ce que j'appelle avoir de l'assurance. Ce serait chouette d'être comme ça. On dit qu'un authentique habitant du Vermont se fiche de ce qu'on pense de lui. C'est mon but, et ça, c'est l'épreuve ultime : je serai moi à Austin, et je vous laisserai être moi ici, même si vous détruisez ma réputation.

– Pourquoi je détruirais votre réputation ?

Homer sourit, comme s'il s'agissait d'une boutade. Et il jeta un autre outil dans le bidon.

– Je m'en fiche de les jeter car ils ont servi. En revanche, je ne supporte pas de voir un objet qui ne trouve pas son utilité. Si je bricole et qu'à la fin de la journée je découvre un clou au fond de ma poche, juste un seul, je ne le jette pas. Ce clou a été fait pour être utilisé. Chaque chose doit accomplir sa fonction première.

Il balaya l'établi du regard. Sans doute cherchait-il des clous égarés dont on avait contrecarré le potentiel. Il consulta sa montre.

– Bon, on a des affaires à régler, reprit-il. C'est vous qui allez vendre la maison, à ma place. Je vous donnerai une commission de cinq pour cent. Vous l'aurez bien méritée. Après tout, vous allez devoir lui annoncer la nouvelle. Moi, je ne pourrais pas. D'ailleurs, je ne pourrais pas faire tout ça sans vous. Je n'ai pas le temps d'emporter toutes mes affaires aujourd'hui, et je ne peux pas rester plus longtemps. (Il marqua une pause.) Il ne faut surtout pas que je la voie, dit-il en regardant ses mains. Rien que d'y penser, je sens ma volonté faiblir…

Il leva les yeux vers Denny.

– Vous vouliez m'avertir d'un danger, je crois ?

– Maintenant, c'est moi qui suis en danger. Êtes-vous circoncis ?

Homer demeura bouche bée.

– Pas moi, dit Denny.

– Oh, oh.

– Oui. Je crois qu'elle m'a vu. L'autre jour, j'ai dévalé l'escalier et… Je ne sais pas trop où elle a posé les yeux, mais… Et cette nuit… Bref, il y a un problème.

Homer donna l'impression de s'immerger dans ses pensées. Denny ne voulait pas lui demander comment Sarah savait à quoi ressemblait son pénis. Homer comprendrait alors que Denny avait connaissance de la nature asexuée de leurs relations, et à sa place il ne voudrait pas que cela se sache. Elle avait très bien pu le surprendre dans la salle de bains. Ou bien, elle l'avait vu nu quand ils étaient enfants. *Hé, Homer, j'ai vu ton zizi !* Ou bien : *Hé, Homer, tu es devenu si gros que je vois plus ton zizi !*

À son grand étonnement, Homer frappa dans ses mains et regarda autour de lui, avec l'air de celui qui veut passer à autre chose.

– J'ai encore plusieurs heures de bricolage devant moi. Il faut également que je fasse un saut à St Johnsbury pour récupérer le cor de Warren. J'ai appelé l'atelier. Il est prêt, évidemment. J'irai jusque chez lui à pied, son allée est impraticable au moment du dégel. Le dimanche, quand il fait beau, il grimpe en haut de la colline et il joue « Till l'espiègle ». Elle déteste ça. À vrai dire, elle déteste les quatuors vocaux aussi. Difficile de dire ce qu'elle aime. Bref, ce soir je rapporterai son cor à Warren, pour le calmer, et ensuite je ficherai le camp pour de bon. Je prends la Rambler. Elle m'a manqué. Vous n'aurez qu'à lui dire que vous l'avez vendue.

– Ce n'est pas très crédible, si ?

Homer partit d'un grand éclat de rire.

– Et vous, vous êtes crédible ? Il faut que je restitue ma voiture de location. Je compte sur vous. J'ai atterri à Bradley car Burlington c'était trop risqué. Je croise toujours des gens là-bas… comme vous avez croisé Nick. Vous déposerez la voiture à l'aéroport et vous rentrerez à Montpelier en train. Avec le « Vermonter ». Vous allez adorer. Il siffle un *si* bémol durant tout le trajet de Washington à St Alban.

– Mais comment je ferai pour me déplacer ici ?

Homer s'esclaffa de nouveau.

– Elle est bien bonne. Vous me volez mon identité et vous vous plaignez parce que je récupère ma voiture ?

Denny ne dit rien.

– Je n'ai pas répondu à votre question. Comment je sais où elle se trouve ? Je lis ses mails. Pas régulièrement – à quoi bon ? –, mais quand c'est nécessaire. Je connais son mot de passe. (Il dévisagea Denny.) C'est comme ça que j'ai su que vous vous étiez installé ici. Elle a écrit à quelqu'un que Homer était revenu et je me suis dit : *Quoi ?*. Ensuite, je suis tombé sur un mail de quelqu'un l'informant qu'on m'avait vu passer en voiture à Williston. Là, j'ai compris qu'il était temps que je vienne voir ce qui se passait. (Il sourit.) J'admire votre travail. Je vous ai même filé un coup de main. J'ai entré mon mot de passe dans l'ordinateur. Vous l'aviez deviné ? J'ai dû me faufiler par l'enclos des chiens parce que les portes étaient fermées. Pourquoi vous fermez tout à clé ? On est dans le Vermont.

Denny avait du mal à suivre le débit de Homer.

– J'ai tout verrouillé parce que quelqu'un pouvait entrer. D'ailleurs, quelqu'un est entré, avant que…

– C'était encore moi. Je suis revenu chercher une partition que j'avais écrite et oubliée dans le tabouret du piano. Je n'avais pas l'intention de flanquer la frousse à mon locataire.

Tout en parlant, Homer avait rempli une rangée dans la caisse. Il replia le drap sur les outils et commença une nouvelle rangée.

– L'agent immobilier sera ici à dix heures demain pour la visite. Le site est protégé, ce ne sera pas facile de la vendre. Je vous laisserai tous les documents.

– Protégé ?

– Interdiction de construire. J'ai financé les travaux d'aménagement de la grange en vendant les droits d'exploitation à un fonds de préservation des sites, uniquement les droits d'exploitation, pour que la propriété puisse changer de mains. (Il balaya son atelier du regard.) J'ai encore beaucoup à faire. Sarah va rentrer tard ce soir. Elle sera sûrement vannée et elle ne montera pas jusqu'ici. Néanmoins, il faut que j'aie levé le camp à vingt et une heures, pour être sûr. Après avoir rendu la voiture à l'aéroport, vous devrez prendre un taxi jusqu'à la gare de Windsor Locks. Le train part à quinze heures trente, vous devez donc filer dans moins d'une heure, si vous ne voulez pas passer la nuit dans le Connecticut. J'ai laissé la voiture de location à l'endroit où la route fait une boucle, en dessous du cimetière familial. Il y a un chemin qui part de la grange, mais il est envahi par la végétation après ces trois ans, alors faites attention de ne pas vous perdre.

(Il sortit les clés de voiture de sa poche et les tendit à Denny.) Il se peut que je ne sois plus là quand vous rentrerez. Venez me dire au revoir avant de partir.

Le crachin s'était transformé en brume. Denny était très préoccupé en quittant la grange. Il pouvait continuer à être Homer, mais pas dans cette maison. Il allait vivre au bord d'un lac, quelque part. Dans une cabane. Et après l'exploration de cette nuit, pouvait-il encore être Homer ? Oui, à condition de se faire circoncire et de s'exhiber de nouveau devant Sarah. Mais il s'aimait trop pour accepter de se séparer de ces quelques précieux grammes de peau.

Avant de monter, il s'arrêta devant le répondeur pour écouter l'unique message. C'était Nick. Millie lui avait préparé un nouveau cataplasme. Soudain, Denny fut submergé par un sentiment d'agacement envers Nick, Millie, le Vermont et sa mentalité assommante. Il ne voulait plus jamais entendre le mot « cataplasme ». Nick concluait son message en disant qu'il était sur le point de partir de chez lui et qu'il déposerait le cataplasme dans la journée. Quelle heure lui convenait ? Denny le rappela aussitôt.

– Homer ! Je suis content de t'entendre. (Il y avait dans sa voix un affolement qui n'apparaissait pas sur le message.) Les choses ont pris une drôle de tournure, mon vieux. Il faut que je te prépare au pire.

Denny ferma les yeux. Était-ce un nouveau pire ou un pire familier ? Hier, dans le pré où ils avaient dansé, son univers n'avait plus de limites. Il voulait retrouver cette sensation d'infini.

– Lance t'a photographié hier. Tu dois le savoir puisque tu regardes l'objectif sur la photo. Il l'a envoyée à l'ancien patron de Braintree, le rédacteur en chef de ce magazine de maquettes de trains. Ce bonhomme a affirmé qu'il s'agissait bien de Braintree. Il en était tellement sûr qu'il a demandé à Lance de lui transmettre un message, comme quoi il devait le rappeler au sujet de son ancien boulot. Ça veut dire que tu lui ressembles comme deux gouttes d'eau. La théorie de Lance… Excuse-moi de parler si vite, mais Lance est sur l'autre ligne. Il était en train de me faire un topo quand tu as appelé, il faut que je le reprenne. Sa théorie, c'est qu'il t'arrive un truc à la Dr Jekyll et Mr Hyde. Il pense que tu as rencontré Braintree à l'aéroport, ou ailleurs, tu as été frappé par votre ressemblance, et tu as eu l'idée de te faire passer pour lui chaque fois que tu éprouves le besoin de faire une chose que tu ne ferais jamais en tant que Homer. Comme t'envoyer en l'air avec Marge Plongeur. Je te laisse réfléchir à tout ça pendant que je le reprends en ligne. Ne quitte pas.

Denny était libre de rire et il ne s'en priva pas. Il y avait quelque chose qui clochait chez Lance. Il possédait tous les éléments nécessaires pour parvenir à la vérité, et au lieu de cela il s'enfonçait de plus en plus dans un bourbier d'erreurs.

– Me revoilà, dit Nick. Franchement, je ne sais plus où j'en suis. Je…

– Qu'est-ce qui a poussé Lance à me photographier ?

– Ah oui, je ne t'ai pas expliqué. Je t'ai dit qu'on avait envoyé quelqu'un fouiller le débarras de Braintree dans l'Illinois ? Le vieux débarras de sa mère, plus précisément. Il ont trouvé une bonne photo de Braintree et ils l'ont envoyée à Lance. Il l'a reçue hier, pendant la fête, sur son téléphone. C'est là qu'il a remarqué la ressemblance, mais il y avait des doutes sur l'âge de ce portrait, alors il a eu l'idée de prendre une photo de toi pour l'envoyer au patron de Braintree. Mais il y a du nouveau, tout chaud. Pendant que je te parlais, Lance a reçu un coup de fil qui a tout changé. Il a dit que je ne devais entreprendre aucune action contre toi. Tu entends ça ? Contre toi ! Je ne sais pas ce qui se passe, nom de Dieu. Il doit me rappeler. Bref, maintenant je suis là, je vais te déposer le machin.

– Où ça, « là » ?

– Si tu sors sur la véranda, tu le sauras. Oh, laisse tomber. Je te vois. Ah, toujours cette foutue porte de grange…

Denny se glissa jusqu'à la fenêtre du salon, au moment où la voiture de Nick s'arrêtait au bout de l'allée. Devant la grange, Homer avait passé le bras autour de la porte ouverte pour l'immobiliser pendant qu'il bricolait de l'autre côté. En entendant la voiture de Nick, il sortit la tête, par réflexe, songea Denny. Homer sembla tressaillir, il jeta un coup d'œil en direction de la maison et marcha vers la voiture.

Nick vint à sa rencontre. Il tendit le cataplasme à Homer, qui étreignit son ami de toutes ses forces en le soulevant de terre. Les deux hommes bavardèrent un moment, surtout Nick. Sous le regard inquiet de Denny, qui ne tenait plus en place. Et la voix ? La conversation n'en finissait pas. Enfin, Nick regagna sa voiture. Homer resta où il était jusqu'à ce que l'inspecteur ait disparu au pied de la colline. Alors, il marcha lentement vers la maison. Denny l'accueillit à la porte.

– Tenez, c'est pour vous.

Homer lui tendit le cataplasme. Son visage était impénétrable.

– Comment vous vous en êtes sorti ?

– J'ai murmuré. Je lui ai expliqué que je m'étais cassé la voix à la fête hier.

– Mais je venais de lui parler au téléphone, normalement.

– Oui, c'est ce qu'il m'a dit. Bravo.

– Je ne savais pas qu'il allait venir, nom d'un chien !

Les muscles du visage de Homer se relâchèrent, avant de se redresser.

– Il s'inquiétait pour mon larynx. Il avait peur que cette extinction de voix soit le signe d'une rechute. Bon sang, il est d'une telle naïveté…

Homer éclata en sanglots en poussant d'horribles braillements, mais il se ressaisit immédiatement.

– Il a dit que ma lèvre semblait totalement guérie. Oui, j'ai répondu, ça va beaucoup mieux. Et il était content. Il est si bon.

Homer regarda Denny, puis sa montre.

– Vous feriez bien d'y aller, dit-il.

– J'ai encore un millier de questions.

– Je laisserai toutes les informations nécessaires sur le bureau.

– Mais…

– Filez.

22

Denny dut se serrer la bride plusieurs fois alors qu'il roulait sur l'autoroute en direction du sud. Quand son esprit s'emballait, lui aussi. Un contrôle pour excès de vitesse et l'examen de son permis de conduire déboucheraient sur une vérification d'identité qui l'expédierait à coup sûr à l'arrière d'une voiture de patrouille conduite par un *State Trooper* à la mâchoire carrée portant son chapeau de travers.

Avant de quitter la ferme, Denny avait exposé à Homer les conditions délicates dans lesquelles il devait jouer son rôle. Il lui avait parlé de la théorie du Dr Jekyll et de Mr Hyde avancée par Lance. « Ah, ça me plaît bien ! s'était exclamé Homer. J'aurais dû me lancer dans cette carrière il y a longtemps ! » Toutefois, avait précisé Denny, cette théorie avait sans doute été abandonnée au profit d'une autre, et là, il avait dû évoquer l'exploration nocturne de Sarah munie d'une lampe de poche : elle avait certainement fait un rapport à Lance. Les yeux de Homer n'avaient cessé de pétiller durant tout ce récit. Dès lors, l'Hypothèse du Dr Jekyll et de Mr Hyde avait certainement cédé la place à la Théorie des deux Popauls. Dans la première, Denny demeurait Homer aux yeux de tous ; dans la seconde, il redevenait Denny.

Rapidement, mais calmement, Homer avait alors évoqué les probables développements : Lance allait avertir Nick, si ce n'était déjà fait. Dès que Nick serait remis du choc, les deux inspecteurs se rendraient à la ferme pour dévoiler le subterfuge. Homer les accueillerait chaleureusement. S'ils voulaient le voir nu, pas de problème. Si Nick essayait de le piéger avec des questions sur leur passé commun, qui mieux que Homer pouvait prouver qu'il était bien Homer ? Denny aimait bien ce plan. Nick serait soulagé et Lance l'emmerdeur se retrouverait plongé dans la plus grande confusion. Denny avait donné à Homer son numéro de portable, en cas de problème, et Homer lui avait donné le sien. En même temps qu'un cadeau de départ très particulier : le mot de passe de la messagerie électronique de Sarah. « Il faut que vous gardiez une longueur d'avance sur elle », lui avait-il dit au moment des adieux.

Impatient d'avoir des informations, Denny s'arrêta sur une aire de repos dans le sud du Vermont pour appeler Homer, qui répondit immédiatement en disant :

– Vous êtes anxieux comme gars, hein ?

Il n'avait rien à lui apprendre et s'apprêtait à se rendre à St Johnsbury pour récupérer le cor. Denny appela ensuite Nick. Comme personne ne répondait, il laissa un message – *à voix basse* – pour lui demander de le rappeler sur son portable, car il voulait savoir ce que lui avait dit Lance, s'il lui avait dit quelque chose. Denny doutait fort que Nick le rappelle. Peut-être avait-il commis une bévue en appelant le premier. Et si Homer avait vu juste en prévoyant la réaction de Nick ? Denny avait peut-être laissé son message au moment où Nick était à la ferme, et Homer ne pouvait pas se trouver dans deux endroits en même temps.

Fatigué par ce bouillonnement dans sa tête, Denny

alluma la radio. Ce qu'il entendit le surprit : les murmures d'une foule, comme dans un auditorium, puis une voix de femme qui annonçait : « Numéro sept. » Le public se tut quand une guitare se mit à jouer une mélodie lente. Après un silence et de nouveaux murmures, la même voix : « Numéro huit. » Il comprit qu'il écoutait un CD. Il l'éjecta pour lire ce qui était écrit dessus : « Les faveurs du quatuor Avril ». Homer l'avait écouté dans la voiture de location, en souvenir du bon vieux temps sans doute, et il l'avait oublié. Denny le réintroduisit dans le lecteur, en résistant à l'envie de sauter directement au numéro dix-huit.

Il avait l'impression d'être sur place. Les chuchotements, les plaisanteries et, enfin, le numéro dix-huit. Après une première écoute, Denny s'apprêtait à revenir en arrière pour se repasser la composition, mais des cris dans l'assistance arrêtèrent son geste. Les concurrents de Homer réclamaient un bis. Le morceau recommença et le public le réclama encore, et encore. C'était joli, il fallait le reconnaître. Beau ? Denny fredonna la mélodie. Voilà, maintenant c'était beau.

Dès le début, Denny avait supposé que Homer avait quitté le Vermont pour une mauvaise raison, parce que quelqu'un lui en voulait, sinon Warren Boren, quelqu'un d'autre ; ou parce qu'il avait commis un geste regrettable, voire criminel. Mais, en vérité, Homer avait quitté le Vermont pour une *bonne* raison. « Pour une chanson », avait-il dit.

Plus tard, le portable de Denny sonna. Ce n'était pas un appel, mais l'annonce qu'il avait reçu un appel, sans doute pendant qu'il traversait une zone sans réseau. Il écouta le message. C'était Nick. Il l'appelait de la ville pour lui dire qu'il n'avait pas de nouvelles de Lance. En fait, il semblait avoir disparu et ne répondait pas au téléphone. Nick n'avait aucune idée de ce qui se passait, mais il promit de le tenir informé.

Denny respirait un peu mieux. Ce brave vieux Nick.

Homer avait fait preuve de sollicitude en imaginant que Denny aurait plaisir à rentrer à Montpelier en train. Mais le train, ce n'était pas amusant quand vous étiez pressé. Or Denny ne désirait qu'une chose : rentrer le plus vite possible à Little Dumpling Farm. Il voulait s'assurer que leur plan n'était pas tombé à l'eau. Le ballast irrégulier le ballottait de droite à gauche, créant un sentiment général d'agitation qui l'accompagna jusqu'à l'arrivée.

Il descendit à la gare de Montpelier avec une poignée d'autres passagers. Il était presque minuit et une employée postée sur le quai, sous un lampadaire unique, les salua un par un. Denny, le dernier à sortir, eut l'impression qu'elle lui adressait un bonsoir particulièrement chaleureux avant de foncer vers le parking, sa journée terminée. Les autres passagers montraient le même empressement à rejoindre des êtres chers ou simplement leurs véhicules qui les attendaient. Denny fut alors submergé par une terrible impression de solitude – ce qui ne lui était pas arrivé depuis longtemps –, à laquelle succéda un regret plus concret et facile à assumer, celui de ne pas avoir commandé un taxi. Combien de chances avait-il d'en trouver un à cette heure-ci dans ce coin perdu ?

Mais il était en veine, apparemment. Un taxi solitaire stationnait à l'extrémité du quai. Le faible éclairage de la gare permettait juste de découper la silhouette du chauffeur assis sur son capot, les jambes croisées. Le bout d'une cigarette rougeoya quand il tira dessus. Les autres voyageurs secouaient la tête en réponse à sa question : « Taxi ? Taxi ? », une démarche commerciale que Denny jugea superflue étant donné que ce taxi était visiblement un taxi. Le chauffeur descendit de son capot et lança sa cigarette d'une chiquenaude. Denny reconnut alors cette posture qui évoquait un coyote.

– Sparky !

Le chauffeur tressaillit, comme s'il craignait que ne s'abatte sur lui le long bras de la justice. Mais, en voyant approcher Denny, il sourit et se tint presque droit.

– Je parie que tu t'attendais pas à me trouver là, Homer. Mais c'est bien moi. Le seul et authentique Sparky. Oui, monsieur !

Il semblait prêt à prolonger cette autocongratulation, mais Denny le coupa :

– Tu conduis un taxi ? Tu ne devrais même pas conduire du tout.

– Erreur. Tout est réglo. Qui l'aurait cru, hein ?

– C'est ton taxi ?

– Erreur, là encore. C'est celui d'Abe Goodlow. Je le remplace pendant qu'il est parti se faire poser une nouvelle hanche par un boucher de Hanover.

– J'ai besoin qu'on me dépose.

Sparky hocha furieusement la tête.

– Je suis le plus fort ! Je savais bien que je trouverais un client en venant ici. J'ai la bosse des affaires. (Soudain, son visage s'assombrit.) Je suis obligé de te faire payer, Homer. J'ai pas le choix.

– Pas de problème.

– Pas de favoritisme. *Dixit* Abe.

– Très bien. Allons-y.

Alors qu'il montait à l'avant du véhicule, Denny songea qu'il devait inventer une histoire pour expliquer ce qu'il faisait dans ce train. Mais il s'aperçut qu'il n'en aurait pas besoin, finalement. Il était de retour dans le Monde de Sparky, où n'évoluait qu'un seul organisme véritablement précieux et digne d'intérêt, un organisme que l'on entendait présentement vider sa vessie derrière le taxi.

Alors qu'ils sortaient du parking, Denny demanda à Sparky par quel moyen il avait réussi à récupérer son permis de conduire. Comme ce dernier ne répondait pas, Denny répéta sa question au bout d'un moment.

– Ah, merde. Je peux pas te le dire, Homer. J'espérais que tu saisirais en voyant que je répondais pas, mais non, évidemment.

– Désolé.

Après un long silence, Sparky dit :

– Fait chier. Je peux vraiment pas.

– OK.

Sparky émit un grand soupir destiné à exprimer son agacement, comme si Denny l'avait harcelé durant toute la soirée pour lui tirer les vers du nez.

– Bon, d'accord. Disons, pour résumer, que j'ai des amis haut placés.

Denny ne dit rien. Il songeait que c'était effectivement très résumé.

– Parfaitement, ajouta Sparky. Des amis.

Denny regarda dehors.

– *Un* ami, plus exactement. Et pas vraiment un *ami*, en fait. C'est plutôt quelqu'un que j'ai à ma merci. J'ai dégainé le premier. Ouais. J'ai dégainé le premier. Faut se lever de bonne heure pour battre le vieux Sparky. On n'en fait plus des…

– C'est Lance ?

Ce nom produisit chez Sparky une succession de bruits en tout genre, dignes d'un homme-orchestre, qui se transformèrent finalement en reniflements.

– Faut plus me soutirer d'infos. Sans dec', mon grand. Je suis à sec. Le puits est vide.

En temps ordinaire, Denny n'aurait jamais réuni ces deux hommes, mais le langage de Sparky avait fait surgir l'image de Lance dans son esprit. Il se souvenait de cette expression, « J'ai dégainé le premier », quand ils étaient chez Sparky, et que celui-ci avait agité devant Lance son pistolet à eau rempli d'urine. Mais Lance n'était pas du genre à user de son influence pour permettre à Sparky de récupérer son permis uniquement parce qu'il l'avait menacé avec un pistolet à eau. Quel moyen de pression possédait celui-ci pour lui imposer ses désirs ?

Sparky s'engagea sur la route principale. Devant eux, le dôme doré de la législature, illuminé par des projecteurs, se dressait tel un soleil local. Sparky grilla un feu rouge pour tourner à gauche et en grilla un second dans la foulée. Denny le regarda.

– Les flics sont partis foutre la merde dans une fiesta de lycéens à Murray Hill. On peut faire la loi.

Il traversa à plus de 60 kilomètres-heure le centre-ville, qui était déjà parti se coucher. Quand ils atteignirent la nationale 12, la mécanique l'empêcha malheureusement de dépasser les 110 kilomètres-heure dans une zone limitée à 60.

– Hé, Homer, tu te souviens de ça ?

Il éteignit les phares.

– Euh, non, répondit Denny en s'agitant sur son siège.

– Et ça ?

Sparky déboîta dans la file des véhicules venant en sens inverse. Il se tourna vers Denny.

– Ça te rappelle des souvenirs ?

Un scintillement de phares au loin arracha un cri à Denny, et Sparky se rabattit dans la file de droite. Sans rallumer les phares. Le véhicule les croisa en klaxonnant pour informer Sparky qu'il roulait tous feux éteints.

– Deux points ! s'exclama celui-ci. Je t'ai fait crier et je l'ai fait klaxonner.

Denny serra les dents. Il n'arrivait pas à imaginer Homer, à n'importe quel âge, participant de son plein gré à ce jeu. Bientôt, ils atteignirent la route de la Corne de Lune, dont les ornières boueuses incitèrent Sparky à rallumer les phares et à ralentir. Il avait assouvi ses pulsions et, durant le restant du trajet, il parut presque déprimé, tel un drogué en pleine descente. Arrivé en bas du chemin, il s'arrêta et leva les yeux vers le sommet de la colline.

– Ça m'a l'air rudement glissant, Homer. Je te dépose ici. La course, c'est vingt dollars tout rond. Rien que la course.

– Et le pourboire, c'est combien généralement ?

– Euh. Laisse-moi réfléchir. Prise en charge dans une gare et trajet en milieu rural avec retour à vide, je mentirais en disant que c'est moins de quarante pour cent.

– Tu mentirais en disant quoi que ce soit.

Denny lui tendit un billet de vingt dollars froissé.

– Je voulais juste connaître la valeur de mon châtiment.

– Hein ?

Denny descendit de voiture, mais pencha la tête à l'intérieur.

– Homer est un vieil ami. Pourquoi faire ça à un vieil ami ?

– Tu as raison, tu as raison. Désolé, mon grand. Trente-cinq pour cent max. J'ai dit quarante pour que ce soye plus facile à calculer. Je vais te rendre la monnaie.

Sparky défroissa le billet. Denny claqua la portière

et commença à gravir le chemin. Il entendit derrière lui une voix aiguë, étouffée par les vitres fermées de la voiture :

– Hé, tu m'as juste donné vingt dollars !

D'autres paroles suivirent, de plus en plus faibles à mesure que Denny s'éloignait, et finalement Sparky repartit pour son prochain rendez-vous avec le destin.

Devant Denny, tout était noir, à l'exception de la lumière de la véranda que Homer avait laissée allumée à son intention. Une question occupait tout son esprit à cet instant : comment Sparky avait-il fait pour tenir Lance à sa merci ? Alors qu'il gravissait péniblement la pente, il repensa aux événements de ce matin-là chez Sparky : la disparition de Marge, Nick et Lance partant à sa recherche dans les bois, Lance veillant seul le corps de Marge pendant que Nick partait réclamer de l'aide, l'arrivée des renforts, Lance qui ressortait des bois. Il était rentré dans la maison pour téléphoner et Sparky l'avait suivi. Il était allé chercher le pistolet et le chien et il était ressorti avant Lance. Qu'avait-il bien pu se passer à l'intérieur de la maison ?

Denny se souvenait également que Lance, en ressortant des bois, avait demandé un journal à Sparky. Il s'en souvenait parce qu'il avait trouvé ça bizarre. Qu'y avait-il dans le journal qui ait un rapport quelconque avec le corps auprès duquel il venait de prier ? Un genou à terre, avait précisé Nick. Pourtant, ses deux genoux étaient maculés de neige. Avait-il changé de position parce qu'il était fatigué ? Ou bien s'était-il livré à une autre activité qui l'avait obligé à poser les deux genoux au sol ? Avait-il examiné le corps de Marge ? Ce n'était pas un expert en médecine légale. L'avait-il fouillée ? Avait-il inspecté le contenu de ses poches ?

Comme s'il venait de recevoir une claque sur le

front, Denny pressa le pas jusqu'à la maison. À peine entré, il était déjà assis devant l'ordinateur de Homer. Il retourna sur le site de la loterie. Là, il découvrit l'existence d'un numéro vert qui indiquait les numéros des derniers tirages. Lance avait pu apprendre l'existence du billet gagnant de Marge en interrogeant des gens comme le président Ike. Muni de ce billet, il avait pu appeler le numéro vert, et Sparky avait surpris cet appel. Or Sparky savait que Marge avait gagné *quelque chose*. Au cours de cette funeste soirée où elle l'avait croisé à l'hôtel, elle lui avait lancé : « Je suis une gagnante ! » Sparky, qui avait la bosse des affaires, avait fait le rapprochement et depuis il avait Lance à sa merci.

Denny aurait la certitude que Lance avait subtilisé le billet de Marge si son nom apparaissait parmi ceux des gagnants. Il éplucha les différentes listes. Un des gains se distinguait par son montant : un peu plus de soixante-sept mille dollars. À côté ne figurait pas le nom de Lance Londo, mais celui d'une doublure bien pratique, une femme dotée d'une masse corporelle semblable à celle de l'inspecteur, et qui ne risquait pas d'attirer les soupçons en venant réclamer ses gains. Aucun doute : elle savait nouer des relations directement profitables.

23

Toasts au froment, cottage cheese et deux œufs à la coque : simples accessoires dans son assiette au cas où Sarah ferait son apparition. Il avait déjà englouti son petit déjeuner gras dans l'intimité. Tous ses véritables repas se dérouleraient en secret désormais, compte tenu des soupçons de Sarah et du diabète de Homer, qu'il ne pouvait plus ignorer. Il ne pouvait pas être aussi effronté qu'il le souhaitait. Il ne pouvait plus être Denny, même pas un petit peu.

De si nombreuses pensées occupaient son esprit qu'il avait du mal à faire le tri. La carte de l'agent immobilier, posée sur son bureau, indiquait « 10 heures ». Homer avait tenu à lui rappeler la visite de la maison. Denny espérait que Sarah arriverait à ce moment-là. Il lui annoncerait la décision de vendre la ferme en présence de l'agent immobilier, qui servirait de bouclier thermique humain. Les flammes risquaient d'être particulièrement brûlantes maintenant qu'elle avait trouvé des fonds pour faire passer ses concerts « au niveau supérieur », comme elle le répétait beaucoup trop souvent. Mais, vu la façon dont elle s'était procuré ces quarante-cinq mille dollars, elle n'était pas le génie de la collecte de fonds qu'il avait imaginé, n'est-ce pas ? Il aurait aimé croire que Lance avait monnayé l'accès à son lit, mais cet argent constituait sans doute un aphrodisiaque pour tous les deux.

Le geste de Lance – cet instant crucial où il s'était agenouillé dans la neige pour voler le billet de loterie – l'avait fait passer, dans la classification de Denny, de *sale type* à *criminel*. Car Lance avait bel et bien commis un crime, un vol en l'occurrence, sinon envers Marge, du moins envers ses héritiers, et il avait dissimulé des indices. Denny devinait les justifications de Lance, murmurées peut-être dans l'oreille de Sarah entre deux ébats : le billet de loterie aurait été enterré avec Marge ou bien jeté, s'il ne l'avait pas trouvé, Marge aurait dépensé ses gains pour acheter de l'alcool, alors que nous, on le dépense pour la culture, tu es très osseuse, dis donc, c'est pour ça qu'on dit « tomber sur un os » ? Cette dernière phrase ne correspondait pas au personnage de Lance, Denny en était conscient. Difficile de ne pas s'immiscer dans les dialogues.

Parmi toutes les questions qui le préoccupaient, il y avait celle de savoir ce qu'avait fait Sarah après son exploration nocturne avec la lampe de poche. Il avait tenté de reconstituer les faits, d'après sa dernière conversation téléphonique avec Nick : (1) Sarah annonce à Lance qu'elle a la certitude que Denny est un imposteur ; (2) Lance, qui s'apprêtait à informer Nick et à arrêter son suspect numéro un pour l'interroger, est abasourdi car cette nouvelle signifie que sa théorie du Dr Jekyll et de Mr Hyde ne vaut pas un clou ; (3) Lance annule son rendez-vous avec Nick pour digérer ce nouveau rebondissement. Mais ensuite ?

Pendant ce temps, Denny n'était pas resté inactif. Il savait qu'il devait ôter la pierre angulaire de la théorie de Sarah, à savoir qu'il possédait un prépuce, contrairement à Homer. Partant du principe que si l'imagination humaine peut concevoir une idée celle-ci existe forcément sur Internet, il chercha celle qui lui avait traversé l'esprit, et il la trouva immédiatement, en même temps que le produit correspondant. Il ouvrit un nouveau compte de courrier électronique sous un faux nom et, après s'y être connecté, il envoya à Sarah un message faisant la promotion de ce produit, accompagné du lien avec le fournisseur. Sur ce, grâce au mot de passe que lui avait intelligemment fourni Homer, il se rendit sur la messagerie de Sarah, découvrit dans la boîte des messages indésirables celui qu'il venait d'envoyer, comme il s'y attendait, et le transféra dans la boîte de réception, où il se plaça en première position. Son intitulé ne manquerait pas d'attirer son attention. « Restauration de prépuce. » Si elle ouvrait ce mail – comment pourrait-elle faire autrement, alors que ce petit morceau de peau occupait une si grande place dans sa vie désormais ? –, elle tomberait sur la photo d'une petite tasse argentée au bout d'une tige, une sorte de mini-déboucheur de toilettes. Avec cet engin, un homme circoncis qui disposait de temps libre pouvait inciter l'excès de peau pénienne à venir recouvrir son gland. Denny imaginait l'air hébété de Sarah. Et il devinait ses pensées : était-ce encore un des chemins bizarres que Homer avait suivis durant ces trois dernières années ? Non content d'être devenu un ignoble goinfre peloteur, fainéant, flasque, incompétent et baratineur, qui se curait le nez, avait-il inversé sa circoncision ? Elle se précipiterait auprès de Lance pour un tête-à-tête urgent et ridicule.

Un bruit de bottes martelant le plancher de la véranda de devant le fit sursauter sur son siège. Il n'avait pas entendu de voiture. Il chercha autour de lui tout ce qui pouvait le dénoncer comme non-Homer : petit déjeuner, OK. Vêtements, OK. Lectures… argh ! Il fourra le catalogue de modélisme sous ses fesses. La porte d'entrée s'ouvrit sans que la personne prenne la peine de frapper. Caché dans le box de la cuisine, Denny se pencha en avant et tendit l'oreille. Lance disait :

– … la maison pour nous.

– Oui, répondit Sarah.

Denny faillit pousser un joyeux « Coucou ! » rien que pour les agacer, mais ce n'était pas très Homer. Il se servit une cuillerée de cottage cheese au moment où la porte se refermait.

Sarah dit :

– Je vais prendre une douche. Nom d'un chien, j'espère ne jamais être obligée de refaire ça.

– Ça m'étonnerait.

Un ricanement sinistre.

– Une dernière fois, peut-être. J'aimerais bien expédier Prescott à Prescott.

– Moi, je boirais volontiers un café.

– Je vais te montrer où il est. (Des pas traversèrent le salon, en direction de la cuisine.) Ce sera difficile de le retrouver. Jamais ce connard ne…

Les paroles et le corps de Sarah s'arrêtèrent net quand elle découvrit le connard en question assis dans le box de la cuisine. L'arrêt fut si brutal que Lance lui rentra dedans. Elle laissa échapper un petit cri avant de plaquer sa main sur sa bouche. Les yeux écarquillés, elle regardait Denny.

– Oh, mon Dieu… murmura-t-elle.

Denny, bien que perplexe, opta pour le silence. Il les laisserait mener la danse. Il engloutit une autre cuillerée de cottage cheese et fit tournoyer les grumeaux dans sa bouche pendant qu'il regardait le duo. Lance l'observait par-dessus l'épaule de Sarah, la tête penchée sur le côté, les yeux non pas écarquillés comme elle, mais étrécis. Ainsi collés l'un à l'autre, ils formaient une créature à deux têtes.

– Quand es-tu… dit Sarah. (Elle se racla la gorge.) Quand es-tu rentré ?

Les sourcils froncés, Denny réfléchit, tout en faisant mine de réfléchir. Savait-elle qu'il s'était absenté hier ? Même si elle le savait, en quoi son retour était-il surprenant ? Pourquoi éprouvait-elle de l'étonnement, de la déception ou autre chose ?

Soudain, curieusement, Lance prit les choses en main. Il passa devant Sarah, en la poussant carrément, et tendit la main à Denny.

– Sarah m'a beaucoup parlé de vous, Homer. Ravi de vous rencontrer. Lance Londo.

Quel était donc ce jeu bizarre ? S'appelait-il « On recommence tout depuis le début » ? Denny avala sa bouchée de cottage cheese et serra la main de Lance, mollement, car il savait que cela l'énerverait. C'était un coup de Denny, ça. Il ne pouvait pas *ne pas* être Denny. C'est également le Denny en lui qui l'obligea à grimacer et à demander :

– C'est quoi comme nom, Londo ?

Sarah s'était mise à hurler avant même que Denny ait achevé sa phrase. Elle recula précipitamment dans le salon et se cogna contre une chaise. Elle se retourna et s'enfuit. Denny entendit la porte d'entrée s'ouvrir, puis un bruit de pas sur la véranda. Lance et lui se livraient à un concours de regards indifférents tandis qu'ils suivaient les déplacements de Sarah. Une portière claqua. Puis un nouveau cri retentit, étouffé par la distance et les vitres fermées. La voiture démarra et s'éloigna.

Lance se retrouva seul pour assurer les mondanités :

– Merde ! cracha-t-il. Merde ! (Il lança un regard noir en direction de Denny.) Enfoiré !

Il pivota et ressortit en coup de vent.

Denny marcha jusqu'à la fenêtre. Sarah s'était arrêtée en bas du chemin, comme si elle savait que Lance allait la suivre, ce qu'il fit, rapidement. Il monta du côté du passager, mais la voiture ne bougea pas. Denny vit Sarah faire un grand geste brusque avec sa main, puis un autre. Lance redescendit, fit le tour de la voiture et tenta de monter du côté du conducteur, mais on aurait dit qu'il devait obliger Sarah à lui laisser la place. Enfin, il s'installa au volant et ferma la portière. Ils repartirent.

Denny n'avait jamais eu un impact aussi dramatique. Quelle personnalité repoussante ! Une seule phrase avait suffi à les faire décamper. Sa première pensée – et sa dernière pensée, son unique pensée même – fut la suivante : c'était dû au fait que cette phrase contenait le nom de famille de Lance, et cela était lié à une magouille quelconque, le coup de la loterie probablement, même s'ils avaient utilisé le nom de Sarah pour empocher le gros lot. Denny ne pouvait s'empêcher de penser à la loterie, à Lance agenouillé au sol, subtilisant le billet gagnant sur le corps à moitié dévoré de Marge. Il pouvait l'accuser d'un crime ! Mais il n'arrivait pas à établir le rapport entre cet acte et leur comportement à l'instant.

Il fit la vaisselle du petit déjeuner et monta prendre une douche. Quand il redescendit, un message l'attendait sur le répondeur. Lance ou Sarah qui s'excusaient pour leur départ grossier ? Il appuya sur la touche « Lecture ».

« Homer. » Un silence. « Tu sais qui c'est. Tu avais promis de me livrer mon cor hier soir vers dix heures. Cela fait exactement douze heures. J'ai compté chaque heure. J'exige réparation. Je suis prêt à entreprendre une action en justice. Sans tarder ! »

Warren Boren offrait une image si pathétique avec ses trois années d'ultimatums vains. C'était risible, mais Denny ne rit pas. Au lieu de cela, il se demanda pourquoi Homer ne lui avait pas livré son cor, surtout qu'il était mortifié par ce qu'il considérait comme une faute professionnelle.

Denny l'appela sur son portable. Il se réjouissait d'avoir un prétexte pour lui parler, mais il tomba sur la messagerie. Il demanda à Homer de le rappeler. Après avoir réfléchi un moment, il utilisa l'ordinateur pour chercher les coordonnées des ateliers de réparation d'instruments de musique à St Johnsbury. Il en trouva deux. Il appela le premier, en se faisant passer pour Warren Boren, et quand il demanda si Homer Dumpling était passé chercher son cor, le propriétaire répondit par l'affirmative, c'était même un sacré cor, et le cor d'harmonie représentait un défi particulier pour un « rétameur musical », comme il aimait se qualifier, car après tout, quand on prenait la peine d'y réfléchir, il n'était rien d'autre. Denny lui raccrocha au nez.

Perplexe, il regarda par la fenêtre puis il appela la police du Vermont pour savoir si des accidents étaient survenus la veille entre St Johnsbury et Montpelier. Il identifia le véhicule en question : une Rambler Classic de 1961 beige.

La femme à l'autre bout du fil resta muette un instant.

– Il s'agit de la voiture de Homer Dumpling ?

Denny retint son souffle.

– Homer a eu un accident ? Il va bien ?

– Non, non. Il n'y a eu aucun accident. J'ai reconnu la voiture, c'est tout. Pourquoi êtes-vous inquiet ?

Denny lui raccrocha au nez. Il se demanda si Homer

avait décidé finalement de passer une soirée de plus dans la région et de rapporter son cor à Warren le lendemain matin. Était-il dans sa cabane au bord du lac ? Il monta au premier pour voir si Homer lui avait laissé un mot. Il ne trouva rien, ce qui ne l'étonna pas. Sarah risquait de tomber dessus, et pourquoi Homer lui laisserait-il un mot ? Il n'y avait sur le bureau que l'épaisse liasse de documents relatifs à la vente de la maison. La carte de l'agent immobilier était agrafée sur la chemise.

À court d'idées, Denny l'appela pour savoir ce qu'il fabriquait car il était en retard. L'agent immobilier – exalté, le souffle presque coupé par la perspective de sa commission – lui répondit qu'ils avaient rendez-vous à quatorze heures. Il lui avait laissé un message sur son répondeur la veille au soir pour modifier l'horaire. Il ne l'avait pas reçu ? Denny expliqua que Sarah l'avait sans doute écouté, puis effacé ; un mensonge improvisé qui, à la réflexion, pouvait être vrai si Sarah était rentrée plus tôt de sa quête d'un quatuor vocal. L'agent immobilier dit qu'il serait ravi de discuter dès maintenant, par téléphone, des éventuelles questions qu'il se posait et Denny lui raccrocha au nez.

Si Sarah avait écouté ce message, comment avait-elle réagi ? Alors qu'il s'interrogeait, il entendit rugir un moteur de voiture sur le chemin. Il se précipita vers la fenêtre au bout du couloir du premier étage. C'étaient Sarah et Lance ; Sarah avait repris le volant. Sans doute avait-elle réussi à contrôler ses sentiments, quels qu'ils soient.

Ce retour incita Denny à passer en revue, rapidement, les événements de la matinée : le hurlement de Sarah quand il avait ouvert la bouche, Lance qui le saluait comme s'il ne l'avait jamais vu, le coup de téléphone de Warren Boren, le changement de l'heure de rendez-vous avec l'agent immobilier.

– Homer, murmura-t-il.

Il poussa un cri d'angoisse.

Puis un cri de peur.

Il dévala l'escalier et courut jusqu'à la porte de derrière. Il fonça vers l'atelier en longeant l'arrière de l'enclos des chiens. Ceux-ci, qui avaient été attirés à l'autre extrémité par l'arrivée de la voiture de Sarah, se retournèrent et semblèrent se réjouir en voyant la Main Nourricière se déplacer à une vitesse aussi inhabituelle ; ils s'élancèrent dans sa direction. Lance avait dû remarquer ce changement dans le comportement des chiens car il apparut soudain derrière la grille de devant, en hurlant à Denny de s'arrêter. Celui-ci continua à courir.

– Stop ou je tire !

Personne ne lui avait jamais dit ça. Il se sentait stimulé, mais pas dans le bon sens. Lance braquait effectivement un pistolet sur lui. Il s'arrêta.

Sarah descendit par l'escalier de derrière.

– Bute ce salopard ! cria-t-elle à Lance.

Elle fonça vers le tas de bois et se saisit d'une bûche. Tout en courant, elle arma son bras et lança la bûche en visant la tête de Denny, qui l'esquiva. Il aurait voulu fuir, mais il était coincé par l'ordre de Lance. Il se retourna vers l'autre extrémité de l'enclos, comme pour solliciter la compassion de l'inspecteur. Il avait disparu.

Denny s'élança ventre à terre, en tournant le dos à l'enclos, vers le fond de la propriété. Il devait encore traverser un grand champ avant que le terrain lui offre un abri en s'enfonçant à l'intérieur des bois. Entre-temps, Sarah était retournée chercher une autre bûche sur le tas de bois avant de s'élancer à sa poursuite. Finalement, elle se débarrassa de la bûche et commença à gagner du terrain. Lance, posté sur la véranda de derrière, se remit à brailler. Denny ralentit pour regarder par-dessus son épaule. Le pistolet était de nouveau pointé sur lui, alors il s'arrêta. Lance cria à Sarah de s'écarter.

– C'est à cause de lui ! rugit-elle, et elle se jeta sur Denny.

Celui-ci avait vaguement l'espoir, nullement fondé sur l'expérience, de réussir à la repousser grâce à sa seule corpulence, aussi fut-il étonné de se retrouver à terre. Sarah lui enfonça un doigt dans l'œil et lui griffa le visage. Denny se protégea la tête avec ses bras. Il entendit les vociférations de Lance, qui tentait de la forcer à lâcher prise.

Elle piétinait le sol autour du corps recroquevillé de Denny en agitant les bras, comme si elle dansait.

– Tue-le ! braillait-elle. Tue-le !

– Je ne peux pas, répondit Lance.

– Comment ça, tu ne peux pas le tuer ?

– On serait obligés de déplacer son corps, premièrement. Regarde-le. Tu as envie de le déplacer ? Tu préfères creuser un trou ici même pour le foutre dedans ?

Denny se redressa à quatre pattes et parvint, difficilement, à se mettre debout. Avec son œil encore valide, il vit Sarah fondre de nouveau sur lui, mais elle s'arrêta net.

– Il m'a obligée à tuer mon Homer !

Elle cracha aux pieds de Denny et regagna la maison en titubant.

– Vous, ne bougez pas ! dit Lance à Denny.

Il se lança à la poursuite de Sarah et la rejoignit un peu avant la véranda de derrière ; il la retint par le bras. Ils échangèrent quelques mots. Pendant ce temps, Lance ne cessait de jeter des regards en direction de Denny, occupé à évaluer sa situation. Il avait retrouvé la vue, même si son œil continuait à pleurer abondamment et à inonder son visage. En les regardant parler tous les deux, il ressassait cette question de Sarah : « Comment ça, tu ne peux pas le tuer ? » Pour elle, c'était une requête parfaitement raisonnable. De toute évidence, il était surclassé. L'astuce du reconstructeur de prépuce lui paraissait bien faible, désormais.

Sarah se rua à l'intérieur de la maison. Lance fit signe à Denny de le rejoindre en agitant son arme. Il obéit. Lance l'obligea à passer devant et il lui emboîta le pas.

– On monte, dit-il.

Alors qu'ils traversaient la cuisine, Denny entendit Sarah ouvrir et fermer des tiroirs dans la chambre de Homer au-dessus de leurs têtes. Ils gravirent l'escalier.

– Vous l'avez cherché, dit Lance. Vous n'auriez pas dû fuir. Il suffisait de faire semblant de tout ignorer. Si vous aviez fait comme si vous ne saviez pas qu'il s'était passé quelque chose, tout irait bien.

Denny pensait que le sujet était clos, mais quand ils arrivèrent au premier étage Lance ajouta :

– Je n'arrive pas à croire que vous avez fui. *Idem* pour elle dans la cuisine : elle n'aurait pas dû hurler. Je suis entouré par la bêtise.

L'inspecteur ravala la fin de sa dernière phrase car Sarah était sortie de la chambre comme une tornade. Elle passa devant eux en maugréant pour s'engouffrer dans la chambre d'amis.

– Regarde dans l'armoire, dit-elle.

Lance hésita.

– Qu'est-ce que…

– L'armoire de la chambre, cracha-t-elle. Tout en haut. Je suis trop petite. Elle doit être dans une boîte de cigares. On jouait avec quand on était petits. On enfermait Homer à l'intérieur.

Lance poussa Denny dans la chambre de Homer.

– Montez sur le lit et restez-y.

Denny obéit. Lance commença à fouiller dans les boîtes entreposées sur les deux étagères en haut de l'armoire. Il en descendit plusieurs qu'il posa par terre. Denny ne voyait rien à cause de la porte ouverte, mais il entendait des tintements métalliques : des clés. Lance sortit la tête du placard, en tenant une boîte à cigares.

– Je l'ai ! cria-t-il.

– Ne bouge pas ! répondit Sarah. (Elle semblait se trouver dans son bureau.) Ah, nom de Dieu.

Elle avait marmonné, ce juron ne leur était donc pas destiné.

Garçon très ordonné, Lance ramassa toutes les boîtes pour les remettre sur les étagères. Quand il eut terminé, il s'arrêta. Pour admirer son travail ? Il était caché par la porte du placard. Finalement, il la referma et observa son prisonnier.

– Il faut voir les choses du point de vue de Sarah.

– Ah bon ?

– Elle a cru que vous aviez tué Homer en Floride. Et on peut comprendre pourquoi. Vous débarquez ici dans sa ferme, vous savez tout de sa vie…

– Je ne savais rien de sa vie.

– Comment avez-vous fait pour duper tout le monde, alors ? Y compris Sarah. Je devine son raisonnement : vous rencontrez Homer, vous êtes stupéfaits tous les deux par la ressemblance, vous faites semblant de devenir son ami, vous lui soutirez des informations et vous l'éliminez. Vous étiez obligé de l'éliminer. Sinon, il risquait de réapparaître et de tout gâcher.

Sarah redescendit. Lance tendit l'oreille. Puis il reprit :

– Ensuite, elle apprend que vous cherchez à vendre la maison. Voilà le mobile. Vous ne vouliez pas *être* Homer, vous vouliez prendre sa place pour l'argent. Elle s'est dit qu'elle était la suivante sur la liste car vous comprendriez qu'elle se méfiait de vous. Évidemment, elle ne voulait pas faire ce qu'elle a fait à Homer. Elle se défendait contre *vous*, du moins le croyait-elle. Comme une personne maltraitée qui riposte. Il est facile de voir les choses de cette façon.

– Surtout si vous voulez continuer à la baiser avec la conscience tranquille.

Lance pointa le doigt sur Denny.

– D'après mon calcul, si vous n'existiez pas, deux personnes existeraient encore.

Difficile de rejeter un sentiment de culpabilité que vous avez vous-même nourri. Denny détourna le regard. Un autre tiroir se referma bruyamment en bas et Sarah remonta en courant. Quand elle entra dans la chambre, elle semblait capable de tout.

– Tiens.

Elle lança à l'inspecteur un rouleau de fil plastifié.

– Je n'ai pas trouvé la corde. Mais ça, c'est mieux. (Avant de ressortir, elle désigna la table de chevet.) Emporte le téléphone. Et prends-lui son portable.

– Il est dans la cuisine, dit Denny.

– Toi, ta gueule, cracha-t-elle. Tu es un homme mort.

Sur ce, elle quitta la chambre d'un pas décidé.

Lance débrancha le téléphone de la table de chevet, enroula lentement le fil autour de l'appareil et le coinça sous son bras. Il faisait des gestes lents, comme un philosophe perdu dans ses pensées. Sans oublier la boîte de cigares, il marcha vers la porte de la salle de l'ordinateur, la ferma et essaya différentes clés jusqu'à ce qu'il trouve la bonne. Sur ce, il traversa la pièce et renouvela l'opération avec la porte de la salle de bains la plus éloignée. Par conséquent, Denny allait se retrouver confiné dans la chambre et la salle de bains adjacente. Cela lui donna du baume au cœur : l'accès à la salle de bains signifiait qu'ils avaient l'intention de le laisser vivre au moins le temps d'avoir besoin d'aller aux toilettes.

Lance revint dans la chambre avec une petite serviette qu'il tendit à Denny. Il montra le côté de son visage labouré par les ongles de Sarah. Denny y appuya la serviette et la regarda : elle était tachée de sang, et il découvrit que celui-ci avait coulé jusqu'à son épaule. Il pressa la serviette contre sa joue et son cou. Lance s'approcha de l'unique fenêtre de la chambre, qui donnait sur l'enclos des chiens, et jaugea la hauteur. Il jeta le rouleau de fil sur la commode.

– Vous ne risquez pas de filer.

Quelque chose dans ce geste – ce refus de le ligoter – incita Denny à plaider sa cause, à faire appel au bon côté de Lance, puisqu'il semblait y en avoir un. Mais il craignait que cela ne se retourne contre lui.

– Qu'allez-vous faire de moi ? demanda-t-il.

Lance s'arrêta sur le seuil.

– Quand Homer est-il revenu ? Combien de temps est-il resté ici ?

Denny cogitait. Comment pouvait-il mettre à profit cette question – et l'intérêt de Lance – pour sauver sa peau ?

– Il est resté juste le temps de faire ma connaissance et de me demander de lui expédier quelques affaires. Il m'a confié cette tâche. Il semblait me faire confiance.

– Donc, vous ne l'aviez jamais rencontré ?

– Jamais.

– Il n'était pas furieux… que vous vous soyez fait passer pour lui ?

– Au début, il était un peu méfiant. Ensuite, il a trouvé ça bien.

Lance secoua la tête.

– *Deux* cinglés.

Il sortit dans le couloir et commença à fermer la porte.

– Comment elle l'a tué ? demanda Denny.

– Lance ! brailla Sarah d'en bas.

– J'arrive !

Il lâcha la poignée et fit mine de tenir un volant à deux mains. Puis il ferma la porte et la verrouilla.

Toute la journée, Denny les entendit parler, dans la cuisine principalement, mais parfois aussi dans le salon ou dans le jardin de derrière. Son destin était un fleuve de paroles et il n'en discernait pas une seule, uniquement les inflexions, ou un pied qui frappait le sol soudain, une main qui s'abattait sur une table et même, une fois, un éclat de rire. Il ne cessait de penser à Homer, à la façon dont il avait occupé la journée de la veille. À quel moment son chemin avait-il croisé le leur ? Si Sarah l'avait écrasé, où cela s'était-il passé ? Avait-elle utilisé sa propre voiture ? Quand Lance était-il devenu complice ? L'avait-il aidée dès le début ou uniquement pour faire le ménage ?

Un peu avant la nuit, Denny entendit une voiture arriver. Une portière s'ouvrit en grinçant. Il n'avait accès à aucune fenêtre donnant sur le devant de la maison. Il fut tenté d'appeler au secours, mais il ne voulait pas provoquer la mort d'un autre innocent. Une conversation se déroula dehors entre Sarah et un homme. Un des chiens gémit. Denny se dirigea vers la fenêtre qui donnait sur l'enclos. Devant la grille, les deux chiens surexcités se mirent à danser et le plombier à la casquette orange apparut à la porte. Il les prit en laisse et les emmena. Sarah lui avait sans doute expliqué que Homer était retourné en Floride. On était en train de le faire disparaître progressivement.

Denny s'efforçait de ne pas trop bouger. Moins il faisait de bruit, plus longtemps il resterait en vie, pensait-il. Néanmoins, dès que Lance eut quitté la pièce, il se leva du lit pour vérifier une chose. Il ouvrit la porte de l'armoire et examina le plancher. La femme au foyer enjouée qui descendait l'échelle de secours lui souriait sur le couvercle de la boîte. Denny se baissa pour vérifier que l'échelle était toujours à l'intérieur, puis, du bout du pied, il la repoussa dans un coin sombre de l'armoire. Il regagna le lit sur la pointe des pieds.

Il était étonné que Lance n'ait pas vu la boîte. Mais il l'avait *forcément* vue. Le bon côté de Lance l'avait vue et il avait décidé de lui offrir une chance de s'enfuir. Mais, s'il l'avait vue, il avait certainement remarqué la mention : « Charge maximum : 110 kilos ».

24

La porte de derrière de l'hôtel Ethan Allen était verrouillée, ce qui contraria temporairement le plan de Denny, celui-ci ayant projeté de chercher refuge dans le cagibi. Il serait obligé d'entrer par la porte principale, si elle n'était pas verrouillée elle aussi, et si Betsy ne se trouvait pas à l'accueil. Il avait encore moins envie de la voir, maintenant qu'il savait ce qui était arrivé à Homer. Alors qu'il faisait le tour de l'hôtel, il scruta le bâtiment à la recherche d'un moyen d'accès alternatif : une gouttière à laquelle il pourrait s'accrocher, des fissures dans le mur qui lui permettraient d'escalader la façade. Mais il s'emballait. Une évasion couronnée de succès, par une fenêtre du premier étage *via* une échelle de secours, au mépris de la limite de poids autorisée, ne faisait pas de lui un membre des Forces spéciales.

Heureusement, Lance et Sarah avaient coopéré. Denny n'avait pas osé essayer de fuir tant qu'ils étaient en bas car ils auraient entendu l'échelle métallique cogner contre le mur de la cuisine. Ils étaient montés vers vingt-trois heures, en bavardant comme ils l'avaient fait toute la journée. Ils s'étaient arrêtés devant la porte de Denny. Lance l'avait ouverte pour observer Denny, qui contemplait son destin allongé sur le lit. Il l'avait refermée sans un mot. Un geste d'apparence affectueuse, comme un père qui vient voir son enfant endormi. Ils lui avaient facilité la tâche en se livrant à des ébats monumentaux. Leurs cris ressemblaient à des encouragements pendant qu'il effectuait ses préparatifs : marcher vers le placard sur la pointe des pieds, sortir l'échelle, la dérouler pour la faire glisser par la fenêtre, le long du mur, jusqu'à ce qu'il puisse accrocher le haut au rebord.

À ce stade, il s'arrêta et contempla l'enclos des chiens tout en bas en se demandant si c'était là que Dennis Braintree allait passer de vie à trépas. Après avoir inspiré à fond, il se mit à califourchon sur le bord de la fenêtre. Il posa un pied sur le barreau le plus accessible. Alors qu'il y appuyait tout son poids, un maillon céda, et le barreau vint cogner contre celui d'en dessous avant que Denny ait le temps de se retenir en agrippant le cadre de la fenêtre. Il retourna à l'intérieur de la chambre pour faire le point. Il avait commis une erreur en faisant peser la totalité de ses cent cinquante kilos – quarante de trop – sur une extrémité du barreau. Il devait répartir la charge. Mais, pour poser simultanément ses deux pieds sur un barreau, il ne pouvait pas franchir le rebord de la fenêtre une jambe après l'autre, il devait sortir à reculons, les pieds et le cul en avant.

C'est dans cette optique qu'il déplaça tout doucement le lit, centimètre par centimètre pour ne pas faire de bruit, jusqu'au mur, sous la fenêtre. La tête de lit se trouvait à la même hauteur que le rebord. Il grimpa dessus et sortit par la fenêtre à reculons, en veillant à ce que ses pieds soient bien écartés au moment de se poser sur le barreau situé sous celui qu'il avait cassé. Couché à plat ventre sur le rebord, les mains agrippées à l'encadrement de la fenêtre, il appuya tout son poids sur le barreau. Qui tint bon. Toujours allongé sur le ventre, il décolla les pieds du barreau pour les poser sur celui du dessous, en douceur.

Ayant renouvelé l'opération, Denny devait maintenant abandonner la sécurité de la fenêtre. Pour poser simultanément les deux pieds sur le barreau inférieur, il lui fallait agripper le barreau qui se trouvait devant son nez et soulever son corps en exécutant une traction. Il n'avait pas assez de force, il le savait même sans avoir besoin d'essayer. Pris de panique, il s'imagina coincé dans cette position jusqu'à l'aube, trop faible pour remonter ou descendre sans briser les barreaux. Un geste trop brusque pouvait lui faire dégringoler toute l'échelle, jusqu'au sol. Après avoir gémi face au mur pendant un moment, il essaya différentes techniques et finit par en trouver une qui semblait prometteuse. Il glissa les coudes dans l'espace entre les barreaux, jusqu'à ce que ses aisselles reposent sur celui d'en dessous, qu'il enserra avec ses bras pour le plaquer contre sa poitrine. Ses mains étaient donc libres de saisir le barreau supérieur. Ce qui lui permettait de solliciter deux groupes musculaires pour hisser sa lourde carcasse. De cette façon, il parvint à descendre un échelon de plus. Grognant et gémissant, il poursuivit ainsi sa descente, barreau après barreau.

Arrivé enfin sur le plancher des vaches, il n'avait qu'une seule envie : fuir, mais il savait qu'il aurait besoin d'une chose. Oserait-il ? Tout là-haut, il entendait des « Oui ! Oui ! Oui ! », qu'il choisit d'interpréter comme une réponse venue du ciel. Alors, il se faufila par la chatière des chiens pour entrer dans la cuisine et récupérer son téléphone sur le plan de travail. En ressortant par le même chemin, il perçut de nouveau l'écho des ébats. Mais maintenant, c'était : « Non ! Non ! Non ! » Lance avait dû faire une fausse manœuvre.

Denny traversa l'enclos en courant et franchit le portail resté ouvert. Sans ralentir, il passa devant la voiture de Sarah, partiellement éclairée par la lumière de la véranda. Là encore, chacune de ses molécules eut envie de dévaler le chemin, mais il s'obligea à revenir sur ses pas pour inspecter la voiture, particulièrement les ailes et l'avant. Ensuite seulement, il ficha le camp. La route était longue jusqu'en ville, au moins huit kilomètres, et il plongeait dans les fourrés sur le bas-côté chaque fois qu'une voiture arrivait. Il était plus d'une heure quand il atteignit l'hôtel.

En approchant de l'entrée principale, il découvrit Betsy à l'accueil ; elle tâtonnait sur le comptoir pour faire du rangement, comme pour symboliser la fin de sa journée. Il attendrait qu'elle quitte son poste. Mais si la porte était verrouillée ? Il fit un essai, en silence, du moins le croyait-il jusqu'à ce que Betsy tourne brusquement la tête dans sa direction. Il se figea. Derrière lui, deux couples tapageurs apparurent ; ils se dirigeaient vers l'entrée. En s'écartant pour les laisser passer, Denny eut l'idée de les utiliser comme les fermiers assiégés utilisent les chevaux dans les westerns, à la manière d'un bouclier. Un des deux hommes introduisit sa clé dans la serrure et Denny s'engouffra dans l'hôtel avec eux, tel un joyeux fêtard.

– La promenade a été bonne ? leur lança Betsy.

Le petit groupe répondit par l'affirmative et se détacha de Denny pour se diriger vers le bar afin de continuer à prendre du bon temps. Il se retrouva échoué au milieu du hall où il s'était bêtement arrêté. S'il avait continué jusqu'à l'escalier, Betsy l'aurait pris pour un client qui va se coucher. Il fit un premier pas, en silence, sans la quitter des yeux. Puis un autre. Elle s'immobilisa, puis lui fit face.

– Monsieur Braintree ? Oui, c'est certainement M. Braintree.

Denny s'affaissa.

– Bonsoir, Betsy.

Il marcha vers le comptoir.

– Mon étrange oiseau de nuit est de retour. Alors, toujours en cavale ?

Elle balança le torse de droite à gauche pour offrir un accompagnement guilleret à ses paroles.

– Non, non. (Elle était loin de la vérité, hélas.) Je suis revenu en ville pour affaires. J'ai besoin d'une chambre pour la nuit. Je tombe de fatigue.

– L'hôtel est archi-complet. Je vais vous préparer le cagibi. Il suffit juste de retaper un peu le lit.

Elle sourit en faisant le tour de son comptoir : elle avait un secret.

– Mon Homer y a fait un petit somme.

Elle montra le couloir qui menait à l'ascenseur.

– Homer ? Quand ça ?

Denny sentit renaître l'espoir, bêtement, il le savait.

– Hier après-midi. Sa visite a été une sacrée surprise. On a bavardé un peu. Puis il est allé faire un somme et il est reparti.

– Vous savez où ?

– À St Johnsbury. Pour une course quelconque. Avant de retourner à Austin, au Texas. Dire que pendant tout ce temps on le croyait en Floride. (Ils montèrent dans l'ascenseur.) Je ne sais pas quand je le reverrai. J'ai pensé à lui toute la journée. Il va me manquer, mais ce n'est pas le plus important.

Elle prit une grande inspiration et expira.

– Ce n'est plus le même homme, dit-elle. Je crois qu'il a laissé derrière lui tous ses ennuis.

Sur ce, elle se tut.

La porte de l'ascenseur s'ouvrit au dernier étage, ils parcoururent le couloir et bifurquèrent dans l'aile de derrière. Dans le cagibi, Betsy lissa le couvre-lit. Alors qu'elle allait ressortir, elle fit demi-tour, contourna le lit et s'agenouilla dans le coin pour chercher à tâtons le coffret à bijoux en plastique violet. Ses gestes étaient hésitants, comme si elle voulait vérifier qu'il était bien là. Quand elle l'eut trouvé, elle le rangea dans l'angle.

– C'était à Amelia, dit Denny.

Betsy prit appui sur le lit pour se relever.

– Il vous a parlé d'elle ?

– Je sais juste qu'elle est morte.

Denny n'avait pas envie de lui mentir.

– Il ne vous a rien dit de plus ?

– Non.

C'était techniquement vrai.

Betsy hésita, puis s'assit au bord du lit.

– Avez-vous déjà conduit une motoneige, monsieur Braintree ?

– Non.

– Connaissez-vous l'effet de « skimming » ?

– Non.

– Supposons que vous traversez un lac gelé et couvert de neige. Vous roulez vite, à 80 kilomètres-heure, disons. Imaginons que vous êtes encore loin de la rive quand, soudain, la glace devient plus fine et vous foncez droit vers une étendue d'eau. Que faites-vous ?

– Demi-tour ?

– Non, la distance est trop courte. Vous serez dans l'eau avant d'avoir terminé votre demi-tour. Alors, voici ce que vous faites : vous accélérez. Vous allez le plus vite possible, vous montez à 100, 110, 120. Ça ne marche pas souvent, mais si vous avez de la chance vous filerez à la surface de l'eau. Vous ne devez surtout pas vous arrêter, en aucun cas, sinon vous coulerez immédiatement. Et dans une eau aussi froide, loin de la rive, vous mourrez, évidemment. (Betsy inspira à fond.) Et si votre jeune sœur se trouve avec vous sur la motoneige ? Et si, au moment où vous atteignez l'eau, il se passe quelque chose qui la fait lâcher prise ? Une bosse sur la glace, peut-être. À moins que la peur ne se soit emparée d'elle et n'ait paralysé ses bras. Si vous découvrez qu'elle ne se tient plus à vous, que faites-vous ? Impossible de freiner et de faire demi-tour, ce serait la noyade. Le choix est clair. Vous pouvez essayer de retourner la chercher ou continuer à toute allure. En d'autres termes, vous pouvez mourir ou vivre. Voilà votre choix.

Denny comprit immédiatement. Il vit l'instant de la décision, et il vit le reste de la vie de Homer.

– Homer a fait un choix et, depuis, il vit avec, reprit Betsy. Quand il est rentré chez lui, il a inventé une histoire, comme quoi elle était passée à travers une fine couche de glace en marchant sur le lac, et il n'avait pas réussi à la rattraper. Voilà ce qu'il a raconté à sa mère et à son père, non pas pour lui, mais pour éviter qu'ils sachent la vérité, car savoir ce qui s'est réellement passé, ça rend les choses encore plus horribles. Mais il fallait qu'il se confie à quelqu'un.

Betsy se leva lentement. Ne sachant pas quoi faire, Denny l'imita.

– C'était dans cette chambre que jouait Amelia quand elle venait me voir. Parfois, elle amenait un ou une camarade d'école. Ils adoraient mes crêpes. Elle laissait des jouets ici.

La vieille femme lissa le couvre-lit à l'endroit où elle s'était assise et marcha vers la porte. Elle s'arrêta de nouveau.

– Homer m'a raconté qu'Amelia était montée sur sa motoneige un peu plus tôt dans la journée, sur un autre lac, car des camarades se moquaient d'eux, en disant qu'elle ferait mieux de monter avec eux, et non pas avec Homer, qui avait toutes les chances de couler. Ils ne parlaient pas d'un véritable danger, c'était uniquement de la méchanceté, à cause de son poids. Alors, Amelia est montée derrière son frère. Pour les défier. Ils étaient loin des autres quand l'accident s'est produit. (Elle posa la main sur la poignée de la porte.) Il a appris à accepter, étape par étape. La dernière, c'était de partir d'ici. S'il a besoin d'être loin pour vivre heureux, je le soutiens. Cette fois, il m'écrira. Il me l'a promis.

Après le départ de Betsy, Denny demeura assis un certain temps sur le lit du cagibi. Il ne savait ce qui le faisait le plus enrager : que Sarah ait tué Homer précisément au moment où il avait trouvé la paix, ou qu'elle ait exploité son sentiment de culpabilité pendant des années dans le cadre d'une sorte de fausse histoire d'amour perverse. Sinon ouvertement, avec des paroles méchantes ; du moins de manière fourbe, en sachant que Homer était un être sans défense. Peut-être qu'elle ne connaissait pas toute l'histoire, mais ce n'était pas nécessaire. Il lui suffisait de savoir que Homer souffrait de remords, et il n'y avait qu'à le regarder pour le savoir.

Un seul coup de téléphone et la machine judiciaire la réduirait en bouillie, en même temps que son compagnon maigrelet. Denny sortit son portable et l'alluma. Il chercha le numéro de Nick dans la liste de ses contacts. Il lui expliquerait qu'il était un faux Homer, et ensuite il devrait avouer que le vrai était mort.

Il referma brutalement son téléphone. Il y avait la justice, certes, mais il y avait aussi la pitié : pour

Nick, pour Betsy. La pitié exigeait qu'ils n'apprennent jamais la mort de Homer, qu'ils continuent à le croire vivant. *Imposture altruiste.* Cette étrange association de mots surgit dans l'esprit de Denny comme si elle y était profondément enracinée, tel un précepte moral dont il se souvenait depuis l'enfance. Denny avait convaincu des gens qu'il était Homer, en chair et en os, devant eux. Il pouvait bien les duper de loin. À part lui, seules deux personnes connaissaient la vérité, et elles n'allaient certainement pas la crier sur les toits. Homer est vivant !

Mais une autre pensée le frappa soudain. Si le corps de Homer était découvert et identifié, tout tomberait à l'eau. Il pouvait éviter que cela se produise s'il retrouvait le corps et faisait disparaître tous les signes d'identification… Non, le corps resterait reconnaissable. Denny se sentait poussé, c'était une sensation presque physique, vers la solution logique : il pouvait fournir sa propre identité au corps de Homer afin de le faire passer pour celui de Dennis Braintree. Ainsi, il n'y aurait pas de chagrin. Qui se souciait de Dennis Braintree ? Tout comme il avait été Homer de son vivant, Homer pourrait être lui dans la mort.

Seules deux personnes savaient où se trouvait la dépouille de Homer. Denny rouvrit son portable. Ce serait un appel savoureux à bien des niveaux : il les réveillerait, il les surprendrait en leur annonçant qu'il ne se trouvait plus dans la maison, et il leur soutirerait l'emplacement du corps en menaçant de les dénoncer. Mais ça ne marcherait pas. Ils n'avaient qu'à l'attendre sur place et lui sauter dessus, et cette fois le bon côté de Lance ne l'emporterait pas. Denny referma son téléphone.

Qu'avait donc dit le joli couple en revenant dans la maison ? « J'espère ne jamais être obligée de refaire ça. » Refaire quoi ? L'enterrer ? Le brûler ? D'autres paroles avaient été prononcées. Sarah avait traité Denny de « connard », mais ça ne l'aidait pas beaucoup. Elle avait mentionné son ancien patron à la radio en riant. « J'aimerais bien expédier Prescott à Prescott. » Qu'est-ce que ça pouvait vouloir dire ? Prescott était-il également le nom d'une ville ? D'une forêt ?

Denny revint un peu sur ses pas. Quelle voiture avait-elle utilisée ? Certainement pas la sienne, il n'avait remarqué aucune trace sur la carrosserie. Pas celle de Lance non plus car, d'après celui-ci, c'était elle qui conduisait. Si elle s'était servie de la Rambler, Lance et elle avaient sans doute voulu la faire disparaître elle aussi. De quelle façon ? S'ils l'abandonnaient dans les bois, quelqu'un la retrouverait tôt ou tard. L'image de Sparky surgit dans son esprit : il se défendait de balancer des épaves de voitures dans l'étang gelé. « Cette époque est terminée », avait-il dit à Nick. À bien des égards, Sarah possédait le même cerveau que Sparky. Elle lui avait fauché l'idée du pistolet à urine. Elle avait pu tout aussi bien lui emprunter cette autre idée.

Denny ouvrit de nouveau son téléphone, pour régler le réveil cette fois. Il opta pour trois heures trente. Il n'y aurait certainement personne à la réception à cette heure. Si Betsy avait laissé son ordinateur en veille, il pourrait se connecter à Internet et faire apparaître une carte du Vermont. Sinon, il trouverait certainement une carte de l'État dans les brochures exposées dans le hall. Et certainement que… oui, il palpa ses clés dans sa poche, certainement que la voiture de Marge était toujours devant la maison de sa sœur. Avant l'aube, il roulerait vers le nord à bord de cette voiture, en direction d'un lac gelé certainement baptisé Prescott.

25

Le lac Prescott formait une larme en contrebas de l'autoroute ; son extrémité arrondie s'achevait dans le Vermont, alors que sa pointe effilée pénétrait au Canada. Quand il apparut dans la lumière du petit jour, le reflet métallique et terne à la surface *ressemblait* assurément à de la glace, mais quelle était son épaisseur ? La montagne qui se dressait sur la droite de Denny jouait en sa faveur ; elle empêcherait les rayons du soleil d'atteindre la rive nord jusqu'au milieu du printemps. Cette zone, pensa-t-il, mettrait plus de temps à dégeler.

Durant tout le trajet, depuis la maison de la sœur de Marge, il avait visualisé le changement d'identité. Il prendrait le portefeuille de Homer dans sa poche et le remplacerait par le sien, il s'emparerait de tous les autres documents que Homer pouvait avoir sur lui et il ficherait le camp. Si des affaires étaient restées dans la voiture, elles seraient considérées comme volées. Et si on retrouvait le corps, on penserait que l'imprévisible Braintree avait filé avec la voiture de Homer, et ses objets personnels, qu'il avait été assassiné et abandonné à cet endroit.

Assassiné *par Sarah*. Cette précision cruciale avait frappé Denny avec force sur la route. Dès lors, sa mission destinée à prévenir le chagrin si jamais on découvrait le cadavre de Homer prenait l'apparence d'une initiative téméraire dont un élément clé était la découverte du corps. Si Nick le trouvait non pas par hasard, mais parce que Denny l'avait conduit jusqu'à lui grâce à une lettre envoyée par la poste ou laissée quelque part avant sa mort, une lettre dans laquelle il avouait son imposture et disait *craindre que Sarah n'ait l'intention de lui faire du mal*, il était possible que justice soit faite, après tout. Denny pourrait expliquer qu'il soupçonnait Sarah d'avoir tenté de l'écraser, et il avait peur qu'elle recommence. Il pourrait ajouter qu'il l'avait entendue passer plusieurs coups de téléphone pour connaître l'épaisseur de la glace du lac Prescott.

Hélas, ce plan n'impliquait pas Lance. Mais, en introduisant un niveau de complication supplémentaire, Denny avait peur de décourager Nick. Il restait quelques détails à régler, évidemment, mais Nick s'en chargerait. Quelle expression avait employée Sparky au sujet d'un problème qui déroutait la police ? C'était *leur boulot*, pas le sien. Son boulot à lui, c'était de leur offrir deux certitudes irréfutables : Dennis Braintree était le nom du pauvre idiot qui se trouvait dans la voiture sur la glace – ou au fond du lac si Nick n'arrivait pas assez vite – et Sarah était celle qui avait transformé cet idiot vivant en idiot mort.

L'autoroute, qui surplombait toujours le lac, s'incurvait vers l'est. Il savait, grâce à la carte, qu'un chemin le conduirait au bord de l'eau. Celui-ci apparut enfin et, peu de temps après, Denny entama la descente. Le chemin, bien entretenu sur une certaine distance, bordé de cabanes fermées en cette saison, perdit peu à peu toute respectabilité et Denny dut zigzaguer pour éviter les trous, les branches cassées et les petites congères. Obligé de changer de vitesse fréquemment, il remplissait les bois de grincements mécaniques et de rugissements de moteur. Les cabanes se firent moins nombreuses, avant de disparaître totalement, alors qu'il s'enfonçait dans l'obscurité de la montagne. En bas, des rangées de sapins cachaient le lac, mais le chemin plongea de manière brutale et une trouée laissa apparaître le rivage et une large crique arrondie.

Denny arrêta la voiture et contempla le lac à travers le pare-brise. Il n'y avait aucune voiture sur la glace, ni aucun trou par lequel elle aurait pu couler. Il descendit et enfila les grosses bottes qu'il avait prises sous le comptoir de Betsy avant de partir, les « bottes de gonzesse », à franges, de Homer. Il pataugea dans la boue et la neige fondue du rivage, à la recherche de traces de pneus. En vain. Arrivé au bord du lac, il fit le point. C'était une crique bien cachée. Une voiture abandonnée non loin du bord serait visible uniquement de cet endroit et de la rive opposée, avec des jumelles. La couche de glace qui s'étendait devant lui était recouverte d'eau, origine des reflets ternes qu'il avait vus d'en haut. Quelle était la profondeur de cette eau, et quelle était l'épaisseur de la glace en dessous ? Il n'en avait aucune idée. À ses pieds, un flot sombre et froid clapotait entre l'extrémité de la glace et la rive.

Ses épaules s'affaissèrent sous le poids de la déception. Il n'y avait aucun corps ici, et sans corps il n'y aurait pas de justice. Mais il pouvait encore y avoir de la pitié : il serait Homer de loin, en espérant que le corps de celui-ci ne serait jamais découvert.

Soudain, il entendit un bruit étrange. Si inattendu que son esprit l'identifia par étapes, telle une locomotive à vapeur qui atteint en crachotant sa pleine force motrice. C'était un son de cuivre, un instrument de musique, un cor qui jouait en solo en pleine nature. C'était Homer qui interprétait sa valse.

Sous l'effet de l'excitation, Denny leva les bras au

ciel. Puis il s'immobilisa. Il essayait de déterminer l'origine du son, mais celui-ci s'était arrêté. Il était parvenu à ses oreilles de manière si ténue que Denny commençait à craindre que, à l'instar de beaucoup de choses dans son monde, il ait existé uniquement dans son esprit. Mais il réapparut ! C'était la même mélodie. Homer se trouvait-il au sommet de la montagne ? Sur la route ? Denny tourna la tête. Le son ne venait pas d'en haut. Il venait de plus loin sur le lac.

Denny s'élança dans cette direction. Le rivage dégagé céda la place à une forêt épaisse, infranchissable. Impossible d'atteindre Homer à pied. Il regagna la voiture en courant et remonta la pente. Revenu à l'endroit où il était descendu vers le lac, il découvrit ce qu'il espérait trouver : un autre chemin, qui lui avait échappé précédemment et qui longeait la crique, mais en hauteur. Il l'emprunta et après avoir franchi une crête il vit apparaître une seconde crique, plus grande que la première. Au milieu trônait la Rambler beige de Homer.

En suivant le chemin qui le conduisait vers le lac, Denny songea que Homer se livrait à une sorte de célébration en jouant sur le rivage. Puis il se dit que Homer était peut-être encore *dans* la voiture, enfermé, et il jouait pour donner l'alarme. Dans ce cas, pourquoi ne pas souffler de toutes ses forces dans son instrument ? Pourquoi interpréter une si belle mélodie ?

Arrivé au bord du lac, Denny sauta à terre et courut. Il vit deux traces de pneus différentes. La première s'arrêtait avant l'eau – la voiture de Lance ou de Sarah – et l'autre – la Rambler – continuait jusqu'au bord. Il mit ses mains en porte-voix et cria en direction de la voiture, à soixante ou soixante-dix mètres de là. Homer ne l'entendait pas, à cause du cor, alors Denny attendit une pause. Quand elle survint enfin, il hurla le nom de Homer.

Il y eut un court silence, puis deux coups de cor, comme s'il répétait les syllabes de son nom.

– C'est Denny ! cria Denny.

Après un nouveau silence, Homer recommença à jouer sa valse.

Denny baissa les yeux et un problème qui n'avait fait qu'effleurer son esprit le frappa de plein fouet. La terre ferme était séparée de la glace par une bordure d'eau d'au moins trente centimètres de large. De plus, la glace paraissait dangereusement fine près du bord. Il pouvait franchir le fossé en posant un pied sur la glace, mais ne risquait-il pas de passer à travers ? Comment atteindre l'endroit où elle paraissait plus épaisse ? Sarah et Lance avaient conduit la Rambler jusque-là, un peu plus de vingt-quatre heures auparavant. La glace n'avait pas eu le temps de fondre à ce point. Comment avaient-ils résolu le problème ?

Il examina les empreintes de pneus qui approchaient du lac et constata qu'elles s'arrêtaient à quelques dizaines de centimètres du bord. À partir de là, elles étaient remplacées par deux larges sillons qui s'enfonçaient dans la boue. Denny visualisa les objets qui les avaient tracés, aussi nettement que s'ils étaient encore là : Sarah et Lance avaient utilisé des planches pour franchir cette bande d'eau et de glace fragile. Ils avaient anticipé le dégel du rivage et apporté des accessoires. Un tel degré de préparation faisait froid dans le dos.

Ce devaient être de longues planches, qu'il avait fallu fixer sur le toit de la voiture de Sarah. Un effort supplémentaire qu'ils n'avaient pas eu le courage de fournir, espérait-il, après tout le mal qu'ils s'étaient donné. Il jeta des regards affolés autour de lui, sans rien trouver. Alors, il courut jusqu'au bois et aperçut les deux planches, à moitié enfoncées dans une congère. Il saisit l'une des deux et la traîna dans la boue. Elle était épaisse, sans doute une ancienne partie de la grange, devina-t-il. De retour au bord de l'eau, il la déposa sur le rivage, pointée vers le lac. Il posa les pieds de part et d'autre, se baissa, la reprit à deux mains, et la souleva tout en la poussant vers l'avant. Elle retomba sur la glace, dans une gerbe d'eau. Sans changer de position, il continua à la faire avancer, par petits bonds, de quelques dizaines de centimètres à chaque fois, jusqu'à ce que les trois quarts de la planche reposent sur la glace.

Homer souffla encore une fois dans le cor, comme pour dire : « Où êtes-vous ? » Denny remit ses mains en porte-voix :

– J'arrive !

Il essaya de chanter sur le même ton, mais sa voix tremblait.

Il fit un premier pas sur la planche, les yeux fixés sur l'autre extrémité. Un deuxième. Pour l'instant, ça tenait. Il se précipita vers le bout de la planche, où il testa la profondeur de l'eau avec sa botte. Il y avait à peu près cinq centimètres. Il avança encore d'un pas et fit peser tout son poids sur la glace. Il se retourna vers le rivage. S'il s'enfonçait à cet endroit, il pourrait encore rejoindre la terre ferme. Il reporta son attention sur la Rambler. S'il s'enfonçait là-bas…

Homer avait recommencé à jouer sa valse et Denny se surprit à avancer en pataugeant. Il sentait le froid à travers les bottes, mais elles empêchaient l'eau d'entrer. Il marchait droit devant, en espérant que si la glace avait supporté le poids de la voiture elle supporterait ses quelques kilos. À chaque pas, il ponctuait la mélodie de Homer par ses gémissements de peur. Ils s'amplifièrent quand il atteignit la Rambler et découvrit qu'un demi-cercle d'eau l'entourait par-derrière.

Pourquoi la glace avait-elle fondu à cet endroit ? Il l'ignorait, mais il était évident que Sarah et Lance en avaient approché la voiture le plus possible.

Il cogna contre le capot.

Calmement, Homer dit :

– Enlevez tout le bordel sur le siège arrière.

Denny contourna le véhicule et, sous ce nouvel angle, il constata qu'il reposait de travers sur la glace et penchait vers l'avant. En ouvrant la portière arrière, il comprit immédiatement la situation. Homer, enfermé dans le coffre, avait réussi à enfoncer le siège à coups de pied, mais il n'avait pu le déplacer que de quelques centimètres à cause des cartons et des caisses qui appuyaient contre les dossiers des sièges avant. C'était un jeu de briques et Homer n'avait pas réussi à déplacer une seule pièce. Néanmoins, il avait créé un espace suffisant pour faire entendre le son du cor car les vitres étaient baissées. Pour quelle raison ? Pour accélérer l'immersion de la voiture ? Ils avaient pensé à ça également.

Mû par la colère, Denny commença à balancer tout ce bazar sur la glace. Quand il fit glisser un petit meuble de classement en métal, la voiture se déplaça de quelques centimètres. Il imagina la Rambler coulant devant ses yeux, et les entraînant, Homer et lui, dans les profondeurs. Impatient désormais, Homer lui compliquait la tâche en donnant des coups de pied dans la banquette, ce qui avait pour effet de coincer les objets restants contre le siège avant. Denny lui ordonna d'arrêter, d'un ton cassant, et il entendit sortir du coffre un petit « Pardon » étouffé.

Une minute plus tard, Denny lui donna la permission de se défouler. La banquette bascula et Homer commença à apparaître, tant bien que mal, les pieds en avant. Denny l'aida en le tirant par les chevilles et

Homer roula finalement par la portière, sur la glace, en serrant toujours le cor dans ses bras. À genoux, il examina le décor, aveuglé par la lumière.

– Nom de Dieu ! s'écria-t-il. (Il se releva péniblement.) Vite ! Vite !

Denny s'élança. Homer le suivit, avec raideur tout d'abord, avant d'accélérer. Ils ne dirent pas un mot jusqu'au rivage. Arrivé sur la terre ferme, Homer laissa tomber son cor dans la boue et marcha vers le bois d'un pas chancelant. Il retomba à genoux, puis à quatre pattes, et se mit à hurler, des cris inarticulés qui finirent par prendre l'apparence d'un « Seigneur, Seigneur, Seigneur… », répété inlassablement.

De toute évidence, Homer n'avait pas la moindre idée de l'endroit où il se trouvait. Mais il y avait tellement d'autres choses qu'il ignorait. Denny conduisait et l'écoutait parler. Il lui avait ôté ses chaussures et ses chaussettes trempées, après l'avoir aidé à monter dans la voiture, et Homer massait lentement ses pieds nus sous la soufflerie du chauffage pendant qu'il donnait sa version incomplète des événements.

Il se souvenait d'avoir garé sa Rambler, contenant toutes ses affaires, pour retourner à Austin, au pied de l'allée boueuse de la maison de Warren Boren, avant de quitter la ville. Il était environ vingt et une heures. Il s'engagea sur le chemin à pied, en tenant le cor dans son étui. Il croyait se souvenir d'avoir entendu une voiture qui arrivait sur la route à ce moment-là, mais il n'y avait pas prêté attention. À peine eut-il commencé à gravir la colline qu'un moteur rugit dans son dos et en se retournant il eut juste le temps de se jeter sur le côté en voyant la voiture foncer sur lui. Il se souvenait très bien d'avoir fait un bond, sans lâcher le cor, mais il avait oublié tout le reste, jusqu'au moment où il reprit connaissance dans le coffre de la Rambler. Il ne comprit pas immédiatement qu'il s'agissait de la Rambler, et il ignorait bien évidemment qu'elle se trouvait au milieu d'un lac en train de dégeler. Le moteur tournait, mais la voiture ne bougeait pas ; une situation qui sembla se prolonger pendant des heures, sans qu'il puisse en être sûr car il ne cessait de s'assoupir. D'ailleurs, avoua-t-il, il était un peu dans les vapes. Sur ce, il se tut et regarda fixement devant lui à travers le pare-brise.

Denny attendit la suite. Finalement, il demanda :

– Et après ?

Homer reprit son récit comme si Denny avait appuyé sur un bouton pour le remettre en marche. Il expliqua qu'il avait essayé de donner des coups de pied dans la banquette arrière, et, voyant que ça ne marchait pas, il n'avait pas paniqué, grâce aux techniques de méditation que lui avait enseignées Millie. À un moment donné, le moteur s'arrêta, faute d'essence sans doute. Après avoir inspecté le contenu du coffre, il essaya de se libérer à l'aide d'un démonte-pneu. Sans succès. Le cor de Warren Boren était là, lui aussi ; il prenait de la place et le gênait dans tous ses mouvements. Pourtant, au lieu de le maudire, Homer le sortit de son étui et souffla dedans, avec l'espoir que quelqu'un l'entende. Comme personne ne se manifestait, il se mit à jouer.

– Je touche un peu à tous les instruments, confia-t-il d'une voix morne, désincarnée. Il y a des passages qui m'ont toujours posé des problèmes dans « La valse d'Amelia », alors je me suis appliqué à essayer de les résoudre.

Denny avait envie de hurler. Comment Homer pouvait-il ne pas comprendre que Sarah avait essayé de le tuer ? En revenant à la ferme, plus tôt que ne l'avait prévu Homer, elle avait dû voir la Rambler sortir de l'allée et s'engager sur la route. Elle avait vu Homer descendre de voiture pour apporter son cor à Warren Boren et, convaincue qu'il s'agissait de Denny, elle s'était installée au volant de la Rambler pour tenter de l'écraser. En sautant sur le côté, Homer avait dû se cogner la tête sur quelque chose. Sarah avait réussi, d'une manière ou d'une autre, à le hisser dans le coffre, inconscient. Denny se demanda, une fois de plus, à quel moment Lance était entré en jeu. Était-il avec Sarah dans sa voiture et avait-il assisté à l'agression ? Denny pensait plutôt qu'elle avait fait appel à lui après coup.

– Homer, dit Denny, quelqu'un a essayé de vous tuer. (Il voulait introduire cette idée dans son esprit peu à peu.) On a essayé de vous écraser.

– Non, non, répondit Homer, presque avec bonne humeur. Je pense que c'est un vol de voiture qui a mal tourné. J'avais laissé les clés sur le contact, et quand ils ont démarré ils ont confondu l'allée de Warren avec la route. Les gens se trompent souvent à cet endroit, dans le virage. Ils m'ont renversé, ils ont cru qu'ils m'avaient tué et ils ont décidé de me faire disparaître.

Denny le regarda d'un air incrédule.

– Dans ce cas, pourquoi ils n'ont pas fichu le camp après l'accident, tout simplement ? À quoi bon se débarrasser de la voiture ?

– Les empreintes.

Une autre pensée frappa Denny tout à coup.

– Toutes ces affaires que j'ai retirées du siège arrière, vous aviez dû les mettre dans le coffre quand vous avez chargé la voiture, non ?

– Exact. Ils les ont sorties pour me faire de la place.

Denny s'abstint de formuler sa pensée suivante. Les

affaires avaient été entassées à l'arrière dans le but évident d'exercer une pression sur la banquette, pour que le prisonnier ne puisse pas s'échapper. Autrement dit, Sarah savait que Homer était vivant quand elle l'avait enfermé dans le coffre. Il repensa au chagrin de Sarah – son *prétendu* chagrin – en découvrant Denny assis à la table de la cuisine et en comprenant qu'elle s'était trompée de cible. Elle avait paru atterrée, effondrée. Pourtant, elle n'avait pas semblé décidée à retourner au lac pour essayer de sauver Homer.

Denny cherchait ce qu'il allait bien pouvoir répondre quand Homer lui demanderait ce qu'il faisait au bord du lac. Mais celui-ci se contentait apparemment de regarder dehors. Plongé dans une sorte de torpeur. Néanmoins, il voulut savoir à qui appartenait cette voiture. Denny lui dit que c'était celle de Marge, ce qui le replongea dans le silence.

Finalement, Denny prononça les terribles paroles :

– C'est Sarah qui a voulu vous écraser. Elle vous a pris pour moi.

– Pourquoi ferait-elle ça ?

Homer lui adressa un petit sourire en coin auquel Denny ne put rattacher aucune émotion, mais il se réjouissait de voir que Homer doutait uniquement des motivations de Sarah, pas de sa capacité à tuer.

– Elle a découvert la supercherie et elle croyait que je m'étais débarrassé de vous dans le but de m'emparer de votre vie. Elle pensait être la suivante sur la liste.

Denny s'en voulait d'utiliser les arguments de Lance pour justifier le comportement de Sarah, mais peut-être que cette partie était vraie.

– Ça n'aurait pas été une façon très agréable de mourir, commenta Homer en tournant la tête vers le lac, bien qu'il ait disparu depuis longtemps.

– Il faut la traduire en justice, déclara Denny.

Après un long silence, Homer dit :

– Je vous souhaite bonne chance.

Denny le regarda.

– Vous n'avez pas l'intention de m'aider ?

– Je vais retourner à Austin et vendre la ferme de là-bas.

– Mais…

– Je suis trempé, glacé et fatigué. Tout ce que je veux pour l'instant, c'est des vêtements chauds. À quelques kilomètres d'ici, il y a une ville avec un grand magasin. Je n'ai pas besoin de vous dire quelle taille prendre.

Sur ces paroles, Homer appuya la tête contre la vitre et s'endormit presque aussitôt.

Denny ravala ses protestations. Et Sarah ? Et Lance ? Allaient-ils continuer à vivre tranquillement après ce qu'ils avaient fait ? Que se passerait-il quand Homer essaierait de vendre la maison ? Sarah penserait que tout était orchestré par Denny, qui continuait à se faire passer pour Homer, mais au Texas cette fois. Peut-être même qu'elle retrouverait sa trace et tenterait de le liquider à nouveau en commettant la même erreur. Il regarda Homer, qui s'était écroulé contre la portière. Il avait envie de le secouer pour le réveiller et l'obliger à l'aider.

Au lieu de cela, il partit faire du shopping – un intermède surréaliste, compte tenu des circonstances – et acheta quelques vêtements en espérant qu'ils plairaient à Homer, qui n'était pas un arbitre des élégances de toute façon. Il dormait toujours à poings fermés quand Denny regagna la voiture, et il ne le réveilla qu'en s'arrêtant dans une station-service. Homer alla se changer dans les toilettes et se rendormit dès qu'il se retrouva dans la voiture.

Alors qu'ils approchaient de la sortie de Burlington, Denny réveilla Homer et lui suggéra d'aller à l'hôpital.

– Pour quoi faire ?

– Pour vérifier que vous n'avez pas de commotion cérébrale et que vous n'avez pas été empoisonné au monoxyde de carbone.

– Je vais très bien. Je veux rentrer chez moi.

Denny se raidit.

– Quand vous dites « chez moi »…

– À Austin. (Homer se tourna vers lui.) Qu'est-ce qui ne va pas ? Conduisez-moi à l'aéroport.

Denny s'exécuta. En passant devant le Marvin's French Fries, il se revit au début de toute cette histoire, en train de s'agiter dans son box près de la vitre. Qui *était* cet homme ? Pendant ce temps, Homer s'était ranimé. Il avait trouvé dans la boîte à gants un crayon et une feuille blanche, sur laquelle il avait rapidement tracé plusieurs traits parallèles ; il y disposait maintenant des notes en fredonnant. Denny devina qu'il transcrivait les changements qu'il avait apportés à la valse pendant qu'il était sur le lac gelé. Lance avait raison sur un point : *deux* cinglés.

À l'aéroport, Denny s'engagea sur le parking déposeminute et s'arrêta le long du trottoir. Après un moment de silence, Homer déclara :

– Je voyage léger.

Il avait dit cela avec un petit sourire idiot. Il sortit son portefeuille, vérifia qu'il avait ses cartes de crédit et compta ses billets. Enfin un signe de lucidité.

Il descendit. Avant de refermer la portière, il se pencha à l'intérieur de la voiture et remercia Denny. Son regard se posa sur la banquette arrière et il esquissa une grimace de culpabilité.

– N'oubliez pas de rapporter son cor à Warren, hein ?

26

Même si tout n'était pas très clair dans la tête de Homer, Denny lui enviait la clarté de son choix. Tant qu'on le soupçonnait d'avoir assassiné Marge, il ne pouvait pas regagner son appartement de Downer's Grove. Pour la même raison, il ne pouvait pas retourner travailler. D'ailleurs, il n'avait même plus de travail. Et comme il ne voulait pas se transformer en homme mort, il avait tiré un trait sur Little Dumpling Farm.

Sarah et Lance. En l'absence de cadavre, comment prouver que c'étaient des meurtriers ? Il ne pouvait pas y avoir de justice sans corps. Denny se souvenait de Lance lui disant que deux personnes étaient mortes parce qu'elles avaient croisé son chemin. Homer était l'une des deux, mais, fort heureusement, Lance s'était trompé à son sujet. Denny songeait à la seconde personne, alors qu'il quittait sa place de stationnement en faisant grincer la boîte de vitesses. Il avait une idée. Le temps de couvrir la courte distance entre l'aéroport et le Marvin's French Fries, il avait un plan. Il se gara sur le parking, prit son téléphone et composa un numéro.

– Sparky ? C'est Homer. Il faut que tu me rendes un service.

– Je t'écoute.

– Ce soir-là à l'hôtel, quand tu as vu Marge…

– Ouais ?

– … et qu'elle t'a dit qu'elle avait gagné…

– Ouais ?

– … elle s'est dirigée vers l'ascenseur…

– Exact.

– J'ai besoin que tu dises qu'il y avait quelqu'un d'autre dans le hall.

– Voyons voir… Betsy était derrière son comptoir. Elle apprécie pas vraiment ton serviteur, alors je suis passé en douce, mais quand Marge s'est mise à beugler « Hé, Sparky, je suis une gagnante ! », Betsy a tourné brusquement la tête et m'a jeté un regard noir. Si je puis dire.

– Je ne parlais pas de Betsy. J'ai besoin que tu dises qu'il y avait quelqu'un d'autre dans le hall. J'ai besoin que tu dises que Sarah était là, qu'elle a entendu Marge te crier qu'elle avait gagné et qu'elle l'a suivie jusqu'à l'ascenseur.

Sparky respirait bruyamment.

– J'ai besoin que tu dises tout ça.

– Sarah est sortie du bar avec Marge.

– Oui, tu peux dire ça si tu veux. C'est cohérent.

– Elles se dirigeaient vers le hall en bavardant.

– Oui, très bien.

Denny était frappé de voir Sparky si désireux de lui faire plaisir. Mais, après tout, un menteur-né était né pour mentir.

– Puis, quand elles sont arrivées dans le hall, Sarah l'a bouclée tout à coup parce que Betsy et elle sont pas très copines non plus. On pourrait dire qu'on a ça en commun.

– C'est parfait. Betsy ne pouvait donc pas savoir que Sarah était là. Ce qui expliquerait pourquoi elle n'en a jamais parlé.

– Je peux dire tout ça si tu veux. Sarah t'a donné le feu vert ?

– Le feu vert ?

– Elle est OK pour que je raconte tout ça ? Elle m'a toujours dit qu'elle voulait pas que Betsy sache quand elle foutait les pieds à l'hôtel.

Denny était perplexe, mais il estimait qu'il pouvait répondre par l'affirmative, sans trop de risques.

– Oui, oui. Elle m'a donné le feu vert.

– Hmmm. Peut-être qu'elle s'est rabibochée avec Betsy, alors. Mais j'ai du mal à l'imaginer. Je dois dire que je l'ai vue plus tard aussi ? En repartant ?

Denny hésita.

– Je ne vois pas de quoi tu parles.

– Elle est ressortie par-derrière, dans la ruelle, et elle a traversé en courant. Moi, j'étais à côté de ma caisse, en train de baratiner les Macalester pour essayer de conclure le marché, pendant qu'ils remontaient dans leur camionnette. J'ai appelé Sarah, mais elle a continué sans s'arrêter. Elle a pas dû m'entendre.

Denny était de plus en plus perplexe. C'était comme si Sparky oubliait des verbes indispensables. Pourquoi parlait-il de ces faits hypothétiques comme s'ils étaient vrais ?

Parce qu'ils l'étaient.

– Oh, nom de Dieu, dit-il. Elle était vraiment là.

– Je dois en parler ou pas ? Et à qui je suis censé raconter tout ça, d'abord ?

– Elle était là. Et elle t'a demandé de ne rien dire à personne.

– Concentre-toi, mec. À qui je dois dire tout ça ?

– À la police.

– À Nick ? Pas question.

– Il le faut. Écoute-moi. Quand Sarah t'a demandé

de ne dire à personne qu'elle était à l'hôtel, ce n'était pas à cause de Betsy. C'est parce qu'elle est montée avec Marge. Pour mettre la main sur le billet de loterie. Elle l'a regardée entrer dans la chambre, elle a attendu et quand l'occasion s'est présentée elle est passée à l'action. Il y a certainement eu lutte sur le balcon. C'est comme ça que Marge s'est retrouvée dans ta camionnette.

Pendant un moment affreusement long, Denny n'entendit que la respiration de Sparky. Puis :

– Huh.

– Et quand tu l'as revue ensuite, sortir de la ruelle…

– Ouais, elle a tourné au coin, comme si elle fonçait droit vers l'entrée de l'hôtel.

– Mais elle vous a vus, les frères Macalester et toi, et elle a filé.

Sparky demeura muet.

– Sarah a tué Marge pour s'emparer du billet de loterie.

Denny n'en dirait pas davantage. Désormais, la justice reposait sur le réseau inexploré des neurones de Sparky. Denny retint son souffle.

– C'est mal.

Denny expira.

– C'est pour ça qu'il faut le dire à Nick.

Sparky émit un grognement.

– Nick, c'est pas le problème. C'est surtout l'autre, le coincé. J'espère qu'il sera pas là.

– Il a été neutralisé.

Sparky replongea dans le silence. Denny, qui n'entendait que sa respiration, craignait qu'il ne change d'avis.

– Sarah, lâcha-t-il. *Pffft.* June disait toujours que ce côté de la famille, c'était racaille et compagnie.

Après cette conversation, Denny resta assis longtemps dans la voiture, à pianoter sur le volant. Finalement, il composa le numéro de Nick. Il lui devait un au revoir, mais, surtout, il ne voulait pas laisser l'initiative à Sparky. Avant d'appuyer sur la touche « Appel », il dut lutter contre une sensation soudaine de vertige, un sentiment de pouvoir divin conféré par cette toute dernière découverte. Il avait inventé une histoire impliquant Sarah, mais il ne s'agissait pas du tout d'une invention. C'était comme s'il avait créé la réalité en formulant une idée. Comme s'il avait disposé une figurine en plastique sur le balcon d'une maquette d'hôtel, les bras tendus vers l'avant. Hé, qu'est-ce qu'elle fiche là-haut ? Elle a poussé quelqu'un dans le vide ?

Quant à la figurine de Lance, Denny ne l'avait placée nulle part. Il confierait son sort au destin, comme Lance avait laissé le destin décider de ce qui arriverait à Denny sur l'échelle de secours. Mais Sarah jouerait certainement les auxiliaires de justice de dernière minute ; elle entraînerait Lance dans sa chute en affirmant que ce n'était pas elle, mais *lui*, qui avait volé le billet de loterie. Sparky pourrait le confirmer. Le procès promettait d'être intéressant. Denny le suivrait sur Internet. Homer aussi, il en était persuadé.

Nick était chez lui, en train de soigner un rhume à en juger par le son de sa voix. Denny lui demanda d'appeler Sparky dans un jour ou deux, si celui-ci ne l'avait pas contacté d'ici là, car Sparky venait de lui téléphoner pour lui avouer qu'il avait besoin de soulager sa conscience.

– Il t'a dit de quoi il s'agissait ? voulut savoir Nick.

Le rhume le faisait paraître grognon. Mais peut-être qu'il l'était pour de bon.

– Non, dit Denny. Écoute, Nick. Il faut que je t'annonce une chose. Je pars. Je retourne à Austin.

– Oui, je… comment ça, à Austin ? Au Texas ?

– C'est là que j'étais pendant tout ce temps. Pas en Floride.

Nick rit.

– Je suis content que tu te décides enfin à me le dire.

– Je repars.

– Je sais. Je l'ai compris quand tu m'as serré dans tes bras, l'autre jour. Tu as failli me casser les vertèbres. Je comprends, Homer.

– C'est vrai ?

– Ici, c'est pas vraiment chez toi. (Nick émit un drôle de bruit.) J'arrive pas à croire que je suis en train de dire ça. À toi. L'authentique habitant du Vermont, depuis huit générations. Mais c'est la vérité. Tu n'es pas heureux ici, et je sais pourquoi. Je t'ai observé durant la fête, quand tu étais devant la balustrade. J'en revenais pas. Après trois ans d'absence, tu restais seul dans ton coin. Les gens se conduisent mal envers toi. (Il se racla la gorge.) J'espère que je me conduis mieux que ça…

– Oui, Nick.

– … et j'espère ne pas franchir les bornes en te disant tout ça. Je veux juste que tu saches que je comprends. Mais n'oublie pas de donner de tes nouvelles, OK ?

– Promis.

– Écoute un peu, je viens d'apprendre un truc intéressant.

Le ton de Nick avait changé, il avait retrouvé son enthousiasme.

– Ça va te plaire. J'en suis sûr.

– Ah oui ?

– À cause du côté humain.

– Je t'écoute.

– Braintree.

Denny tressaillit en entendant prononcer son nom.

– Le fana des petits trains. Le meurtrier de Marge. Ou pas. Peu importe. Tu te souviens de lui ?

– Comment je pourrais l'oublier ?

– Il y a deux heures environ, j'ai reçu un appel d'un vieux bonhomme qui vit en Géorgie qui était dans le cirque avec les parents de Braintree. Tu te souviens qu'il a grandi dans un cirque, hein ? Le vieux se souvenait bien de lui. On a discuté longtemps.

– Ah bon ?

– Il ne sait pas où est Braintree, ni rien. Mais il m'a appris des choses sur lui. Ça n'a aucun rapport avec l'affaire, mais c'est pour... le côté humain, disons.

– Bien sûr.

– Entre les registres de décès que j'ai consultés et ce que m'a raconté ce vieux bonhomme, j'ai réussi à rassembler les pièces du puzzle. Écoute bien. Quand le petit Braintree était encore môme – ses parents étaient clowns, je te le rappelle –, un trapéziste est tombé sur sa mère en plein spectacle, à Salt Lake City.

Denny sursauta sous l'effet de la surprise. Nick faisait des progrès, assurément. Mais en réalité, c'était le *trapèze* qui lui était tombé dessus.

– Ah oui ? fit-il.

– Deux jours plus tard, elle est morte à l'hôpital.

Non, pensa Denny.

– Ah bon ? fit-il, hésitant.

– Tu te souviens quand on recherchait la tante de Braintree pour avoir une piste ? On ne l'a jamais trouvée. Tout simplement parce qu'elle a disparu de la surface de la terre, au moment même où cet accident se produisait. Le patron de son ancien cirque – elle était clown elle aussi, mais dans un autre cirque –, son ancien patron nous a dit qu'elle s'était volatilisée et qu'il n'avait plus jamais eu de ses nouvelles. Une ancienne colocataire, une hôtesse de l'air avec qui elle partageait un appartement à Memphis, nous a raconté la même histoire. La tante a disparu du jour au lendemain. J'ai le certificat de décès de la femme qui est morte ce soir-là à cause de l'accident. Il porte le nom de la tante, pas celui de la mère…

Denny se détendit un peu.

– Donc… c'est la tante qui était sur la piste ce soir-là. (À ses oreilles, ses propres paroles n'avaient aucun sens.) Elle avait pris la place de la mère, et elle est morte.

– Non, non. La tante s'est produite ce soir-là, mais à Oklahoma City. Les deux femmes étaient de vraies jumelles, Homer. Je crois que Lance l'avait mentionné, mais j'avais oublié. Qui écoute ce qu'il raconte, hein ? Bref, la mère est bien morte, et quelqu'un – son mari, sans doute, le père de Braintree – a menti sur son identité. Il a donné le nom de la tante à la place. Il a dû la contacter durant les deux jours que sa femme a passés à l'hôpital, à Salt Lake City – il savait peut-être qu'elle allait mourir –, et la convaincre de venir vivre avec lui et son fils, en prenant la place de la mère. L'ancienne colocataire de la tante m'a confié que celle-ci ne s'était jamais mariée mais avait toujours rêvé d'avoir des enfants, alors peut-être qu'elle était partante. Sacrée histoire. Quand j'en ai parlé à Lance, il a immédiatement conclu que le père et la tante entretenaient une liaison depuis le début, et que le père était trop content de…

– Ils ont fait ça pour le gosse ! s'exclama Denny. Oh, bon sang, ils ont fait ça pour le gosse…

– C'est aussi ce que j'ai pensé, dit Nick. Je savais que tu verrais les choses comme moi.

– Quel acte d'amour !

– C'est émouvant, hein ? Évidemment, ils ont peut-être pu se marier dans les règles à partir de là. Si ça se trouve, Lance avait en partie raison. Mais ils…

– Non, dit Denny. Ils ont fait ça pour le gosse.

– Je savais que ça te plairait, Homer. Comme toute personne qui possède un peu d'humanité, et toi tu en as à revendre. Millie a un point de vue intéressant sur la question. Pour elle, il est impossible que le gosse n'ait pas su que cette femme n'était pas sa mère. Elle dit qu'il l'a forcément deviné, à un moment ou un autre. T'en penses quoi ?

Denny fit semblant de réfléchir à la question de manière abstraite, pendant que tout son cerveau s'en emparait.

– Difficile à dire, Nick.

– Ouais. Mais c'est une drôle d'histoire, hein ? Bon, quand est-ce que tu repars ?

– Tout de suite.

– Oh. Pas le temps pour une dernière petite visite, alors. Mais Millie et moi, on viendra te voir, OK ? Au printemps prochain.

– J'espère bien.

Comme après coup, Denny ajouta :

– D'ici là, j'espère avoir retrouvé ma voix d'avant.

– Tu crois ? Bah, peu importe.

Denny salua Nick et referma son portable. L'espace d'un instant, il redevint un enfant de sept ans, un enfant qui venait de perdre sa mère. Il s'attendait à être submergé par une vague de chagrin, mais non. Il ne pouvait pas accomplir l'acte nécessaire pour déclencher le chagrin ; il ne pouvait pas extraire sa mère de ses jeunes années car il avait toujours eu une mère, jusqu'à ce qu'elle meure, deux ans auparavant, après lui avoir acheté un pot de Wavy Gravy. Il ne pouvait pas raisonner autrement. Ce qui le submergeait présentement, c'était un sentiment de gratitude. Son père et sa tante lui avaient épargné la souffrance qu'aucun enfant ne devrait jamais connaître. Certes, sa mère lui avait semblé différente ensuite, mais il avait mis cela sur le compte de l'accident, et mieux valait une mère différente que morte. Il avait eu une mère durant toutes ces années, de zéro à sept ans, puis de nouveau, jusqu'à il y avait deux ans… non, pas de nouveau, *encore*.

C'est habité par ces pensées que Denny retourna à Montpelier. À un moment, sur la route, il sentit une présence amicale sur sa droite, au loin, et il tourna la tête. C'était le Vermonter qui roulait vers le sud, à une vitesse légèrement supérieure à la sienne. Il regarda les wagons le dépasser, l'un après l'autre. Il adorait regarder les trains car cela lui donnait envie d'être à bord. Ce n'était pas le cas des autres moyens de locomotion. Il avait envie d'être là-bas plutôt qu'ici. Mais c'était un désir agréable, pas une frustration.

Le Vermonter était un « Train allant vers le Sud ». Il aimait beaucoup consulter les anciens horaires, avec leurs intitulés : « Trains allant vers l'Est » et « Trains allant vers l'Ouest ». Il pouvait rentrer chez lui, maintenant que le doigt de l'accusation était pointé sur Sarah. Mais c'était quoi, « chez lui » ? Un endroit où tout le monde se rassemblait pour énumérer ses défauts. Il était toujours surpris que les gens ne l'aiment pas davantage ; lui-même s'aimait bien. De toute évidence, le Denny que les autres voyaient de l'extérieur n'avait rien à voir avec le Denny qu'il voyait de l'intérieur. Que voyaient-ils ? Il fixa son imagination sur le bouffon qui agitait les bras au Marvin's French Fries.

– Nom de Dieu, qu'est-ce qu'il y a à aimer ? demanda-t-il à voix haute.

Mais comment pourrait-il être différent ? Comment « dédennyser » Denny ? Dans la peau de Homer, il avait réussi à se contrôler car chaque conversation représentait un défi. Il ne demandait rien d'autre à la vie : qu'elle soit *intéressante*. De retour chez lui, comment faire pour que ses conversations soient intéressantes ? En occupant son esprit avec autre chose, en plus de la conversation ? Devrait-il calculer des racines carrées ? Non, il devrait penser au contexte, à son environnement… Non, non, il devrait penser aux gens avec qui il se trouvait. À leurs cheveux, leurs vêtements, leurs yeux… Non, il avait besoin de voir *à l'intérieur* d'eux.

Non. Il avait besoin de voir *de l'intérieur* d'eux. Il avait besoin de voir le monde comme… Roscoe, disons. Ce serait difficile, mais pour cette raison, ce serait intéressant.

Il reprit son portable pour téléphoner.

– Denny. Je vous croyais mort.

– Vous l'espériez, plutôt.

– Absolument pas, répondit Roscoe. Pourquoi dites-vous ça ?

– Parce que vous ne pouvez pas me sentir.

– Denny, Denny, Denny.

Réfléchis, se dit-il. Réfléchis comme Roscoe.

– Vous attendez que je réponde : « Roscoe, Roscoe, Roscoe. »

– Non, je…

– Je peux le dire, si vous voulez. Sinon, je ne le dirai pas.

– Ce n'est pas nécessaire, Denny. Écoutez… Je suis sûr que vous avez vu le dernier numéro de notre noble concurrent, *Le Monde du modélisme*.

– Non, je ne l'ai pas vu, Roscoe. Ça va vous étonner, mais je ne l'ai pas vu.

– Ça me surprend, en effet. Eh bien, ils nous ont coupé l'herbe sous le pied. Ils ont présenté l'installation de Rod Stewart.

– Ah. Vous me dites ça parce que je vous propose de réaliser ce portrait depuis des années. Et vous présentez la chose comme si votre magazine était sur le point de le faire, comme si votre concurrent vous avait devancé d'un ou deux numéros seulement. Et je sais pourquoi vous faites ça : pour ne pas paraître complètement à côté de la plaque. Vous voulez minimiser à la fois votre erreur et ma clairvoyance. Mais ça ne me pose aucun problème, Roscoe.

– Euh, je ne sais pas si je formulerais les choses de manière si partiale, mais… je suppose que vous avez raison, Denny. Vous savez, c'est drôle que vous m'appeliez car je pensais justement à vous ce matin…

– Vous dites ça, alors que vous pensez à moi depuis un bon moment déjà.

– Euh…

– Vous ne voulez pas le reconnaître car vous ne voulez pas passer pour quelqu'un qui dépend des autres. Je peux le comprendre, Roscoe. C'est une forme normale de surcompensation, enracinée dans votre sentiment de peur général. Le nom même du magazine que vous avez créé, *Le Modéliste intrépide*, fait allusion non pas à la gêne que pourraient éprouver des adultes qui jouent au train électrique, mais plutôt à votre désir de vous libérer de la peur, la peur de l'intimité, la peur de l'avenir, de l'inconnu et, pour finir, de la mort.

– Bon sang, Denny. Je… je ne me sens pas prêt à aborder ce sujet pour l'instant, mais je reconnais que vous occupez mes pensées depuis plusieurs jours, en effet. J'ai pensé à vous en lisant l'article que j'ai commandé sur le Super Chief de Tom Blunt. J'ai eu l'occasion de voir l'installation de Tom quand j'étais à Rochester. Cet imbécile a mis le wagon-restaurant à l'envers ! Il obligeait les passagers de première classe à traverser les cuisines !

– Je comprends. Vous avez assisté à cette horreur et, en découvrant que l'article n'en parlait pas, vous avez immédiatement pensé : Denny, malgré tous ses défauts, ne serait jamais passé à côté d'une telle erreur.

– Nous sommes sur la même longueur d'ondes aujourd'hui, Denny. Aussi n'irai-je pas par quatre…

– Vous voulez me rengager.

– Vous êtes certainement le meilleur des…

– Mais vous ne voulez pas perdre la face, et comment me rengager après m'avoir renvoyé sans perdre la face ? Vous refusez de vous excuser car vous considérez les excuses comme une forme de faiblesse, et d'après ce que vous avez raconté au sujet de votre père et de votre enfance, je comprends pourquoi vous vous raccrochez à un précepte aussi ridicule pour donner une impression de force. Je comprends, Roscoe, et je l'accepte.

Roscoe ne répondit pas immédiatement.

– J'avoue que vous m'avez coupé la chique, ce matin, Denny. Mais je me réjouis de votre retour. Allez-y, je sais que vous avez envie de fanfaronner. Ne vous retenez pas.

Denny imagina quelqu'un qui rejette la tête en arrière et croasse comme un corbeau. Une image répugnante.

– Je viendrai travailler lundi, dit-il.

Il referma son téléphone, accéléra, donna un coup de klaxon, puis rejeta la tête en arrière et croassa comme un corbeau.

Denny pénétra sur le parking de la gare de Montpelier et coupa le moteur de la voiture de Marge pour la dernière fois. Il écrivit le nom de Warren Boren sur un bout de papier qu'il coinça entre les pistons du cor. Nick, sans doute chargé d'enquêter, se demanderait comment la voiture de Marge avait atterri ici et comment le cor de Warren s'était retrouvé sur le siège.

Alors qu'il marchait vers la gare, il entendit un sifflet au loin. Un *si* bémol, lui avait dit un jour un connaisseur. À l'intérieur, deux femmes discutaient de part et d'autre du guichet. Il avait le temps d'acheter son billet, même si les deux femmes semblaient décidées à évoquer toutes les nouvelles locales avant de lui laisser la place. Quand elles eurent fini de bavarder, Denny s'avança.

– Rebonjour, lui dit l'employée.

Denny reconnut alors la femme qui l'avait accueilli sur le quai, avec les autres passagers, quand ils étaient descendus du train venant du Connecticut. Il était surpris qu'elle se souvienne de lui.

– Alors, où allez-vous, cette fois ?

– À Chicago.

– Oh. Sacré changement. Aller-retour ?

– Aller simple.

La femme haussa les sourcils. Elle semblait avoir envie d'ajouter quelque chose, mais se contenta de lui annoncer le prix. Denny paya en liquide. Alors qu'elle lui rendait la monnaie, elle dit :

– Chicago.

C'était une question.

– Exact.

Elle fit glisser le billet sur le comptoir.

– Une grande ville.

– Oui.

– Impossible de trouver un endroit plus différent du Vermont.

– Sans doute.

– À chacun ses goûts.

Son ton impliquait qu'il avait perdu la boule. Sentant que cette femme risquait de mourir sur place s'il ne lui fournissait pas une explication, Denny lui en donna une :

– Je veux m'éloigner de tous ces crimes.

La femme éclata de rire. Elle le regarda en agitant le doigt.

– Ah, le vieil humour de Homer.

David Carkeet
Le linguiste était presque parfait

Traduit de l'anglais (États-Unis) par Nicolas Richard

« Il est de ces livres qui arrachent un sourire de reconnaissance affectueuse partout où ils sont évoqués, on a l'impression d'appartenir à un club fermé uniquement composé de ceux qui l'ont lu. *Le linguiste était presque parfait* est l'une de ces raretés. »

Mystery Guild Editor

Qui a dit que la vie d'un linguiste était un long fleuve tranquille ? Traité de trou du cul devant la nouvelle assistante, objet de rumeurs peu flatteuses, se consacrant à des recherches qui n'intéressent personne, Jeremy Cook doit trouver le moyen de devenir désirable. Mais les choses se compliquent quand son collègue Arthur Stiph est retrouvé assassiné et qu'il est chargé d'élucider le meurtre…

Délicieux roman à la fois bizarre et génial, *Le linguiste était presque parfait* joue allégrement avec les règles et les attentes pour suivre sa propre voie, cocasse et sans prétention, où l'humour le dispute à la tragédie.

RÉALISATION : NORD COMPO À VILLENEUVE-D'ASCQ
IMPRESSION : CPI BRODARD ET TAUPIN À LA FLÈCHE
DÉPÔT LÉGAL : AVRIL 2013. N° 110914 (72126)
– Imprimé en France –